ACTES NOIRS
série dirigée par Manuel Tricoteaux

DÉFENSE DE TUER

DU MÊME AUTEUR

NATURE MORTE, Actes Sud, 2011 ; Babel noir n° 64.
SOUS LA GLACE, Actes Sud, 2011.
LE MOIS LE PLUS CRUEL, Actes Sud, 2012.

Titre original :
The Murder Stone
Éditeur original :
Headline Publishing Group, Londres

ISBN 978-2-330-01942-6

LOUISE PENNY

Défense de tuer

Une enquête de l'inspecteur-chef
Armand Gamache

roman traduit de l'anglais (Canada)
par Claire Chabalier et Louise Chabalier

ACTES SUD

À la mémoire de mes parents,
avec tout mon amour.

PROLOGUE

Il y a plus d'un siècle, des barons pillards découvraient le lac Massawippi. Poursuivant un but, ils vinrent de Montréal, de Boston, de New York et, pénétrant profondément dans la nature sauvage du Québec, bâtirent le grand pavillon. Bien sûr, ils ne se salirent pas les mains. Ce qui est resté collé à eux est quelque chose de complètement différent. Ces hommes engagèrent d'autres hommes prénommés Zotique, Télesphore ou Honoré pour défricher ces vastes et très anciennes forêts. Les travailleurs québécois avaient d'abord refusé, car ils avaient vécu dans la forêt toute leur vie et regimbaient à l'idée de détruire une nature d'une telle beauté. Certains d'entre eux, plus sagaces, savaient reconnaître les signes d'une fin quand ils les voyaient. Cependant, l'argent eut tôt fait de venir à bout de cette résistance et, petit à petit, la forêt recula et le magnifique Manoir Bellechasse fut érigé. Après des mois passés à abattre et à ébrancher des arbres, à retourner les troncs et à les faire sécher, les bûcherons empilèrent les énormes rondins les uns sur les autres. Construire des maisons en rondins était un art. Toutefois, ce n'était pas l'esthétique qui guidait ces hommes aux yeux perçants et aux mains calleuses, mais la certitude que l'hiver mordant tuerait quiconque y habiterait s'ils ne choisissaient pas judicieusement les rondins. Un bûcheron pouvait contempler des heures durant le tronc dégrossi d'un arbre gigantesque, comme pour le déchiffrer. Cet homme des bois en faisait le tour de nombreuses fois, s'asseyait sur une souche, bourrait sa pipe et fixait le tronc jusqu'à ce que, finalement, il sache où cet arbre reposerait pour le reste de sa vie.

Cela prit des années, mais le grand pavillon fut enfin achevé. Debout sur le magnifique toit en cuivre tel un paratonnerre, le dernier ouvrier regarda les forêts et le lac isolé, mystérieux, d'une hauteur que jamais plus il n'atteindrait. S'il avait pu voir suffisamment loin, il se serait rendu compte que quelque chose d'horrible s'approchait, comme les veines d'éclairs en été. S'approchait non seulement du pavillon, mais de l'endroit où il se trouvait – le toit métallique luisant. Un drame surviendrait à cet endroit précis.

L'homme avait déjà installé des toits en cuivre, tous semblables. Or cette fois, alors que tout le monde pensait le travail terminé, il était remonté sur le toit pour ajouter une crête le long du faîtage. Il ne savait pas pourquoi, mais il trouvait cela beau et approprié. Et il lui restait du cuivre. Plus tard, il construirait des toits du même style sur de magnifiques bâtiments partout dans la région en plein essor. Mais celui-là était le premier.

Après avoir enfoncé le dernier clou, il descendit lentement, prudemment.

Une fois payés, les hommes quittèrent l'endroit en canot, le cœur aussi lourd que leurs poches. En se retournant, les plus perspicaces remarquèrent que leur création ressemblait un peu à une forêt, une forêt qui, cependant, reposait anormalement sur le côté.

Le Manoir Bellechasse avait effectivement quelque chose de peu naturel. Il était d'une beauté stupéfiante. D'un jaune d'or, les rondins écorcés luisaient. En bois et en clayonnage, le manoir se dressait sur le bord de l'eau et dominait le lac Massawippi, comme les barons pillards dominaient tout. Ces capitaines d'industrie semblaient incapables de s'en empêcher.

Et, une fois par an, des hommes prénommés Andrew, Douglas ou Charles quittaient leur empire ferroviaire ou de distillation de whisky, troquaient leurs guêtres contre des mocassins en cuir mâché et se rendaient en canot au pavillon sur la rive du lac isolé. Voler ne les intéressait plus ; ils avaient besoin d'une autre distraction.

Le Manoir Bellechasse fut conçu et construit pour permettre à ces hommes de faire une chose : tuer.

C'était un divertissement d'un autre genre.

Au cours des années, l'étendue des régions sauvages se rétrécit. Les renards, les chevreuils, les orignaux et les ours, tous ces animaux que les barons pillards chassaient, disparurent. Les Abénaquis, qui, souvent, amenaient les riches industriels en canot jusqu'au pavillon, s'étaient retirés, dégoûtés. De petites villes et des villages apparurent. Les vacanciers de week-ends et les propriétaires de maisons de campagne découvraient les lacs environnants.

Cependant, le Manoir Bellechasse survécut. Il changea de propriétaire à chaque génération et, petit à petit, les têtes empaillées au regard abasourdi de chevreuils et d'orignaux morts depuis longtemps, voire celle d'un couguar – une proie rare –, furent décrochées des murs et remisées au grenier.

À mesure que diminuaient les fortunes de ses créateurs, le manoir en subissait les contrecoups et dépérissait. Il demeura abandonné pendant des années, beaucoup trop grand pour loger une seule famille et trop isolé pour être transformé en hôtel. Juste comme la forêt s'apprêtait à reprendre possession de ce qui lui appartenait, quelqu'un acheta la propriété. On construisit une route, on accrocha des rideaux, on chassa les araignées, les cafards et les hiboux du manoir et on y invita des clients. Le Manoir Bellechasse devint l'une des plus belles auberges du Québec.

Si le lac Massawippi avait changé au cours du siècle écoulé, si le Québec et le Canada avaient eux aussi changé, si, en fait, presque tout avait changé, une chose, cependant, n'avait pas changé.

Les barons pillards étaient de retour. Ils étaient revenus au Manoir Bellechasse encore une fois, pour tuer.

1

Au plus fort de l'été, des clients convergèrent vers le pavillon isolé au bord du lac, convoqués au Manoir Bellechasse par des invitations sur papier vélin identiques, les adresses griffonnées de l'écriture familière en pattes de mouche. Poussées dans la fente de boîtes aux lettres, les lourdes enveloppes étaient tombées avec un bruit sourd sur le plancher d'impressionnantes demeures à Vancouver et à Toronto, et d'une petite maison en brique à Three Pines.

Le facteur avait traversé sans hâte le petit village québécois. Avec cette chaleur, mieux valait ne pas faire trop d'efforts, se disait-il, en s'arrêtant de temps en temps pour retirer son chapeau et éponger la sueur sur sa tête. Règlement syndical. Cependant, la vraie raison de sa léthargie n'était pas le soleil éclatant et torride, mais quelque chose de plus personnel. Il prenait toujours son temps dans ce village, s'attardant devant des platebandes de roses, de lis et de vigoureuses digitales aux couleurs vives. Il aidait les enfants à repérer des grenouilles dans l'étang du parc. Il s'asseyait sur des murets en pierres des champs et regardait vivre le vieux village. Cela ajoutait des heures à sa journée et le faisait revenir bon dernier au centre de tri. Ses collègues le taquinaient et se moquaient de sa lenteur, laquelle, selon lui, expliquait probablement pourquoi il n'avait jamais été promu. Durant plus de vingt ans, il avait pris son temps. Au lieu de se dépêcher, il déambulait lentement dans Three Pines, parlait aux gens qui promenaient leur chien, se joignait à eux pour une limonade ou un thé glacé à l'extérieur du bistro. Ou un café au lait devant un feu de cheminée crépitant, en hiver. Sachant que le midi il mangeait au bistro, les villageois y passaient parfois prendre leur courrier. Et bavarder un instant. Il apportait des nouvelles d'autres villages, comme un ménestrel au Moyen Âge racontant l'inondation, la guerre ou l'épidémie de peste qui sévissait ailleurs. Mais de telles catastrophes ne se produisaient jamais ici, dans ce joli et paisible village. Il aimait imaginer que Three Pines, blotti au pied de montagnes et entouré de forêts, était coupé du monde extérieur. C'est du moins l'impression qui s'en dégageait. Et il en éprouvait du soulagement.

Alors, il prenait son temps. Ce jour-là, il tenait un paquet d'enveloppes dans sa main moite de sueur, en espérant ne pas salir le beau papier épais de la première lettre de la pile. Son regard se posa sur l'écriture, et il ralentit encore le pas. Après avoir travaillé des dizaines d'années comme facteur, il savait qu'il distribuait davantage que des lettres. Il savait qu'il avait lâché des bombes au cours de ses tournées. Il avait apporté de très bonnes nouvelles : des avis de naissance, des gains de loterie, le décès d'une vieille tante riche. Mais c'était un homme bon, d'une grande sensibilité, et il savait qu'il était aussi porteur de mauvaises nouvelles. Penser à la peine qu'il causait parfois, surtout aux gens de ce village, lui brisait le cœur.

Or ce qu'il tenait dans sa main était précisément cela, et pire encore. Ce n'était peut-être pas tout à fait la télépathie qui lui donnait cette certitude, mais un talent, dont il n'avait pas conscience, pour déchiffrer l'écriture. Pas simplement les mots, mais l'intention cachée derrière. L'adresse de trois lignes, simple et ordinaire, ne lui révélait pas seulement qui était le destinataire. D'après ce qu'il pouvait voir, la main qui l'avait écrite était vieille, et infirme. L'infirmité n'était pas uniquement due à l'âge, mais à la rage. Rien de bon ne viendrait de cette chose qu'il tenait. Et soudain il voulut en être débarrassé.

Son intention avait été d'aller au bistro pour prendre une bière froide et un sandwich, bavarder avec le propriétaire, Olivier, et voir si les gens viendraient chercher leur courrier, car il était un peu paresseux aussi. Mais voilà que tout à coup il se sentait plein d'énergie. Des habitants du village, ahuris, virent ce que jamais auparavant ils n'avaient vu : le facteur se dépêchant. Il s'arrêta, se retourna et s'éloigna à grands pas du bistro pour se diriger vers une boîte aux lettres rouillée devant une maison en brique donnant sur le parc. Lorsqu'il ouvrit la boîte aux lettres, celle-ci hurla. Il la comprenait. Après avoir poussé la lettre à l'intérieur, il referma rapidement la porte hurlante. Il fut surpris que la boîte métallique cabossée ne s'étouffe pas et ne recrache pas cette chose immonde. Avec le temps, il en était venu à voir ses lettres comme des êtres vivants et les boîtes comme des espèces d'animaux de compagnie. Et il venait de faire quelque chose de terrible à cette boîte. Et à ces gens.

Même les yeux bandés, Armand Gamache aurait su où il se trouvait. À cause de l'odeur. Un mélange de fumée de bois, de vieux livres et de chèvrefeuille.

— Monsieur et madame Gamache, quel plaisir !

Clémentine Dubois contourna en se dandinant le comptoir dans le hall d'entrée du Manoir Bellechasse. Sous ses bras tendus, la chair, semblable à des ailes, pendait et ballottait, lui donnant l'aspect d'un oiseau ou encore d'un ange desséché tandis qu'elle s'approchait d'eux avec une intention évidente. Reine-Marie Gamache alla à sa rencontre, sans espoir de pouvoir entourer de ses bras cette femme corpulente. Elles s'embrassèrent sur les joues. Après que Gamache eut lui aussi embrassé Mme Dubois, celle-ci recula d'un pas et examina le couple. Reine-Marie était une femme de petite taille, pas vraiment rondelette ni mince non plus, avec les cheveux grisonnants et le visage d'une personne d'âge moyen ayant eu une vie bien remplie. Belle sans être réellement jolie, elle soignait son apparence. Elle portait une jupe bleu marine ajustée, tombant à mi-mollet, et un chemisier blanc immaculé. D'une simplicité élégante et classique.

L'homme était grand et solidement bâti. Dans la mi-cinquantaine, il ne faisait pas encore de l'embonpoint, mais montrait les signes d'une vie consacrée à la lecture, à la bonne chère et aux marches lentes. Il ressemblait à un professeur, bien que Clémentine Dubois sût qu'il ne l'était pas. Son front était dégarni ; ses cheveux, auparavant ondulés et foncés, s'éclaircissaient maintenant sur le dessus de la tête, grisonnaient sur les tempes et se retroussaient légèrement sur son col. Il n'avait pas de barbe, mais une petite moustache poivre et sel, bien taillée. Il portait un veston marine, un pantalon kaki, une chemise bleu pâle et une cravate. Ses vêtements étaient toujours impeccables, même dans la chaleur croissante de cette journée de la fin juin. Mais ce qui frappait le plus était ses yeux, d'un brun très foncé. Il dégageait une impression de calme, comme d'autres hommes dégagent un parfum d'eau de Cologne.

— Vous avez l'air fatigués.

La plupart des aubergistes auraient dit "Vous paraissez très bien" ou "Vous n'avez pas du tout changé". Ou même "Vous avez rajeuni", sachant que les vieilles oreilles ne se lassent jamais d'entendre ces paroles.

On ne pouvait pas dire que les oreilles d'Armand et de Reine-Marie étaient vieilles, mais, effectivement, elles étaient fatiguées. L'année avait été longue et leurs oreilles avaient entendu plus que ce qu'ils auraient voulu. Et, selon leur habitude, les Gamache étaient venus au Manoir Bellechasse pour se ressourcer. Partout dans le monde, le nouvel an se célèbre en janvier ; pour les Gamache, c'était au cœur de l'été, dans cet endroit béni et isolé où ils remettaient le compteur à zéro.

— En effet, nous sommes un peu fatigués, admit Reine-Marie, heureuse de se laisser tomber dans la bergère confortable du hall d'entrée.

— Bon, nous allons remédier à ça.

Mme Dubois retourna avec grâce derrière le comptoir et s'assit dans son fauteuil, lui aussi confortable. Tirant vers elle le cahier des réservations, elle mit ses lunettes.

— Voyons voir, quelle chambre vous a-t-on donnée ?

Armand Gamache s'assit à côté de sa femme et ils échangèrent un regard. Ils savaient que, s'ils remontaient suffisamment loin dans le cahier, ils trouveraient leurs signatures, chaque année, jusqu'à un jour du mois de juin, trente ans auparavant, quand le jeune Armand avait économisé et emmené Reine-Marie ici. Pour une nuit. Dans une chambre minuscule à l'arrière de cette splendide auberge, sans vue sur les montagnes, le lac ou les platebandes de vivaces débordantes de pivoines et de rosiers en fleurs. Il avait économisé durant des mois, car il voulait offrir à Reine-Marie un séjour mémorable. Il voulait qu'elle sache à quel point il l'aimait, à quel point elle comptait pour lui.

Ils avaient alors couché ensemble pour la première fois, les doux effluves de la forêt, du thym et du lilas presque visibles à travers la moustiquaire. Mais le parfum le plus merveilleux émanait de Reine-Marie tandis qu'elle reposait, fraîche et chaude, dans ses bras. Il avait doucement tiré le drap blanc sur elle, puis, à l'étroit dans la chaise berçante, n'osant pas se bercer de peur de heurter le mur ou de se frapper les tibias contre le lit et de réveiller Reine-Marie, il l'avait regardée respirer. Sur du papier à en-tête du manoir, il avait écrit :

Mon amour ne sait pas…
Comment un homme peut-il porter en lui tant de…
Mon cœur et mon âme s'enflamment…
Mon amour pour toi…

Toute la nuit il avait écrit et, le lendemain matin, Reine-Marie avait trouvé la feuille collée sur le miroir de la salle de bains.

Je t'aime.

Clémentine Dubois était déjà en poste à cette époque – massive, chancelante, souriante, et déjà vieille. Chaque année, lorsqu'il appelait pour faire une réservation, Gamache craignait d'entendre une voix claire, inconnue, répondre : “Bonjour, ici le Manoir Bellechasse. Comment puis-je vous aider ?” Mais il entendait plutôt : “Monsieur Gamache, quelle belle surprise ! Aurons-nous le plaisir de vous voir bientôt ?” C'était comme aller chez grand-maman, bien que la demeure de cette grand-maman fût la plus imposante qu'il eût jamais vue.

Alors que Gamache et Reine-Marie avaient de toute évidence changé – ils s'étaient mariés, avaient eu deux enfants, avaient maintenant une petite-fille et allaient de nouveau être grands-parents –, Clémentine Dubois ne paraissait pas vieillir davantage ni faiblir. Son grand amour, le Manoir Bellechasse, non plus d'ailleurs. Comme s'ils ne faisaient qu'un, tous les deux chaleureux et accueillants, tous les deux une présence réconfortante. Mystérieusement et délicieusement à l'abri du changement dans un monde qui semblait changer si rapidement. Et pas nécessairement pour le mieux.

— Qu'y a-t-il ? demanda Reine-Marie en remarquant l'expression sur le visage de Mme Dubois.

— Je dois vieillir, répondit-elle en relevant la tête, ses yeux violets contrariés.

Gamache eut un sourire rassurant. D'après ses calculs, elle devait avoir cent vingt ans.

— Ne vous en faites pas si vous n'avez pas de chambre. Nous pouvons revenir une autre fois.

Le trajet entre leur maison à Outremont et les Cantons-de-l'Est s'effectuait en deux heures à peine.

— Oh, j'ai une chambre, mais j'aurais voulu vous donner quelque chose de mieux. Quand vous avez appelé, j'aurais dû réserver la Chambre du lac pour vous, celle que vous aviez l'an passé. Mais le manoir est plein. Une famille, les Finney, a pris les cinq autres chambres. Ils sont ici…

Elle cessa soudainement de parler et baissa les yeux sur le cahier des réservations d'une façon si étrange et inhabituelle que les Gamache échangèrent un regard.

— Ils sont ici… ? dit Gamache après un silence, pour l'inciter à continuer.

— Ce n'est rien. Je verrai ça plus tard, répondit-elle en relevant la tête, un sourire rassurant aux lèvres. Je suis désolée de ne pas avoir gardé la meilleure chambre pour vous.

— Si nous avions voulu la Chambre du lac, nous l'aurions demandée, dit Reine-Marie. Vous connaissez Armand, c'est la seule occasion qu'il a de se mesurer à l'imprévisible. Il est la témérité incarnée !

Clémentine Dubois se mit à rire, sachant pertinemment que ce n'était pas vrai. L'homme devant elle faisait face à l'inconnu tous les jours. C'est pourquoi elle tenait tant à ce que les Gamache jouissent de tout le luxe et le confort possible pendant leurs séjours au manoir. Et de paix.

— Nous ne demandons jamais une chambre en particulier, madame, dit Gamache d'une voix grave et chaleureuse. Savez-vous pourquoi ?

Mme Dubois secoua la tête. Elle s'était souvent posé la question, mais n'avait pas poussé plus loin, n'ayant aucune intention de faire subir un interrogatoire à ses clients, encore moins à celui-là.

— Tous les clients le font. En fait, les Finney ont voulu avoir les meilleures chambres sans payer de supplément. Ils sont arrivés en Mercedes et en BMW, et ont demandé à être logés dans les chambres de catégorie supérieure, dit-elle en souriant.

Il n'y avait pas de méchanceté dans ses paroles ; elle était seulement étonnée de constater que des gens déjà bien nantis voulaient davantage.

— Nous préférons nous en remettre au destin, expliqua Gamache.

Elle scruta son visage pour voir s'il blaguait, mais vint à la conclusion que ce n'était probablement pas le cas.

— Nous sommes parfaitement heureux avec ce qu'on nous donne.

Clémentine Dubois savait qu'il disait la vérité. Elle partageait ce sentiment. Chaque matin, elle se réveillait, un peu surprise de voir un autre jour et toujours surprise de se rendre compte qu'elle se trouvait encore dans ce vieux pavillon près de la rive étincelante de ce lac d'eau douce, entourée de forêts, de jardins et de clients. C'était son chez-soi, et les clients, sa famille. Or, comme Mme Dubois l'avait péniblement appris, on ne choisit pas sa famille et on n'aime pas nécessairement ceux qui la composent.

— La voici, s'exclama-t-elle en agitant une vieille clé en laiton au bout de la longue chaîne d'un porte-clés. La Chambre de la forêt. Je regrette, mais c'est à l'arrière.

Reine-Marie sourit.

— Merci, nous savons où elle se trouve.

Les jours s'écoulaient lentement ; les Gamache passaient leur temps à nager dans le lac Massawippi ou à se promener tranquillement dans la forêt odoriférante. Ils lisaient ou bavardaient avec les autres clients, apprenant petit à petit à les connaître.

Jusqu'à il y a quelques jours, ils n'avaient encore jamais rencontré les Finney, mais maintenant ces gens étaient devenus d'agréables compagnons dans cette auberge isolée. Comme des voyageurs avisés sur un bateau de croisière, les clients gardaient une certaine distance dans leurs rapports. Ils ne savaient même pas quelle profession les autres exerçaient, ce qui faisait l'affaire d'Armand Gamache.

C'était le milieu de l'après-midi et Gamache observait une abeille qui bourdonnait autour d'une rose vermeille lorsqu'un mouvement attira son attention. Il se tourna sur la chaise longue et regarda le fils, Thomas, et sa femme, Sandra, sortir de l'auberge sous le soleil éclatant. Sandra leva une main délicate et mit d'énormes verres fumés, qui lui donnaient un peu l'air d'une mouche. Elle ne semblait pas à sa place, ici ; cet endroit n'était certainement pas son habitat naturel. Gamache l'estimait à la fin de la cinquantaine ou au début de la soixantaine, même si elle s'efforçait de paraître beaucoup plus jeune. "C'est curieux, se dit-il, comment des cheveux teints, un maquillage épais et des vêtements jeunes peuvent, en fait, vieillir une personne."

Le couple fit quelques pas sur la pelouse, les talons de Sandra aérant le terrain, puis s'arrêta comme s'il attendait des applaudissements. Mais le seul son qu'entendait Gamache était le bourdonnement étouffé des ailes de l'abeille butinant la rose.

Thomas se tenait au sommet de la petite butte qui descendait vers le lac, tel un amiral sur le pont. Ses yeux bleus perçants scrutaient l'eau, comme Nelson à Trafalgar. Gamache se rendit compte que, chaque fois qu'il voyait Thomas, l'image d'un homme se préparant au combat lui venait à l'esprit. Thomas Finney, au début de la soixantaine, était un très bel homme : grand et distingué, les cheveux gris, avec de nobles traits. Mais au cours des quelques jours passés à l'auberge en sa compagnie, Gamache avait décelé chez lui un soupçon d'ironie, un léger sens de l'humour. Il était arrogant, ce qui était son droit, mais il semblait le savoir et pouvait se moquer de lui-même. C'était un trait de caractère charmant, et Gamache sentit qu'il se prenait de sympathie pour ce type. Cependant, en cette chaude journée, il paraissait prêt à se lier à n'importe quoi, y compris au vieux numéro du magazine *Life* dont l'encre maculait ses mains moites. Baissant la tête, il vit efil tatoué sur sa paume. La vie à l'envers.

Le couple était passé tout droit devant les parents âgés de Thomas, qui se prélassaient à l'ombre sur la galerie. Gamache s'étonna, encore une fois, de la facilité avec laquelle les membres de cette famille arrivaient à se rendre invisibles les uns pour les autres. Levant les yeux au-dessus de ses demi-lunes, il observa Thomas et Sandra qui regardaient les personnes éparpillées dans le jardin et le long de la rive. Julia Martin, la fille aînée un peu plus jeune que Thomas, était assise, seule, sur le quai dans un fauteuil Adirondack et lisait. Elle était vêtue d'un maillot une pièce blanc, très simple. Approchant la soixantaine, elle était mince et sa peau luisait tel un trophée, comme si elle s'était enduite d'huile à friture. On aurait dit qu'elle grésillait sous le soleil et Gamache, en grimaçant, imaginait sa peau qui se fendillait. De temps en temps, Julia abaissait son livre et regardait au loin sur le lac calme. Songeuse. Gamache en savait suffisamment sur Julia Martin pour savoir qu'elle n'était pas à court de sujets demandant réflexion.

Le reste de la famille se trouvait sur la pelouse descendant jusqu'au lac : Marianna, la cadette, et son enfant, Bean. Alors que Thomas et Julia étaient sveltes et séduisants, Marianna était trapue et indéniablement laide. Comme si elle était le négatif et eux l'épreuve positive. Ses vêtements semblaient avoir une dent contre elle : ou bien ils glissaient de son corps, ou bien ils se chiffonnaient au point où elle devait constamment remettre de l'ordre dans sa tenue, en tirant ici et là, et en se tortillant.

Et pourtant, l'enfant, Bean, était d'une grande beauté, avec ses longs cheveux blonds presque blancs sous l'effet du soleil, ses cils noirs épais et ses yeux bleus brillants. Marianna semblait faire du taï-chi, mais avec des mouvements de son cru.

— Regarde, mon trésor, une grue. Maman est une grue.

La femme rondelette se tenait sur une jambe, les bras tendus vers le ciel, le cou étiré à l'extrême.

Bean ignora maman et continua sa lecture. Gamache se dit que cet enfant de dix ans devait drôlement s'ennuyer.

— C'est la position la plus difficile, ajouta Marianna d'une voix un peu plus forte que nécessaire, s'étranglant presque avec un de ses foulards.

Gamache avait remarqué que Marianna se mettait à faire des exercices de taï-chi, de yoga, de méditation ou de gymnastique seulement quand Thomas apparaissait. Essayait-elle d'impressionner son frère, se demandait-il, ou de lui faire honte ?

Thomas jeta un coup d'œil à la grue grassouillette qui s'écroulait et se dirigea dans la direction opposée. Sandra et lui trouvèrent deux fauteuils isolés à l'ombre.

— Ne me dis pas que tu les espionnes, dit Reine-Marie en abaissant son livre et en se tournant vers son mari.

— Espionner est un bien grand mot. J'observe.

— N'es-tu pas censé arrêter de faire ça ?

Puis, après un moment, elle ajouta :

— Quelque chose d'intéressant ?

Il secoua la tête et en riant répondit :

— Rien.

— Et pourtant, continua Reine-Marie, en regardant les membres dispersés de la famille Finney. C'est quand même curieux qu'une famille se déplace jusqu'ici pour une réunion, pour ensuite s'ignorer les uns les autres.

— Ce pourrait être pire. Ils pourraient s'entretuer.

— Ils ne sont jamais assez près les uns des autres pour y arriver, dit Reine-Marie en riant.

Gamache exprima son accord par un grognement et fut heureux de constater qu'il s'en fichait. C'était leur problème, pas le sien. Et puis, au cours de ces quelques jours passés en leur compagnie, il s'était en quelque sorte pris d'affection pour les Finney.

— Votre thé glacé, madame.

Le jeune homme parlait français avec un délicieux accent canadien-anglais.

— Merci, Elliot.

Reine-Marie se protégea les yeux du soleil avec la main et sourit au serveur.

— De rien.

Affichant un sourire rayonnant, il tendit un grand verre de thé glacé à Reine-Marie et un verre de limonade suintant à Gamache, puis s'éloigna pour distribuer les autres consommations.

— Je me rappelle quand j'avais son âge, dit Gamache avec nostalgie.

— Tu as peut-être déjà été jeune comme lui, mais tu n'as jamais été aussi…

De la tête elle désigna Elliot qui, vêtu d'un pantalon noir ajusté et d'une courte veste blanche épousant parfaitement son corps, foulait d'un pas souple la pelouse manucurée.

— Seigneur, vais-je devoir rosser un autre soupirant ?

— Peut-être.

— Tu sais que je le ferais.

Il lui prit la main.

— Je sais que tu ne le ferais pas. Tu l'écouterais jusqu'à ce qu'il capitule.

— Eh bien, c'est une stratégie : l'écraser avec la puissance de mon intellect.

— J'imagine sa terreur.

Gamache prit une gorgée de sa limonade et pinça aussitôt les lèvres, ses yeux remplis de larmes.

— Ah, quelle femme pourrait résister à ça ? s'exclama Reine-Marie en regardant ses yeux larmoyants papillonner et son visage grimacer.

— Du sucre. Il faut du sucre, dit-il, le souffle coupé.

— Je vais en demander au serveur.

— Laisse tomber. Je vais le faire.

Gamache toussa et, moqueusement, lui jeta un regard sévère tout en se donnant un élan pour se lever de sa chaise longue, profonde et confortable.

Sa limonade à la main, il prit le sentier longeant les platebandes odorantes jusqu'à la grande galerie, plus fraîche parce qu'elle n'était pas exposée aux rayons brûlants du soleil de l'après-midi. Bert Finney abaissa son livre et regarda Gamache, puis sourit poliment.

— Bonjour, dit le vieil homme. Il fait chaud.

— Mais c'est plus frais ici, répondit Gamache en souriant au couple âgé assis côte à côte.

Il était évident que Finney était plus vieux que sa femme. D'après Gamache, celle-ci devait avoir environ quatre-vingt-cinq ans alors que lui devait approcher les quatre-vingt-dix. Il avait cette translucidité qu'ont parfois les gens vers la fin de leur vie.

— Je rentre. Puis-je vous rapporter quelque chose? demanda Gamache.

Il se fit encore une fois la réflexion que, bien qu'élégant, Bert Finney était l'une des personnes les moins attrayantes qu'il ait jamais rencontrées. Il se reprocha sa superficialité, mais il avait toute la difficulté du monde à ne pas le fixer. M. Finney était si repoussant qu'il en était presque séduisant, comme si l'esthétique était un monde circulaire et brutal, et que cet homme en avait fait le tour.

Son visage était grêlé et rougeaud, son nez large et crochu, couperosé, comme s'il avait sniffé du bourgogne. Ses dents proéminentes et jaunes avaient poussé de façon anarchique dans sa bouche. Il avait de petits yeux et louchait légèrement. "Un œil paresseux", se dit Gamache. Autrefois, on appelait ça le mauvais œil, à une époque plus sombre où les hommes comme lui étaient, au mieux, tenus à l'écart de la bonne société et, au pire, envoyés au bûcher.

Vêtue d'une robe bain-de-soleil à fleurs, Irene Finney était assise à côté de son mari. Rondelette, elle portait ses cheveux blancs et soyeux en un chignon lâche sur le dessus de la tête. Même si elle ne leva pas les yeux, Gamache pouvait voir qu'elle avait le teint délicat et diaphane. Elle ressemblait à un coussin doux et invitant, bien qu'un peu défraîchi, appuyé contre un visage aux traits anguleux.

— Nous n'avons besoin de rien, merci.

Gamache avait remarqué que Finney essayait toujours – et il était le seul de sa famille à le faire – de lui dire quelques mots en français.

À l'intérieur, la température baissa encore. Il y faisait presque froid, un répit par rapport à la chaleur du jour. Il fallut quelques instants pour que les yeux de Gamache s'adaptent.

La porte en érable foncé de la salle à manger était fermée. Gamache cogna timidement, puis ouvrit et pénétra dans la pièce lambrissée. On préparait les tables pour le souper : nappes et serviettes blanches, ustensiles d'argent, porcelaine fine et petits bouquets de fleurs fraîches. La pièce sentait la rose et le bois, l'encaustique et les fines herbes, et respirait la beauté et l'ordre. Le soleil entrait à flots par les immenses fenêtres qui donnaient sur le jardin. Elles étaient fermées pour empêcher la chaleur de pénétrer et garder la fraîcheur. Il n'y avait pas d'air climatisé au Manoir Bellechasse, mais les rondins massifs agissaient comme isolant naturel, conservant la chaleur à l'intérieur pendant les rudes hivers québécois et l'empêchant d'entrer les jours d'été torrides. Cette journée-là n'était pas la plus chaude. Selon Gamache, il devait faire un peu moins de trente degrés. Cependant, il était reconnaissant aux bûcherons qui avaient bâti cette habitation et choisi chaque rondin avec une telle attention que rien qui n'y était invité ne pouvait jamais entrer.

— Monsieur Gamache.

Pierre Patenaude s'avança en souriant et en s'essuyant les mains avec un chiffon. Il était légèrement plus jeune que Gamache, et plus mince. "C'est parce qu'il court de table en table", se dit Gamache. Pourtant, le maître d'hôtel ne semblait jamais courir. Il accordait tout son temps à chaque personne, comme si cette personne était seule dans l'auberge, sans toutefois ignorer ou délaisser les autres clients. C'était un don que possédaient les meilleurs maîtres d'hôtel et, fidèle à sa réputation, le Manoir Bellechasse n'offrait que le meilleur.

— Que puis-je faire pour vous?

Gamache, légèrement embarrassé, tendit son verre.

— Désolé de vous déranger, mais j'aimerais du sucre.

— Oh, mon Dieu, c'est ce que je craignais. Il semble que nous n'en ayons plus. J'ai envoyé un des serveurs en chercher au village. Mais si vous voulez attendre ici, je crois savoir où se trouve la réserve secrète de notre chef. Vraiment, cette situation est très bizarre.

Ce qui l'était encore plus, pensa Gamache, c'était de voir l'imperturbable maître d'hôtel perturbé.

— Je ne veux pas vous déranger, cria Gamache dans le dos de Patenaude qui disparaissait.

Peu après, le maître d'hôtel revint avec un petit sucrier en porcelaine dans les mains.

— Voilà ! J'ai réussi ! Bien sûr, j'ai dû me battre avec la chef Véronique pour l'avoir.

— J'ai entendu les cris. Merci.

— Pour vous, monsieur, c'est un plaisir.

Patenaude ramassa son chiffon et une coupe en argent et se mit à la polir tandis que Gamache mélangeait le précieux sucre dans sa limonade. Dans un silence complice, les deux hommes regardèrent le jardin et le lac miroitant au loin. Un canot avançait doucement dans l'après-midi paisible.

— J'ai vérifié mes instruments il y a quelques minutes, dit le maître d'hôtel. Une tempête s'en vient.

— Vraiment ?

C'était une journée calme et sans nuages, mais, comme tous les autres clients du vieux manoir, Gamache en était venu à croire les bulletins météo du maître d'hôtel, qui s'appuyait sur les renseignements obtenus à partir de stations météorologiques de son cru disséminées sur la propriété. C'était un passe-temps, avait-il expliqué, transmis de père en fils.

— Certains pères montrent à leurs fils comment chasser ou pêcher. Le mien m'emmenait dans les bois et m'apprenait à prédire la météo, avait-il un jour raconté aux Gamache en leur montrant son baromètre maison et la vieille cloche en verre dont le bec était rempli d'eau. Maintenant, c'est à mon tour de transmettre mes connaissances, à eux, avait-il ajouté en désignant les jeunes employés de l'auberge.

Gamache espérait que ces jeunes gens prêtaient attention.

Il n'y avait pas de télévision au Manoir Bellechasse ; quant à la radio, souvent on la captait mal. Il était donc impossible d'obtenir les prévisions météorologiques d'Environnement Canada. Les clients ne pouvaient compter que sur Patenaude et sa capacité quasi mythique à prédire le temps. Chaque matin au petit-déjeuner, ils trouvaient ses prévisions punaisées à l'extérieur de la salle à manger. Le maître d'hôtel donnait ainsi, à cette nation accro à la météo, la dose dont elle avait besoin.

Patenaude regardait dehors. Pas une feuille ne bougeait.

— Oui. D'abord une vague de chaleur, puis la tempête. Et elle sera terrible.

— Merci, dit Gamache en montrant son verre au maître d'hôtel, avant de sortir.

Il adorait les orages, surtout ici à l'auberge. À Montréal, ils semblaient éclater soudainement, alors qu'au Manoir Bellechasse il avait le temps de les voir venir. Des nuages noirs s'amoncelaient au-dessus des montagnes de l'autre côté du lac, puis un rideau de pluie gris tombait au loin. Celui-ci semblait alors faire une pause, ralentir sa progression, avant de poursuivre sa marche sur une ligne droite clairement visible sur l'eau, tel un régiment d'infanterie. Le vent se levait et secouait violemment les grands arbres. Puis l'orage éclatait. Boum ! Et pendant que la tempête hurlait en se précipitant sur eux, lui, Gamache, était dans l'auberge avec Reine-Marie, en sécurité.

En sortant de la salle à manger, il fut assailli par la chaleur. Pas comme si un mur lui tombait dessus, plutôt comme si on lui assénait un grand coup.

— Tu as trouvé du sucre ? demanda Reine-Marie en levant la main pour caresser son visage tandis qu'il se penchait pour l'embrasser avant de s'installer sur sa chaise longue.

— Oui.

Elle retourna à sa lecture et Gamache tendit le bras pour prendre *Le Devoir*, mais sa large main hésita et s'immobilisa au-dessus des grands titres. "Possibilité d'un autre référendum sur la souveraineté." "Guerre de motards." "Violent tremblement de terre."

Sa main se déplaça et prit plutôt le verre de limonade. Toute l'année, il rêvait de la limonade maison du Manoir Bellechasse et avait l'eau à la bouche rien qu'en y pensant. Elle était rafraîchissante, douce, acidulée. Elle avait un goût de soleil et d'été.

Gamache sentit ses épaules s'abaisser. Il commençait à moins se tenir sur ses gardes, et ça faisait du bien. Il enleva son chapeau mou à bords flottants et s'essuya le front. L'humidité ne cessait d'augmenter.

En cet après-midi paisible, Gamache trouvait difficile de croire qu'une tempête se préparait. Mais un petit filet de sueur coula dans son dos et le chatouilla. Il y avait de l'électricité dans l'air, il s'en rendait compte. Il repensa alors aux paroles du maître d'hôtel, quelques instants plus tôt.

"Demain, la journée sera mortelle."

2

Après une baignade rafraîchissante et un gin tonic sur le quai, les Gamache se douchèrent puis rejoignirent les autres clients dans la salle à manger pour le souper. Des bougies brillaient à l'intérieur de lampes-tempête et chaque table était ornée d'un simple bouquet de roses anciennes. Des arrangements floraux plus élaborés, plus exubérants, reposaient sur la tablette de la cheminée : des tiges de pivoines, de lilas et de delphiniums bleu clair se mêlaient aux gerbes de cœurs-saignants, arqués comme s'ils ployaient sous la douleur.

Les Finney étaient assis ensemble, les hommes en tenue de soirée, les femmes en robes d'été légères compte tenu de la soirée chaude. Bean portait un short blanc et une chemise verte d'une propreté impeccable.

Les clients regardaient le soleil se coucher derrière les collines du lac Massawippi en savourant plat après plat, en commençant par les amuse-bouche du chef à base de caribou de la région. Reine-Marie prit les escargots à l'ail, suivis d'une poitrine de canard poêlée servie avec un confit de gingembre sauvage, de mandarines et de kumquats. Gamache opta d'abord pour une salade de roquette du potager, parsemée de copeaux de parmesan, puis commanda le saumon biologique au yogourt à l'oseille.

— Et pour le dessert ? demanda Pierre en prenant la bouteille dans le seau et en versant le reste du vin dans leurs verres.

— Que recommandez-vous ?

Reine-Marie avait peine à croire qu'elle posait cette question.

— Pour madame, nous avons une glace à la menthe fraîche

sur un éclair à la crème de chocolat noir biologique, et pour monsieur un pouding-chômeur à l'érable avec de la chantilly.

— Oh, Seigneur, chuchota Reine-Marie en se tournant vers son mari. Qu'est-ce qu'il disait, déjà, Oscar Wilde ?

— Je peux résister à tout, sauf à la tentation.

Ils commandèrent chacun un dessert.

Lorsqu'ils ne purent plus rien avaler, le chariot des fromages arriva, débordant d'une variété de délices de la région produits par les moines bénédictins de l'abbaye de Saint-Benoît-du-Lac. Les moines menaient une vie contemplative, se consacraient à l'élevage d'animaux, fabriquaient des fromages et chantaient des chants grégoriens si magnifiques qu'ils étaient devenus célèbres – plutôt ironique pour des hommes qui s'étaient délibérément retirés du monde.

Tout en se délectant d'un bleu savoureux, Armand Gamache regarda vers l'autre extrémité du lac dans la lueur faiblissante du soleil couchant, comme si une journée d'une telle beauté se terminait à contrecœur. Une seule lumière était visible à l'autre bout du lac. Un chalet. Plutôt que d'être gênante, de troubler la nature sauvage, elle était invitante. Gamache imaginait une famille assise sur le quai et guettant le passage d'une étoile filante, ou dans le séjour rustique et jouant au gin-rummy, au scrabble ou au cribbage, éclairée par des lampes à gaz. Ce chalet était sûrement alimenté en électricité, mais c'était un monde de son imagination et, dans celui-ci, les gens vivant loin dans les bois du Québec s'éclairaient aux lampes à gaz.

— J'ai appelé à Paris, aujourd'hui, et j'ai parlé à Roslyn, dit Reine-Marie en s'appuyant contre le dossier de sa chaise qui craqua comme si elle soupirait d'aise.

— Tout va bien ? demanda Gamache en scrutant le visage de sa femme.

S'il y avait eu un problème, cependant, elle lui en aurait déjà fait part.

— On ne peut mieux. Deux mois encore. Le bébé naîtra en septembre. La mère de Roslyn se rendra à Paris pour s'occuper de Florence à l'arrivée du nouveau-né, mais nous sommes invités aussi.

Gamache sourit. Bien sûr, ils en avaient discuté. Ils mouraient d'envie d'aller voir leur petite-fille, Florence, de voir leur fils et leur belle-fille. De voir le bébé. Chaque fois qu'il y pensait, Gamache tremblait de joie. L'idée que son propre enfant allait avoir un enfant lui paraissait presque invraisemblable.

— Ils ont choisi des noms, continua Reine-Marie d'un ton neutre.

Mais Gamache connaissait bien sa femme, son visage, ses mains, son corps, sa voix. Et le ton de sa voix venait de changer.

— Lesquels ?

Il posa le morceau de fromage sur la table et croisa les doigts de ses mains larges et expressives sur la nappe de lin blanc.

Reine-Marie regarda son mari. Pour un homme de sa carrure, il pouvait être si calme et posé, mais cela ne semblait qu'ajouter à l'impression de force qui se dégageait de lui.

— Si c'est une fille, ils pensent l'appeler Geneviève Marie Gamache.

Gamache répéta le nom. Geneviève Marie Gamache.

— C'est un très joli nom.

Était-ce le nom qu'ils écriraient sur les cartes d'anniversaire et de Noël ? Geneviève Marie Gamache. Se précipiterait-elle dans l'escalier de leur appartement à Outremont, ses petits pieds martelant les marches, en criant "grand-papa, grand-papa" ? Et lui, s'exclamerait-il "Geneviève!" en la prenant dans ses bras puissants et en la tenant, au chaud et à l'abri de tout danger, dans le creux de son épaule, cet endroit réservé aux personnes qu'il aimait ? Emmènerait-il un jour les deux sœurs faire des promenades au parc du Mont-Royal au cours desquelles il leur apprendrait ses poèmes préférés ?

> *Est-il un homme dont l'âme soit assez insensible pour ne s'être jamais dit :*
> *— Voici ma patrie! ma terre natale!*

Comme son père avait fait avec lui.

Geneviève.

— Et si c'est un garçon, reprit Reine-Marie, ils songent à l'appeler Honoré.

Il y eut une pause, puis Gamache baissa les yeux et soupira.
— Ahh.
— C'est un nom merveilleux, Armand, et une délicate pensée.
Gamache hocha la tête, mais ne dit rien. Il s'était demandé quelle serait sa réaction si jamais cela se produisait. À vrai dire, il s'y attendait, peut-être parce qu'il connaissait son fils. Ils étaient si semblables. Grands, bien bâtis, doux. Et n'avait-il pas lui-même envisagé l'idée d'appeler Daniel "Honoré" ? Jusqu'au moment du baptême, le nom choisi avait été Honoré Daniel.
Cependant, il n'avait pu se résigner à imposer ça à son fils. La vie n'était-elle pas déjà suffisamment difficile sans avoir à traîner le nom d'Honoré Gamache ?
— Daniel aimerait que tu lui téléphones.
Gamache regarda sa montre. Presque vingt-deux heures.
— Je lui téléphonerai demain matin.
— Et que lui diras-tu ?
Gamache prit les mains de sa femme dans les siennes, puis les lâcha, sourit et proposa :
— Ça te plairait de prendre le café et un digestif dans le Grand Salon ?
Elle fouilla son regard.
— Aimerais-tu aller faire un petit tour ? lui demanda-t-elle. Je m'occupe du café.
— Merci, mon cœur.
— Je t'attends.

"Est-il un homme dont l'âme soit assez insensible…", se répéta Gamache en marchant d'un pas mesuré dans l'obscurité. Le parfum délicat des giroflées lui tenait compagnie, à l'instar des étoiles, de la lune et de la lumière à l'autre extrémité du lac. La famille dans la forêt. La famille qu'il imaginait dans ses rêves : papa, maman, des enfants épanouis et heureux.
Pas de chagrin, pas de perte d'êtres chers, pas de petits coups secs frappés à la porte le soir.
Tandis qu'il regardait, la lumière tremblota et s'éteignit, puis ce fut l'obscurité. La famille dormait, en paix.

Honoré Gamache. Était-ce si épouvantable ? Avait-il tort d'éprouver ces sentiments ? Et que dirait-il à Daniel demain ?

En contemplant le ciel, il songea pendant quelques minutes à ce qu'il allait dire, puis, lentement, il se rendit compte de la présence de quelque chose dans les bois. Qui luisait. Il jeta un coup d'œil circulaire pour voir s'il y avait une autre personne, un autre témoin. Mais la terrasse et les jardins étaient vides.

Curieux, Gamache marcha en direction de cette chose. L'herbe était douce sous ses pieds. Se tournant du côté du manoir, il vit ses lumières vives et accueillantes, et les clients qui allaient et venaient dans les pièces. Puis il se retourna vers les bois.

Ils étaient sombres, mais pas silencieux. Ils grouillaient de bêtes. Des brindilles craquaient et des choses tombaient des arbres en atterrissant avec un bruit sourd. Gamache n'avait pas peur de l'obscurité, mais, comme la plupart des Canadiens avisés, il craignait un peu la forêt.

La chose blanche luisait et l'appelait ; et, comme Ulysse aux prises avec les sirènes, il se sentait irrésistiblement attiré par elle.

Elle reposait à l'orée du bois. En s'approchant, il fut étonné de constater qu'il s'agissait d'un bloc massif, solide, parfaitement carré, comme un énorme morceau de sucre. L'objet arrivait à la hauteur de ses hanches. Après l'avoir touché, il retira rapidement sa main, surpris. C'était froid, presque moite, pourrait-on dire. Il tendit de nouveau la main, avec plus d'assurance cette fois, et la posa sur le dessus du bloc, puis sourit.

Du marbre. "Peur d'un bloc de marbre… Quelle leçon d'humilité !" se dit Gamache en se moquant de lui-même. Il se recula pour l'examiner. La pierre blanche brillait comme si elle avait capté la faible lueur du clair de lune qui se rendait jusqu'à elle. C'était seulement un bloc de marbre. Pas un ours ni un couguar. Ce n'était rien ; rien, en tout cas, qui puisse l'effrayer. Pourtant, il était effrayé. Cela lui rappelait quelque chose.

— La papule pourpre perpétuellement purulente de Peter péta.

Gamache se figea.

— La papule pourpre perpétuellement purulente de Peter péta.

Encore !

Il se tourna et aperçut une silhouette au milieu de la pelouse. Une brume légère l'enveloppait et un point rouge scintillait près de son nez.

C'était Julia Martin venue fumer en cachette. Gamache se racla bruyamment la gorge et passa la main sur des arbustes. Immédiatement, le point rouge tomba sur le sol et disparut sous un pied élégant.

— Bonsoir, lança-t-elle d'un ton enjoué, bien que Gamache doutât qu'elle sût qui était là.

— Bonsoir, madame, répondit-il en inclinant légèrement le buste.

Elle était élancée et portait une robe du soir simple et élégante. Même dans ce coin perdu au fond des bois, elle avait pris la peine de se coiffer, de se maquiller et de se vernir les ongles. Elle agita une main fine devant sa figure pour dissiper l'odeur âcre du tabac.

— Des insectes, dit-elle. Des mouches noires. Le seul inconvénient de l'Est du pays.

— Vous n'avez pas de mouches noires dans l'Ouest ?

— À Vancouver, pas beaucoup. Des taons sur les terrains de golf, oui. Ils nous rendent fous.

Gamache n'avait aucune difficulté à le croire, ayant déjà été tourmenté par ces bestioles.

— Heureusement, la fumée éloigne les insectes, dit-il en souriant.

Elle hésita, puis eut un petit rire. Elle n'était pas guindée et son rire était naturel. Elle toucha le bras de Gamache d'un geste familier, comme s'ils se connaissaient depuis des années, bien que cela ne fût pas le cas. C'était une habitude chez elle. Il l'avait remarqué au cours des derniers jours. Elle touchait tout le monde. Et souriait tout le temps.

— Vous m'avez prise en flagrant délit, monsieur. Fumer en cachette… C'est pitoyable, non ?

— Votre famille n'approuverait pas ?

— À mon âge, ça fait longtemps que j'ai cessé de me préoccuper de l'opinion des autres.

— C'est vrai ? J'aimerais bien pouvoir le faire, moi aussi.

— Eh bien, ça me dérange peut-être un tout petit peu, avoua-t-elle. Il y avait des années que je n'avais pas vu ma famille.

Elle tourna les yeux vers l'auberge et Gamache suivit son regard. À l'intérieur, son frère Thomas était penché au-dessus de leur mère et lui parlait tandis que Sandra et Marianna les regardaient en silence, sans savoir qu'on les observait.

— Quand l'invitation est arrivée, j'ai failli ne pas venir. C'est une rencontre annuelle, vous savez, mais c'est la première fois que j'y viens. Vancouver est si loin.

Elle voyait encore l'invitation, recto vers le haut, sur le parquet de bois étincelant du grand vestibule, comme si elle était tombée de très haut. Elle connaissait cette sensation. Elle avait fixé l'épais papier blanc et l'écriture familière, en pattes de mouche. C'était une lutte entre des volontés différentes. Cependant, elle savait qui gagnerait. Qui gagnait toujours.

— Je ne veux pas les décevoir, finit-elle par dire d'un ton calme.

— Je suis persuadé que vous ne le pourriez pas.

Elle le regarda, les yeux grands ouverts.

— Vraiment ?

Il l'avait dit par politesse. En vérité, il n'avait aucune idée des sentiments que les membres de la famille éprouvaient les uns pour les autres.

Elle remarqua son hésitation et rit de nouveau.

— Pardonnez-moi, monsieur. Chaque fois que je suis en compagnie de ma famille, je régresse d'une décennie. En ce moment, je me sens comme une jeune fille à l'âge ingrat : une adolescente qui a besoin de beaucoup d'attention et qui se cache dans le jardin pour fumer. Vous aussi ?

— Si je fume en cachette ? Non, ça fait très longtemps que j'ai arrêté. J'explorais les lieux.

— Soyez prudent. Nous ne voudrions pas vous perdre.

Au ton de sa voix, on sentait qu'elle flirtait légèrement.

— Je suis toujours prudent, madame Martin, répondit Gamache en s'assurant de ne pas répondre sur le même ton.

À son avis, flirter était une seconde nature chez elle, une habitude inoffensive. Il l'avait observée pendant quelques jours et elle avait utilisé cette même inflexion de voix avec tout le monde : hommes et femmes, membres de la famille et étrangers, chiens, écureuils, colibris. C'était comme si elle roucoulait.

Un mouvement sur le côté attira son attention. Il eut l'impression d'avoir vu une masse blanche indistincte et son cœur se mit à cogner dans sa poitrine. Le bloc de marbre avait-il pris vie ? Sortait-il de la forêt et se dirigeait-il lourdement vers eux ? Il se tourna et vit une silhouette sur la terrasse reculer dans l'ombre. Puis elle réapparut.

— Elliot, cria Julia, merveilleux ! As-tu apporté mon Brandy & Bénédictine ?

— Oui, madame.

Le serveur sourit en lui présentant le verre sur le plateau d'argent. Puis il s'adressa à Gamache :

— Et pour monsieur ? Je peux aller vous chercher quelque chose ?

Il paraissait si jeune, avec un visage si franc.

Pourtant, Gamache savait que le jeune homme les avait épiés, caché derrière le coin de l'auberge. Pourquoi ?

Puis il se moqua de lui-même : "Tu vois des choses qui n'existent pas, tu entends des mots qui n'ont pas été prononcés." Il était venu au Manoir Bellechasse pour mettre son cerveau au neutre, pour se détendre. Pour ne plus avoir à chercher la tache sur le tapis, le couteau dans les buissons, ou dans le dos. Pour cesser de percevoir des intonations malveillantes dans des paroles en apparence anodines. Les sentiments prenaient alors une autre forme, comme si on les écrasait et les pliait, tel un origami d'émotions. Joli, mais occultant quelque chose de très peu attrayant.

Il s'était mis à regarder de vieux films et à se demander si les personnes âgées à l'arrière-plan vivaient toujours. Ou de quelle façon elles étaient mortes. C'était déjà suffisamment navrant, mais quand il avait commencé à observer les gens dans la rue et à voir leur crâne sous la peau, il avait su que des vacances s'imposaient.

Pourtant, il était là dans cette auberge paisible en train de scruter le jeune serveur, et sur le point de l'accuser de les espionner.

— Non, merci. Mme Gamache a commandé nos digestifs, que nous prendrons dans le Grand Salon.

Elliot se retira et Julia le regarda s'éloigner.

— C'est un jeune homme très séduisant, dit Gamache.

— Vous trouvez ?

Son visage était dans l'ombre, mais Gamache décela de l'humour dans sa voix.

— Ça me rappelle un emploi similaire que j'avais décroché quand j'avais à peu près son âge, ajouta-t-elle après un moment. Loin d'être aussi prestigieux, cependant. C'était un travail d'été dans un bouiboui sur la *Main*, à Montréal – vous savez, le boulevard Saint-Laurent ?

— Oui, je connais.

— Bien sûr, désolée. C'était un vrai trou. Salaire minimum, attouchements du propriétaire. Dégoûtant.

Elle fit une autre pause.

— J'ai adoré ça. Mon premier emploi. J'avais dit à mes parents que je suivais des cours de voile au yacht-club, mais je prenais plutôt le bus 24 vers l'est. Un territoire totalement inconnu pour les Anglos dans les années soixante. Quelle audace ! s'exclama-t-elle en se moquant d'elle-même.

Gamache se souvenait très bien de l'époque et savait qu'elle avait raison.

— Je me rappelle encore mon premier chèque de paie. Je l'ai apporté à la maison pour le montrer à mes parents. Savez-vous quelle a été la réaction de ma mère ?

Gamache secoua la tête, puis, se rendant compte qu'elle ne pouvait le voir dans l'obscurité, répondit :

— Non.

— Ma mère a regardé le chèque, puis me l'a redonné en disant que je devais être fière de moi. Je l'étais. Mais il était évident que ses paroles avaient un autre sens. Alors j'ai fait quelque chose de stupide : je lui ai demandé ce qu'elle voulait dire. Depuis, j'ai appris à ne pas poser de questions si je ne suis pas prête à entendre les réponses. Elle a répondu que je venais d'une classe privilégiée et que je n'avais pas besoin de cet argent, mais qu'une autre personne oui. C'était comme si je l'avais volé à une pauvre fille qui, elle, avait réellement besoin de travailler.

— Je suis désolé. Je suis persuadé qu'elle plaisantait.

— Oh non, elle était sincère, et elle avait raison. J'ai démissionné le lendemain, mais je retournais de temps à autre au restaurant et regardais par la fenêtre la nouvelle serveuse. Ça me rendait heureuse.

— La pauvreté peut être accablante ; le fait d'être fortuné aussi.

— Vous savez quoi? J'enviais cette fille. C'est idiot, je sais. Romantique. Je suis certaine que sa vie devait être épouvantable. Mais je me disais que, peut-être, c'était au moins la sienne.

Julia se mit à rire et prit une gorgée de son B&B.

— Délicieux. Pensez-vous que les moines de l'abbaye fabriquent cette liqueur?

— Les bénédictins? Je ne sais pas.

Elle rit encore.

— Ce ne sont pas des mots que j'entends souvent.

— Quels mots?

— "Je ne sais pas." Ma famille sait toujours tout. Mon mari savait toujours tout.

Au cours des derniers jours, ils avaient seulement échangé quelques commentaires polis sur le climat, le jardin et la nourriture servie à l'auberge. Il s'agissait de la première véritable conversation entre Gamache et l'un des membres de cette famille, et c'était la première fois que Julia mentionnait son mari.

— Vous savez, je suis venue au manoir quelques jours avant la date de la réunion, pour…

Elle ne semblait pas savoir comment terminer sa phrase, mais Gamache patienta. Il n'était pas pressé, il avait tout son temps.

— Je suis en instance de divorce. Je ne sais pas si vous étiez au courant.

— J'en avais entendu parler.

Comme la plupart des Canadiens. Julia Martin était l'épouse de David Martin, dont la réussite spectaculaire et la chute tout aussi spectaculaire avaient été abondamment relatées dans les médias. Il avait été l'un des hommes les plus riches du pays, ayant fait fortune dans les assurances. La chute avait commencé quelques années auparavant. Une lente et atroce descente, comme une glissade le long d'une pente boueuse. À tout moment, il semblait qu'il allait pouvoir arrêter la dégringolade, mais il ne faisait qu'accumuler encore plus de boue et prendre de la vitesse. Jusqu'au point où même ses ennemis trouvaient pénible d'assister à son naufrage.

Il avait tout perdu…, y compris sa liberté.

Mais sa femme l'avait soutenu. Élégante et digne, elle avait gardé la tête haute. Au lieu de susciter l'envie en sa qualité de personne issue d'une classe privilégiée, elle avait réussi à s'attirer la sympathie du public. Celui-ci avait été séduit par son courage et ses commentaires sensés, avait été touché par sa noblesse et sa loyauté. Et on l'avait adorée quand elle s'était excusée publiquement, à la fin, lorsqu'il était devenu évident que son mari avait menti à tout le monde et vidé des dizaines de milliers de bas de laine. Julia s'était alors engagée à rembourser l'argent perdu.

David Martin se trouvait maintenant dans une prison en Colombie-Britannique et Julia était revenue chez elle. Elle allait refaire sa vie à Toronto, avait-elle raconté aux médias, avant de disparaître. Or elle était ici, au Québec. Dans les bois.

— Je suis venue ici pour reprendre mon souffle, avant la rencontre familiale. J'aime avoir mon petit espace et prendre un peu de temps pour moi. Ça m'a manqué.

— Je comprends, dit Gamache sincèrement, mais il y a quelque chose que je ne comprends pas, madame.

— Oui ? répondit-elle un peu sur ses gardes, comme une femme habituée aux questions indiscrètes.

— La papule pourpre perpétuellement purulente de Peter péta ?

Elle éclata de rire.

— Un jeu que nous jouions quand nous étions petits.

Il pouvait voir une partie de son visage dans la lumière ambrée venant du manoir. Tous les deux restèrent silencieux, en regardant les gens aller et venir. Un peu comme s'ils regardaient une pièce de théâtre. Une scène, aux éclairages d'ambiance et aux décors variés, occupée par des personnages.

Gamache se tourna de nouveau vers la femme à ses côtés et se demanda pourquoi le reste de sa famille était regroupé là-bas, comme une troupe de théâtre, alors que Julia était à l'extérieur, seule dans l'obscurité. Les observant.

La famille s'était réunie dans le Grand Salon, avec son plafond élevé aux poutres apparentes et ses meubles magnifiques. Marianna s'assit au piano, mais fut chassée d'un geste de la main par Mme Finney.

— Pauvre Marianna, dit Julia en riant. Rien ne change. Magilla n'est jamais autorisée à jouer. Dans la famille, c'est Thomas, le musicien, comme mon père. Il était un grand pianiste.

Gamache déplaça son regard vers le vieil homme assis sur le canapé. Il n'arrivait pas à concevoir que ces mains aux doigts noueux aient pu produire de la belle musique. Bien sûr, elles n'avaient probablement pas toujours été aussi déformées.

Thomas prit place sur le banc, leva les mains, et des accords de Bach s'envolèrent dans la nuit.

— Il joue merveilleusement bien, dit Julia. J'avais oublié.

— C'est vrai, reconnut Gamache.

À travers la fenêtre, il vit Reine-Marie s'asseoir et un serveur déposer deux expressos et deux cognacs devant elle. Gamache voulut retourner au manoir.

— Il en manque un, vous savez.

— Ah oui ?

Julia avait essayé de parler d'une voix légère, mais Gamache crut déceler une certaine tension.

Reine-Marie remuait son café tout en regardant dehors par la fenêtre. Gamache savait qu'elle ne pouvait le voir. Tout ce qu'elle verrait à cause de l'éclairage, c'était l'image de la pièce reflétée dans la vitre.

"Je suis ici, murmura-t-il intérieurement. Ici."

Reine-Marie tourna la tête et regarda droit dans sa direction.

Une coïncidence, bien sûr. Mais cette partie de lui-même qui faisait abstraction du rationnel savait qu'elle l'avait entendu.

— Mon frère cadet, Spot, arrive demain. Il sera probablement accompagné de sa femme, Claire.

C'était la première fois qu'il entendait Julia Martin dire quelque chose qui n'était ni gentil ni agréable. Les mots étaient neutres, informatifs. Mais le ton était révélateur.

Il était plein de terreur.

Ils se dirigèrent vers le Manoir Bellechasse. Lorsque Gamache tint la porte moustiquaire ouverte pour Julia, il aperçut le bloc de marbre dans les bois. Il n'en voyait qu'un coin, mais sut alors à quoi il lui faisait penser.

À une pierre tombale.

3

Pierre Patenaude poussa la porte battante de la cuisine juste au moment où un grand rire éclatait, et qui s'arrêta dès qu'il pénétra dans la pièce. Il ne savait pas ce qui le contrariait le plus : le rire lui-même ou sa soudaine interruption.

Elliot se trouvait au milieu de la pièce, une main sur sa hanche svelte, l'autre légèrement levée, l'index bien droit et immobile, et, dans les yeux, une quête d'attention et du dépit. C'était une caricature remarquablement fidèle d'une de leurs clientes.

— Que se passe-t-il ?

Pierre détesta le ton dur et réprobateur de sa voix. Et détesta ce qu'il lisait sur le visage des membres du personnel. De la peur. Sauf chez Elliot. Celui-ci affichait plutôt de la satisfaction.

Le personnel n'avait jamais eu peur de lui avant et n'avait aucune raison de le craindre maintenant. C'était cet Elliot. Dès son arrivée, il avait commencé à monter les autres contre le maître d'hôtel. Pierre sentait que le vent avait tourné : de personne clé du manoir, de chef du personnel respecté par les employés, il était soudainement devenu un étranger.

Comment ce jeune homme était-il parvenu à ce résultat ?

À vrai dire, Pierre le savait. Elliot avait réussi à faire ressortir ses plus mauvais côtés. Il s'était moqué de lui, avait enfreint les règlements et l'avait forcé à agir comme préfet de discipline, rôle dont il ne voulait pas. Il avait été possible de former tous les autres jeunes ; ils étaient disposés à écouter et à apprendre, et lui étaient reconnaissants de les encadrer et de les diriger. Il leur avait appris à respecter les clients, à être courtois et gentils même si ceux-ci étaient impolis. Il leur avait expliqué que ces gens payaient des sommes élevées pour être dorlotés, mais ce n'était pas tout. Ils venaient à l'auberge pour qu'on s'occupe d'eux.

Pierre se sentait parfois comme un médecin des urgences. De nombreuses personnes passaient sa porte, victimes de la vie urbaine, en traînant un lourd univers derrière elles. Brisées par trop de demandes, par le manque de temps, par la trop grande quantité de factures, de courriels, de réunions, de gens à rappeler, par le peu de remerciements, et par trop, beaucoup trop, de pression. Il se souvenait de son père qui revenait à la maison après le bureau, épuisé, les traits tirés.

Le travail effectué au Manoir Bellechasse n'était pas servile, Pierre le savait bien. Le personnel accomplissait des tâches nobles et essentielles. Il remettait les clients sur pied, bien que certains, comme Pierre le savait aussi, fussent davantage brisés que d'autres.

Ce n'était pas tout le monde qui était taillé pour ce métier.

Elliot, lui, ne l'était pas.

— Je m'amusais un peu, c'est tout.

Elliot avait répondu comme s'il était normal de se moquer des clients au milieu d'une cuisine bondée et bourdonnante d'activité, et que la réaction de Pierre était excessive.

Celui-ci sentit monter la colère. Il regarda autour de lui.

La grande et ancienne cuisine constituait un lieu de rassemblement naturel pour le personnel. Même les jardiniers s'y trouvaient, mangeant du gâteau et buvant du thé ou du café, et assistaient à l'humiliation que lui infligeait un garçon de dix-neuf ans. "Il est jeune, se dit Pierre. Il est jeune." Mais il se l'était si souvent répété que cela ne voulait plus rien dire.

Il savait qu'il devrait passer l'éponge.

— Tu t'amusais aux dépens des clients.

— Seulement de l'un d'entre eux, une cliente. Voyons, elle est ridicule. "Excusez-moi, mais je pense qu'il a eu plus de café que moi." "Excusez-moi, mais est-ce la meilleure place ? J'ai demandé à avoir la meilleure place." "Excusez-moi, je ne veux pas me plaindre, mais j'ai commandé avant eux. Où est ma branche de céleri ?"

De petits rires, vite étouffés, remplirent la cuisine accueillante. L'imitation était parfaite. Malgré sa colère, le maître d'hôtel reconnut le ton geignard et froid de Sandra. Elle exigeait toujours un petit quelque chose de plus. Elliot n'était peut-être pas un serveur-né, mais il était étrangement doué pour voir les défauts des gens. Et les amplifier. Et s'en moquer. Un tel don pouvait ne pas plaire à tout le monde.

— Regardez qui j'ai trouvé, lança joyeusement Julia en entrant dans le Grand Salon en compagnie de Gamache.

Reine-Marie sourit et se leva pour embrasser son mari et lui tendre un verre de cognac. Les autres relevèrent la tête, sourirent, puis reprirent leurs activités. Après avoir hésité un moment sur le pas de la porte, Julia ramassa un magazine et s'assit dans une bergère.

— Ça va mieux ? chuchota Reine-Marie.

— Beaucoup mieux, répondit Gamache avec sincérité, en prenant le verre réchauffé par les mains de sa femme et en la suivant jusqu'à un canapé.

Thomas cessa de jouer du piano et alla vers eux.

— Une partie de bridge, plus tard ?

— Merveilleux. Bonne idée, répondit Reine-Marie.

Ils avaient joué au bridge presque tous les soirs avec Thomas et sa femme, Sandra. C'était une agréable façon de terminer la journée.

— As-tu trouvé des roses ? demanda Thomas à Julia en retournant auprès de sa femme.

Sandra éclata de rire comme s'il avait eu un mot d'esprit brillant.

— Des roses Eleanor, tu veux dire ? demanda Marianna, assise à côté de Bean sur la banquette devant la fenêtre, le visage rieur. Ce sont tes préférées, n'est-ce pas, Julia ?

— Je croyais qu'elles correspondaient plutôt à tes goûts, répondit Julia en souriant.

Marianna sourit à son tour en imaginant qu'une des poutres en bois tombait et écrasait sa sœur aînée. La revoir n'était pas aussi amusant qu'elle l'avait pensé. En fait, c'était tout le contraire.

— C'est l'heure du dodo, Bean, dit Marianna en entourant d'un bras lourd l'enfant à l'air studieux.

Gamache n'avait jamais vu un enfant de dix ans si tranquille. Pourtant, cet enfant ne semblait pas malheureux. Au moment où Bean passa à côté de lui avec sa mère, Gamache accrocha son regard aux yeux bleus perçants.

— Qu'est-ce que tu lis ?

Bean s'immobilisa et regarda l'imposant étranger. Ils étaient tous les deux au manoir depuis trois jours, mais ne s'étaient pas réellement adressé la parole, jusqu'à maintenant.

— Rien.

Gamache vit les petites mains serrer plus fermement le livre et le presser contre le jeune corps, en formant ainsi des plis sur la chemise ample. Derrière les petits doigts bronzés, Gamache ne pouvait lire qu'un mot : *légendes*.

— Allez, cesse de lambiner. Au lit. Maman a besoin de se soûler et elle ne peut pas le faire avant que tu sois au lit, tu le sais bien.

Bean, qui regardait toujours Gamache, sourit soudainement.

— Est-ce que je peux avoir un martiiini ce soir, s'il te plaît ? demanda Bean en sortant.

— Pas avant tes douze ans, comme tu le sais. Et ce sera du scotch ou rien.

Puis les autres entendirent des pas dans l'escalier.

— Je ne suis pas du tout certaine qu'elle blague, déclara Mme Finney.

Gamache lui sourit, mais son sourire s'effaça quand il vit son visage sévère.

*

— Pourquoi le laisses-tu te contrarier de cette façon ?

La chef Véronique déposait des truffes et des fruits confits enrobés de chocolat sur de petites assiettes. Ses doigts boudinés arrangeaient instinctivement ces friandises maison de façon artistique. Elle sortit un brin de menthe d'un verre, le secoua pour enlever l'eau et coupa quelques feuilles avec ses ongles. Distraitement, elle prit des fleurs comestibles dans un vase et, quelques instants plus tard, de simples chocolats s'étaient transformés en de superbes tableaux sur les assiettes blanches. Redressant le corps, elle regarda l'homme en face d'elle.

Ils travaillaient ensemble depuis des années. Des décennies, en fait. Elle trouvait étrange de penser qu'elle avait plus de soixante ans et qu'elle le paraissait, bien qu'ici, dans la nature sauvage, cela – heureusement – semblait importer peu.

Elle avait rarement vu Pierre à ce point exaspéré par un des jeunes employés. Elle aimait bien Elliot. Tout le monde l'aimait, d'après ce qu'elle avait pu constater. Était-ce pour cela que le maître d'hôtel était si irrité ? Était-il jaloux ?

Elle le regarda un moment pendant que de ses doigts fins il plaçait les assiettes sur le plateau de service.

Non, ce n'était pas de la jalousie. C'était autre chose.

— Il n'écoute pas, dit Pierre en poussant le plateau de côté et en s'asseyant en face d'elle.

Ils étaient seuls maintenant. La vaisselle était lavée et rangée, les surfaces de travail astiquées. La cuisine sentait le café, la menthe et les fruits.

— Il est venu ici pour apprendre, et il n'écoute pas. Ça me dépasse, ajouta-t-il.

Il déboucha la bouteille de cognac et en versa dans deux verres.

— Il est jeune. C'est la première fois qu'il est loin de chez lui. Et tu ne feras qu'aggraver la situation si tu le pousses trop. Laisse faire.

Pierre but une gorgée et hocha la tête. Il se sentait détendu en compagnie de la chef Véronique, bien qu'il sût qu'elle flanquait la trouille à tous les nouveaux venus. Elle était de forte carrure et bien en chair, avec un visage semblable à une citrouille et une voix évoquant un légume-racine. Et elle avait des couteaux. Beaucoup de couteaux. Des couperets et des poêles en fonte aussi.

On pouvait pardonner aux nouveaux employés qui la voyaient pour la première fois de penser qu'ils avaient pris le mauvais chemin à l'embranchement dans les bois et qu'ils avaient en fait abouti dans un camp de bûcherons plutôt qu'au réputé Manoir Bellechasse. La chef Véronique ressemblait à un cuisinier de cantine.

— Il doit savoir qui mène, dit Pierre d'une voix ferme.

— Oh, il le sait, mais ça ne lui plaît pas.

Elle voyait bien que le maître d'hôtel avait eu une dure journée. Elle prit la plus grosse truffe du plateau et la lui donna.

Il la mangea distraitement.

— J'ai appris le français sur le tard, racontait Mme Finney en jetant un coup d'œil aux cartes de son fils.

Les bridgeurs s'étaient installés dans la bibliothèque et parlaient maintenant en français. La vieille dame tournait autour de la table et regardait les cartes de chaque joueur. De temps à autre, elle en tapotait une d'un doigt noueux. Au début, elle n'avait accordé son aide qu'à son fils et à sa femme, mais, ce soir, elle l'étendait aux Gamache. Comme ils ne jouaient que pour s'amuser, personne ne s'en formalisait, surtout pas Armand Gamache, qui avait bien besoin de conseils.

La pièce était tapissée de livres, sauf aux endroits occupés par l'immense cheminée en galets et les portes-fenêtres donnant sur l'obscurité. Celles-ci étaient ouvertes pour laisser entrer la moindre petite brise que cette soirée chaude pouvait offrir. Or très peu d'air circulait. En revanche, la soirée offrait un flot constant de trilles de cris sauvages.

Des tapis orientaux usés couvraient par endroits le vieux parquet de pin, et des fauteuils et des canapés confortables étaient disposés en petits groupes pour favoriser les conversations intimes ou créer un coin tranquille pour la lecture. On avait déposé çà et là des bouquets de fleurs fraîches. Le Manoir Bellechasse réussissait à être à la fois rustique et élégant : des rondins de bois grossièrement taillés à l'extérieur et du cristal fin à l'intérieur.

— Vous habitez au Québec ? demanda Reine-Marie en parlant lentement et clairement.

— Je suis née à Montréal, mais je vis maintenant à Toronto. Je me suis rapprochée de mes amis. La plupart ont quitté le Québec il y a longtemps, mais moi, je suis restée. Dans ce temps-là, on n'avait pas besoin de bien connaître le français. Juste assez pour communiquer avec nos domestiques.

Mme Finney se débrouillait bien en français, mais avait un accent très prononcé.

— Maman..., dit Thomas en rougissant.

— Je me souviens de cette époque, dit Reine-Marie. Ma mère faisait des ménages.

Mme Finney et Reine-Marie se mirent à parler de travail exigeant, de ce que signifiait élever une famille et de la Révolution tranquille des années soixante, période pendant laquelle les Québécois étaient enfin devenus maîtres chez eux.

— Ma mère a malgré tout continué de faire le ménage chez les anglophones de Westmount, poursuivit Reine-Marie en regroupant ses cartes. Un sans atout.

Mme Finney se dépêcha d'aller voir son jeu et approuva d'un hochement de tête.

— J'espère que ses employeurs se sont montrés plus gentils envers elle. J'ai honte de l'avouer, mais j'ai dû apprendre ça, également. Presque aussi difficile que le subjonctif.

— C'était une époque remarquable, commenta Gamache. Palpitante pour les Canadiens français, mais très difficile pour les Anglais.

— Nous avons perdu nos enfants, dit Mme Finney en faisant le tour de la table pour regarder ses cartes. Ils sont partis pour aller travailler dans une langue qu'ils pouvaient parler. Vous êtes peut-être devenus maîtres chez vous, mais nous, nous sommes devenus des étrangers, nous n'étions plus les bienvenus dans notre propre pays. Vous avez raison : c'était très difficile.

Elle tapota le dix de trèfle, la plus haute carte dans le jeu de Gamache. Sa voix n'exprimait aucune émotion, pas d'apitoiement, mais elle contenait, peut-être, un soupçon de reproche.

— Je passe, dit Gamache.

Il faisait équipe avec Sandra, et Reine-Marie jouait avec Thomas.

— Moi, je partir du Québec, dit Thomas, qui semblait mieux comprendre le français que le parler, ce qui était certainement mieux que l'inverse. Aller loin à l'université, vivre à Toronto. Le Québec trop dur.

"Incroyable", pensa Gamache en écoutant Thomas. Quiconque ne parlait pas français jurerait qu'il était bilingue, tellement son accent était excellent. Mais ce qu'il disait laissait à désirer.

— Trois sans atout, dit Thomas.

Sa mère secoua la tête en faisant tss-tss.

Thomas se mit à rire et s'exclama :

— Ah, la langue de ma mère…

Gamache sourit. Il aimait bien cet homme, comme la plupart des gens, pressentait-il.

— Certains de vos enfants sont-ils demeurés ici ? demanda Reine-Marie à Mme Finney.

Armand et elle avaient au moins Annie qui vivait à Montréal, mais Daniel lui manquait tous les jours. Elle se demandait comment cette femme – et tant d'autres – avait réussi à tenir le coup. Pas étonnant que les Anglais ne soient pas toujours à l'aise avec les Québécois. Surtout s'ils pensaient avoir perdu leurs enfants à cause d'une langue. Et sans même qu'on les remercie. En fait, c'était souvent tout le contraire. Les Québécois ne pouvaient s'empêcher de soupçonner les Anglais d'attendre leur heure, le moment où ils les asserviraient de nouveau.

— Il y en a un qui est resté. Mon autre fils.

— Spot. Lui et sa femme, Claire, arrivent demain, précisa Thomas en revenant à l'anglais.

Gamache leva les yeux de ses cartes, qui ne valaient pas grand-chose, et fixa l'homme à côté de lui.

Comme l'avait fait Julia plus tôt dans la soirée, Thomas avait parlé du frère manquant d'un ton léger, mais qui dissimulait quelque chose.

Gamache sentit s'éveiller la partie de son cerveau qu'il était venu mettre au neutre au manoir.

C'était au tour de Sandra de parler. Gamache fixa sa partenaire.

“Dites je passe, je passe, l'implora-t-il intérieurement. Je n'ai rien. Nous serons massacrés.”

Il savait que le bridge était à la fois un jeu de cartes et un exercice de télépathie.

— Spot, grommela Sandra. C'est bien lui, ça. Il arrive à la dernière minute. Ne fait que le minimum, jamais plus. Quatre sans atout.

Reine-Marie contra.

— Sandra…, dit Thomas, dont le rire dissimulait à peine le reproche.

— Quoi ? Tout le monde est arrivé depuis des jours pour rendre hommage à ton père et lui, il se présente à la dernière minute. Quel homme affreux !

Il y eut un silence. Les yeux de Sandra allaient de ses cartes à l'assiette de chocolats posée sur leur table par le maître d'hôtel.

Gamache jeta un coup d'œil à Mme Finney, mais elle ne semblait pas suivre la conversation. Il se fit toutefois la réflexion qu'elle ne devait pas en perdre un seul mot.

Son regard se déplaça vers M. Finney, assis sur un canapé. Son œil qui louchait balayait la pièce et des touffes de cheveux se dressaient dans tous les sens sur sa tête, ce qui lui donnait l'air d'un spoutnik endommagé, tombé trop vite et trop durement sur le sol. Pour un homme auquel on rendait hommage, il était étrangement seul. L'œil de Finney finit par s'arrêter sur une immense toile originale de Krieghoff au-dessus de la cheminée. Le tableau représentait des paysans québécois chargeant une charrette et, devant l'une des habitations, une femme bien en chair qui riait en apportant un panier de victuailles aux hommes.

C'était une scène chaleureuse et invitante représentant la vie de famille et la vie d'un village des siècles plus tôt. Et Finney semblait la préférer à sa vie de famille actuelle.

Marianna se leva et se dirigea vers le groupe.

Thomas et Sandra serrèrent leurs cartes contre leur poitrine. Marianna ramassa un exemplaire du magazine *Châtelaine*.

— Selon un sondage, lut-elle, la plupart des Canadiens croient que la banane est le fruit qui accompagne le mieux une fondue au chocolat.

Silence.

Marianna imagina sa mère s'étouffant avec la truffe qu'elle avait prise.

— C'est ridicule, lança Sandra, qui elle aussi regardait Mme Finney manger. C'est la fraise qui va le mieux avec la fondue au chocolat.

— Moi, j'ai toujours aimé les poires et le chocolat. Inhabituel, mais une belle combinaison, vous ne croyez pas ? demanda Thomas à Reine-Marie, qui s'abstint de tout commentaire.

— Ah, vous voilà. Personne ne m'a avertie que vous veniez ici, dit Julia en rentrant du jardin par la porte-fenêtre. De quoi parlez-vous ?

Curieusement, c'est Gamache qu'elle regardait.

— Je passe, dit-il.

À vrai dire, il ne savait pas au juste de quoi ils parlaient.

— Magilla pense que ce sont les bananes qui vont le mieux avec du chocolat fondu, expliqua Thomas en indiquant Marianna de la tête.

Cela déclencha une grande hilarité et les Gamache échangèrent un regard amusé sans toutefois comprendre.

— Ce ne sont pas les moines qui font des bleuets enrobés de chocolat ? demanda Julia. Il faudra que je m'en procure avant de partir.

Durant les quelques minutes qui suivirent, le jeu fut oublié tandis qu'ils discutaient de fruits et de chocolat. Puis, Julia et Marianna retournèrent à leurs coins respectifs.

— Je passe, déclara Thomas, de nouveau concentré sur le jeu.

"Arrêtez, dit Gamache qui fixait Sandra en essayant de lui envoyer le message. S'il vous plaît, passez."

— Je surcontre, dit Sandra en lançant un regard furieux à Thomas.

"Le problème, ici, songea Gamache, est une incapacité à communiquer."

— Vraiment, à quoi pensiez-vous ? demanda Sandra lorsqu'elle vit les cartes que Gamache posait sur la table.

— C'est vrai, Armand, renchérit Reine-Marie en souriant. Six sans atout avec des cartes pareilles ? À quoi pensais-tu ?

Gamache se leva et s'inclina légèrement.

— C'est entièrement ma faute, répondit-il en croisant le regard de sa femme, une lueur de malice dans ses yeux brun foncé.

Être le mort avait ses avantages. Il s'étira les jambes, prit une gorgée de cognac et marcha dans la pièce. Il faisait de plus en plus chaud. Au Québec, habituellement, il faisait plus frais en soirée, mais pas ce soir. Il sentait l'humidité envahir la pièce et il défit son col et le nœud de sa cravate.

— Quelle audace! dit Julia en s'approchant de lui tandis qu'il fixait de nouveau le Krieghoff. Vous vous déshabillez?

— J'ai bien peur de m'être suffisamment humilié pour une soirée.

Il hocha la tête en direction de la table où les trois bridgeurs se concentraient sur la partie. Il se pencha et huma les roses sur la tablette de la cheminée.

— Elles sont belles, n'est-ce pas? Tout est beau ici, commenta Julia.

Il y avait de la nostalgie dans sa voix, comme si cet endroit lui manquait déjà. Puis il se souvint de Spot et pensa que, pour les Finney, il s'agissait peut-être de leur dernière soirée agréable.

— Le paradis perdu, murmura-t-il.

— Pardon?

— Rien, une pensée, c'est tout.

— Vous vous demandiez s'il vaut mieux régner en enfer que servir au paradis? demanda Julia en souriant.

Il se mit à rire. Comme à sa mère, pas grand-chose ne lui échappait.

— Parce que, vous savez, je connais la réponse. Tiens, une rose Eleanor, dit-elle, surprise, en indiquant une fleur rose vif dans le bouquet. Curieux.

— Quelqu'un en a parlé plus tôt, se rappela Gamache.

— Thomas.

— En effet. Il voulait savoir si vous en aviez trouvé dans le jardin.

— C'est une petite blague entre nous. Cette rose a été baptisée en l'honneur d'Eleanor Roosevelt, vous savez.

— Je l'ignorais.

— Hum, fit Julia en contemplant la rose et en hochant la tête. Elle a affirmé avoir d'abord été flattée, avant de lire la description dans le catalogue. "Rose Eleanor Roosevelt : *No good in a bed, but fine up against a wall*", qu'on pourrait traduire de la façon suivante : pas bonne dans un lit, mais parfaite contre un mur. Elle faisait bien sûr un jeu de mots sur le sens de *bed*, qui signifie à la fois "platebande" et "lit".

Tous les deux éclatèrent de rire et Gamache apprécia la rose et la citation, mais se demanda quel était le lien avec la blague faite aux dépens de Julia.

— Un peu plus de café?

Julia sursauta.

Pierre était à la porte avec une cafetière en argent à la main. Sa question s'adressait à toutes les personnes dans la salle, mais il regardait Julia en rougissant légèrement. À l'autre extrémité de la pièce, Marianna marmonna :

— Ça y est.

Chaque fois que le maître d'hôtel entrait dans une pièce où se trouvait Julia, il rougissait. Elle connaissait bien les signes. Elle avait vécu avec eux toute sa vie. Marianna était la fille d'à côté, la rigolote. Celle qu'on pelote et embrasse dans la voiture. En revanche, Julia était celle que tous les hommes voulaient épouser, y compris le maître d'hôtel.

En regardant sa sœur, Marianna sentit le sang affluer à son visage, mais pour une tout autre raison. Elle vit Pierre verser le café et imagina l'énorme Krieghoff encadré qui glissait du mur et assommait Julia.

— Regardez ce que vous m'avez fait, partenaire, gémit Sandra pendant que Thomas ramassait levée après levée.

Les trois joueurs quittèrent enfin la table et Thomas rejoignit Gamache qui contemplait les autres peintures.

— C'est un tableau de Brigite Normandin, n'est-ce pas? demanda Thomas.

— En effet. Il est merveilleux. Très audacieux, très moderne. Il cadre bien avec le Molinari et le Riopelle. Et pourtant, les trois s'harmonisent parfaitement avec le Krieghoff au style figuratif, classique.

— Vous vous y connaissez en art, commenta Thomas, légèrement surpris.

— J'adore l'histoire du Québec, répondit Gamache en hochant la tête en direction de la scène rurale.

— Mais cela n'explique pas ce que vous savez sur les autres peintres.

— Est-ce un test, monsieur? dit Gamache pour l'asticoter un peu.

— Peut-être, admit Thomas. C'est rare de rencontrer un autodidacte.

— Du moins en captivité, ajouta Gamache, ce qui fit rire Thomas.

La peinture qu'ils regardaient était dans des tons neutres, avec des lignes beiges aux ombres délicates.

— On a l'impression d'un désert, dit Gamache. Un endroit sans vie.

— Ah, mais c'est une perception erronée.

— Le voilà qui part, lança Marianna.

— Pas l'histoire de la plante ? dit Julia en se tournant vers Sandra. Il la raconte encore ?

— Une fois par jour, comme le geyser Old Faithful. Attention, reculez-vous !

— Eh bien, c'est le temps d'aller dormir, dit Mme Finney.

Son mari s'extirpa du canapé et le couple âgé sortit.

— Les choses ne sont pas ce qu'elles semblent être, poursuivit Thomas, et Gamache le regarda, surpris. Dans le désert, je veux dire. On le croit inhabité, stérile, et pourtant il grouille de vie. Seulement ça ne se voit pas. Les êtres vivants se cachent, de peur de se faire manger. Dans le désert de l'Afrique australe, il existe une plante appelée plante-caillou. Savez-vous comment elle survit ?

— Laisse-moi deviner. En faisant semblant d'être un caillou ? ironisa Julia.

Thomas la foudroya du regard, puis ses yeux exprimèrent de nouveau de la douceur.

— Je constate que tu n'as pas oublié l'histoire.

— Je n'ai rien oublié, Thomas, dit Julia en s'asseyant.

Gamache enregistrait tout. Les Finney s'adressaient rarement la parole, mais, quand ils le faisaient, leurs mots paraissaient chargés d'un sens qui lui échappait.

Thomas hésita, puis se tourna vers Gamache, qui souhaitait ardemment aller au lit ou, plus exactement, que cette histoire s'achève.

— Elle fait semblant d'être un caillou, reprit Thomas en fixant Gamache.

Le grand homme soutint son regard, soudain conscient que les paroles de Thomas revêtaient une signification particulière. Celui-ci tentait de lui communiquer quelque chose. Mais quoi ?

— Pour survivre, elle doit se cacher. Feindre d'être quelque chose qu'elle n'est pas.

— Ce n'est qu'une plante, dit Marianna. Elle ne fait rien consciemment.

— Elle est rusée, précisa Julia. C'est l'instinct de survie.

— Ce n'est qu'une plante, répéta Marianna. Ne sois pas ridicule.

"Astucieux, pensa Gamache. Elle n'ose pas montrer sa véritable nature de peur d'être tuée. Qu'a dit Thomas, il y a quelques instants ?"

"Les choses ne sont pas ce qu'elles semblent être." Il commençait à le croire.

4

— Cette soirée m'a beaucoup plu, dit Reine-Marie en se glissant sous les draps frais près de son mari.

— À moi aussi.

Il retira ses demi-lunes et posa son livre à l'envers sur le lit. Il faisait chaud. Leur chambre minuscule n'avait qu'une fenêtre, qui donnait sur le jardin d'herbes aromatiques. Par conséquent, l'air ne circulait pas beaucoup, mais la fenêtre était ouverte et les légers rideaux de coton gonflaient légèrement. Les lampes sur les tables de chevet produisaient de petits ronds de lumière ; le reste de la pièce était dans l'obscurité. La chambre sentait le bois – odeur que dégageaient les murs en rondins et les pins de la forêt – et l'arôme suave des fines herbes.

— Quatre jours et c'est notre anniversaire, dit Reine-Marie. Le 1er juillet. Te rends-tu compte ? Trente-cinq ans de vie commune. Étions-nous si jeunes ?

— Moi je l'étais. Et naïf.

— Pauvre garçon. Je te faisais peur ?

— Peut-être juste un petit peu. Mais plus maintenant.

Reine-Marie posa la tête sur l'oreiller.

— Je ne peux pas dire que j'ai hâte de rencontrer les Finney manquants.

— Spot et Claire. Spot doit être un surnom.

— Espérons-le.

Gamache reprit son livre et essaya de se concentrer, mais ses yeux devenaient lourds et papillotaient malgré ses efforts pour les garder ouverts. Il cessa de lutter, sachant qu'il ne gagnerait pas ni n'avait besoin de gagner. Il embrassa Reine-Marie, puis enfonça la tête dans l'oreiller et s'endormit bercé par le chant de créatures dehors, le parfum de sa femme dans les narines.

Pierre Patenaude était debout à l'entrée de la cuisine. Celle-ci était propre et bien rangée, chaque chose à sa place : les verres bien alignés, les couverts d'argent dans leurs pochettes, les assiettes en porcelaine soigneusement empilées avec du papier de soie entre chacune d'elles. Il avait appris ça de sa mère. Elle lui avait enseigné que de l'ordre naissait la liberté. L'ordre libérait l'esprit pour autre chose.

De son père, il avait appris le leadership. Les rares jours où il n'avait pas d'école, on l'autorisait à aller avec lui au bureau. Il s'asseyait sur les genoux de son père, qui sentait l'eau de Cologne et le tabac, pendant que celui-ci passait des coups de fil. Même enfant, Pierre savait qu'on le préparait pour la relève. On l'avait modelé, moulé, poli, astiqué.

Son père aurait-il été déçu qu'il soit seulement maître d'hôtel ? Il se disait que non. Son père avait voulu une seule chose pour son fils. Le bonheur.

Il éteignit et traversa la salle à manger vide pour aller dans le jardin regarder encore une fois le bloc de marbre.

Marianna retira ses voiles l'un après l'autre, en fredonnant. Elle jetait de temps en temps un coup d'œil vers le lit simple à côté du sien. Bean dormait ou faisait semblant.

— Bean ? chuchota-t-elle. Bean, donne un bisou à maman.

L'enfant garda le silence. La chambre, en revanche, n'était pas silencieuse. Il y avait des pendules sur presque toutes les surfaces. Des pendules faisant tic-tac ou à affichage numérique, des pendules électriques ou à remontoir. Toutes réglées pour sonner à sept heures, comme chaque matin depuis des mois. Or, aujourd'hui, il semblait y en avoir encore davantage.

Marianna se demanda si cela n'était pas allé un peu trop loin. Si elle devrait intervenir. Était-ce normal pour un enfant de dix ans d'agir ainsi ? Ce qui avait commencé un an auparavant par un seul réveil était devenu comme une mauvaise herbe envahissante qui étouffait la chambre de Bean à la maison. Chaque matin, le vacarme était inouï. De sa chambre, Marianna entendait son étrange enfant arrêter la sonnerie de chaque pendule, jusqu'à ce que le dernier appel au jour soit réduit au silence.

Ça ne devait sûrement pas être normal.

Ceci dit, il y avait beaucoup de choses qui n'étaient pas normales chez Bean. Consulter un psychologue maintenant ne servirait sans doute pas à grand-chose, se disait-elle. Elle leva la main de Bean qui reposait sur le livre et sourit en posant celui-ci sur le plancher. Ç'avait été son livre préféré quand elle était petite et elle se demandait quelle histoire Bean aimait le plus. Celle d'Ulysse ? De Pandore ? D'Hercule ?

En se penchant pour l'embrasser, Marianna remarqua le lustre et son vieux fil électrique. Dans sa tête, elle voyait une étincelle tracer un arc lumineux et tomber sur la literie, le feu couvant d'abord, puis éclatant en flammes pendant leur sommeil.

Elle recula, ferma les yeux et érigea un mur invisible autour de Bean.

Voilà. En sécurité.

Elle éteignit la lumière et se coucha. Elle sentait son corps moite et flasque. Plus elle s'approchait de sa mère, plus elle se sentait lourde, comme si sa mère avait une atmosphère et une gravité propres. Spot arrivait demain, et ça commencerait. Et se terminerait.

Elle essaya de s'installer confortablement, mais les draps s'aplatissaient et collaient à sa peau. Elle les repoussa d'un coup de pied. Cependant, ce n'était ni la chaleur écrasante, ni l'enfant qui ronflait, ni la literie collante qui l'empêchait de dormir.

C'était une banane.

Pourquoi continuaient-ils de l'agacer ? Et pourquoi, à quarante-sept ans, cela la dérangeait-il encore ?

Elle se retourna, essayant de trouver un peu de fraîcheur sur la literie maintenant humide.

Une banane. Elle entendait de nouveau leurs rires. Et voyait leurs regards moqueurs.

"Oublie ça, je t'en supplie", se dit-elle. Elle ferma les yeux et s'efforça d'ignorer la banane et les pendules qui tss-tssquaient dans sa tête.

Julia Martin s'assit devant la coiffeuse et enleva son collier de perles. Simple, élégant, un cadeau de son père pour ses dix-huit ans.

"Une dame doit toujours avoir une apparence sobre, avait-il dit. Une dame ne cherche jamais à en mettre plein la vue. Elle s'arrange pour mettre les autres à l'aise. N'oublie jamais ça."

Elle n'avait jamais oublié ces paroles. Dès qu'il les avait prononcées, elle avait su que c'était la vérité. Et toutes ses hésitations et maladresses, tous ses doutes de même que toute la solitude ressentie au cours de son adolescence disparurent. Devant elle s'étendait une voie clairement tracée. Étroite, oui, mais tracée. Son soulagement était absolu. Elle avait maintenant un but, sa vie avait un sens. Elle savait qui elle était et ce qu'elle devait faire. Mettre les autres à l'aise.

En se déshabillant, elle repassa dans sa tête les événements de la journée. Elle dressa la liste des personnes qu'elle aurait pu blesser ou à qui elle aurait pu déplaire à cause de ses mots, d'une inflexion de sa voix, de son attitude.

Et elle pensa au gentil monsieur qui parlait français et à leur conversation dans le jardin. Il l'avait vue fumer. Quelle opinion pouvait-il avoir d'elle ? Et puis, elle avait flirté avec le jeune serveur et accepté de prendre un verre. Boire, fumer, flirter.

Seigneur, il devait la trouver faible et superficielle.

Elle se comporterait mieux demain.

Elle enroula le rang de perles, comme un serpent lové, dans son écrin de velours bleu, puis retira ses boucles d'oreilles, en souhaitant aussi pouvoir retirer ses oreilles. Mais il était trop tard, elle le savait.

La rose Eleanor. Pourquoi agissaient-ils ainsi ? Après toutes ces années, alors qu'elle essayait d'être aimable, pourquoi reparler de la rose ?

"Oublie ça, je t'en supplie, se dit-elle. Ça n'a pas d'importance. C'était une blague. Rien de plus."

Mais les mots s'étaient déjà enroulés à l'intérieur d'elle et ne voulaient pas s'en aller.

Dans la pièce voisine, la Chambre du lac, debout sur le balcon sous un ciel étoilé, Sandra se demandait comment s'y prendre pour obtenir la meilleure table pour le petit-déjeuner. Elle en avait assez d'être servie la dernière, d'avoir à insister et d'obtenir malgré tout – elle en était persuadée – les plus petites portions.

Et cet Armand, le pire bridgeur qu'elle ait jamais rencontré. Pourquoi lui avait-on donné ce partenaire ? Et le personnel qui s'empressait exagérément auprès de lui et de sa femme, probablement parce qu'ils étaient francophones. Ce n'était pas juste. Ils occupaient la chambre la moins chère, à l'arrière de l'auberge, un vrai placard à balais. Un petit commerçant, sans aucun doute, et son épouse femme de ménage. Il ne semblait pas normal de devoir partager le manoir avec eux. Cependant, elle s'était montrée polie. Ils ne pouvaient demander davantage.

Sandra avait faim. Et elle était en colère. Et fatiguée. Et demain Spot serait là, et la situation dégénérerait.

De l'intérieur de leur magnifique chambre, Thomas regardait le dos rigide de sa femme.

Il avait épousé une très belle femme et encore aujourd'hui, à une certaine distance et vue de dos, elle était jolie.

Dernièrement, pourtant, sa tête semblait avoir grossi alors que le reste de son corps paraissait avoir rétréci, ce qui donnait à Thomas l'impression d'être maintenant attaché à un dispositif de flottaison dégonflé. Orange, doux, spongieux et inutile.

Pendant que Sandra avait le dos tourné, il enleva d'un geste rapide les vieux boutons de manchette que son père lui avait offerts pour ses dix-huit ans.

"C'est mon père qui me les a donnés, et c'est à mon tour de te les remettre", avait dit son père. Thomas avait pris les boutons de manchette et le petit sac en velours usé pour les ranger, et les avaient fourrés dans sa poche d'une manière cavalière qui, avait-il espéré, blesserait son père. Et comme il avait pu le constater, ç'avait été le cas.

Son père ne lui avait jamais plus rien donné. Rien.

Il retira rapidement le vieux veston et la vieille chemise, soulagé que personne n'ait remarqué les poignets légèrement élimés. Sandra revenait dans la pièce. Il lança nonchalamment le veston et la chemise sur un fauteuil.

— Je n'ai pas aimé que tu me contredises au bridge.

— Je t'ai contredite ?

— Oui. Devant toute ta famille et ce couple, le commerçant et son épouse femme de ménage.

— C'est sa mère qui faisait des ménages.

— Là, tu vois ? Tu ne peux pas me laisser dire quelque chose sans me reprendre ?

— Tu veux avoir tort ?

Combien de fois avaient-ils emprunté ce chemin au cours de leur mariage ?

— D'accord, qu'est-ce que j'ai dit ? finit-il par demander.

— Tu sais très bien ce que tu as dit. Que ce sont les poires qui vont le mieux avec du chocolat fondu.

— C'est tout ? Des poires ?

À l'entendre, cela semblait ridicule, mais Sandra savait que ça ne l'était pas. C'était important. Vital.

— Oui, des poires. J'ai dit des fraises et toi des poires.

En fait, cela commençait à lui paraître un peu futile. Ce n'était pas bon signe.

— Mais c'est ce que je pense.

— Voyons donc, ne me dis pas que tu as une opinion sur le sujet.

Toute cette conversation à propos de fraises fraîches, ou même de poires, dégoulinant de chocolat fondu lui mettait l'eau à la bouche – une bouche aux lèvres gonflées au collagène. Elle chercha des yeux les petits chocolats habituellement déposés sur les oreillers dans les hôtels. Vérifia son côté du lit, puis son côté à lui, la table de chevet. Elle se précipita ensuite dans la salle de bains. Rien. Fixant le lavabo, elle se demanda combien de calories contenait la pâte dentifrice.

Rien à manger. Rien. Elle regarda les peaux autour de ses ongles, mais décida de les garder pour une urgence. Revenant dans la chambre, elle remarqua les poignets usés de la chemise de son mari et se demanda comment l'usure s'était produite. Certainement pas par des touchers répétés.

— Tu m'as humiliée devant tout le monde, poursuivit-elle, transformant son envie de manger en envie de blesser.

Thomas ne se retourna pas. Elle savait qu'elle devrait laisser tomber, oublier ça, mais il était trop tard. Elle avait passé et repassé l'affront dans sa tête, l'avait broyé, mastiqué, puis avalé. Il faisait maintenant partie d'elle.

— Pourquoi agis-tu toujours ainsi ? Et à propos de poires ? Pourquoi ne pouvais-tu pas être d'accord avec moi, pour une fois ?

Elle avait mangé des brindilles, des baies et des putains de graminées pendant deux mois et avait perdu près de sept kilos pour une seule raison : pour que sa famille dise à quel point elle était jolie et mince, et alors, peut-être, Thomas le remarquerait. Le croirait, peut-être. Et peut-être la toucherait-il. Seulement la toucher. Pas lui faire l'amour. Seulement la toucher.

Elle en mourait d'envie.

Irene Finney se regarda dans le miroir et leva la main. Elle porta la débarbouillette savonneuse près de son visage, puis s'arrêta.

Spot arriverait le lendemain. Et toute la famille serait réunie. Les quatre enfants, les quatre coins de son univers.

Irene Finney, comme bien des personnes très âgées, savait que le monde était en fait plat. Il avait un début et une fin. Et Irene était arrivée au bout.

Il ne restait qu'une chose à faire. Demain.

Irene Finney regarda fixement son reflet. Elle leva la débarbouillette jusqu'à son visage et se mit à frotter. Dans la chambre, Bert Finney agrippa les draps du lit en entendant les sanglots étouffés de sa femme pendant qu'elle enlevait son masque.

Quand Armand Gamache se réveilla, les rayons du soleil matinal entraient à flots dans la chambre à travers les rideaux immobiles. Ils frappaient la literie chiffonnée et son corps en sueur. Les draps, en boule, avaient été repoussés à l'extrémité du lit. À côté de lui, Reine-Marie s'éveilla à son tour.

— Il est quelle heure ? demanda-t-elle encore à moitié endormie.

— Six heures trente.

— Du matin ? dit-elle en se levant sur un coude.

Gamache hocha la tête et sourit.

— Et il fait déjà cette chaleur ?

De nouveau, il hocha la tête.

— Ce sera terrible.

— C'est ce que Pierre a dit hier. Une vague de chaleur.

— J'ai enfin compris pourquoi on appelle ça une vague, dit Reine-Marie en faisant glisser son doigt sur le bras mouillé de son mari. J'ai besoin d'une douche.

— J'ai une meilleure idée.

Quelques minutes plus tard, ils étaient sur le quai, enlevaient rapidement leurs sandales et laissaient tomber leurs serviettes en tas, comme des nids sur le bois chaud. Gamache et Reine-Marie contemplaient ce monde comprenant deux soleils et deux ciels, ainsi que des montagnes et des forêts multiples. Le lac n'était pas transparent comme du verre, c'était un miroir. Un oiseau planait dans le ciel sans nuages et son image se reflétait sur la surface tranquille de l'eau. C'était un monde si parfait qu'il se séparait en deux. Des colibris bourdonnaient dans le jardin et des monarques voletaient de fleur en fleur. Deux libellules cliquetaient près du quai. Reine-Marie et Gamache étaient seuls au monde.

— Toi d'abord, proposa Reine-Marie.

Elle adorait le voir plonger. Leurs enfants aussi, quand ils étaient plus jeunes.

Il sourit, plia les genoux et s'élança du quai fixe. Il sembla s'immobiliser un instant dans l'air, les bras tendus devant lui comme s'il comptait atteindre l'autre rive. Cela ressemblait davantage à un lancement qu'à un plongeon. Puis, bien sûr, l'inévitable se produisit, Gamache ne pouvant évidemment pas voler. Il heurta l'eau dans un éclaboussement monstrueux. L'eau était suffisamment froide pour lui couper momentanément le souffle, mais lorsqu'il en jaillit il se sentit ragaillardi et bien éveillé.

Reine-Marie le regarda se secouer la tête pour éliminer l'eau de ses cheveux fantômes, comme il avait fait à leur première visite. Et pendant des années après ça, jusqu'à ce que ce geste n'ait plus sa raison d'être. Pourtant, il le répétait chaque année et Reine-Marie continuait de le regarder, et son cœur arrêtait encore de battre.

— Viens, lui cria-t-il.

Il l'observa lorsqu'elle plongea, gracieuse, même si elle écartait toujours un peu les jambes et n'avait jamais réussi à bien pointer les orteils. C'est pourquoi il y avait toujours quelques bulles quand ses pieds frappaient l'eau. Il attendit qu'elle émerge, le visage face au soleil, les cheveux luisants.

— Est-ce qu'il y a eu des éclaboussures ? lui demanda-t-elle en nageant sur place pendant que les vagues roulaient jusqu'à la rive.

— Tu es rentrée comme une lame de couteau. À peine si j'ai su que tu avais plongé.

— C'est l'heure du petit-déjeuner, dit Reine-Marie dix minutes plus tard, après qu'ils eurent grimpé à l'échelle pour remonter sur le quai.

Gamache lui tendit une serviette chauffée par le soleil et lui demanda :

— Que vas-tu prendre ?

Tout en marchant, ils décrivirent à tour de rôle la nourriture qu'ils allaient ingurgiter en quantité astronomique. Lorsqu'ils furent arrivés au manoir, Gamache s'arrêta et prit Reine-Marie à part.

— Je veux te montrer quelque chose.

Elle sourit.

— Je l'ai déjà vu.

— Pas ça, dit-il en riant.

Puis il s'interrompit. Ils n'étaient plus seuls. Là, sur le côté de l'auberge, une personne penchée creusait. Le mouvement cessa et, lentement, la personne se tourna vers eux.

C'était une jeune femme, couverte de terre.

— Oh, *hello*, dit-elle en sursautant.

Elle semblait plus surprise qu'eux. Si surprise qu'elle leur avait adressé la parole en anglais plutôt qu'en français, la langue habituellement utilisée au manoir.

— *Hello*, répondit Reine-Marie en affichant un sourire rassurant.

— Désolée, dit la jeune femme.

Elle macula encore davantage son visage en sueur avec de la terre qui se transforma immédiatement en boue, ce qui lui donnait un peu l'air d'une figurine d'argile, animée.

— Je ne croyais pas que des gens seraient réveillés à cette heure. C'est le meilleur moment pour travailler. Je fais partie de l'équipe des jardiniers.

Elle s'était exprimée en français, sans difficulté, avec seulement un léger accent. Une odeur sucrée et familière, d'origine chimique, chatouilla les narines de Gamache et de Reine-Marie. Un insectifuge. La femme en était imprégnée. Les parfums de l'été au Québec : herbe coupée et chasse-moustiques.

Gamache et Reine-Marie baissèrent les yeux et remarquèrent des trous dans le sol. La femme suivit leur regard.

— J'essaie de toutes les transplanter avant qu'il fasse trop chaud, expliqua-t-elle en indiquant quelques plantes à la tête courbée. Pour une raison inconnue, toutes les fleurs de cette platebande sont en train de mourir.

— Et ça, qu'est-ce que c'est ? demanda Reine-Marie, qui ne regardait plus les trous.

— C'est ce que je voulais te montrer.

Là, sur le côté et partiellement caché par les arbres, se trouvait l'énorme bloc de marbre. Maintenant, au moins, il y avait quelqu'un auprès de qui il pouvait s'informer.

— Aucune idée, fut la réponse de la jardinière à sa question. Un gros camion l'a déposé ici il y a quelques jours.

— Qu'est-ce que c'est ? demanda Reine-Marie en touchant le bloc.

— Du marbre, répondit la jeune femme en s'approchant des Gamache, qui gardaient les yeux rivés sur la pièce.

Après un moment, Reine-Marie prit la main de son mari et lui dit :

— Eh bien, nous voilà ici, au Manoir Bellechasse, entourés de forêts, de lacs et de jardins, et qu'est-ce qu'on regarde, toi et moi ? La seule chose, à des kilomètres à la ronde, qui ne soit pas naturelle.

En riant, il lança :

— Qui l'eût cru ?

Ils saluèrent la jardinière de la tête et retournèrent au manoir se changer avant le petit-déjeuner. Gamache trouvait intéressant que Reine-Marie ait réagi comme lui, la veille, en voyant le bloc de marbre. Peu importe ce que c'était, ce n'était pas naturel.

La terrasse était marbrée de plaques d'ombre et la chaleur n'y était pas encore suffocante. D'ici midi, toutefois, les dalles seraient comme des charbons ardents. Reine-Marie et Gamache portaient tous les deux leur chapeau de soleil.

Elliot leur apporta du café au lait et leurs petits-déjeuners. Reine-Marie versa du sirop d'érable des Cantons-de-l'Est sur sa crêpe aux bleuets et Gamache perça ses œufs Benedict en regardant les jaunes se mêler à la sauce hollandaise. La terrasse commençait à se remplir de Finney.

— Ce n'est pas vraiment important, dit une voix de femme derrière eux, mais si nous pouvions avoir la jolie table sous l'érable, ce serait merveilleux.

— Je crois qu'elle est déjà prise, madame, répondit Pierre.

— Ah oui ? Eh bien, ça ne fait rien.

Bert Finney était déjà descendu, Bean aussi, et tous les deux lisaient le journal : Bert les bandes dessinées et Bean la rubrique nécrologique. Ayant constaté l'air sombre de l'enfant, le vieil homme abaissa la page des BD et dit :

— Ça va, Bean ?

— As-tu remarqué qu'il semble y avoir plus de gens qui meurent que de gens qui naissent ? demanda Bean en tendant le cahier à Finney, qui le prit en hochant gravement la tête.

— Ça veut dire que ça laisse plus de choses pour ceux d'entre nous encore en vie, répondit-il en lui redonnant le cahier.

— Je ne veux pas plus de choses.

— Ça viendra, dit Finney en reprenant les bandes dessinées.

— Armand, dit Reine-Marie en posant doucement une main sur le bras de son mari et en baissant la voix en un chuchotement à peine audible, est-ce que Bean est un garçon ou une fille ?

Armand, qui s'était plus ou moins posé la même question, regarda Bean de nouveau. L'enfant portait ce qui semblait être des lunettes de lecture vendues en pharmacie, et ses cheveux blonds tombant aux épaules encadraient un joli visage bronzé.

Gamache secoua la tête.

— Bean me fait penser à Florence. La dernière fois que Daniel et sa famille nous ont rendu visite, je suis allé me promener avec elle sur l'avenue Laurier et presque tout le monde s'est arrêté pour faire un commentaire sur notre mignon petit-fils.

— Elle portait son petit chapeau de soleil ?

— Oui.

— Et les gens ont relevé la ressemblance entre vous ?

— En effet, répondit Gamache en la regardant avec ses yeux bruns remplis d'admiration, comme si elle avait un don exceptionnel.

— Étonnant, n'est-ce pas ? Mais Florence a seulement un peu plus d'un an. Quel âge a Bean, selon toi ?

— Difficile à dire. Neuf, dix ans ? Tout enfant qui lit la rubrique nécrologique paraît plus vieux.

— Les rubriques nécrologiques font vieillir… Je m'en souviendrai.

— Un peu plus de confitures ? demanda Pierre en remplaçant les pots vides par d'autres contenants de confitures de fraises, de framboises, de bleuets, toutes faites maison. Je peux vous offrir autre chose ?

— Eh bien, j'aimerais vous poser une question, dit Gamache en indiquant un coin du manoir avec son croissant. Il y a un bloc de marbre là-bas. C'est pour quoi ?

— Ah, vous avez remarqué.

— Des astronautes le remarqueraient.

Pierre hocha la tête et dit :

— Mme Dubois ne vous en a pas parlé à votre arrivée ?

Reine-Marie et Gamache échangèrent un regard et secouèrent la tête.

— Hum, fit le maître d'hôtel, légèrement mal à l'aise, je crois que vous devriez vous informer auprès d'elle. C'est une surprise.

— Une belle surprise ? demanda Reine-Marie.

Pierre réfléchit un moment avant de répondre.

— On ne sait pas vraiment. Mais on le saura bientôt.

5

Après le petit-déjeuner, Gamache appela son fils à Paris et laissa un message en donnant le numéro du Manoir Bellechasse. Les téléphones cellulaires ne fonctionnaient pas, si loin dans les bois.

La journée passait agréablement. La chaleur augmentait lentement mais inexorablement, jusqu'à ce que, soudain, il fasse très chaud. Des employés installèrent des fauteuils Adirondack et des chaises longues çà et là sur la pelouse et dans les jardins, cherchant de l'ombre pour leurs clients qui cuisaient sous le soleil torride.

— Spot !

Le cri fusa dans l'air humide de la mi-journée et vint perturber le moment de détente de Gamache.

— Spot !

— Étrange, dit Reine-Marie en enlevant ses verres fumés pour s'adresser à son mari, le ton est le même que si on hurlait "Au feu !".

Gamache posa un doigt dans son livre ouvert et regarda dans la direction d'où le cri avait été poussé. Il était curieux de voir à quoi ressemblait "Spot". Avait-il les oreilles pendantes comme un chien ? Était-il réellement tacheté ?

Thomas criait "Spot !" en traversant rapidement la pelouse pour se diriger vers un grand homme bien habillé et aux cheveux grisonnants. Gamache retira ses lunettes de soleil et observa le nouveau venu plus attentivement.

— Je crains que ce soit la fin de notre paix et de notre tranquillité, dit Reine-Marie avec regret. L'horrible Spot et sa non moins odieuse femme Claire se sont matérialisés.

Gamache remit ses lunettes et plissa les yeux, estomaqué par ce qu'il voyait.

— Qu'est-ce qu'il y a ? lui demanda Reine-Marie.

— Tu ne devineras jamais.

Deux grandes silhouettes convergeaient vers la pelouse du Manoir Bellechasse. Le distingué Thomas et son jeune frère Spot.

Reine-Marie jeta un coup d'œil dans leur direction.

— Mais c'est…

— Je crois que oui.

— Alors, où est…, ajouta Reine-Marie, stupéfaite.

— Je ne sais pas. Ah, la voilà qui arrive.

Une silhouette aux vêtements chiffonnés apparut, un chapeau mal vissé sur des cheveux ébouriffés.

— Clara ? murmura Reine-Marie à Gamache. Mon Dieu, Armand, Spot et Claire Finney sont Peter et Clara Morrow ! C'est comme un miracle.

Reine-Marie était ravie. Le fléau qui semblait imminent et inéluctable avait été écarté et avait fait place à leurs amis.

Sandra salua Peter, et Thomas étreignit Clara. Elle paraissait minuscule dans ses bras et disparut presque ; et, lorsqu'ils se séparèrent, sa tenue semblait encore plus débraillée.

— Tu as une mine superbe, dit Sandra en examinant Clara et en constatant avec plaisir qu'elle avait pris du poids autour des hanches et des cuisses.

“Elle porte un short rayé peu flatteur avec un chemisier à pois. Et elle se dit artiste”, songea Sandra en se sentant beaucoup mieux.

— Je me sens bien. Et toi, tu as maigri. Mon Dieu, Sandra, il faudra que tu me dises comment tu fais. J'aimerais bien perdre cinq kilos.

— Toi ? s'exclama Sandra. Mais non.

Les deux femmes s'éloignèrent bras dessus, bras dessous, hors de portée des oreilles des Gamache.

— Peter, dit Thomas.

— Thomas, dit Peter.

Ils se firent un petit salut de la tête.

— La vie est belle ?

— On ne peut mieux.

Ils communiquaient télégraphiquement, toute ponctuation inutile.

— Toi ?

— Super.

Ils avaient réduit le langage à l'essentiel. Bientôt, il ne resterait que des consonnes. Puis le silence.

Dans l'ombre tachetée de lumière, Gamache observait la scène. Il savait qu'il devrait se réjouir de revoir leurs vieux amis, et c'était le cas. Mais, en baissant les yeux, il remarqua les poils hérissés sur ses avant-bras et sentit un léger souffle froid.

En cette chaude journée d'été, éclatante sous le soleil, dans ce décor pur et calme, les choses n'étaient pas ce qu'elles semblaient être.

Clara se dirigea vers le muret de pierre de la terrasse en tenant une bière et un sandwich aux tomates, duquel, à son insu, des graines tombaient sur son nouveau chemisier en coton. Elle essaya de se fondre dans l'ombre, ce qui n'était pas difficile, car la famille de Peter lui accordait peu d'attention. Elle était la belle-fille, la belle-sœur, rien de plus. Au début, elle en avait été agacée, mais maintenant elle y trouvait un grand avantage.

Son regard se posa sur le jardin de vivaces et elle constata que, si elle plissait les yeux, juste ce qu'il fallait, elle pouvait se croire de retour chez elle dans le petit village de Three Pines. En fait, il n'était pas très loin ; juste de l'autre côté de la chaîne de montagnes. Mais en ce moment, il semblait très éloigné.

Chez elle, l'été, elle se versait chaque matin une tasse de café et marchait nu-pieds jusqu'à la rivière Bella Bella derrière leur maison, humant au passage les roses, les phlox et les lis. Assise sur un banc sous un soleil encore doux, elle sirotait son café et contemplait la rivière qui coulait paresseusement, hypnotisée par l'eau aux reflets dorés et argentés. Puis, dans son studio, elle peignait jusqu'au milieu de l'après-midi. Ensuite, Peter et elle prenaient une bière et marchaient dans le jardin ou rejoignaient des amis au bistro pour un verre de vin. C'était une vie calme et paisible. Qui leur convenait très bien.

Or un matin, il y a quelques semaines, en allant comme d'habitude vérifier s'il y avait du courrier dans leur boîte aux lettres, elle avait trouvé l'invitation tant redoutée. La porte rouillée avait hurlé quand elle l'avait ouverte et, en enfonçant la main à l'intérieur, Clara avait su, avant même de la voir, que c'était l'invitation. Elle pouvait sentir le papier vélin épais. Elle avait été tentée de s'en débarrasser, de la jeter dans le bac de recyclage bleu pour qu'elle soit transformée en quelque chose d'utile, comme du papier hygiénique. Mais elle ne l'avait pas fait. Elle avait plutôt regardé l'écriture en pattes de mouche, les yeux rivés sur le griffonnage sinistre qui lui donnait l'impression que des fourmis circulaient partout sur son corps, jusqu'à ce qu'elle n'en puisse plus. Elle avait alors déchiré l'enveloppe et avait trouvé l'invitation à la réunion de famille au Manoir Bellechasse à la fin juin. Un mois plus tôt que d'habitude, juste au moment où Three Pines enlevait les drapeaux installés pour la Saint-Jean-Baptiste et préparait les activités qui auraient lieu dans le parc du village pour souligner la fête du Canada, le 1er juillet. L'invitation tombait très mal et elle avait commencé à envisager des façons d'y échapper lorsqu'elle s'était souvenue qu'elle était censée organiser les jeux pour les enfants, cette année. Clara, qui s'entendait bien avec les enfants parce qu'elle les voyait comme des chiots, s'était trouvée aux prises avec un dilemme et avait décidé de laisser Peter trancher. Mais l'invitation contenait une information supplémentaire : il y était précisé que quelque chose se produirait lorsque toute la famille serait réunie. Quand Peter était sorti de son atelier cet après-midi-là, elle lui avait remis l'enveloppe et avait regardé son beau visage. Ce visage qu'elle adorait, cet homme qu'elle tenait tant à protéger. Et qu'elle réussissait à protéger contre presque tout. Sauf sa famille. Les siens l'attaquaient de l'intérieur, et Clara ne pouvait rien contre cela. Elle avait d'abord vu de l'incompréhension sur son visage, puis il avait compris.

Sa réaction allait être terrible. Mais, à la grande surprise de Clara, il avait pris le téléphone pour appeler sa mère et avait accepté l'horrible invitation.

C'était il y a quelques semaines et, maintenant, le jour était arrivé.

Clara était assise seule sur le muret et observait les membres de la famille siroter des gin tonics sous le soleil éblouissant. Aucun d'entre eux ne portait de chapeau, comme s'ils préféraient attraper une insolation et le cancer de la peau plutôt que de paraître ridicules. Peter parlait à sa mère, une main au-dessus des sourcils pour bloquer le soleil, comme s'il faisait un salut militaire.

Thomas paraissait digne et élégant ; Sandra semblait aux aguets. Elle jetait des coups d'œil furtifs autour d'elle, évaluait les portions, regardait les serveurs louvoyer entre les clients et surveillait qui se faisait servir quoi, et quand, en comparant avec ce qu'on lui apportait.

À l'autre extrémité de la terrasse, également à l'ombre, Clara arrivait tout juste à discerner Bert Finney. Il semblait regarder sa femme, quoique ce fût difficile à dire. Elle détourna les yeux juste au moment où l'œil vagabond de Bert croisait son regard.

Tout en sirotant sa boisson rafraîchissante, elle prit une grosse touffe de ses cheveux épais et mouillés de sueur et la décolla de son cou. Ensuite, elle l'agita de haut en bas pour aérer la zone ainsi dénudée. C'est seulement alors qu'elle vit la mère de Peter qui l'observait, avec son beau visage rose et blanc tout ridé, ses yeux bleu-gris bienveillants et doux. Une superbe rose anglaise qui vous invite à approcher, à vous pencher vers elle. Et, trop tard, vous vous rendez compte qu'il y a une guêpe cachée au cœur de la rose, attendant de faire ce que les guêpes font le mieux.

"Moins de vingt-quatre heures, se dit-elle. Nous pourrons partir demain, après le petit-déjeuner."

Un taon bourdonna autour de sa tête en sueur et Clara agita si fortement les bras dans tous les sens qu'elle envoya promener le reste de son sandwich dans la platebande de vivaces en contrebas. Une prière de fourmis exaucée, sauf pour celles sur lesquelles le sandwich était tombé.

— Claire n'a pas changé, dit la mère de Peter.

— Toi non plus, maman.

Peter essayait de prendre le même ton courtois et pensa avoir atteint le parfait équilibre entre politesse et mépris : si subtil qu'il était impossible de s'en formaliser, si évident qu'il était impossible de ne pas le déceler.

Plus loin sur la terrasse, Julia sentait ses pieds commencer à brûler, dans ses sandales fines, au contact des dalles chaudes.

— Bonjour, Peter, dit-elle, puis, oubliant ses pieds en feu, elle traversa la terrasse et embrassa l'air près de la joue de son jeune frère. Tu sembles en pleine forme.

— Toi aussi.

Silence.

— Beau temps, dit Peter.

Julia fouilla dans son cerveau, qui se vidait rapidement, à la recherche d'une répartie brillante, spirituelle, pour prouver qu'elle était heureuse. Que sa vie n'était pas le bourbier qu'imaginait certainement Peter. Dans sa tête, elle dit : "La papule pourpre perpétuellement purulente de Peter péta." Cela lui fit du bien.

— Comment va David ?

— Oh, tu le connais, répondit Julia d'un ton léger. Il s'adapte à tout.

— Même à la prison ? Et toi, tu es ici.

Elle scruta son beau visage calme. Était-ce une insulte ? Elle était loin de sa famille depuis si longtemps qu'elle manquait d'entraînement. Elle se sentait comme un parachutiste soudainement poussé hors d'un avion alors qu'il n'avait pas sauté depuis des années.

Elle était arrivée quatre jours auparavant, blessée et exténuée. Au cours de l'année désastreuse qui venait de s'écouler, un dernier sourire, un dernier compliment vide, une dernière gentillesse lui avaient été arrachés pendant le procès de David. Se sentant trahie, humiliée et mise à nu, elle était revenue à la maison pour se rétablir. Auprès de cette mère réconfortante et des beaux et grands frères qu'elle voyait dans ses souvenirs idéalisés, magnifiés. Assurément, ils prendraient soin d'elle.

Curieusement, elle avait oublié pourquoi elle les avait quittés, mais maintenant qu'elle était de retour, elle se rappelait ses raisons.

— Tu imagines ? dit Thomas. Ton mari vole tout cet argent, et toi, tu ne te rendais compte de rien. Ça a dû être affreux.

— Thomas, lança sa mère, en secouant la tête.

Elle ne le réprimandait pas pour la remarque désobligeante adressée à Julia, mais pour l'avoir dite devant le personnel. Julia sentit les dalles brûlantes grésiller sous ses pieds. Mais elle sourit et garda son calme.

— Ton père…, reprit Mme Finney, puis elle s'arrêta.

— Continue, maman, dit Julia.

Elle sentit une vieille chose, familière, remuer la queue au plus profond d'elle-même ; une chose, au stade dormant durant des décennies, s'éveillait.

— Mon père ?

— Eh bien, tu sais ce qu'il pensait.

— Et que pensait-il ?

— Vraiment, Julia, le moment est mal choisi pour avoir cette conversation.

Sa mère tourna son visage rose vers elle. Elle avait prononcé ces mots avec un sourire tendre accompagné d'un léger mouvement des mains. À quand remontait la dernière fois que Julia avait senti les mains de sa mère sur elle ?

— Je te demande pardon, dit Julia.

— Saute, Bean, saute !

Clara tourna la tête et vit la sœur cadette de Peter bondir sur la pelouse manucurée, ses pieds touchant à peine le sol. Derrière elle, une serviette de plage attachée autour du cou, Bean courait en riant, mais ne sautait pas. "Bean l'intrépide", se dit Clara.

— Ouf ! souffla Marianna en arrivant sur la terrasse quelques instants plus tard, en sueur, ruisselante, comme si elle était passée sous le jet d'un arroseur.

Elle s'essuya les yeux avec le coin d'un foulard et demanda :

— Est-ce que Bean a sauté ?

Seul Thomas réagit, en faisant une grimace dédaigneuse.

À cause de la chaleur et de l'humidité, les seins de Clara lui démangeaient sous son soutien-gorge. Elle plongea la main dans son chemisier pour tirer sur le sous-vêtement, puis releva la tête – trop tard. La mère de Peter l'observait de nouveau, comme si elle était équipée d'une sorte de radar.

— Comment va ta peinture ?

La question prit Clara de court. Présumant qu'elle s'adressait à Peter, elle s'occupa à retirer les graines de tomate maintenant collées sur ses seins.

— Moi ? fit-elle en levant les yeux vers Julia.

Julia, la sœur qu'elle connaissait le moins. Mais Peter lui avait raconté des histoires à son sujet, alors elle se tint sur ses gardes.

— Oh, tu sais, c'est une lutte perpétuelle.

C'était la réponse facile, celle à laquelle ils s'attendaient. Clara la ratée, qui se disait artiste, mais qui ne vendait jamais rien. Qui exécutait des œuvres ridicules, comme ces mannequins aux cheveux bouffants et ces arbres fondants.

— Je me souviens d'avoir entendu parler de ta dernière exposition. Toute une prise de position.

Clara se redressa. Son expérience lui avait appris que bien des gens arrivaient à poser une première question, par politesse. Mais rares étaient ceux qui en posaient une deuxième. Peut-être Julia était-elle sincère.

— *Utérus guerriers*, c'est ça ? demanda Julia.

Clara fouilla son visage pour y déceler de l'ironie, mais n'en trouva pas. Elle hocha la tête. Pour être franc, on ne pouvait pas considérer la série comme un succès sur le plan financier, mais sur le plan émotionnel, quel triomphe ! Elle avait songé à offrir un utérus guerrier à la mère de Peter pour Noël, mais s'était ravisée. C'était peut-être pousser le bouchon un peu loin.

— On ne vous a pas dit ?

Peter s'était approché, le sourire aux lèvres.

"Ce n'est jamais bon signe dans une réunion familiale. Plus ils sont retors, plus ils sourient", pensa Clara en essayant d'attirer le regard de Peter.

— Dit quoi ? demanda Sandra, qui pressentait l'annonce imminente de quelque chose de déplaisant.

— Au sujet des toiles de Clara.

— J'aimerais une autre bière, lança Clara, mais personne ne prêta attention à elle.

— Quoi, au juste ? demanda Thomas.

— Rien, répondit Clara. Des niaiseries. Vous me connaissez. Toujours en train d'expérimenter.

— Elle a reçu des propositions d'une galerie d'art.

— Peter, dit sèchement Clara. Je ne crois pas qu'il soit nécessaire d'en parler.

— Mais je suis certain qu'ils aimeraient savoir.

En sortant sa main de la poche de son pantalon, il retourna la poche à l'envers, gâchant du même coup sa mise soignée.

— Clara est modeste, poursuivit Peter. La Galerie Fortin, à Montréal, veut organiser une exposition solo de ses œuvres. Denis Fortin lui-même est venu à Three Pines pour voir ses toiles.

Silence.

Clara enfonça ses ongles dans ses paumes. Un taon découvrit la chair tendre et pâle derrière son oreille, et la piqua.

— Excellent, dit la mère de Peter à Clara. Je suis ravie.

Surprise, Clara se tourna vers sa belle-mère. Elle avait peine à en croire ses oreilles. Avait-elle jugé la mère de Peter trop sévèrement toutes ces années ? Avait-elle été injuste ?

— Bien souvent, ils sont trop épais.

Le sourire de Clara faiblit. Trop épais ?

— Et ne sont pas faits avec de la vraie mayonnaise. Mais la chef Véronique s'est surpassée, encore une fois. As-tu essayé les sandwichs aux concombres, Claire ? Ils sont très bons.

— C'est vrai, ils sont délicieux, reconnut Clara avec un enthousiasme démesuré.

— Bravo, Clara ! Quelle bonne nouvelle ! fit une voix masculine enjouée et vaguement familière. Félicitations !

À l'autre extrémité de la pelouse, un homme d'âge moyen de forte carrure et portant un drôle de chapeau se dirigeait à grandes enjambées vers eux. Une femme élégante et menue, coiffée du même genre de chapeau mou, marchait à ses côtés.

— Reine-Marie ? dit Clara en fixant la femme, incrédule. Peter, c'est Reine-Marie ?

La bouche entrouverte, Peter aussi regardait fixement le couple qui montait rapidement les marches.

— Oh, Clara, quelle merveilleuse nouvelle ! s'exclama Reine-Marie en prenant son amie dans ses bras.

Le parfum de Reine-Marie était *Joy*, de Jean Patou, et c'était exactement ce que Clara éprouvait : de la joie. C'était comme être sauvée de la torture au dernier moment. Elle se dégagea et dévisagea Reine-Marie Gamache, pour s'assurer qu'il ne s'agissait pas d'un mirage. Pas de doute, la femme souriante était bien là. Clara sentait les regards réprobateurs derrière elle, mais cela n'avait plus beaucoup d'importance. Pas maintenant.

Puis Armand l'embrassa sur les deux joues et serra son bras affectueusement.

— Nous sommes très heureux pour vous. Denis Fortin, dit-il en regardant les visages de pierre sur la terrasse, est le galeriste le plus important de Montréal, comme vous le savez probablement. Tout un exploit!

— Ah oui?

La mère de Peter réussit à prendre un ton à la fois méprisant et désapprobateur, comme si l'exploit de Clara heurtait les bienséances. Quant à ces manifestations d'émotions, de jubilation, elles étaient carrément déplacées. Quel comportement grossier que d'interrompre ainsi une réunion familiale privée! Cependant, il y avait pire encore : l'attitude de Peter montrait sans équivoque qu'il entretenait des relations avec le couple du placard à balais. Jouer au bridge quand on est coincé dans une auberge isolée avec eux est une chose ; cela s'appelle être bien élevé. Mais décider de les fréquenter en est une autre.

Gamache alla à la rencontre de Peter et lui serra la main.

— Bonjour, jeune homme.

Gamache souriait et Peter le fixait comme s'il regardait quelque chose d'extraordinaire.

— Armand? Mais comment avez-vous abouti ici?

— Eh bien, c'est une auberge, non? répondit Gamache en riant. Nous sommes ici pour célébrer notre anniversaire.

— Dieu soit loué! s'exclama Clara en s'approchant de Reine-Marie.

Peter fit un pas pour les rejoindre, mais un petit raclement de gorge derrière lui l'arrêta net.

— Nous pouvons peut-être bavarder plus tard? suggéra Reine-Marie. Vous voulez certainement passer du temps avec votre charmante famille.

Les deux femmes s'étreignirent de nouveau. Clara ne voulait pas lâcher Reine-Marie, mais s'y résigna, puis regarda les Gamache traverser lentement la pelouse en direction du lac. Elle sentit quelque chose couler dans son cou. En voulant essuyer la sueur, elle fut étonnée de voir du sang sur ses doigts.

6

Après un dîner qui avait duré mille ans, Clara pouvait enfin s'échapper, et elle ne pensait qu'à une chose : trouver les Gamache.

— Je crois que maman préférerait que nous restions, dit Peter en allant et venant sur la terrasse.

Clara prit un air de conspiratrice et lui tendit la main.

— Allez, un peu de courage !

— Mais c'est une réunion de famille.

Peter mourait d'envie d'aller avec elle. De prendre sa main et de traverser en courant la pelouse parfaite, et de rejoindre leurs amis. Pendant le repas, tandis que les autres membres de la famille mangeaient en silence ou discutaient des cours de la Bourse, Peter et Clara, tout excités et en chuchotant, n'avaient cessé de parler des Gamache.

— Si tu avais vu ton visage…, avait dit Peter en essayant de ne pas élever la voix. Tu ressemblais à Dorothy rencontrant le grand et puissant magicien d'Oz. Stupéfaite et fébrile.

— À mon avis, tu passes beaucoup trop de temps avec Olivier et Gabri, avait répondu Clara en souriant.

Elle n'avait encore jamais souri dans une de leurs réunions familiales. C'était une étrange sensation.

— Et toi, tu ressemblais à l'homme de fer-blanc, figé de stupeur. N'est-ce pas incroyable, les Gamache, ici ? Pouvons-nous nous éclipser et passer du temps avec eux cet après-midi ?

— Pourquoi pas ? avait répondu Peter, caché derrière un petit pain chaud.

L'idée de tuer le temps pendant quelques heures en compagnie de leurs amis plutôt que d'endurer sa famille l'apaisait grandement.

Clara avait regardé sa montre. Quatorze heures. Encore vingt et une heures. Si elle se couchait à vingt-trois heures et se réveillait à neuf heures le lendemain matin, cela laisserait seulement – elle essaya de calculer dans sa tête – onze heures à passer avec la famille de Peter. C'était jouable. Et, après deux heures avec les Gamache, il n'en resterait que neuf. Seigneur, elle entrevoyait presque la fin. Ils pourraient ensuite retourner à leur petit village de Three Pines, jusqu'à la prochaine invitation... dans un an.

"Ne pense pas à ça."

Mais maintenant, sur la terrasse, Peter hésitait, comme elle s'y était attendue. Même pendant le dîner, elle avait su qu'il n'y arriverait pas. Malgré tout, ç'avait été amusant de faire semblant. Comme jouer à se déguiser, mais sur le plan émotionnel. Faire semblant que, cette fois, c'était elle, la brave.

Mais en fin compte, bien sûr, il n'avait pas pu. Et Clara ne pouvait l'abandonner. Lentement, elle retourna à l'intérieur.

— Pourquoi as-tu parlé de mon exposition solo à ta famille ?

Elle se demanda si elle n'essayait pas de se disputer avec lui, pour le punir parce qu'il les forçait à rester.

— Je trouvais important qu'ils le sachent. Ma famille a toujours eu une attitude méprisante envers ton travail.

— Et pas toi ? répliqua-t-elle, agacée.

— Comment peux-tu dire ça ?

Il paraissait blessé, et elle savait qu'elle avait prononcé ces mots avec l'intention de l'atteindre. Elle attendit qu'il lui rappelle comment il l'avait soutenue pendant toutes ces années. Il leur avait fourni un toit et assuré leur subsistance. Mais Peter garda le silence, ce qui l'irrita encore davantage.

Quand Peter se tourna pour lui faire face, elle remarqua un peu de crème chantilly, sorte de comédon blanc, sur sa joue. Ç'aurait pu être un avion, tellement il était inhabituel de voir sur son mari quelque chose qu'il n'avait pas mis lui-même. Lui toujours si magnifique, si bien habillé : vêtements jamais froissés, jamais de faux plis, jamais de taches. Aucune erreur. Quels étaient ces dispositifs dans *Star Trek* ? Les rayons tracteurs ? Non, pas ça. Les boucliers. Peter vivait sans jamais abaisser ses boucliers et repoussait ainsi toute attaque de la part d'aliments, de boissons ou de personnes. Clara se demanda si, en ce moment, dans sa tête, il n'y avait pas une petite voix à l'accent écossais prononcé qui hurlait : "Commandant, nous n'avons plus de boucliers, je n'arrive pas à les réactiver !"

Mais Peter, ce cher Peter, n'avait pas conscience de ce petit extraterrestre blanc et floconneux collé sur sa figure.

Elle savait qu'elle devrait dire quelque chose ou, du moins, enlever la crème, mais elle en avait marre.

— Qu'est-ce qui ne va pas ? demanda Peter, inquiet, mais également un peu effrayé, car toute confrontation le pétrifiait.

— Tu as informé ta famille au sujet de la Galerie Fortin pour la contrarier. Surtout Thomas. Ça n'avait rien à voir avec moi. Tu t'es servi de mon art comme d'une arme.

"Commandant, le vaisseau va exploser !"

— Comment peux-tu dire ça ?

Sa voix, cependant, manquait d'assurance. Une autre bizarrerie que Clara avait rarement observée chez lui.

— Je te prie de ne plus discuter de mon travail avec eux. En fait, ne leur donne aucune information personnelle sur moi. D'accord ? Ta famille s'en fout, et moi, ça me blesse. Ça ne devrait peut-être pas, mais c'est le cas.

Elle remarqua que la poche de son pantalon était toujours retournée à l'envers. C'était l'une des choses les plus déstabilisantes qu'elle eût jamais vues.

— Je suis désolé, finit-il par dire. Mais ce n'est pas Thomas, tu sais. Plus maintenant. Je pense m'être habitué à lui. C'est Julia. La revoir m'a décontenancé.

— Elle semble gentille.

— On a tous l'air gentils.

— Encore vingt heures, dit Clara en regardant sa montre, puis elle leva la main et essuya la crème chantilly sur la figure de Peter.

Alors qu'ils remontaient le sentier, les Gamache entendirent une voix qui les appelait. Ils s'arrêtèrent.

— Vous voilà, dit Mme Dubois, essoufflée, un panier de fines herbes du potager à la main. J'ai laissé une note à la réception.

Votre fils a appelé de Paris. Il a dit qu'il ne serait pas à la maison ce soir, mais qu'il rappellerait.

— Dommage. Mais nous finirons bien par nous parler. Merci. Voulez-vous que je porte ça ?

Il tendit la main pour prendre le panier. Après une légère hésitation, l'aubergiste, reconnaissante, le lui donna.

— Il commence à faire chaud, expliqua-t-elle, et l'humidité me fatigue.

Elle tourna les talons et se mit à marcher d'un pas qui sidéra les Gamache.

— Madame Dubois, cria Gamache, en essayant de rattraper la femme âgée d'au moins cent vingt-cinq ans. Nous voulons vous poser une question.

Elle s'immobilisa et attendit qu'il la rejoigne.

— C'est au sujet du cube de marbre.

— Quel cube de marbre ?

— Pardon ?

— Pardon ?

— Ce gros bloc de marbre là-bas, de l'autre côté de l'auberge. Je l'ai vu hier soir, et également ce matin. Votre jeune jardinière ne sait pas ce que c'est et Pierre nous a dit de nous adresser à vous.

— Ah, oui, *ce* bloc de marbre, dit-elle comme s'il y en avait d'autres. Eh bien, nous avons beaucoup de chance. Nous…, commença-t-elle, puis elle marmonna le reste de la phrase avant de se remettre en marche.

— Je n'ai pas entendu ce que vous avez dit.

— Bon, d'accord, répondit-elle.

Elle se comportait comme s'ils l'avaient torturée pour obtenir l'information.

— C'est pour une statue.

— Une statue ? Ah oui ? demanda Reine-Marie. De qui ?

— Du mari de Mme Finney.

Armand Gamache vit Bert Finney en marbre au milieu de leurs chers jardins du Manoir Bellechasse. Son affreux visage gravé dans la pierre, qui les fixerait – ou Dieu sait quoi d'autre – pour l'éternité.

En remarquant leur expression, Mme Dubois se rendit compte qu'ils avaient mal compris.

— Pas celui-ci, bien sûr. Le premier. Charles Morrow. Je l'ai connu, vous savez. Un homme bien.

Les Gamache, qui ne s'étaient pas vraiment attardés à la question, comprirent soudain beaucoup de choses. Entre autres, comment Spot Finney était devenu Peter Morrow. Sa mère s'était remariée. Elle avait pris le nom de Finney, mais pas ses enfants. Les Gamache avaient présumé qu'ils étaient tous des Finney, mais non. Ils étaient des Morrow.

Cela pouvait expliquer, du moins en partie, pourquoi une famille réunie pour rendre hommage à papa semblait ignorer Bert Finney.

— Charles Morrow est décédé il y a quelques années, poursuivit Clémentine Dubois. Le cœur. La famille inaugurera la statue au cours d'une cérémonie plus tard cet après-midi, juste avant l'heure de l'apéritif. La sculpture arrive dans environ une heure. Cela ajoutera une belle touche au jardin.

Elle leur jeta un regard furtif.

D'après la taille du piédestal, la statue serait énorme, supposa Gamache. Elle dépasserait certains arbres. Heureusement, les arbres pousseraient, mais, vraisemblablement, pas la statue.

— Avez-vous vu la sculpture ? demanda Gamache d'un ton qui se voulait désinvolte.

— Oh, oui. Elle est gigantesque. Il est nu, bien sûr, avec des fleurs autour de la tête et de petites ailes. Ils ont eu de la chance de trouver du marbre rouge.

Gamache écarquilla les yeux et ses sourcils se relevèrent. Puis il remarqua le sourire de l'aubergiste.

— Malheureuse ! lança-t-il en riant, et elle éclata de rire aussi.

— Croyez-vous que je vous aurais fait ça ? J'adore cet endroit, dit-elle en marchant avec eux jusqu'à la porte moustiquaire menant à la fraîcheur de l'auberge. Mais son entretien commence à coûter cher. Nous avons dû remplacer la chaudière, cette année, et il faudra bientôt refaire la toiture.

Les Gamache penchèrent la tête vers l'arrière pour regarder le toit en cuivre devenu verdâtre avec le temps à cause de l'oxydation. Gamache avait le vertige simplement à le regarder. Jamais il ne serait couvreur.

— J'ai parlé à un artisan abénaquis pour la réfection. Savez-vous que ce sont des Abénaquis qui ont bâti le Manoir Bellechasse ?

— Non, je ne le savais pas, répondit Gamache, que l'histoire du Québec passionnait. Je croyais qu'il avait été construit par les barons pillards.

— Payé par eux, oui, mais construit par des Amérindiens et des Québécois. À l'origine, c'était un pavillon de chasse et pêche. Quand mon mari et moi l'avons acheté il y a cinquante ans, il était abandonné. Le grenier était plein de têtes empaillées. On aurait dit un abattoir. Affreux.

— Vous avez bien fait d'accepter l'offre des Finney, dit Gamache en souriant. Et leur argent. Mieux vaut avoir Charles Morrow dans le jardin et faire les réparations plutôt que tout perdre.

— Espérons qu'il n'est pas nu. Je n'ai pas vu la statue.

Les Gamache regardèrent Clémentine Dubois se diriger vers la cuisine.

— Eh bien, la statue pourra toujours servir de perchoir pour les oiseaux, commenta Gamache.

— C'est au moins ça, reconnut Reine-Marie.

En se rendant au lac pour se baigner, les Gamache trouvèrent Peter et Clara sur le quai.

— Racontez-nous tout ce qui s'est passé dans votre vie dernièrement, en commençant par Denis Fortin et votre travail, dit Reine-Marie en tapotant le fauteuil Adirondack. Sans omettre un seul détail.

Peter et Clara les mirent au courant des derniers événements survenus à Three Pines. Ensuite, après y avoir été de nouveau invitée, Clara relata la visite du célèbre galeriste à leur modeste demeure, puis son retour avec ses associés et l'atroce attente pendant qu'ils décidaient si Clara Morrow était, à quarante-huit ans, une artiste émergente. Qu'ils voudraient parrainer. Toute la communauté artistique savait que, si Denis Fortin vous aimait, le monde des arts vous aimerait. Et alors tout était possible.

Puis était arrivée la nouvelle à peine croyable. Après avoir essayé pendant des décennies de trouver quelqu'un, n'importe qui, qui s'intéresserait à son œuvre, Clara allait enfin exposer en solo à la Galerie Fortin l'an prochain.

— Et qu'est-ce que ça vous fait ? demanda doucement Gamache, qui avait quitté les femmes et marché jusqu'au bout du quai avec Peter.

— Je trouve ça merveilleux.

Gamache hocha la tête et, les mains jointes derrière le dos, regarda vers l'autre extrémité du lac et attendit. Il connaissait Peter Morrow. Le savait un homme bien, attentionné, qui aimait sa femme plus que tout au monde. Mais il savait aussi que son ego était presque aussi grand que son amour pour Clara. Et ça, c'était immense.

— Quoi ? fit Peter en riant, incapable d'endurer le silence qui se prolongeait.

— De vous deux, c'est habituellement vous qui avez du succès, répondit sans ambages Gamache, sachant que les faux-fuyants ne servaient à rien. Il serait normal d'avoir des pensées…

Gamache s'interrompit, cherchant le mot approprié, le mot gentil.

— … meurtrières.

Peter rit de nouveau et fut surpris d'entendre son rire amplifié au loin.

— Vous connaissez bien les artistes. Ça n'a pas été facile, je l'avoue, mais de voir Clara si heureuse, eh bien…

— Je ne suis pas certain que Reine-Marie serait contente de me voir devenir bibliothécaire, comme elle, dit Gamache en jetant un coup d'œil à sa femme plongée dans une conversation animée avec Clara.

— Je vous imagine travaillant tous les deux à la Bibliothèque nationale, à Montréal, bouillants de ressentiment dans les allées. Surtout si vous obteniez une promotion.

— Impossible. Je suis nul en orthographe. Je dois réciter l'alphabet chaque fois que je cherche un numéro de téléphone dans le bottin. Ça rend Reine-Marie folle. Mais parlant de pensées meurtrières : côtoyez des bibliothécaires. Tout ce silence, ça leur donne des idées…

Ils rirent et retournèrent auprès des femmes. En s'approchant d'elles, ils entendirent Reine-Marie décrire le reste de leur journée.

— Baignade, sieste, baignade, vin blanc, souper, baignade, dodo.

Clara fut impressionnée.

— Eh bien, nous avons eu toute la semaine pour mettre au point notre programme, avoua Reine-Marie. Ça ne vient pas tout seul. Qu'avez-vous prévu, vous deux ?

— Faire du canot, assister au dévoilement, prendre une cuite, m'humilier, m'excuser, bouder, manger, dormir, répondit Clara. Vingt ans de réunions familiales m'ont permis de mettre ça au point. Le dévoilement, cependant, est un nouvel élément.

— C'est une statue de votre père ? demanda Gamache à Peter.

— Le paternel. Il est mieux ici que dans notre jardin.

— Peter…, dit Clara doucement.

— Tu voudrais l'avoir ?

— Non, mais je n'ai pas bien connu ton père. Il était plutôt beau, comme son fils.

— Je ne suis pas du tout comme lui, répliqua Peter d'un ton sec lui ressemblant si peu que les autres furent surpris.

— Vous n'aimiez pas votre père ? demanda Gamache, en se disant qu'il ne s'avançait pas trop en supposant cela.

— Je l'aimais probablement autant que lui m'aimait. N'est-ce pas ce qui se produit habituellement ? Comme on donne, on reçoit ? C'est ce qu'il disait toujours. Et il ne donnait rien.

Après un moment de silence, Clara expliqua :

— Après le décès du père de Peter, sa mère s'est remariée. Avec Bert Finney.

— Un commis dans l'entreprise de mon père, ajouta Peter en lançant des cailloux dans le lac calme.

Clara savait que Bert Finney avait été plus qu'un commis, mais elle savait aussi que ce n'était pas le moment de reprendre son mari.

— Je serai bien content quand tout sera fini. Ma mère ne veut pas qu'on voie la statue avant le dévoilement, alors Thomas nous a proposé d'aller faire du canot.

Il indiqua de la tête une barque verte, en bois, amarrée au quai. Elle était exceptionnellement longue et comprenait deux séries de trous pour les rames.

— Une chaloupe verchères ! s'exclama avec stupeur Reine-Marie, qui n'en avait pas vu depuis des années.

— C'est exact, dit Peter. Nous avions l'habitude de participer aux courses à sept dans une verchères, dans notre coin. Thomas a pensé que ce serait une façon agréable de passer le temps, et d'honorer en quelque sorte la mémoire de notre père.

— Thomas vous appelle Spot, dit Gamache.

— Depuis toujours, ou presque.

Peter tendit ses mains. Reine-Marie et Gamache se penchèrent au-dessus comme s'ils s'apprêtaient à embrasser un anneau. Mais, au lieu d'un anneau, ils virent des taches, c'est-à-dire des *spots*, en anglais.

— De la peinture, déclara Reine-Marie en se redressant. Un peu de térébenthine fera disparaître les taches.

— Vraiment ? dit Peter en feignant l'étonnement, puis il sourit. Celles-ci sont récentes. Elles sont apparues ce matin, quand je travaillais dans mon atelier. Mais toute ma vie j'en ai eu sur mes mains, mon visage, mes vêtements, mes cheveux. Thomas l'avait remarqué quand j'étais petit et a commencé à m'appeler Spot.

— J'ai l'impression que rien n'échappe à Thomas, commenta Gamache.

— On pourrait dire qu'il a inventé le recyclage, dit Peter. Il collectionne des conversations, des événements, et les utilise des années plus tard contre vous. Recycler, riposter, refouler. Rien ne se perd avec notre Thomas.

— Cela explique votre surnom, dit Reine-Marie. Mais qu'en est-il de celui de votre sœur Marianna ? Pourquoi l'appelez-vous Magilla ?

— Oh, ce surnom vient d'une émission de télévision : *Magilla le gorille*. Elle en était obsédée. Quand papa rentrait à la maison après le travail, il insistait pour qu'on l'accueille à la porte, comme une belle famille unie. À l'heure de son arrivée, l'émission était en cours et Marianna se trouvait toujours au sous-sol, devant la télé. Il devait crier après elle et, chaque soir, elle montait bruyamment les marches, en pleurant.

— Alors Thomas l'a surnommée Magilla, du nom d'un gorille ? demanda Gamache qui commençait à mieux saisir le genre d'homme qu'était Thomas.

Peter fit oui de la tête.

— Et lui, comment l'appeliez-vous ?

— Thomas. Dans la famille, ç'a toujours été moi, le génie créatif.

Ils demeurèrent assis près du quai et profitèrent de la brise légère. Peter écouta Clara parler de nouveau de la visite de Fortin à son atelier, le printemps passé, et du portrait de leur amie Ruth Zardo, la vieille poète desséchée. Aigrie, tourmentée, brillante. Peter n'imaginait pas qu'il comprendrait un jour pourquoi Clara l'avait représentée en madone. Pas sous les traits de la Vierge au regard pur, mais sous ceux d'une vieille femme, oubliée de tous, seule et effrayée, faisant face à ses dernières années de vie.

C'était le plus beau tableau que Peter eût jamais vu, et il en avait admiré, des chefs-d'œuvre. Mais jamais il n'avait vu quelque chose d'aussi extraordinaire que cette peinture dans le petit atelier de Clara à l'arrière de la maison, rempli à craquer de toiles rejetées, de magazines, de pelures d'orange racornies, à côté de son espace à lui, impeccable et bien rangé.

Alors qu'il avait encore une fois pris un objet ordinaire, s'en était approché jusqu'à ce qu'il soit méconnaissable, puis en avait tiré une peinture abstraite – intitulée *Rideau*, ou *Brin d'herbe*, ou *Transport* –, Clara s'était enfermée dans son petit espace et avait su rendre le divin dans le visage de leur vieille voisine rabougrie, ratatinée et hargneuse. De vieilles mains veinées tenaient fermement un châle d'un bleu délavé contre son cou flétri. Son visage était empreint de tristesse et de déception, de rage et de désespoir. Sauf ses yeux. Quelque chose de très subtil, d'à peine suggéré, se dégageait de son regard.

Et cela se trouvait dans un point minuscule, dans un œil. Sur l'immense toile, Clara avait peint ce point, une petite tache, dans lequel elle avait mis l'espoir.

C'était sublime.

Il était très heureux pour elle. Sincèrement.

Un cri interrompit leurs réflexions et en un instant ils furent tous debout, prêts à se précipiter vers l'auberge. Armand Gamache s'élança le premier, juste au moment où une petite silhouette jaillissait du jardin.

Bean.

L'enfant courait vers eux en hurlant, de plus en plus hystérique et en proie à la panique, la serviette de plage claquant derrière. Et quelqu'un le poursuivait. Quand ils furent plus près, Gamache reconnut la jeune jardinière.

Sur la pelouse, Peter et Clara, Gamache et Reine-Marie ouvrirent les bras pour arrêter Bean, qui, étrangement, semblait vouloir les éviter à tout prix. Peter, cependant, réussit à l'attraper.

— Lâche-moi, cria Bean en pleurant et en se débattant dans les bras de Peter, comme si la menace venait de lui.

Les yeux remplis d'effroi, l'enfant regardait vers l'auberge.

La pelouse était pleine de gens : il y avait les Morrow, M. et Mme Finney et quelques membres du personnel derrière la jardinière qui arrivait en trottant.

— À qui essaies-tu d'échapper ? demanda Gamache en s'agenouillant rapidement et en prenant les mains tremblantes de l'enfant. Regarde-moi, ajouta-t-il gentiment mais fermement, et Bean obéit. Quelqu'un t'a fait mal ?

Il savait qu'il avait jusqu'à ce que les autres arrivent pour apprendre de Bean ce qui s'était réellement passé ; et les autres étaient pratiquement là. Gamache ne quittait pas des yeux l'enfant apeuré.

Bean tendit un bras. On pouvait voir des marques sur sa peau délicate.

— Que lui avez-vous fait ?

Trop tard. Ils étaient arrivés et Gamache leva les yeux vers le visage accusateur d'Irene Finney. C'était une femme remarquable. Il avait de l'admiration, du respect pour les femmes fortes et il avait confiance en elles. Il avait été élevé par une telle femme et en avait épousé une. Mais il savait qu'être fort ne signifiait pas être dur, et qu'il y avait une différence entre une femme remarquable et un tyran. Laquelle de ces personnes Irene Finney était-elle ?

Il regarda la dame âgée, inflexible, à l'air sévère, qui exigeait une réponse.

— Éloignez-vous de Bean, ordonna-t-elle, mais Gamache resta agenouillé et l'ignora.

— Qu'est-ce qui s'est passé ? demanda-t-il doucement à l'enfant.

— Ce n'est pas ma faute, dit une voix derrière lui, et en se relevant il vit la jeune jardinière.

— Cela signifie habituellement que ça l'est, répliqua Mme Finney.

— Irene, laisse la fille parler. Quel est votre nom ? demanda Bert Finney gentiment.

— Colleen, répondit la jardinière en s'éloignant du vieil homme au regard étrange. C'étaient des guêpes.

— C'étaient des abeilles, dit Bean en reniflant. Je galopais autour de l'Olympe quand, tout à coup, j'ai senti une piqûre.

— L'Olympe ? dit sèchement Mme Finney.

— Le bloc de marbre, expliqua Colleen. Et c'étaient des guêpes, pas des abeilles. L'enfant ne sait pas la différence.

Gamache s'agenouilla de nouveau et tendit sa large main à Bean, qui hésita. Tandis que le reste de la famille discutait de la différence entre une guêpe et une abeille, Gamache examina les trois marques. Elles étaient rouges et chaudes au toucher. En regardant attentivement, il vit les dards sous la peau avec leur petit sac de venin.

— Pouvez-vous aller chercher de la calamine ? demanda-t-il à un membre du personnel, qui retraversa la pelouse au pas de course.

Tenant fermement le bras de Bean, Gamache retira tous les dards et leur sac, attentif aux signes d'une réaction allergique, prêt à prendre l'enfant dans ses bras et à courir vers sa voiture pour se rendre à l'hôpital de Sherbrooke. Il regarda Reine-Marie, qui, de toute évidence, surveillait la même chose.

Parent un jour…

Les piqûres avaient provoqué une réaction assez violente, mais pas mortelle.

Reine-Marie prit le flacon de liquide couleur pêche et, après avoir embrassé les marques sur la peau, y appliqua de la lotion, puis se releva. Toute la famille discutait maintenant des vertus de la calamine, en se demandant si elle avait réellement un effet.

— La crise est finie, déclara Mme Finney.

Remarquant la chaloupe, elle se dirigea vers le quai.

— Alors, qui s'assied où ? s'informa-t-elle.

Après avoir parlementé un certain temps, Peter et Thomas commencèrent à faire monter les Morrow dans la verchères. Peter était dans l'embarcation et Thomas sur le quai et, à deux, ils installèrent Mme Finney, Marianna et Julia. Bean se glissa prudemment dans la barque, sans aide.

— Mon tour, dit Sandra en tendant le bras, et Thomas remit sa femme à Peter.

Clara s'avança pour se faire aider de son mari, qui hésita.

— Excuse-moi, dit Thomas en passant à côté d'elle pour monter à bord.

Thomas s'assit et tous les passagers fixèrent Peter, debout devant la dernière place libre.

— Assieds-toi avant de nous faire chavirer, lança Mme Finney.

Peter obéit.

Clara baissa les bras. Dans l'eau, elle vit le reflet de l'homme le plus laid de la terre, debout à côté d'elle.

— Ce n'est pas tout le monde qui réussit à monter à bord, dit Bert Finney tandis que la verchères s'éloignait du quai.

7

— Je ne tenais pas à y aller, vous savez, expliqua Clara à Reine-Marie sans la regarder. Mais j'ai accepté parce que cela semblait important pour Peter. C'est probablement mieux ainsi.

— Vous joindrez-vous à nous, monsieur ? proposa Gamache à Bert Finney, qui lui aussi regardait le lac.

Finney se tourna et dévisagea Gamache. Celui-ci trouvait son regard déconcertant, pas seulement en raison de son air sévère et de ses yeux étranges, mais parce que rarement fixait-on quelqu'un aussi ouvertement et aussi longuement. Gamache soutint son regard, et les lèvres du vieil homme finirent par s'ouvrir en un semblant de sourire sur des dents jaunies et de travers.

— Non, merci. Je crois que je vais rester ici.

Après avoir marché jusqu'au bout du quai, il ajouta :

— Sept Morrow cinglés dans une verchères. Quel malheur pourrait-il arriver ?

Gamache enleva son chapeau mou et sentit les rayons ardents du soleil. Il ne se souvenait pas d'avoir jamais connu une journée aussi torride. C'était étouffant. Il n'y avait pas un souffle de vent, rien ne bougeait et le soleil tapait implacablement, la chaleur réfléchie et accrue par le lac. La sueur avait plaqué sa chemise sur sa peau. Il offrit son chapeau au vieil homme.

Bert Finney pivota très lentement sur les talons, comme s'il craignait de tomber à l'eau. Puis, une vieille main dont les doigts ressemblaient à de petites branches écorcées s'avança et se referma sur le chapeau à motifs aux couleurs vives.

— C'est votre chapeau de soleil. Vous en avez besoin.

— Pour moi, c'est davantage un casque, dit Gamache en lâchant le couvre-chef. Et vous en avez plus besoin que moi.

Finney se mit à rire en faisant doucement glisser ses doigts sur le chapeau.

— Un casque de soleil. Je me demande qui est l'ennemi.

— Le soleil ?

— C'est possible, j'imagine, répondit Finney, bien qu'il ne semblât pas convaincu.

Il posa le chapeau sur sa tête ressemblant à un satellite et se retourna du côté du lac.

Une heure plus tard, Peter vint rejoindre les Gamache et sa femme dans le jardin. Il avait le visage rougi par le soleil, constata Clara avec plaisir. Elle avait décidé de rester calme. De ne pas lui montrer ce qu'elle ressentait.

Gamache offrit à Peter une bouteille de bière froide, le long de laquelle glissait de la glace. Peter la porta à son visage brûlé, puis la fit rouler sur sa poitrine.

— Tu t'es bien amusé ? lui demanda Clara. La famille et toi, vous avez partagé les dernières nouvelles ?

— Ça s'est plutôt bien passé, répondit Peter en prenant une gorgée de bière. On n'a pas coulé.

— C'est ce que tu crois ? lança Clara avant de s'en aller à grands pas furieux.

Peter regarda Gamache avec étonnement, puis s'élança à sa poursuite, mais, en arrivant près du manoir, il remarqua une immense bâche qui semblait flotter dans l'air.

La statue était arrivée. Son père était arrivé. Peter s'arrêta et regarda fixement l'objet.

— Seigneur, tu ne peux même pas quitter ta famille assez longtemps pour me courir après, cria Clara de l'autre côté de l'auberge.

Elle se souciait peu de confirmer tout ce que les Morrow croyaient à son sujet. Qu'elle était instable, émotive, surexcitée. Folle. Mais eux aussi étaient cinglés.

Sept Morrow cinglés.

— Mon Dieu, Clara, je suis désolé. Je ne sais pas quoi dire, s'excusa-t-il en la rattrapant.

Clara garda le silence.

— Je gâche tout, aujourd'hui. Que dois-je faire pour que tu me pardonnes ?

— Tu veux rire ? répliqua Clara. Je ne suis pas ta mère. Tu as cinquante ans et tu veux que je te dise quoi faire ? C'est toi qui gâches tout. Trouve la solution.

— Je suis vraiment désolé. Ma famille est folle. J'aurais dû te prévenir plus tôt.

Son sourire désarmant aurait probablement fait fondre le cœur de Clara si celui-ci n'était pas devenu de pierre. Il y eut un silence.

— C'est tout ? C'est ça, tes excuses ?

— Je ne sais pas quoi faire. Si seulement je savais.

Il resta planté là, désemparé. Comme toujours lorsqu'elle était en colère.

— Je suis vraiment désolé, répéta-t-il. Il n'y avait plus de place dans la chaloupe.

— Quand y en aura-t-il ?

— Je ne comprends pas.

— Tu aurais pu débarquer. Rester avec moi.

Il la regarda, ahuri, comme si elle lui avait dit qu'il aurait pu se faire pousser des ailes et s'envoler. Clara s'en rendait bien compte. C'était lui demander l'impossible. Cependant, elle savait Peter Morrow capable de voler haut, de planer.

8

La cérémonie du dévoilement fut courte et empreinte de dignité. Les Morrow étaient assis en demi-cercle face à la statue recouverte d'une toile. En cette fin d'après-midi, les arbres projetaient de longues ombres. Agitant la main, Sandra chassa une abeille vers Julia, qui, à son tour, la balaya du côté de Marianna.

Gamache et Reine-Marie s'étaient installés sous l'énorme chêne près de l'auberge et observaient la scène d'une distance respectueuse. Les Morrow tamponnaient des yeux secs et des fronts moites.

Debout près de la statue, Clémentine Dubois tendit une corde à Irene Finney et d'un geste mimé l'invita à tirer sur celle-ci.

Les Gamache se penchèrent en avant tandis que les Morrow, en un mouvement presque imperceptible, se penchèrent en arrière. Pendant les quelques instants qui suivirent, il ne se produisit rien. Gamache se demanda si Mme Finney hésitait à retirer la toile. Pour libérer son premier mari et le dévoiler.

La vieille dame donna un coup sur la corde. Puis un deuxième. Charles Morrow semblait s'agripper à la toile. Comme s'il ne voulait pas être exposé à la vue de tous.

Enfin, après un coup sec, la bâche glissa.

Et Charles Morrow apparut.

Pendant le souper, on ne parla que de la statue à la cuisine. La chef Véronique essayait de calmer le personnel agité et de l'amener à se concentrer sur les commandes. Une tâche difficile.

Enfin, au cours d'une accalmie et tout en préparant une réduction de sauce pour l'agneau, elle se pencha vers Pierre debout à côté d'elle, qui préparait le plateau des desserts.

— De quoi a-t-elle l'air ? chuchota-t-elle d'une voix grave et douce.

— Pas ce qu'on imaginerait. Tu ne l'as pas vue ?

— Pas eu le temps. Je pensais aller y jeter un coup d'œil plus tard ce soir. Elle est vraiment affreuse ? Les jeunes semblent effrayés.

Elle regarda furtivement les jeunes serveurs et le personnel de cuisine rassemblés en petits groupes. Certains parlaient d'un ton excité, d'autres écoutaient, les yeux grands ouverts et en retenant leur souffle, comme s'ils partageaient des histoires de fantômes autour d'un feu de camp.

"Ils doivent se flanquer une de ces trouilles", se dit Pierre.

— Bon, ça suffit, dit-il en frappant dans ses mains. Retournez au travail.

Mais il prit soin de prendre une voix rassurante, douce.

— Je l'ai vue bouger, je le jure, affirma une voix familière dans un des groupes.

Pierre se tourna et vit Elliot au milieu d'autres membres du personnel. Ceux-ci se mirent à rire.

— Non, je ne blague pas.

— Ça suffit, Elliot, dit Pierre. Les statues ne bougent pas, et tu le sais.

— Vous avez parfaitement raison, répondit le jeune serveur d'un ton narquois et condescendant, comme si les paroles du maître d'hôtel avaient été insignifiantes.

— Pierre, chuchota la chef Véronique derrière lui.

Le maître d'hôtel réussit à sourire.

— J'espère que tu n'as pas encore fumé des serviettes de table, jeune homme.

Les autres éclatèrent de rire, et même Elliot esquissa un sourire. Bientôt, toute la brigade de serveurs du maître d'hôtel passa les portes battantes en apportant, avec adresse et rapidité, les plats et les sauces, le pain et le vin.

— Bien joué, dit la chef Véronique.

— Maudit Elliot. Désolé, dit le maître d'hôtel en prenant un air contrit, mais il fait exprès d'effrayer les autres.

Elle fut surprise de voir ses mains trembler pendant qu'il versait du sucre dans un récipient en porcelaine.

— On en a suffisamment, maintenant ? demanda-t-elle en indiquant de la tête le sac vide qu'il tenait à la main.

— Amplement. C'est curieux qu'on en ait manqué. Tu ne penses pas que…

— Quoi ? Elliot ? Pourquoi ?

Pierre haussa les épaules.

— S'il se passe quelque chose d'étrange, tu peux être certaine qu'il n'est pas loin.

La chef Véronique ne le contredit pas. Ils avaient vu et formé beaucoup de jeunes à l'auberge au cours des années. Des centaines. Mais il n'y avait qu'un seul Elliot.

Il aimait profondément ces jeunes gens, songea-t-elle en observant Pierre. Autant que s'ils étaient ses propres enfants. Et elle se demanda, non pour la première fois, s'il regrettait de ne pas être père. Il aurait excellé dans ce rôle. Il apprenait un métier à ces garçons et à ces filles et leur prodiguait des conseils. Mieux encore, il leur offrait un milieu stable et un foyer accueillant. Au milieu de nulle part, ils trouvaient ce dont ils avaient besoin : de la bonne nourriture, un lit confortable et des bases solides pour affronter l'inconnu. Pierre avait renoncé à fonder une famille en échange d'un chez-soi dans un endroit reculé où il se consacrait à prendre soin des autres et des enfants des autres. Elle aussi l'avait fait. Mais, après plus de trente ans, un de ces jeunes avait-il été trop loin et poussé Pierre à bout ? La chef Véronique adorait la nature et ne manquait pas d'occasions pour l'étudier. Elle savait que, parfois, des choses qui n'étaient pas naturelles se glissaient hors des entrailles d'une mère, hors de la forêt. Elle pensa à Elliot et se demanda si ce beau et charmant jeune homme était bien ce qu'il paraissait être, ou s'il cachait quelque chose.

*

— Qu'as-tu pensé de la statue ? demanda Reine-Marie, qui sirotait un expresso et un cognac avec son mari sur la pelouse.

Seul le scintillement çà et là de lucioles trouait l'obscurité. Les Morrow étaient toujours à l'intérieur et mangeaient presque en silence. Le reste du monde appartenait aux Gamache.

Gamache réfléchit un instant.

— J'ai été étonné.

— Moi aussi, reconnut-elle en regardant dans la direction de la statue.

Mais il faisait nuit noire et elle ne pouvait voir la figure émaciée et fatiguée de Charles Morrow. Un bel homme, changé en pierre.

Le vent s'était graduellement levé depuis la cérémonie de dévoilement, mais, au lieu de rafraîchir l'air, la brise semblait le charger encore plus de chaleur et d'humidité.

Des mélodies de Bach s'envolaient par les fenêtres ouvertes du Grand Salon.

Armand desserra sa cravate.

— Voilà, c'est beaucoup mieux. As-tu vu ça?

Il pointa le doigt en direction du lac, même si c'était inutile. Par une nuit pareille, les éclairs étaient impossibles à rater.

— Des éclairs en zigzag, précisa Reine-Marie. Pierre avait raison. La tempête s'en vient.

Son mari bougeait les lèvres ; il comptait à voix basse les secondes entre la lumière et le son. Ils entendirent ensuite un grondement sourd, qui s'amplifia et éclata, puis de nouveau un grondement.

— Encore loin, annonça Gamache. Nous serons peut-être épargnés. Il arrive souvent que les orages restent dans les vallées.

Cependant, il ne croyait pas qu'ils échapperaient à cette tempête. Bientôt, le calme et la quiétude qu'ils connaissaient seraient perturbés.

— Le paradis perdu, chuchota-t-il.

— "L'esprit est à soi-même sa propre demeure", monsieur, récita Reine-Marie. Il peut faire un ciel de l'enfer, un enfer du ciel. Ici, c'est le paradis. Et ce le sera toujours.

— Ici? Au Manoir Bellechasse?

— Non, répondit-elle en l'entourant de ses bras. Ici.

— Tiens, apporte ça dans le Grand Salon, s'il te plaît, dit Pierre en tendant à un serveur un plateau d'argent contenant une tasse de café, un Drambuie et des chocolats. C'est pour Mme Martin.

— Faisons un échange. Je m'occupe de ça, proposa Elliot en tendant la main vers le plateau. J'ai vu Mme Martin aller dans le jardin pour fumer une cigarette. Prends mon plateau. C'est pour Mme Morrow.

— Celle aux cheveux ébouriffés ? demanda le serveur avec espoir.

— Non, le paquet d'os. Sandra Morrow.

Voyant l'expression de son collègue, Elliot baissa la voix et ajouta :

— Écoute, je sais où Mme Martin va fumer. Tu pourrais chercher longtemps avant de la trouver.

— Comment sais-tu où elle va ? chuchota l'autre.

— Je le sais, c'est tout.

— Écoute, vieux, je n'apporterai pas ça à Mme Morrow. Elle va me demander plus de chocolats, ou des chocolats différents, ou une plus grosse tasse de café. Va te faire foutre.

Le serveur tenait fermement le plateau tandis qu'Elliot essayait de le lui enlever.

— Que se passe-t-il ici ? Pourquoi êtes-vous encore là tous les deux ?

Ils levèrent la tête et virent le maître d'hôtel. Celui-ci regardait le plateau destiné à Julia Martin et les quatre mains qui l'agrippaient. Derrière lui dans la cuisine, la chef Véronique arrêta de disposer des pâtisseries miniatures sur un plateau et observa la scène.

— Elliot, ce n'est pas celui-là, ton plateau ? demanda le maître d'hôtel en indiquant celui sur le vieux buffet en pin.

— C'est quoi le problème ? On fait juste un échange.

— Ce n'est pas vrai, répliqua l'autre jeune en tirant d'un coup sec le plateau vers lui et en renversant un peu de café.

— Bon. Ça suffit. Va chercher un autre plateau et d'autre café, ordonna Pierre au serveur, et toi, viens avec moi.

Il emmena Elliot dans un coin au fond de la cuisine. Ils ne pouvaient pas échapper aux regards obliques, mais aux oreilles curieuses, oui.

— C'est quoi cette histoire ? Y a-t-il quelque chose entre toi et Mme Martin ?

— Non, monsieur.

— Alors pourquoi tout ce cirque ?

— Je ne peux pas sentir Mme Morrow, c'est tout.

Pierre hésita. Il comprenait très bien. Lui non plus ne l'aimait pas beaucoup.

— Oui, mais c'est une cliente. Et on ne peut pas seulement servir les clients qui nous plaisent, ajouta-t-il en souriant au jeune homme.

— Oui, monsieur, répondit Elliot, sans toutefois sourire.

— Bon, je vais prendre ça.

Sur ces mots, Pierre prit des mains du jeune employé surpris le nouveau plateau préparé pour Julia Martin et s'éloigna.

— Il voulait quoi, le vieux ? demanda une serveuse à Elliot tandis qu'il ramassait le plateau destiné à Sandra Morrow, qui allait sûrement se plaindre du retard et du café froid.

— Il ne veut pas que je serve Julia Martin. Il la veut pour lui tout seul. Tu n'as pas vu la façon dont il la regarde ? Je crois qu'il a le béguin pour elle, chantonna-t-il d'une voix de fausset.

Les deux employés passèrent les portes battantes. Les paroles d'Elliot ne furent pas seulement entendues par la serveuse, comme il le croyait. La chef Véronique essuya ses mains sur un torchon et regarda les deux battants claquer dans un mouvement de va-et-vient jusqu'à ce qu'ils s'immobilisent.

— On sera à la maison demain, annonça Clara aux Gamache qui entraient dans la bibliothèque par la terrasse.

Elle pourrait bientôt aller se coucher, dormir huit heures, déjeuner le lendemain matin avec sa belle-famille, puis retourner à Three Pines. Il restait seulement quelques heures à passer avec ces gens. Elle regarda sa montre pour la énième fois. Seulement vingt-deux heures ? Comment était-ce possible ? Mon Dieu, les Morrow pouvaient-ils arrêter le temps ?

— Quand partez-vous ? demanda-t-elle à Reine-Marie.

— Dans quelques jours. Nous célébrons notre anniversaire de mariage.

— C'est vrai, se rappela Clara, gênée d'avoir oublié. Toutes mes félicitations. C'est quand ?

— Cela fera trente-cinq ans le 1er juillet. Le jour de la fête du Canada.

— Facile à se rappeler, dit Peter en faisant un sourire entendu à Gamache.

— Ç'a été le coup de foudre ? demanda Clara assise à côté de Reine-Marie.

— Pour moi, oui.

— Mais pas pour vous ? dit Peter en s'adressant à Gamache.

— Oh, oui. Elle parle de sa famille.

— Vraiment ? Vous aussi, vous avez eu des problèmes de famille ? De belle-famille ? demanda Clara, avide d'entendre les malheurs de quelqu'un d'autre.

— Pas exactement. Ma famille a été merveilleuse, répondit Reine-Marie. C'était lui, le problème.

Elle hocha la tête en direction de son mari appuyé contre le manteau de la cheminée, qui cherchait à se rendre invisible.

— Vous ? Que s'est-il passé ?

— N'oubliez pas, Clara, que j'étais jeune, l'avertit-il. Et amoureux. Je n'étais pas encore rompu aux usages du monde.

— Ça va être bon, souffla Peter à Clara.

— Reine-Marie m'avait invité chez elle pour le brunch, après la messe du dimanche, pour rencontrer sa famille. Il y avait soixante-treize frères et sœurs.

— Neuf, rectifia sa femme.

— Je voulais les impressionner, bien sûr, alors je me suis creusé la tête toute la semaine pour trouver un cadeau pour sa mère. Rien de trop gros, car je ne voulais pas passer pour un frimeur. Et rien de trop petit, pour ne pas paraître radin. J'en ai perdu le sommeil et l'appétit. Je ne pensais qu'à ça.

— Qu'avez-vous apporté ? demanda Clara.

— Un tapis de bain.

— Vous plaisantez ! s'exclama Peter.

Incapable de parler, Gamache fit non de la tête. Pendant que les autres hurlaient de rire, il finit par retrouver la voix.

— Eh, quoi ? dit-il en s'essuyant les yeux. Ça ne s'abîme pas.

— Et ne se démode jamais, mais ça manque d'un je-ne-sais-quoi, vous ne croyez pas ?

— Il offre de meilleurs cadeaux, maintenant, admit Reine-Marie.

— Des porte-savons ? demanda Clara.

— Un débouchoir ? ajouta Peter.

— Chut, murmura Gamache. Je le réserve pour nos noces d'or, c'est une surprise.

— Et ce sera toute une surprise ! s'exclama Clara en riant. Mais ne nous lancez pas sur le sujet des toilettes.

— Oh, s'il te plaît, pas ça ! dit Peter en essayant de se ressaisir.

— Ah non, fit Gamache en agrippant le bras de Peter. C'est à votre tour, jeune homme.

— OK, répondit Peter en cédant.

Il prit une gorgée de Drambuie avant d'ajouter :

— Quand on m'a envoyé en pension, la première fois, j'ai déballé mes chaussettes, mes souliers et mes pantalons et j'ai trouvé un mot de mon père épinglé sur mon blazer : "N'utilise jamais la première cabine dans les toilettes publiques."

C'était un Peter adulte et grisonnant qui était présent dans la pièce, mais Gamache voyait un petit garçon, à la mine sérieuse et avec des taches sur les mains, qui tenait la note de son père. Et en mémorisait les mots, comme on apprend par cœur un passage de la Bible. Ou un poème.

"Est-il un homme dont l'âme soit assez insensible… ?"

Quel genre d'homme Charles Morrow était-il pour écrire pareil message à son fils ? Gamache mourait d'envie d'interroger Peter au sujet de la statue, mais n'en avait pas encore eu l'occasion.

— C'est un bon conseil, reconnut Reine-Marie, et les trois autres se tournèrent vers elle. Si vous êtes pressés, où allez-vous ? À la première cabine.

Elle n'eut pas besoin d'en dire davantage.

N'ayant jamais réussi à décoder le message de son père, même si, dans son for intérieur, il le savait d'une importance capitale, Peter resta songeur.

Le sens pouvait-il être aussi terre à terre ? Était-ce un simple conseil pratique ? Quand il était enfant, et même adolescent, et même – oserait-il l'avouer – adulte, il s'était imaginé qu'il s'agissait d'un code secret transmis, confié, à lui seul. Par son père. Un message codé qui conduisait à un trésor.

"N'utilise jamais la première cabine dans les toilettes publiques."

Et il avait suivi le conseil.

Gamache était sur le point de demander à Peter son opinion sur la statue quand Thomas entra.

— Vous parliez de toilettes publiques?

— De toilettes? dit Marianna en faisant irruption dans la pièce avec Sandra. Dommage que Bean soit au lit. C'est le sujet de conversation par excellence d'un enfant de dix ans.

— Bonsoir, fit Julia en entrant par la porte moustiquaire, un expresso à la main. Il y a des éclairs et du tonnerre là-bas. Je crois qu'une tempête s'approche.

— Non..., dit Thomas, sarcastique. Peter était en train de parler de toilettes, Julia.

— Pas vraiment, répondit vivement Peter.

Julia le fixa.

— Pour les hommes ou les femmes? demanda Marianna, en montrant un intérêt exagéré.

— Probablement pour les hommes, répondit Thomas.

— Assez, ça suffit! cria Julia en jetant sa tasse sur le tapis, où elle se brisa.

Le geste était si inattendu, si violent, que tout le monde dans la pièce sursauta.

— Arrêtez! lança-t-elle d'une voix râpeuse. Je n'en peux plus.

— Calme-toi, dit Thomas.

— Comme toi? Tu crois que je ne sais pas? dit-elle en amorçant un sourire, ou du moins en commençant à retrousser les lèvres sur les dents. Thomas le talentueux, à qui tout sourit, siffla-t-elle.

Puis, se tournant vers Marianna, elle poursuivit :

— Et toi, Magilla le gorille. La ratée qui a un enfant complètement taré. Bean. Bean? Quel nom bizarre! Et quel enfant bizarre! Tu te crois intelligente? Eh bien, moi, je sais. Je sais tout.

Elle s'approcha ensuite de Peter.

— Et toi. Tu es le pire. Tu ne penses qu'à toi. Tu serais prêt à tout détruire pour obtenir ce que tu veux, n'est-ce pas?

— Julia, souffla Peter, qui pouvait à peine respirer.

— Tu n'as pas changé. Toujours avide et cruel. Vide. Un lâche et un hypocrite. Vous êtes tous venus ici pour faire les lèche-bottes auprès de maman. Vous haïssiez papa. Et il le savait. Mais je sais quelque chose qu'aucun d'entre vous ne sait.

Elle était maintenant presque collée contre Peter, la tête levée vers son visage. Il ne bougea pas et garda les yeux fixés sur le tableau au-dessus de l'âtre. Le Krieghoff. Des lignes, des couleurs, ça, il comprenait. Mais les crises de nerfs de sa sœur étaient incompréhensibles, terrifiantes.

— Papa avait un secret, et je l'ai découvert, siffla Julia. J'ai dû m'éloigner le plus possible de vous pour le percer, mais j'ai réussi. Maintenant je suis de retour. Et je sais.

Elle eut un sourire mauvais et dévisagea tout le monde dans la pièce. Ses yeux se posèrent finalement sur les Gamache. Pendant un instant, elle sembla perdue, étonnée de les voir là.

— Je suis désolée, bégaya-t-elle.

Le charme était rompu, la rage envolée. Elle regarda le dégât sur le tapis et répéta :

— Je suis désolée.

Elle se pencha pour ramasser les débris.

— Non, laissez cela, dit Reine-Marie en s'avançant.

Julia se releva, un morceau de la tasse dans la main. Un peu de sang coulait sur son doigt.

— Je suis désolée.

Ses yeux se remplirent de larmes et une petite fossette se creusa sur son menton. Toute sa hargne avait disparu. Elle tourna les talons et sortit en courant par la porte moustiquaire, en laissant derrière les membres de sa famille, dont les têtes auraient pu être accrochées sur les vieux murs en rondins. Ils avaient été traqués, abattus, exhibés.

— Elle s'est coupé le doigt, dit Reine-Marie. Je vais lui apporter un pansement.

— Elle n'est pas gravement blessée, répondit Sandra. Ce n'est rien. Laissez-la.

— Je viens avec toi, lança Gamache en prenant une lampe de poche sur la table près de la porte.

Gamache et Reine-Marie suivirent le rond de lumière sur les dalles de pierre de la terrasse, puis sur l'herbe. Guidés par la source lumineuse et les pleurs, ils trouvèrent Julia assise sur la pelouse, à l'orée de la forêt. Près de la statue.

— Tout va bien, dit Reine-Marie en s'agenouillant et en mettant un bras autour de ses épaules.

— Non. Tout ne va pas bien, hoqueta-t-elle.

— Laissez-moi voir votre main.

Vidée, Julia tendit une main à Reine-Marie. Celle-ci l'examina, puis demanda à voir l'autre. Elle trouva la petite coupure sur un doigt et tamponna le sang avec un kleenex.

— Voilà, ça ne saigne plus. Tout va bien.

Julia rit en crachotant du nez et de la bouche.

— Vraiment ?

— Ça arrive à tout le monde de se mettre en colère, de crier et de dire des choses qu'on ne pense pas, ajouta Reine-Marie.

Gamache offrit son mouchoir à Julia, qui se moucha.

— Je pensais ce que j'ai dit.

— Alors, des choses qui n'avaient pas besoin d'être dites.

— Elles avaient besoin d'être dites.

Julia remballait ses tripes, recousait la plaie, renfilait sa peau, se remaquillait et remettait sa plus belle robe.

— Ils ne me le pardonneront jamais, vous savez.

Elle se releva, lissa sa robe et essuya les larmes et le mucus sur son visage.

— Les Morrow ont la mémoire longue pour de telles choses. C'était une erreur de revenir. Vraiment stupide, ajouta-t-elle en poussant un petit rire étranglé. Je crois que je vais partir avant le petit-déjeuner, demain.

— Ne faites pas ça, lui conseilla Reine-Marie. Parlez-leur. Partir sans les voir ne fera qu'aggraver la situation.

— Et vous croyez que parler l'améliorerait ? Vous ne connaissez pas les Morrow. J'ai déjà trop parlé.

Gamache était demeuré silencieux. Il observait et écoutait. Et tenait la lampe de poche. Dans l'éclairage produit par celle-ci, il voyait seulement le visage de Julia, anormalement pâle, avec des zones d'ombre et de lumière bien découpées.

Son expérience lui avait appris qu'il n'était pas essentiel de tout révéler. Toute vérité n'était pas nécessairement bonne à dire. Et elle avait raison. Il avait vu leurs visages quand elle avait fui. Elle en avait trop dit. Sans vraiment comprendre, sans pouvoir préciser quoi, Gamache savait qu'un voile venait d'être levé sur quelque chose d'immonde.

9

Gamache fut réveillé quelques heures plus tard par un bruit de déchirement, un grondement de plus en plus fort, comme si une bête monstrueuse se précipitait vers eux. Puis un claquement sonore retentit.

Le tonnerre. Pas tout à fait au-dessus du manoir, mais proche.

Trempé de sueur, les draps emmêlés et humides à ses pieds, Gamache se leva et, sans faire de bruit, s'aspergea le cou et le visage d'eau froide. Il avait un goût de sel dans la bouche et, sous ses doigts, il sentit un début de barbe sur le menton. Dans la chaleur étouffante, l'eau lui procura un soulagement momentané.

— Toi non plus tu ne dors pas ?

— Je viens de me réveiller, répondit-il en se recouchant.

Il retourna son oreiller trempé et posa la tête sur la taie fraîche. Mais en très peu de temps, celle-ci aussi était devenue chaude et mouillée de sueur. D'une minute à l'autre, se dit-il, l'air passerait certainement à l'état liquide.

— Oh, fit Reine-Marie.

— Quoi ?

— Le réveil vient de s'éteindre.

Elle avança la main et Gamache entendit un clic, mais rien ne se produisit.

— La lumière ne fonctionne pas non plus. La tempête a causé une panne d'électricité.

Gamache essaya de se rendormir, mais une image ne cessait d'apparaître dans sa tête. Celle de Charles Morrow, seul dans le jardin, illuminé par les éclairs. Puis replongé dans l'obscurité.

Il s'était attendu à voir la statue d'un homme impérieux, autoritaire. Mais quand la toile avait glissé, il avait vu une sculpture des plus étonnantes.

La statue était dans des tons de gris foncé. La tête n'était pas redressée dans une attitude de fierté, mais légèrement inclinée vers le bas. Charles Morrow paraissait en déséquilibre, comme s'il s'apprêtait à faire un pas en avant. Il ne ressemblait pourtant pas à un homme déterminé, motivé. Sur son piédestal, ce Charles Morrow, penché et gris, hésitait.

Il y avait eu un silence après le dévoilement, quand les Morrow avaient, une fois de plus, posé les yeux sur leur père.

Mme Finney s'était avancée vers la statue, puis, un à un, les enfants avaient suivi et en avaient fait le tour, tels des écrous autour d'un boulon. Mme Finney s'était ensuite adressée aux autres personnes présentes.

— Je crois que c'est le moment d'aller prendre un verre.

Fin de la cérémonie.

Une fois les Morrow rentrés à l'auberge, Gamache et Reine-Marie s'étaient approchés et avaient levé les yeux sur ce beau visage. Nez droit, noble. Grand front. Lèvres charnues et légèrement pincées. Pas comme si Charles Morrow portait un jugement ou ressassait quelque pensée amère, avait pensé Gamache, plutôt comme s'il voulait parler. Mais le plus frappant était ses yeux. Ils regardaient vers l'avenir, et ce qu'ils avaient vu avait changé cet homme en pierre.

Qu'avait vu Charles Morrow ? Et pourquoi le sculpteur tenait-il à ce que cela se voie ? Et qu'avaient réellement ressenti les Morrow ? Selon Gamache, cette dernière question était probablement la plus difficile.

Un éclair de lumière illumina leur chambre pendant un instant. Instinctivement, il se mit à compter. Un, deux…

Un autre grondement et un autre coup de tonnerre.

— Des anges qui jouent au bowling, commenta Reine-Marie. C'est ma mère qui me l'a dit.

— C'est une meilleure explication que la mienne. J'étais persuadé que c'était une tempête.

— Ignare. Quel genre de tempête ? Feuillue ? Décidue ?

— C'est pas des arbres, ça ?

— Je crois que tu penses à l'arbre cumulu-nimbu.

— J'ai une idée, dit Gamache en sortant du lit humide.

Quelques minutes plus tard, vêtus de peignoirs légers, ils descendirent sans faire de bruit et traversèrent le salon pour se rendre sur la galerie entourée de moustiquaires. Assis dans des chaises berçantes en osier, ils regardèrent, de l'autre côté du lac, la tempête qui se dirigeait vers eux. Reine-Marie prit des cerises pourpres et charnues dans un bol à fruits et Gamache une pêche juteuse. Ils étaient prêts à tout affronter. Du moins le croyaient-ils.

Soudain, le silence fut rompu par les gémissements du vent qui soufflait de plus en plus fort à travers les arbres et faisait claquer bruyamment les feuilles comme des applaudissements hypocrites accueillant ce qui s'avançait. Gamache entendait également le lac : les vagues qui se fracassaient contre le quai et sur la rive, les moutons blancs, à la surface de l'eau, qui se brisaient. Gamache et Reine-Marie regardèrent les éclairs se rapprocher et zébrer le ciel jusqu'au fond de la baie.

C'était une violente tempête. Le vent frappa la galerie et poussa les moustiquaires vers l'intérieur comme s'il cherchait à les empoigner.

Le lac et les montagnes apparurent un bref instant à la lueur d'un éclair. Près de lui, Gamache sentit Reine-Marie se raidir lorsqu'un énorme éclair en zigzag plongea dans la forêt de l'autre côté du lac.

— Un, deux, tr…

Une forte explosion couvrit leurs voix. La tempête se trouvait à moins de trois kilomètres et fonçait droit sur eux. Gamache se demanda si le Manoir Bellechasse avait un paratonnerre. Probablement, sinon il aurait déjà été frappé par la foudre et aurait brûlé. Un autre éclair stria le ciel et se perdit dans la forêt au loin. Ils entendirent ensuite un formidable craquement lorsqu'un arbre plus que centenaire fut détruit.

— Nous devrions peut-être rentrer, suggéra Reine-Marie.

Mais à peine s'étaient-ils levés qu'un coup de vent puissant, accompagné d'une trombe d'eau, s'abattit sur la galerie. Ils se précipitèrent à l'intérieur, en trébuchant presque, trempés et un peu secoués.

— Mon Dieu, vous m'avez fait peur, fit une petite voix tremblotante.

— Madame Dubois, je suis désolée, répondit Reine-Marie.

Il y eut un autre éclair, et le tonnerre éclata de nouveau, enterrant le reste de la conversation. Dans le bref éclat de lumière, les Gamache virent des silhouettes courir dans le Grand Salon, tels des spectres, comme si la tempête avait poussé l'auberge dans l'au-delà.

Puis, de petits ronds de lumière commencèrent à apparaître dans la pièce. Une pluie torrentielle martelait les fenêtres et des portes claquaient furieusement au vent.

Lorsque les ronds de lumière se mirent à converger vers eux, ils comprirent que Pierre, Elliot, la jardinière Colleen et d'autres membres du personnel avaient trouvé des lampes de poche. En quelques instants, ces personnes se dispersèrent pour fermer les volets et verrouiller les portes et les fenêtres. Il n'y avait plus d'intervalle, maintenant, entre les éclairs et le tonnerre. La tempête était prisonnière des montagnes et ne pouvait s'échapper. Elle se ruait contre le Manoir Bellechasse, encore et encore. Gamache et Reine-Marie aidèrent les employés et, en peu de temps, ils furent bouclés à l'intérieur de l'auberge en rondins.

— Avez-vous un paratonnerre ? demanda Gamache à Mme Dubois.

— Oui, nous en avons un, répondit-elle, mais sous l'éclairage vacillant elle paraissait incertaine.

Peter et Clara se joignirent à eux, suivis, peu après, de Thomas et de Sandra. Les autres clients et le reste du personnel ou bien dormaient profondément, ou bien étaient trop effrayés pour bouger.

Durant au moins une heure, les rondins massifs tremblèrent, les fenêtres vibrèrent et la pluie martela le toit en cuivre, mais le Manoir Bellechasse tint bon.

La tempête s'éloigna, pour aller terroriser d'autres créatures plus loin dans la forêt. Les Gamache regagnèrent leur chambre et ouvrirent la fenêtre pour faire entrer la brise fraîche laissée par la tempête en guise d'excuses.

Le lendemain matin, l'électricité était revenue, mais pas le soleil. Le ciel était nuageux et il pleuvinait. Les Gamache se réveillèrent tard, les narines titillées par l'arôme irrésistible de bacon, de café, et de boue. L'odeur de la campagne québécoise après une forte pluie. En entrant dans la salle à manger, ils saluèrent les autres clients d'un geste de la tête.

Après avoir commandé du café au lait et des gaufres aux bleuets sauvages et au sirop d'érable, et s'être servis au buffet, ils furent prêts à passer cette journée pluvieuse dans une douce paresse. Cependant, au moment où leurs gaufres arrivaient, ils entendirent un son au loin, si inattendu que Gamache ne le reconnut pas immédiatement.

C'était un hurlement.

Se levant rapidement, il traversa à grandes enjambées la salle à manger pendant que les autres se dévisageaient encore. Pierre le rattrapa et Reine-Marie suivit, les yeux rivés sur son mari.

Gamache s'arrêta dans le corridor.

De nouveau, le hurlement.

— En haut, s'écria Pierre.

Gamache fit oui de la tête et se précipita dans l'escalier en montant les marches deux à deux. Ils s'arrêtèrent sur le palier pour écouter.

— Qu'y a-t-il au-dessus de nous ?

— Le grenier. Il y a un escalier caché derrière une des bibliothèques. Par ici.

Gamache et Reine-Marie suivirent Pierre jusqu'à un endroit où le corridor s'élargissait et où on avait installé des bibliothèques encastrées. L'une d'elles avait été déplacée. Gamache jeta un coup d'œil à l'intérieur de l'ouverture dévoilée et vit un vieil escalier, sombre et poussiéreux.

— Restez ici.

— Armand…, commença Reine-Marie, mais elle s'interrompit quand il leva la main.

Il monta l'escalier en courant et disparut dans un tournant.

Une ampoule nue ballottait, révélant dans sa faible lumière de la poussière en suspension et des toiles d'araignée accrochées aux poutres du plafond. Ça sentait le renfermé. Gamache se força à s'immobiliser et à écouter. Mais il n'entendit que son cœur battre la chamade. Il fit un pas et une latte du plancher grinça. Derrière lui fusa un autre cri perçant. Il pivota et s'enfonça dans la pénombre, le corps penché, prêt à faire un bond de côté. Regardant droit devant, il sentit sa gorge se serrer.

Des centaines d'yeux le fixaient. Puis il aperçut une tête. Et une autre. Des yeux sur des têtes décapitées étaient braqués sur lui. Et juste comme son cerveau en ébullition finissait d'enregistrer cette vision, quelque chose se jeta sur lui et faillit le renverser.

Bean pleurait et s'agrippait, enfonçant ses petits doigts dans la cuisse de Gamache. Celui-ci se libéra et tint solidement l'enfant dans ses bras.

— Qu'est-ce qu'il y a ? Il y a quelqu'un d'autre ici ? Bean, tu dois me le dire.

— Des m… m… monstres, chuchota Bean avec épouvante, les yeux exorbités. Il faut partir. Je vous en priiie !

Gamache souleva Bean, mais l'enfant se mit à hurler et à se débattre comme si on l'ébouillantait. Gamache déposa Bean et prit sa petite main dans la sienne et, ensemble, ils coururent jusqu'à l'escalier et le dévalèrent à toute vitesse. Un attroupement s'était formé en bas.

— Vous encore ! Qu'avez-vous fait à Bean, cette fois ? aboya Marianna en s'élançant vers son enfant.

— Bean a trouvé les têtes ? demanda Mme Dubois.

Gamache acquiesça. La vieille femme s'agenouilla et posa une main desséchée sur le dos de Bean qui haletait.

— Je suis vraiment désolée, Bean. C'est ma faute. Ce ne sont que des décorations. Des têtes d'animaux. Quelqu'un a tué ces bêtes il y a très longtemps et les a fait empailler. Je comprends que tu aies eu peur, mais elles ne peuvent pas te faire de mal.

— Évidemment qu'elles ne peuvent pas te faire de mal.

Une autre main parcheminée atterrit sur le dos de Bean, qui se raidit.

— Allons, arrête de pleurer. Mme Dubois a tout expliqué. Qu'est-ce qu'on dit ?

— Merci, madame Dubois, fit une voix étouffée.

— Non, Bean. Tu dois présenter tes excuses pour avoir pénétré dans le grenier sans permission. Tu devais savoir que c'était interdit. Tu n'es pas un bébé.

— Non, ce n'est pas nécessaire, protesta Mme Dubois.

Mais il était évident que personne ne serait autorisé à partir avant que l'enfant s'excuse pour avoir eu la frousse de sa vie. Bean finit par le faire.

Tout revint à la normale et, quelques minutes plus tard, les Gamache étaient assis dans les chaises berçantes en osier sur la galerie. Une journée d'été pluvieuse avait quelque chose d'extrêmement paisible. Dehors, la pluie tombait doucement, sans interruption, et apportait de la fraîcheur après la chaleur et l'humidité accablantes. Le lac était gris et sa surface se ridait sous l'effet de petites bourrasques. Reine-Marie remplissait une grille de mots croisés pendant que Gamache regardait droit devant en écoutant la pluie tambouriner sur le toit et les gouttes tomber des arbres sur la pelouse. Au loin, il entendit un bruant à gorge blanche, et une corneille. Ou était-ce un corbeau ? Gamache n'était pas ferré en cris d'oiseaux, mais reconnaissait celui du huard, comme tout le monde, d'ailleurs. Mais ce cri-là lui était totalement inconnu.

Il tourna légèrement la tête et écouta avec plus d'attention. Puis il se leva.

Ce n'était pas un oiseau. C'était une personne qui hurlait.

— Probablement Bean, encore, dit Sandra qui arrivait sur la galerie.

— Cherchant à attirer l'attention, ajouta Thomas à partir du Grand Salon.

Gamache les ignora et se rendit dans le hall, où il tomba sur l'enfant.

— Ce n'était pas toi ? demanda Gamache, bien qu'il sût la réponse.

Bean le regarda sans comprendre.

Un autre hurlement, encore plus affolé, leur parvint.

— Mon Dieu, c'est quoi ? demanda Pierre à la porte de la cuisine.

Ses yeux allèrent de Bean à Gamache.

— Ça vient de l'extérieur, dit Reine-Marie.

Gamache et le maître d'hôtel se précipitèrent sous la pluie, sans prendre le temps d'attraper de quoi s'en protéger.

— Je vais de ce côté, cria Pierre en indiquant les logements du personnel.

— Non, attendez.

Pour la deuxième fois ce jour-là, Gamache leva la main et Pierre s'arrêta net. "Cet homme est habitué à donner des ordres et à se faire obéir", se dit Pierre. Ils restèrent immobiles pendant ce qui sembla une éternité, la pluie ruisselant sur leur visage et plaquant leurs vêtements légers sur la peau.

Il n'y avait plus de cris. Mais, après un moment, Gamache entendit un autre son.

— Par ici.

Avec ses longues jambes, il atteignit rapidement l'allée en pierres des champs et tourna le coin de l'auberge. Pierre le talonnait en glissant sur le sol détrempé et en faisant gicler l'eau.

Ils trouvèrent Colleen, la jardinière, debout sur la pelouse mouillée, les mains couvrant sa figure ruisselante. Elle gémissait et Gamache crut qu'elle avait été piquée au visage par des guêpes, mais, en s'approchant, il vit ses yeux horrifiés.

Suivant son regard, il vit ce qu'elle fixait. Ce qu'il aurait dû remarquer.

Charles Morrow n'était plus cet homme hésitant qu'il avait vu sur le piédestal. Il avait fait un pas en avant. Le gigantesque homme en pierre avait quitté son socle et avait basculé. Il était maintenant profondément enfoncé dans le sol mou saturé d'eau, mais pas autant qu'il aurait pu l'être, car sa chute avait été amortie. En effet, sous lui et à peine visible, gisait sa fille Julia.

10

Le maître d'hôtel s'arrêta net.

— Oh, Seigneur ! souffla-t-il.

Gamache regarda Colleen, aussi pétrifiée que l'était Charles Morrow. Ses mains couvraient son visage et à travers ses doigts mouillés elle fixait la statue de ses yeux bleus exorbités.

— Venez, dit Gamache doucement mais fermement, en se plaçant devant elle pour lui bloquer la vue.

Les lèvres de la jeune femme bougèrent, mais il ne comprit pas les mots. Il se pencha vers elle.

— … aider.

— Tout va bien, nous sommes là.

Gamache fit un signe à Pierre.

— Colleen, dit le maître d'hôtel en mettant une main sur son bras.

La jeune femme cligna des yeux et reprit ses sens.

— Il faut l'aider.

— Nous le ferons, la rassura Gamache.

Ils raccompagnèrent la jeune fille, sous la pluie, jusqu'à la porte arrière menant à la cuisine. Gamache donna des instructions à Pierre.

— Entrez avec elle et demandez à la chef Véronique de lui préparer du thé chaud sucré. À bien y penser, demandez-lui d'en préparer une grande quantité. Je crois que nous en aurons besoin. Du Earl Grey.

— Bien sûr. Quelle explication dois-je donner ?

Gamache hésita.

— Dites que quelqu'un est mort, sans préciser qui. Ne laissez personne sortir. Pouvez-vous réunir le personnel ?

— Facilement. Un jour comme celui-ci, la plupart de nos employés travaillent dans le pavillon principal.

— Bien. Gardez-les là. Et appelez la police.

— D'accord. La famille ?

— Je m'en occupe.

La porte se referma et Armand Gamache se trouva seul sous la pluie battante.

Il retourna à l'endroit où gisait Julia Martin et, s'agenouillant, la toucha. Elle était froide et rigide. Sa bouche de même que ses yeux étaient grands ouverts et lui donnaient un air surpris. Il s'attendait presque à la voir cligner des paupières à cause de l'eau qui tombait sur ses yeux. Gamache battit lui-même des paupières à quelques reprises, par empathie, puis son regard s'étendit au reste du corps. Les jambes étaient écrasées et disparaissaient sous la statue, mais les bras étaient ouverts comme si Julia avait voulu enlacer son père.

Gamache resta immobile pendant plus d'une minute tandis que la pluie dégoulinait de son nez, de son menton et de ses mains, et coulait à l'intérieur de son col. Il fixa le visage étonné de Julia Martin et pensa à celui empreint de tristesse de Charles Morrow. En pivotant ensuite légèrement, il regarda le bloc blanc qui lui avait fait penser à une pierre tombale la première fois qu'il l'avait vu. Comment cette énorme statue avait-elle pu tomber ?

Quand Gamache revint à l'auberge, Reine-Marie et Bean jouaient aux devinettes dans le hall d'entrée. En voyant l'expression de son mari, Reine-Marie sut immédiatement ce qu'elle devait savoir, pour le moment.

— Bean, va chercher ton livre. On le lira ensemble.

— OK.

L'enfant partit à la course dans l'escalier, mais pas avant d'avoir lancé un regard scrutateur à Gamache. Après son départ, Gamache emmena sa femme dans la bibliothèque et tout en se dirigeant vers le téléphone la mit au courant de la situation.

— Mais comment ? demanda-t-elle.

Elle avait cerné la première question à se poser.

— Je ne le sais pas, pour l'instant. Oui, bonjour. Jean-Guy ?

— Vous ne m'appelez pas encore pour des conseils, n'est-ce pas, patron ? Il faudra bien vous débrouiller tout seul un jour.

— Et je tremble rien qu'à y penser, mais j'ai effectivement besoin de votre aide, Jean-Guy.

Jean-Guy Beauvoir comprit qu'il ne s'agissait pas d'un appel amical de la part de son patron de longue date. Il adopta un ton plus sérieux et Gamache crut presque entendre sa chaise retomber sur ses pattes quand Jean-Guy enleva brusquement ses pieds du bureau.

— Que se passe-t-il ?

Gamache lui résuma la situation.

— Au Manoir Bellechasse ? Mais c'est incroyable ! C'est l'auberge la plus prestigieuse du Québec.

Gamache s'étonnait toujours que des personnes, y compris des gens instruits, puissent penser que des draps Frette et une belle carte des vins suffisaient à éloigner la mort.

— Est-ce un meurtre ?

Et voilà l'autre question. Depuis qu'il avait vu le corps de Julia Martin, sur le lieu du drame, deux questions lui taraudaient l'esprit : comment la statue était-elle tombée et était-ce un meurtre ?

— Je ne sais pas.

— Eh bien, nous le saurons bientôt. J'arrive.

Gamache regarda sa montre. Onze heures moins dix. Beauvoir et le reste de l'équipe arriveraient de Montréal vers midi trente. Le Manoir Bellechasse était caché dans la région des Cantons-de-l'Est, au sud de Montréal, près de la frontière américaine. Si près que certaines montagnes qu'il avait contemplées dans la brume matinale se trouvaient en fait au Vermont.

— Armand ? Je crois que j'entends une voiture.

Sans doute les policiers du poste local de la Sûreté, pensa-t-il, et il fut reconnaissant au maître d'hôtel de son aide.

— Merci.

Il sourit à Reine-Marie et se dirigea vers le hall, mais sa femme l'arrêta.

— Et la famille ?

— Quoi, la famille ?

Elle semblait inquiète, et avec raison. L'idée que Mme Finney apprenne d'un serveur ce qui était arrivé à sa fille, ou, pire, en se promenant à l'extérieur, était horrible.

— Je donne mes instructions aux policiers et je reviens immédiatement.

— Je vais aller rejoindre les Morrow et m'assurer qu'ils vont bien.

Il la regarda s'éloigner d'un pas assuré et entrer dans une pièce remplie de personnes dont la vie, sous peu, allait être irrémédiablement changée. Elle aurait pu rester dans la bibliothèque, tranquille, et personne ne lui en aurait tenu rigueur, mais Reine-Marie Gamache avait choisi de s'asseoir dans une pièce sur le point d'être submergée par la douleur. Peu de gens feraient ce choix.

Sortant rapidement, il se présenta aux policiers, qui furent surpris de rencontrer cet inspecteur renommé de la Sûreté au milieu de la forêt. Il leur donna des directives, puis, en faisant signe à une agente de le suivre, il revint à l'intérieur pour annoncer la triste nouvelle aux Morrow.

— Quelque chose s'est produit. J'ai de mauvaises nouvelles.

Armand Gamache savait que retarder l'annonce d'une mauvaise nouvelle ne constituait pas un acte de bonté.

Mais il savait autre chose, aussi.

S'il s'agissait d'un meurtre, le coupable se trouvait presque assurément dans la pièce. Cependant, il ne laissait jamais une telle possibilité étouffer sa compassion ni, inversement, la compassion l'aveugler. Il observa attentivement les personnes réunies pendant qu'il parlait.

— Madame, dit-il en s'adressant à Mme Finney, assise calmement dans une bergère, un exemplaire du quotidien *Montreal Gazette* plié sur les genoux.

Il la vit se raidir et jeter des coups d'œil furtifs autour d'elle. Il pouvait lire dans son esprit vif. Qui était présent, qui manquait ?

— Quelqu'un est mort.

Il l'annonça doucement, clairement. Il savait pertinemment ce que ses mots feraient à cette femme. Des mots pareils à une statue : lourds, écrasants.

— Julia, dit-elle dans un souffle.

L'enfant manquant. L'enfant qui n'était pas là.

— Oui.

Ses lèvres s'entrouvrirent et ses yeux fouillèrent le visage de Gamache, cherchant une porte de sortie, un indice, n'importe quoi qui mettrait en doute ses paroles. Mais Gamache ne cilla pas. Ses yeux bruns étaient calmes, son regard assuré. Il disait la vérité.

— Quoi ?

Thomas Morrow s'était levé. Il n'avait pas crié le mot, il l'avait expulsé hors de lui et propulsé à travers la pièce jusqu'à Gamache.

Quoi. Bientôt, quelqu'un demanderait comment, et quand, et où. Et, enfin, la question clé : pourquoi.

— Julia ? demanda Peter Morrow, debout lui aussi. Morte ?

Clara, à côté de lui, avait pris sa main.

— Je dois aller auprès d'elle, dit Mme Finney.

Elle se leva et le journal glissa sur le plancher. Personne n'y prêta attention. Les mots prononcés équivalaient à un cri. M. Finney se leva à son tour, chancelant. Il tendit la main pour prendre celle de sa femme, mais y renonça.

— Irene…, commença-t-il.

Encore une fois, il tendit la main et Gamache souhaita ardemment qu'il aille jusqu'au bout de son geste. Mais la vieille main noueuse s'immobilisa avant d'atteindre son but et retomba sur le côté, le long du pantalon gris.

— Comment le savez-vous ? lança sèchement Marianna, maintenant debout, elle aussi. Vous n'êtes pas médecin, que je sache. Elle n'est peut-être pas morte.

Le visage rouge et les poings serrés, elle s'avança vers Gamache.

— Marianna.

La voix avait gardé son ton autoritaire et arrêta net la femme qui fonçait vers lui.

— Mais maman…

— Il dit la vérité, poursuivit Mme Finney en se tournant vers l'homme imposant au regard assuré. Qu'est-il arrivé ?

— Comment peut-elle être morte ? demanda Peter.

Le choc initial commençait à s'estomper, constata Gamache. La famille prenait conscience qu'une femme de moins de soixante ans et apparemment en bonne santé ne mourait pas soudainement sans raison.

— Un anévrisme ? demanda Marianna.

— Un accident ? dit Thomas. Est-elle tombée dans l'escalier ?

— La statue a basculé, répondit Gamache en les observant attentivement, et l'a frappée.

Les Morrow firent ce qu'ils faisaient le mieux : ils gardèrent le silence.

— Papa ? finit par dire Thomas.

— Je suis désolé, répondit Gamache en s'adressant à Mme Finney, qui le fixait comme une bête empaillée. La police est avec elle. Elle n'est pas seule.

— Je dois aller auprès d'elle.

— La police ne permet à personne d'approcher. Pas encore.

— Je m'en fiche. Elle me laissera passer, moi.

Gamache se plaça devant elle et soutint son regard.

— Non, madame. Pas même vous, j'en ai bien peur.

Elle le dévisagea avec haine. On lui avait maintes fois lancé un tel regard, et il le comprenait. Mais il y en aurait d'autres, pires encore, il le savait.

Gamache les laissa à leur chagrin, en emmenant Reine-Marie avec lui. D'un geste discret, cependant, il indiqua à la policière de la Sûreté de se poster dans un coin de la pièce.

L'inspecteur Jean-Guy Beauvoir descendit de la voiture et leva les yeux vers le ciel. Que du gris. La pluie ne cesserait pas de sitôt. Il baissa les yeux sur ses chaussures en cuir, son pantalon griffé, sa chemise en lin. "Merveilleux… Maudit meurtre au beau milieu de nulle part ! Sous la pluie. Dans la boue." Il se donna une tape sur la joue. "Et dans un endroit infesté de petites bestioles." Dans sa main se trouvaient les restes écrasés d'un moustique, et du sang.

Décidément, c'était parfait !

L'agente Isabelle Lacoste ouvrit un parapluie et lui en offrit un. Il le refusa. C'était déjà assez désagréable d'être ici, il n'avait pas besoin, en plus, de ressembler à Mary Poppins.

L'inspecteur-chef Armand Gamache sortit de l'auberge et les salua d'un geste de la main. Beauvoir agita lui aussi la main, puis se frappa le front. Gamache espérait que c'était à cause d'un insecte. L'agente Lacoste marchait à côté de Beauvoir, un parapluie à la main. Elle était dans la vingtaine avancée, mariée et déjà mère de deux enfants. Comme la plupart des Québécoises, elle était plutôt petite, avait les cheveux foncés et s'habillait dans un style qui dénotait de l'assurance. Elle portait un chemisier et un pantalon confortables et en même temps élégants, même avec des bottes en caoutchouc.

— Salut, patron, lança-t-elle. Comment avez-vous réussi à trouver le corps ?

— Je séjourne ici, répondit-il en réglant ses pas sur les leurs. La victime est une cliente du manoir.

— J'espère qu'elle aura un rabais, ironisa Beauvoir.

Ils tournèrent le coin de l'auberge et Gamache leur présenta les agents de la Sûreté.

— Quelqu'un est-il sorti ? demanda Gamache.

À côté de lui, Beauvoir regardait vers le lieu du drame, impatient de s'y rendre.

— Une dame d'un certain âge, répondit une jeune policière.

— Anglaise ?

— Non, monsieur. Francophone. Elle nous a offert du thé.

— Grande, avec une voix grave ?

— Oui, c'est ça. J'avais l'impression de la connaître, dit l'un des hommes. J'imagine que je l'ai vue à Sherbrooke.

Gamache hocha la tête. Sherbrooke, où se trouvait le poste régional de la Sûreté, était la ville la plus proche.

— C'est la chef cuisinière du Manoir Bellechasse. Véronique Langlois. Semblait-elle s'intéresser au lieu du drame ? demanda Gamache en jetant un œil vers l'espace délimité par du ruban jaune.

— Qui ne serait pas curieux ! s'exclama la jeune femme en riant.

— Vous avez raison, répondit doucement Gamache.

Il la regarda d'un air sérieux mais bienveillant.

— Il y a quelques heures, la femme là-bas était en vie. C'est peut-être un accident, c'est peut-être un meurtre, mais quoi qu'il en soit, ni le lieu ni le moment ne se prêtent au rire. Pas encore.

— Je m'excuse.

— Vous êtes trop jeune pour être cynique et avoir le cœur dur. Comme moi, d'ailleurs, ajouta-t-il en souriant. Il n'y a pas de honte à être sensible. En fait, c'est notre plus grand atout.

— Oui, monsieur.

La jeune agente se serait giflée. Elle était sensible de nature, mais avait jugé préférable de le cacher, croyant qu'une attitude un peu cavalière impressionnerait le célèbre chef des homicides. Elle avait tort.

Gamache se tourna vers l'endroit où se trouvait Julia. Il pouvait presque sentir Beauvoir vibrer à ses côtés. L'inspecteur Beauvoir était le chien alpha, l'adjoint à l'esprit vif, fébrile, pour qui les faits l'emportaient sur les sentiments. Pratiquement rien ne lui échappait. Sauf, peut-être, ce qu'on ne pouvait voir.

L'agente Lacoste regardait également le lieu du drame avec attention. Contrairement à Beauvoir, toutefois, elle pouvait demeurer très calme. Elle était le chasseur dans l'équipe. À l'affût, silencieuse, elle observait.

Et Gamache ? Il savait qu'il n'était ni chien alpha ni chasseur. Armand Gamache était l'explorateur. Il s'aventurait le premier, en éclaireur, dans des territoires inconnus. Il se sentait poussé à aller jusqu'à la limite des choses. Jusqu'à ces endroits au sujet desquels les marins d'antan avertissaient : "Passé ce point vivent des monstres."

Voilà où l'on pouvait trouver l'inspecteur-chef Gamache.

Il franchissait ce point et découvrait les monstres cachés au plus profond de personnes raisonnables, aimables, rieuses. Il pénétrait là où même ces personnes craignaient de s'avancer. Armand Gamache suivait des pistes glissantes, s'enfonçait loin dans la psyché d'un individu, où il débusquait, pelotonné sur lui-même et à peine humain, le meurtrier.

Son équipe avait résolu pratiquement toutes ses enquêtes, et ce, en réussissant à faire la distinction entre le réel, la fiction et la pensée magique. En recueillant, également, des indices et des preuves. Et des émotions.

Armand Gamache savait quelque chose que la plupart des autres enquêteurs de la réputée Sûreté du Québec n'avaient jamais tout à fait saisi : le meurtre était fondamentalement humain. Une personne était assassinée, une personne assassinait. Ce n'était ni le hasard ni un événement qui déclenchait le geste fatal. C'était une émotion. Une émotion autrefois saine et humaine était devenue répugnante, boursouflée, puis avait été enterrée. Mais pas définitivement. Elle restait tapie, souvent durant des décennies, se maintenant en vie et grossissant, sinistre, tourmentée, pleine de rancune. Jusqu'au jour où elle se libérait enfin de la contrainte humaine. Aucun sens moral, aucune peur, aucune convention sociale ne pouvait alors la retenir. C'était le chaos. Et un homme devenait un meurtrier.

Et Armand Gamache et son équipe consacraient leurs journées à traquer des meurtriers.

Mais ce qui s'était produit au Manoir Bellechasse était-il un meurtre ? Gamache l'ignorait. En revanche, il savait que ce n'était pas naturel.

— Apportez-leur ceci, s'il vous plaît, dit la chef Véronique en désignant les plateaux de sa large main rougeaude, qui tremblait légèrement. Et rapportez les théières. Ils voudront du thé frais.

C'était un mensonge, elle le savait. Ce que la famille voulait, jamais elle ne l'obtiendrait. Tout ce qu'elle, Véronique, pouvait offrir, c'était du thé. Alors, elle en préparait. Encore et encore.

Elliot évitait de regarder qui que ce soit dans les yeux. Il feignait de ne rien entendre, ce qui était en fait possible étant donné les reniflements incessants de Colleen. On aurait dit que sa tête contenait uniquement de la morve. Et en trop grande quantité.

— Ce n'est pas ma faute, crachota Colleen pour la centième fois.

— Bien sûr que non, la rassura Clémentine Dubois.

Elle serra la jeune femme contre sa forte poitrine et rajusta la couverture de la Baie d'Hudson qu'elle avait posée sur ses épaules pour la réconforter.

— Personne ne dit que c'est ta faute.

Colleen se pelotonna contre la poitrine généreuse.

— Il y avait des fourmis partout, dit-elle en sanglotant.

Elle se détacha de Mme Dubois, en laissant un mince filet de mucus sur l'épaule de l'aubergiste à la robe fleurie.

— Toi, et toi, dit la chef Véronique en désignant Elliot et Louise, sans toutefois employer un ton autoritaire.

Le thé serait trop fort s'ils attendaient plus longtemps. Les serveurs étaient jeunes, elle le savait bien, et n'avaient aucune expérience de la mort. Contrairement à elle. C'était déjà pénible de les envoyer servir les Morrow dans les circonstances les plus favorables. Et on était loin des circonstances les plus favorables. Une pièce remplie de deuil était pire qu'une pièce remplie de colère. La colère, on s'y habitue, on y fait face presque tous les jours, on apprend à l'assimiler ou à l'ignorer. Ou à lui tourner le dos. Impossible d'éviter le deuil, cependant. Il finit toujours par vous trouver. C'est ce qu'on craint le plus. Pas le malheur, pas la tristesse. Mais ce qui reste après qu'ils ont disparu : le deuil.

Dans la cuisine, les membres du personnel étaient assis dans des fauteuils, perchés sur les comptoirs ou appuyés contre le mur, buvant du café ou du thé fort en se réconfortant les uns les autres. L'air était chargé de suppositions et de théories murmurées, d'hypothèses hasardées sous l'effet de l'excitation. Après avoir fait entrer Colleen pour qu'on la calme et lui donne des vêtements secs, le maître d'hôtel avait rassemblé le reste du personnel. Puis, une fois la famille informée, il avait annoncé la nouvelle à tous les employés.

Mme Martin était morte. Écrasée par la statue.

Tous en avaient eu le souffle coupé. Certains avaient poussé une exclamation, mais seulement une personne avait crié. Pierre avait balayé la pièce du regard, mais sans pouvoir déterminer qui. Il savait, cependant, que le son l'avait surpris.

L'inspecteur Beauvoir regarda enfin dans le trou. Sauf que ce n'en était pas un, car il y avait un corps à l'intérieur. Une femme, les yeux grands ouverts, surprise, et morte, une statue enfoncée dans la poitrine.

— Seigneur.

Il secoua la tête et se donna une tape sur le bras pour écraser une mouche noire. Du coin de l'œil, il vit l'agente Lacoste se pencher et enfiler ses gants en latex.

Ce lieu était leur nouveau bureau.

Dans les minutes qui suivirent, d'autres camions et d'autres membres de l'équipe arrivèrent, et le travail habituel sur une scène de crime débuta. Armand Gamache enregistrait tout du regard, pendant que Beauvoir dirigeait l'équipe médicolégale.

— Qu'en pensez-vous, patron ? demanda l'agente Lacoste en retirant ses gants et en le rejoignant sous son parapluie. A-t-elle été assassinée ?

Gamache secoua la tête, l'air perplexe. Au même moment apparut, tout excitée, la jeune policière de la Sûreté qu'il avait laissée dans le Grand Salon avec les Morrow.

— Bonne nouvelle, monsieur, lança-t-elle. J'ai pensé que vous aimeriez être informé immédiatement. Je crois que nous avons un suspect.

— Bravo. Qui ?

— Au début, la famille ne parlait pas, mais, après un certain temps, deux des enfants se sont mis à chuchoter. Pas l'artiste, mais l'autre frère, et la sœur. À leur avis, s'il s'agit d'un meurtre, seulement deux personnes peuvent avoir commis le crime.

— Vraiment ? demanda Beauvoir en se disant qu'ils retourneraient peut-être à la civilisation plus tôt qu'il ne l'avait cru.

— Oui.

Elle consulta son carnet.

— Le commerçant et son épouse, une femme de ménage. Armand et Reine-Marie quelque chose. Des clients de l'auberge.

Beauvoir sourit et Lacoste détourna la tête un bref instant.

— Cela confirme mes soupçons, dit Beauvoir. Viendrez-vous sans faire d'histoires ?

— Vous me manquerez, ajouta l'agente Lacoste.

Gamache eut un léger sourire et secoua la tête.
Sept Morrow cinglés.
Six, maintenant.

11

— Peter, murmura Clara.

Elle l'avait regardé prendre du papier à en-tête de l'auberge et un crayon, puis, tête grise penchée, absorbé dans ses pensées, tracer des lignes à l'intérieur d'autres lignes. C'était envoûtant, et réconfortant. Autant qu'un troisième martini. Cela faisait du bien, mais uniquement à cause de l'effet d'engourdissement. Clara elle-même se sentait aspirée par le dessin. Si seulement cela lui permettait de s'échapper de la pièce imprégnée d'un lourd chagrin vécu en silence.

À l'autre extrémité du Grand Salon, la tête grise de Thomas était elle aussi courbée. Au-dessus du piano. Il jouait lentement, de façon un peu hésitante, mais, après quelques instants, Clara reconnut la mélodie. Pas du Bach, pour une fois. Du Beethoven. *Für Elise*. Un air plus entraînant, plus gai. Et relativement facile à interpréter. Elle-même avait déjà réussi à en apprendre les premières mesures.

Mais la manière de jouer de Thomas Morrow évoquait un chant funèbre. Il semblait chercher à débusquer chacune des notes, comme si la mélodie se cachait. La musique remplissait de douleur la salle endeuillée et finit par faire pleurer Clara. Elle avait les yeux qui brûlaient à force d'essayer de dissimuler ses larmes, mais celles-ci coulaient, bien visibles.

Les sablés que Sandra engloutissait les uns après les autres tombaient en miettes, telles des larmes. Marianna était assise à côté de Bean, un bras recouvert d'un châle autour des épaules de son enfant, qui lisait. Personne ne parlait maintenant, mais, quelques minutes auparavant, Thomas, Sandra et Marianna s'étaient regroupés en chuchotant. Clara s'était approchée, pour offrir ses condoléances, mais ils s'étaient soudainement tus et l'avaient regardée avec méfiance. Alors elle s'était éloignée.

"Ce n'est pas tout le monde qui réussit à monter à bord", se dit-elle. Mais le NCSM *Morrow* était en train de couler. Même Clara s'en rendait compte. C'était un bateau à vapeur à l'ère des avions à réaction. La famille appartenait au clan des vieilles fortunes, mais vivait dans un système de méritocratie. Les sirènes d'alarme hurlaient. Pourtant même Peter, ce mari merveilleux et attentionné, s'agrippait à l'épave.

Clara savait quelque chose que les Morrow ne savaient pas... encore. Ils avaient perdu plus qu'une sœur et une fille ce matin-là. La police cognait à la porte et les Morrow perdraient bientôt toute illusion qui leur permettait de ne pas sombrer. Et, alors, ils seraient semblables à tout le monde.

La mère de Peter était assise sur le canapé, immobile, droite comme un *i*. Le regard fixe.

Clara se demanda si elle devrait dire quelque chose. Ou faire quelque chose. Elle se creusa la tête. Il y avait sûrement un moyen d'alléger la peine de cette femme âgée qui venait de perdre une fille.

Mais quoi ? Quoi ?

La porte s'ouvrit et Armand Gamache apparut. La musique s'arrêta et même Peter redressa la tête. Derrière Gamache venaient l'inspecteur Beauvoir, l'agente Lacoste et la jeune policière de la Sûreté.

— Espèce de salaud ! lança Thomas en se levant si rapidement que le banc du piano se renversa.

Il commença à se diriger vers Gamache.

— Thomas, dit sa mère d'un ton autoritaire.

Il s'immobilisa. Mme Finney se leva à son tour et fit quelques pas jusqu'au centre de la pièce.

— Avez-vous arrêté cet homme ? demanda-t-elle à Beauvoir en désignant Gamache de la tête.

— Permettez-moi de vous présenter le directeur de l'escouade des homicides de la Sûreté du Québec, l'inspecteur-chef Gamache.

Les Morrow, à l'exception de Peter et de Clara, se tournèrent vers la porte ouverte en s'attendant à voir apparaître l'homme important. Puis, dans un silence atroce, leurs yeux revinrent lentement à l'imposante personne devant eux. Au commerçant.

— Lui ? s'écria Marianna.

— C'est une blague ? demanda Sandra, qui, avec chaque mot, laissait tomber des miettes de sablé sur le tapis.

— Bonjour, dit solennellement Gamache en s'inclinant. J'ai bien peur, en effet, qu'il parle de moi.

— Vous êtes policier ? demanda Thomas, en essayant d'assimiler la notion que le suspect numéro un était devenu le numéro un des homicides. Pourquoi ne pas nous l'avoir dit ?

— Je n'en voyais pas la nécessité. Comme vous, nous étions des clients, rien de plus. Jusqu'à ce matin.

Puis il se tourna vers Mme Finney.

— Voulez-vous toujours voir votre fille ? Je ne pouvais vous y autoriser avant parce que nous devions protéger les lieux. Je dois cependant vous avertir que...

— Inutile, inspecteur-chef, je sais que ce ne sera pas agréable. Emmenez-moi auprès de Julia.

D'un pas résolu, elle passa devant lui, et Clara fut impressionnée par sa capacité, même dans le deuil, à s'adapter aux situations. À accepter le fait que Gamache était l'inspecteur-chef, alors que Thomas et Marianna, bouche ouverte et suspicieux, le dévisageaient encore. De plus, elle semblait avoir été la première, parmi eux, à admettre la réalité de la mort de Julia. Mais n'était-ce pas un peu trop rapide ? se demanda Clara.

Gamache regarda Mme Finney avancer vers la porte. Il n'était plus dupe, cependant. Plus tôt ce matin-là, juste avant qu'il l'informe au sujet de Julia, il l'avait vue balayer la pièce du regard pour déterminer qui était présent, qui ne l'était pas. Quel enfant chéri était maintenant disparu. Il avait vu ce qu'elle gardait caché.

— Je suis dans l'obligation de vous demander de rester ici, dit Gamache aux autres, bien que personne n'eût bougé.

Sauf Bert Finney.

Celui-ci s'arrêta à environ trente centimètres de Gamache, les yeux fixés sur une lampe et une étagère à livres.

— Je crains de devoir insister, dit le vieil homme.

Gamache hésita. Sur le visage terreux, presque inhumain, se lisait la pleutrerie. L'intention, cependant, était noble. Il acquiesça d'un signe de tête.

Gamache partit avec M. et Mme Finney en laissant la jeune policière en faction et se demanda qui avait la tâche la plus désagréable.

Au moment où ils s'approchaient du cercle de ruban jaune, la mélodie de *Für Elise* leur parvint de nouveau aux oreilles. Il ne pleuvait presque plus et un léger brouillard s'accrochait aux montagnes. Le paysage était dans des tons de gris-vert. Entre les notes, ils entendaient les gouttes d'eau tomber des feuilles.

Gamache avait demandé aux techniciens des scènes de crime de se retirer jusqu'à ce que Mme Finney ait vu sa fille. Ils s'étaient regroupés en demi-cercle à l'orée de la forêt et regardaient la vieille dame, si menue et rose, avancer vers le trou dans le sol.

D'abord, Mme Finney vit seulement le ruban de la police flottant gaiement. Un ruban jaune. La couleur préférée de Julia. De ses deux filles, Julia était la plus féminine, celle qui adorait se costumer, inventer des mondes imaginaires et se maquiller, qui adorait les chaussures et les chapeaux. Qui adorait être au centre de l'attention.

Puis, elle aperçut le demi-cercle d'hommes et de femmes qui l'observaient. Et au-dessus d'eux, le ciel meurtri et gonflé.

Pauvre Julia.

Irene Finney ralentit. Elle ne comprenait pas ce qu'était le vide, ne s'y était jamais intéressée. Mais elle se rendait compte, trop tard, qu'elle aurait dû. Elle savait, maintenant, que le vide n'était pas vide du tout. Même à quelques pas du trou, elle entendait le chuchotement. Le vide voulait savoir quelque chose.

"Que croyez-vous ?"

Voilà de quoi le vide était composé. D'une question et d'une réponse.

Irene Finney s'arrêta, incapable de regarder ce qu'elle devait voir. Elle attendit Bert. Sans se retourner, elle sentit sa présence et fit un pas. Encore un, et elle verrait.

Elle hésita, puis avança d'un autre pas.

La vision se logea directement dans sa poitrine, sans passer par ses yeux. En un instant, elle fut projetée dans un endroit désert, au-delà du deuil, où n'existaient ni angoisse, ni affliction, ni passion.

Elle inspira profondément, puis expira. Deux fois.

En expulsant son souffle, elle murmura la seule prière dont elle se souvenait.

Maintenant que je m'apprête à dormir,
Je prie le Seigneur de protéger mon âme.

Elle vit les mains tendues de Julia. Vit ses doigts, potelés et mouillés, qui lui agrippaient le pouce lorsqu'elle lui donnait son bain dans le vieil évier de leur premier appartement, à Charles et elle. "Charles, qu'as-tu fait ?"

Si je meurs avant de me réveiller,
Je prie le Seigneur de prendre mon âme.

Elle offrit cette prière au vide, mais il était trop tard. Il avait pris Julia et, maintenant, il la prenait, elle. Levant les yeux vers les visages dans le demi-cercle, elle remarqua qu'ils avaient changé. Ils étaient sans relief, comme une image. Pas du tout réels. La forêt, l'herbe, l'inspecteur-chef à côté d'elle, et même Bert. Envolés. Inexistants.

"Que croyez-vous ?"

Rien.

*

Respectant le recueillement de Mme Finney, Gamache les raccompagna à l'auberge, elle et son mari, en silence. Quand il revint, la grue était arrivée.

— Voilà la médecin légiste.

L'agente Lacoste indiqua de la tête une femme au début de la trentaine, qui portait un pantalon, un coupe-vent et des bottes en caoutchouc.

— La Dr Harris, dit Gamache.

Il la salua d'un geste de la main, puis se retourna pour assister à l'enlèvement de la statue.

Beauvoir dirigeait l'opération tout en battant l'air de ses mains pour chasser les mouches noires. Ses gestes déroutaient le grutier, qui, croyant qu'il s'agissait de directives, faillit par deux fois laisser la statue retomber sur Julia Martin.

— Putains de bestioles, grogna Beauvoir.

Il jeta un coup d'œil au reste de l'équipe qui travaillait méthodiquement, sans s'arrêter. "Elles ne dérangent personne d'autre ? Maudit !" Il se donna une violente tape sur le côté de la tête pour écraser un taon, mais rata son coup.

— Bonjour, dit Gamache en inclinant la tête devant la médecin légiste.

Sharon Harris le salua d'un petit sourire. L'inspecteur-chef, savait-elle, aimait que l'on observe un certain décorum sur les lieux d'un meurtre, surtout en présence du cadavre. Une délicate attention, qui était plutôt rare. Sur la plupart des scènes de crime, on entendait beaucoup de commentaires railleurs et souvent scabreux de la part d'hommes et de femmes effrayés par ce qu'ils voyaient. Ils croyaient que le sarcasme et des propos grossiers tenaient les monstres à distance. Ils avaient tort.

Pour son équipe, l'inspecteur-chef Gamache choisissait des personnes qui avaient peut-être peur, mais qui trouvaient le courage de s'élever au-dessus de leur frayeur.

Debout à côté de Gamache, la médecin légiste observait la statue qu'on extirpait du sol, et de la femme. Elle perçut un léger parfum d'eau de rose et de bois de santal. L'odeur d'Armand Gamache. Elle se tourna et vit le profil sérieux de l'inspecteur-chef. Détendu, mais concentré.

Il se dégageait de lui une sorte de charme suranné qui donnait à la Dr Harris l'impression de se trouver en compagnie de son grand-père, même si Gamache n'avait que vingt ans de plus qu'elle, et encore. Lorsque la statue flotta au-dessus du camion à plateau, la Dr Harris enfila ses gants et se mit au travail.

Elle avait vu pire. Bien pire. Des morts horribles qui ne pourraient jamais être vengées, car il n'y avait pas de fautifs ; seul le destin était en cause. C'était peut-être le cas ici, pensa-t-elle en regardant le corps mutilé, puis la statue et, enfin, le piédestal.

Elle s'agenouilla et examina les blessures.

— À mon avis, elle est morte depuis douze heures, peut-être plus. La pluie complique les choses, bien sûr.

— Comment ça ? demanda l'agente Lacoste.

— L'absence d'insectes. Selon le nombre et le genre, nous arrivons à établir à quand remonte la mort. Mais la pluie drue a éloigné les insectes. Comme les chats, ils détestent l'eau. Mais maintenant qu'il ne pleut plus…

Elle leva les yeux vers Beauvoir qui exécutait une danse folle tout en se donnant des claques.

— Là, dit-elle en indiquant du doigt une blessure. Vous voyez ?

Isabelle Lacoste se pencha. La médecin légiste avait raison. Il n'y avait aucun insecte près de la blessure, mais quelques-uns commençaient à voleter au-dessus.

— Ah, voilà qui est intéressant, ajouta la Dr Harris. Regardez ça.

Son doigt était taché de brun. Lacoste se pencha encore davantage.

— De la terre ?

— De la terre, oui.

Lacoste haussa les sourcils, perplexe, mais ne fit aucun commentaire. Quelques minutes plus tard, la médecin légiste se redressa et se dirigea vers l'inspecteur-chef.

— Je peux vous dire comment elle est morte.

— Une statue ?

— Probablement, répondit la médecin légiste en se tournant pour regarder la statue dans les airs, puis le piédestal.

— Ah, voilà *la* question, dit Gamache en lisant dans les pensées de la Dr Harris.

— Nous avons eu toute une tempête la nuit dernière. C'est peut-être ce qui l'a fait tomber.

— Elles me rendent fou ! s'écria Beauvoir en rejoignant Gamache et la médecin légiste, le visage couvert de minuscules taches de mouches noires écrasées.

Il regarda Gamache, bien calme et pas du tout incommodé.

— Elles ne vous piquent pas?

— Non. Grâce à la victoire de l'esprit sur la matière. Tout est dans votre tête, inspecteur.

Il avait raison sur ce point, pensa Beauvoir, qui venait d'avaler un essaim de mouches noires et était persuadé que quelques-unes lui étaient entrées dans le nez. En entendant soudainement un vrombissement dans l'oreille, il se demanda s'il était victime d'un AVC ou si un taon s'était logé dans son conduit auditif.

"S'il vous plaît, mon Dieu, faites qu'il s'agisse d'un accident. Laissez-moi retourner chez moi à mon barbecue, ma glacière pleine de bières, mes chaînes sportives. Mon air climatisé."

Il introduisit son auriculaire dans l'oreille, mais le vrombissement ne fit que s'enfoncer plus loin.

Charles Morrow fut déposé sur le plateau sale du camion. Il reposait sur le côté, les bras tendus et le visage triste, barbouillé du sang provenant de la chair de sa chair.

Gamache revint seul au bord du trou. Tout le monde le regarda lorsqu'il baissa les yeux vers le sol, parfaitement immobile, à l'exception de sa main droite qui se ferma lentement.

Puis il fit signe à l'équipe et, soudain, les lieux bourdonnèrent d'activité pendant que les techniciens s'affairaient à chercher des preuves. Jean-Guy Beauvoir prit la tête des opérations et Gamache retourna au camion.

— Est-ce vous qui avez installé la statue sur le piédestal? demanda-t-il au conducteur de la grue.

— Non, patron. Quand le travail a-t-il été fait?

Le grutier recouvrait et attachait solidement Charles Morrow pour le trajet jusqu'à l'enceinte de la Sûreté, à Sherbrooke.

— Hier, en début d'après-midi.

— Mon jour de congé. Je pêchais dans le lac Memphrémagog. Je peux vous montrer les photos et mes prises. J'ai un permis.

— Je vous crois, répondit Gamache en le rassurant d'un sourire. Un autre employé de l'entreprise, peut-être?

— Je vais demander.

Il revint une minute plus tard.

— J'ai appelé le répartiteur. C'est le patron qui a répondu. C'est lui qui a installé la statue. On a beaucoup de contrats avec le Manoir Bellechasse, alors, quand Mme Dubois a téléphoné, le patron a décidé que ce travail exigeait une touche spéciale. Il n'y a pas meilleur que lui.

Le ton n'était pas dépourvu de sarcasme. De toute évidence, cet homme ne serait pas fâché si son patron avait royalement merdé. Et s'il pouvait contribuer à lui faire un doigt d'honneur, tant mieux.

— Pourriez-vous me donner son nom et ses coordonnées ?

Le grutier ne se fit pas prier pour lui remettre une carte avec le nom du propriétaire souligné.

— Veuillez lui demander de me rencontrer au poste de la Sûreté, à Sherbrooke, dans environ une heure.

— Inspecteur-chef? dit la Dr Harris en s'approchant au moment où le grutier montait dans son camion et démarrait.

— La tempête aurait-elle pu faire ça? demanda Gamache en se souvenant des éclairs et des anges qui jouaient furieusement au bowling, ou pleuraient, ou faisaient basculer des statues.

— Faire tomber la statue? Peut-être. Mais ce n'est pas la tempête.

Gamache posa ses yeux bruns étonnés sur la médecin légiste.

— Comment pouvez-vous en être certaine?

Elle leva son doigt. À côté de Gamache, l'agente Lacoste grimaça. Ce n'était pas n'importe quel doigt, c'était *le* doigt. Gamache haussa les sourcils et sourit. Puis il les abaissa et se pencha sur la tache brune.

— Cette matière se trouvait sous la victime. Vous en verrez une plus grande quantité quand on aura enlevé le corps.

— On dirait de la terre.

— C'en est. De la terre, pas de la boue. Cela signifie que la tempête n'a pas causé la mort de cette femme. Celle-ci était sur le sol quand l'orage a éclaté. C'est sec sous elle.

Gamache enregistra l'information sans émettre de commentaire.

— Êtes-vous en train de dire que la statue est tombée et l'a écrasée avant que la tempête frappe? finit-il par demander.

— En effet, inspecteur-chef. Le sol n'est pas mouillé. Je n'ai aucune idée de ce qui a pu faire tomber la statue, mais ce n'était pas l'orage.

Ils regardèrent le camion s'éloigner lentement, le grutier au volant et un agent de la Sûreté assis du côté passager, et disparaître dans un tournant du chemin à l'intérieur de la forêt dense.

— Quand la tempête a-t-elle commencé ?

La question s'adressait autant à lui-même qu'à la médecin légiste. Celle-ci demeura silencieuse, en feignant de réfléchir. À vingt et une heures, elle était au lit, avec ses madeleines, son Coca-Cola sans sucre et son *Cosmo* – une information qu'elle préférait garder pour elle-même. Quand elle s'était réveillée au milieu de la nuit, la maison tremblait et il n'y avait pas d'électricité.

— Nous appellerons Environnement Canada. Si les météorologistes ne le savent pas, le maître d'hôtel, lui, saura, dit Gamache en revenant vers le trou.

Il remarqua alors ce qu'il aurait dû immédiatement constater : Julia portait les mêmes vêtements que la veille.

Pas d'imper. Pas de chapeau. Pas de parapluie.

Pas de pluie.

Elle était morte avant l'orage.

— D'autres blessures sur le corps ?

— Pas d'après ce que je peux voir. Je vais l'autopsier cet après-midi et vous tiendrai au courant. Autre chose avant qu'on l'emporte ?

— Inspecteur ? cria Gamache à Beauvoir, qui les rejoignit en s'essuyant les mains sur son pantalon trempé.

— Non, on a fini, dit Beauvoir. De la terre, ajouta-t-il en regardant ses mains.

Il avait prononcé ces mots sur le ton qu'emploierait un chirurgien pour dire "des germes". La terre, le gazon, la boue et les insectes constituaient un monde étranger aux yeux de Beauvoir, pour qui l'eau de Cologne et les vêtements en soie fine étaient plus familiers.

— Ça me fait penser, dit Gamache, il y a un nid d'abeilles ou de guêpes à proximité. Soyez prudent.

— Lacoste, le nid ?

D'un brusque mouvement de la tête, Beauvoir voulut attirer l'attention de l'agente Lacoste, mais celle-ci regardait fixement la morte. Elle essayait de se mettre dans sa peau. Julia s'était tournée, avait vu la statue faire l'inconcevable, l'inimaginable. L'avait vue basculer vers elle. L'agente Lacoste tendit les mains devant elle, paumes vers l'avant, les coudes serrés contre le corps, prête à repousser l'attaque. À s'écarter.

Une réaction instinctive.

Et pourtant, Julia Martin avait ouvert les bras.

Gamache passa à côté de l'agente Lacoste pour se rendre au piédestal. Il passa la main sur le marbre mouillé. Il était parfaitement lisse. Mais ce n'était pas possible : une statue de plusieurs tonnes aurait laissé des marques, des éraflures, des rainures. Or la surface était intacte.

C'était, pensa Gamache, comme si la statue n'avait jamais existé. Il savait qu'il donnait libre cours à son imagination, mais, aussi, qu'il allait devoir faire appel à elle pour capturer le tueur. Car il y avait bel et bien un tueur, aucun doute possible. Les statues ne descendaient pas toutes seules de leur piédestal. Si ni la magie ni la tempête ne l'avait fait, alors quelque chose d'autre – quelqu'un d'autre – avait agi.

Quelqu'un avait réussi à faire basculer une statue pesant des tonnes. Sur Julia Martin.

Elle avait été assassinée. Il ne savait pas par qui, et certainement pas comment.

Mais il le découvrirait.

12

Armand Gamache n'était jamais entré dans la cuisine de l'auberge, mais ne fut pas étonné de trouver une grande pièce au plancher et aux comptoirs en bois foncé lustré et des électroménagers en acier inoxydable. À l'instar des autres pièces, la cuisine était un mélange de très vieux et de très moderne. Une odeur de basilic et de coriandre, de pain frais et de café fraîchement moulu imprégnait l'air.

À l'arrivée de Gamache, des postérieurs glissèrent des comptoirs, les couteaux arrêtèrent de hacher et le murmure des conversations cessa.

Gamache se dirigea immédiatement vers Colleen, assise à côté de la propriétaire, Mme Dubois.

— Vous vous sentez bien ?

Colleen, le visage boursouflé et couvert de plaques rouges, fit oui de la tête. Elle semblait avoir retrouvé son calme.

— Bien. C'était affreux à voir. Ça m'a secoué, moi aussi.

Elle sourit et lui fut reconnaissante de l'avoir dit à voix assez haute pour que tout le monde entende.

Gamache se tourna vers les autres.

— Je suis l'inspecteur-chef Armand Gamache, directeur de l'escouade des homicides de la Sûreté du Québec.

— Vous voyez ? chuchota passablement fort un employé. Je vous l'avais dit que c'était lui.

Des *Holy shit* fusèrent çà et là.

— Comme vous le savez, quelqu'un est mort. La statue dans le jardin est tombée et a frappé Mme Martin.

De jeunes visages attentifs, fébriles, avaient les yeux rivés sur lui.

Gamache parlait avec autorité, mais d'un ton naturel qui se voulait rassurant, même lorsqu'il leur révéla l'effroyable nouvelle.

— Nous croyons que Mme Martin a été assassinée.

Un silence hébété accueillit ses paroles. Il avait été témoin de cette transition presque chaque jour de sa vie d'enquêteur. Il se sentait souvent comme un passeur transportant des hommes et des femmes d'une rive à l'autre. De lieux difficiles, quoique familiers, que sont le deuil et le choc à un enfer visité par quelques âmes maudites. À une rive où les hommes s'entretuaient délibérément.

Tous avaient déjà aperçu cet autre monde, mais d'une bonne distance. À la télévision, dans les journaux. Ces jeunes savaient qu'il existait. Maintenant, ils en faisaient partie.

Gamache regarda ces visages juvéniles se fermer légèrement sous l'effet de la peur et de la méfiance qui s'insinuaient dans la pièce où, seulement quelques instants auparavant, tous s'étaient sentis en sécurité. Ces jeunes gens savaient maintenant quelque chose dont leurs parents n'étaient probablement pas tout à fait conscients.

Aucun endroit n'était sûr.

— Elle a été tuée la nuit dernière, juste avant la tempête. L'un d'entre vous a-t-il vu Mme Martin après que le café a été servi ? Ce serait aux alentours de vingt-deux heures trente.

Il perçut un mouvement à sa gauche. Jetant un coup d'œil, il vit Colleen et Mme Dubois assises à la table. Le jeune serveur Elliot était debout à côté d'elles et derrière lui se trouvait quelqu'un d'autre. Étant donné son âge et sa tenue, il devait s'agir de la chef cuisinière, la réputée chef Véronique.

L'une de ces personnes avait bougé. Ce n'était pas un crime, mais, alors que le reste du personnel était paralysé par la stupeur, l'une d'elles ne l'était pas. Laquelle ?

— Vous serez tous interrogés, bien sûr. Je tiens à ce que vous compreniez une chose : vous devez être honnêtes. Si vous avez vu quelque chose, peu importe ce que c'est, vous devez nous le dire.

Le silence se poursuivit.

— Tous les jours, nous traquons des meurtriers et, la plupart du temps, nous réussissons à les arrêter. C'est notre travail, à mon équipe et moi. C'est notre responsabilité. La vôtre est de nous faire part de tout ce que vous savez, même si vous jugez l'information banale.

— Vous avez tort, lança Elliot en faisant un pas en avant.

— Elliot…, dit le maître d'hôtel.

Pierre Patenaude s'avança lui aussi, mais Gamache l'arrêta d'un geste de la main et se tourna vers le jeune homme.

— Notre responsabilité, notre job, est de servir aux tables, de faire les lits et d'apporter les consommations. De sourire à des personnes qui nous manquent de respect, qui nous traitent comme si on faisait partie des meubles. Notre job n'est pas de vous aider à trouver un meurtrier. Et, croyez-moi, je suis loin d'être suffisamment payé pour continuer de servir ces gens.

Elliot s'adressa ensuite aux autres membres du personnel, en quête de leur appui.

— Non mais, l'un d'eux a tué cette femme. Voulez-vous rester et continuer de jouer les serveurs ? C'est ça que vous voulez ?

— Elliot, répéta le maître d'hôtel, ça suffit. Je sais que tu es bouleversé, mon garçon. Nous le sommes tous…

— Ne m'appelez pas "mon garçon", dit Elliot avec force en s'en prenant à Pierre Patenaude. Vous êtes pitoyable. Ces gens ne vous diront pas merci. Ils ne le disent jamais. Ils ne savent même pas qui vous êtes. Cela fait des années qu'ils viennent ici et y en a-t-il seulement un qui vous a demandé votre nom de famille ? Si vous partiez et qu'un autre maître d'hôtel prenait votre place, pensez-vous qu'ils s'en apercevraient ? Vous n'êtes rien pour eux. Et maintenant vous seriez prêt à risquer votre vie pour continuer de leur servir des sandwichs aux concombres ? Et vous demandez la même chose de nous ?

Son visage était rouge comme s'il était brûlé.

— C'est notre travail, répondit le maître d'hôtel.

— Servir et mourir, c'est ça? ironisa Elliot en faisant un salut militaire.

— Pierre Patenaude est un homme remarquable, dit la chef Véronique.

Elle s'adressait à Elliot, mais tout le personnel entendit ses paroles.

— Tu apprendrais beaucoup à l'écouter. Et ta première leçon pourrait être comment reconnaître qui sont tes alliés. Et qui ne le sont pas.

— Tu as raison, dit le maître d'hôtel au jeune serveur. Je vais rester pour leur servir des sandwichs aux concombres, ou ce qu'ils désirent, ou ce que la chef Véronique préparera. Et je reste de bon gré. Parfois, les clients sont impolis, grossiers et méprisants. C'est leur problème, pas le mien. Quiconque séjourne ici est traité avec respect. Pas parce que cette personne le mérite, mais parce que c'est notre travail. Et moi, j'effectue correctement mon travail. Ils sont nos clients, c'est vrai, mais ils ne sont pas supérieurs à nous. Un autre accès de colère de ta part, Elliot, et tu n'auras pas à te soucier de rester ou non.

Le maître d'hôtel se tourna ensuite vers les autres et ajouta :

— Si certains parmi vous souhaitent partir, je comprendrai. Moi, je reste.

— Moi aussi, dit la chef Véronique.

Gamache remarqua que Colleen lançait des regards furtifs à Elliot et au maître d'hôtel.

— Ils peuvent démissionner, s'ils le désirent, patron, intervint Gamache, qui avait trouvé cet échange intéressant. Mais ils ne peuvent pas quitter l'auberge. Vous devez demeurer ici au moins pour quelques jours.

Il laissa le personnel enregistrer ces paroles, puis eut un sourire rassurant.

— Si vous devez rester, aussi bien vous faire payer.

Il y eut des hochements de tête approbateurs. Se dirigeant vers le comptoir, la chef Véronique tendit à des employés des fines herbes à hacher et l'air fut bientôt chargé de l'odeur de romarin. Puis on entendit le murmure de conversations à voix basse. Quelques garçons bousculèrent gentiment Elliot en passant à côté de lui. Mais le jeune homme n'était pas prêt à se laisser calmer par de petits jeux.

L'inspecteur-chef Gamache quitta la cuisine en songeant à la scène qui venait de se dérouler. Il savait que derrière la rage se cachait la peur. Quelque chose terrifiait ce jeune serveur.

— Alors c'est bien un meurtre, Armand, dit Reine-Marie en secouant la tête avec incrédulité.

Ils étaient seuls dans la bibliothèque et Gamache venait de lui résumer la situation.

— Mais comment quelqu'un a-t-il réussi à pousser cette statue avec ses mains ?

— C'est ce que veut savoir la famille, dit Beauvoir en entrant dans la pièce en compagnie de l'agente Lacoste. Je viens de leur annoncer que, à notre avis, il s'agit d'un meurtre.

— Et ? demanda Gamache.

— Vous savez ce que c'est. Un instant, ils y croient ; l'instant d'après, non. Je les comprends. Je leur ai dit qu'ils pouvaient quitter le Grand Salon, mais pas la propriété. Bien sûr, l'accès au lieu du crime est interdit. Peter et Clara Morrow ont demandé à vous voir, dit-il à l'inspecteur-chef.

— Bien. J'aimerais leur parler également. Dites-moi ce que vous avez appris.

L'agente Lacoste s'assit dans la bergère en face de Reine-Marie et les deux hommes s'installèrent sur le canapé en cuir. Leurs têtes se touchaient presque tandis que Beauvoir se penchait sur son carnet et que Gamache se penchait au-dessus de lui. Ils ressemblaient un peu à des matriochkas, ces poupées gigognes russes, pensa Reine-Marie. L'imposant et puissant Armand dominant et protégeant le plus petit et plus jeune Beauvoir.

Elle avait parlé à leur fils, Daniel, pendant qu'Armand supervisait les activités sur la scène du crime. Daniel avait hâte de savoir ce que son père pensait du prénom que sa femme et lui avaient choisi pour leur enfant. Il n'ignorait pas, comme Reine-Marie d'ailleurs, ce que signifiait le nom Honoré pour son père. Jamais il ne voudrait blesser celui-ci, mais il tenait beaucoup à ce prénom. Il se demandait, cependant, quelle serait la réaction d'Armand s'il y avait un autre Honoré Gamache. Et qu'il s'agisse de son petit-fils.

— Qu'ont dit les Morrow au sujet de leur emploi du temps, hier soir ? demanda Gamache.

Beauvoir consulta ses notes.

— Tous les membres de la famille ont partagé la même table au souper. Après, ils se sont séparés. Peter et Clara sont venus ici pour prendre un verre. Ils ont dit que vous étiez avec eux.

— Presque tout le temps, précisa Reine-Marie. Nous étions sur la terrasse, mais nous pouvions les voir par la fenêtre.

Beauvoir hocha la tête. Il aimait les explications claires.

— M. et Mme Finney sont restés à table pour le café, dit Isabelle Lacoste en poursuivant le compte rendu. Thomas et Sandra Morrow sont allés dans le Grand Salon. Thomas s'est mis au piano. Marianna est montée à sa chambre avec son enfant.

— Bean, précisa Reine-Marie.

— Bine ? dit Beauvoir. Bine ? Hein ?

— Bean Morrow.

Une totale incompréhension se lisait sur leur visage. Puis Reine-Marie sourit.

— Bean est le prénom de l'enfant, expliqua-t-elle en l'épelant pour Beauvoir.

— Comme dans les fèves au lard ?

— Si vous voulez.

Il s'en fichait. Tout ce qu'il voulait, c'était en finir avec cette histoire. Jean-Guy Beauvoir soupçonnait déjà les Anglos d'être fous. Il en avait maintenant la certitude. Quels parents donneraient un nom de légumineuse à leur enfant ?

— Et Julia ? demanda Gamache. Qu'ont-ils raconté au sujet de ses allées et venues ?

— Selon Thomas et Sandra Morrow, elle est partie se promener dans le jardin, dit l'agente Lacoste.

— Elle est entrée dans la bibliothèque par la porte moustiquaire donnant sur le jardin, se souvint Reine-Marie. Nous étions tous ici à ce moment-là. Thomas et Sandra nous avaient rejoints. Marianna aussi. M. et Mme Finney venaient d'aller se coucher.

— Sont-ils montés à leur chambre avant ou après l'arrivée de Julia ? demanda Gamache à sa femme.

Ils se regardèrent un instant, puis secouèrent tous les deux la tête.

— Je ne sais pas, répondit Reine-Marie. Est-ce important ?

— Les allées et venues qui précèdent immédiatement un meurtre sont toujours importantes.

— Mais tu ne crois quand même pas que l'un d'eux a tué Julia ?

Elle regretta aussitôt d'avoir remis en question l'opinion de son mari devant son équipe. Mais cela ne parut pas déranger Gamache.

— Des choses plus étranges se sont déjà produites, répondit-il.

Reine-Marie savait qu'il avait raison.

— Quelle impression Julia Martin vous faisait-elle, monsieur ? demanda l'agente Lacoste.

— Je la trouvais élégante, raffinée, cultivée. Elle pratiquait l'autodérision avec un certain charme, et en était consciente. Ça te semble juste ? demanda Gamache en se tournant vers sa femme, qui hocha la tête. Elle était également très polie, contrairement aux autres membres de sa famille. Presque trop polie. Elle était aimable, gentille, et je crois que c'est l'impression qu'elle voulait donner.

— Comme la plupart des gens, non ? dit Lacoste.

— C'est vrai, la plupart des gens veulent faire bonne impression. On nous apprend à être polis. Mais pour Julia Martin, ça semblait plus qu'un désir. Plutôt un besoin.

— C'était aussi mon impression, dit Reine-Marie. Mais elle avait un côté manipulateur. Elle t'a raconté cette histoire au sujet de son premier boulot.

Gamache mit Beauvoir et Lacoste au courant du premier emploi de Julia et de la réaction de sa mère.

— Quelle horrible chose à dire à sa fille, commenta Lacoste. Lui faire sentir que son seul rôle dans la vie est d'être obéissante et reconnaissante.

— En effet, c'était horrible, convint Reine-Marie. Paralysant, même, si on ne fait pas attention. Mais pourquoi en parler encore quarante ans plus tard ?

— Pourquoi, selon toi ? demanda Gamache.

— Eh bien, je trouve intéressant qu'elle ait conté cette histoire à toi, et pas à nous deux. Mais je ne suis pas un homme.

— Ah, ça c'est intéressant. Que veux-tu dire, au juste ?

— Je crois qu'elle se comportait différemment quand elle était en compagnie d'hommes, comme bien des femmes, d'ailleurs. Et les hommes semblent programmés pour se porter au secours d'une femme qui a besoin d'attention. Même toi,

Armand. Julia était vulnérable. Mais, à mon avis, elle se servait de ce charme qu'elle exerçait sur eux pour arriver à ses fins. Un jeu qu'elle a probablement joué toute sa vie. Selon moi, le plus triste n'était pas qu'elle avait une faible estime de soi, mais qu'elle trouvait toujours des sauveurs. Elle n'a jamais eu à se débrouiller seule. Elle n'a jamais su qu'elle en avait la force.

— D'après ce que je comprends, elle était sur le point de le découvrir, commenta l'agente Lacoste, qui comprenait parfaitement les propos de Reine-Marie. Elle avait quitté son mari et commençait une nouvelle vie.

— Ouais, fit Beauvoir. Avec des millions de dollars. Pas exactement ce qui permet de vérifier son autonomie. Il s'agit bien de la Julia Martin mariée à cet homme qui travaillait dans les assurances et qui est maintenant en prison dans l'Ouest ?

— C'est elle, oui, répondit Gamache.

— Et quelle a été sa première réaction ? demanda Reine-Marie. Elle est venue ici. Elle s'est tournée vers sa famille. Cherchant encore une fois quelqu'un qui se porterait à son secours.

— Était-ce pour ça ? dit Gamache, presque pour lui-même. Ou cherchait-elle à obtenir autre chose des membres de sa famille ?

— Comme quoi ? demanda Beauvoir.

— Je ne sais pas. Je me suis peut-être laissé prendre à son jeu, mais j'ai l'impression qu'il y avait une autre raison à sa présence ici. Elle devait savoir que sa famille n'était pas du genre à voler à son secours. À mon avis, elle n'était pas venue pour ça.

— La vengeance ? avança Reine-Marie. Tu te souviens de sa crise, hier soir ?

Elle résuma, pour Beauvoir et Lacoste, l'accès de colère de Julia contre ses frères et sa sœur.

— Vous croyez qu'elle serait venue pour se vider le cœur ? demanda Beauvoir. Après avoir dit à son escroc de mari d'aller se faire foutre, c'était au tour de maman et des autres ?

— Je ne sais pas, avoua Reine-Marie. Son emportement semblait si spontané, si inattendu.

— Je me le demande, dit Gamache.

Il n'y avait pas pensé avant, mais il se posait maintenant la question.

— L'un d'entre eux a-t-il pu provoquer son accès de rage ? Après tout, qui vous connaît mieux que les membres de votre famille ?

— De quoi parliez-vous ? demanda Lacoste.

— De toilettes, répondit Gamache.

— De toilettes ? répéta Beauvoir.

Il s'était senti légèrement intimidé par les lieux, mais s'il s'agissait d'un sujet de conversation des riches et des officiers supérieurs de la Sûreté pendant leurs vacances, eh bien, il serait parfaitement à l'aise.

La porte s'ouvrit et Clémentine Dubois entra d'un pas chaloupé, suivie du maître d'hôtel et de serveurs portant des plateaux.

— J'ai pensé que vous aimeriez des rafraîchissements, dit la propriétaire. J'ai aussi apporté à boire et à manger à la famille.

— Comment vont-ils ? demanda Gamache.

— Ils sont très contrariés. Ils exigent de vous voir.

Gamache baissa les yeux sur un plateau de soupes froides mousseuses garnies de feuilles de menthe et de zestes de citron. Un autre contenait des sandwichs : rôti de bœuf, saumon fumé, tomate et brie. Sur le dernier plateau se trouvaient des bouteilles de bière de gingembre, de soda à l'épinette, de soda au gingembre, de bière et un vin blanc léger dans un seau à glace.

— Merci.

Gamache accepta une bière de gingembre et se tourna vers le maître d'hôtel.

— Quand la tempête a-t-elle débuté, hier soir ? Le savez-vous ?

— Eh bien, je venais de terminer ma dernière inspection des lieux et j'étais allé me coucher. J'ai été réveillé par une énorme explosion, qui m'a presque jeté hors du lit. J'ai regardé mon réveil, qui affichait une heure quelque chose. Puis il y a eu une panne d'électricité.

— Avez-vous vu quelqu'un avant d'aller au lit ? demanda Beauvoir.

Il avait pris une soupe et un sandwich au rôti de bœuf et s'apprêtait à se laisser tomber dans une large bergère en cuir.

Le maître d'hôtel secoua la tête.

— Non, personne. Tout le monde était couché.

Gamache savait que cela n'était pas vrai. Une personne n'était pas couchée.

— La tempête m'a réveillée, moi aussi, dit Mme Dubois. Je me suis levée pour vérifier si les portes, les fenêtres et les volets étaient bien fermés. Pierre et quelques membres du personnel s'affairaient déjà dans l'auberge. Vous deux étiez là. Vous nous avez aidés.

— Un peu. Toutes les portes et fenêtres étaient-elles fermées ?

— Elles l'étaient quand je suis allé me coucher, répondit Pierre. Je m'en assure au cours de ma dernière ronde.

— Mais la tempête en a ouvert quelques-unes, dit Gamache en se souvenant des claquements. Étaient-elles verrouillées ?

— Non, admit Mme Dubois. Nous ne verrouillons jamais. Pierre essaie de me convaincre de le faire depuis des années, mais je suis indécise.

— Têtue, précisa le maître d'hôtel.

— Peut-être un peu. Mais nous n'avons jamais eu de problèmes et nous nous trouvons au milieu de nulle part. Qui va entrer par effraction ? Un ours ?

— Le monde n'est plus le même, commenta Pierre.

— Aujourd'hui, je te crois.

— Cela n'aurait rien changé, dit Gamache. Julia Martin serait quand même morte, que les portes aient été verrouillées ou non.

— Parce que quiconque l'a tuée était déjà à l'intérieur, dit Mme Dubois. Ce qui s'est produit ici, hier soir, est interdit.

Ces paroles étaient si étonnantes que Beauvoir, malgré la faim qui le tenaillait, ne put prendre une autre bouchée de son sandwich.

— Vous avez un règlement interdisant le meurtre ?

— Effectivement. Quand mon mari et moi avons acheté le Manoir Bellechasse, nous avons conclu un marché avec la forêt : toute mort non naturelle était interdite. Nous attrapons les souris et les relâchons vivantes. Nous nourrissons les oiseaux en hiver, et même les écureuils et les tamias sont les bienvenus. Il est défendu de chasser et même de pêcher. Le pacte prévoyait que tout être vivant qui pénétrerait sur ce territoire serait en sécurité.

— C'est une promesse extravagante.

— Peut-être, reconnut Mme Dubois en esquissant un sourire. Mais nous y croyions. Aucune bête ne mourrait de notre main ni de la main de quiconque demeurerait ici. Le grenier est rempli de trophées qui nous rappellent ce qui arrive quand des créatures s'en prennent les unes aux autres. Bean a eu la frousse de sa vie en les voyant. Et nous devrions tous être effrayés par ce qu'ils représentent. Cependant, nous nous sommes habitués. Nous tolérons qu'on ôte la vie à des êtres vivants. Mais ce n'est pas permis ici. Vous devez découvrir le coupable. Car je suis persuadée qu'une personne qui a déjà tué tuera de nouveau.

Elle salua d'un hochement de tête et sortit. Pierre la suivit, en silence.

Gamache regarda la porte se refermer. Lui aussi en était persuadé.

13

— Madame Morrow, aimeriez-vous quelque chose à manger ?

— Non, Claire, merci.

La femme âgée était assise sur le canapé à côté de son mari, raide comme si sa colonne vertébrale s'était soudée. Clara lui tendait une petite assiette contenant un peu de saumon poché accompagné d'une mayonnaise légère ainsi que de fines tranches de concombre et des oignons au vinaigre. C'était, à l'heure du lunch, l'un des mets préférés de la mère de Peter. Elle le savait, car celle-ci en demandait lorsqu'elle leur rendait visite, à une époque où Peter et elle n'avaient qu'un simple sandwich à offrir. Deux artistes tirant le diable par la queue ont rarement les moyens de s'offrir du saumon.

Habituellement, Clara était furieuse quand Mme Morrow l'appelait Claire. Pendant la première décennie de son mariage avec Peter, elle avait supposé que sa mère entendait mal et croyait réellement qu'elle se prénommait Claire. À un moment donné au cours de la deuxième décennie, Clara s'était rendu compte que sa belle-mère connaissait parfaitement bien son nom. Et sa profession, même si elle continuait de s'informer de son emploi dans une boutique de chaussures mythique. Il était possible, bien sûr, que Peter ait dit à sa mère que Clara travaillait dans un magasin de chaussures. Avec les Morrow, tout était possible. Surtout s'il s'agissait de se cacher la vérité les uns aux autres.

— Quelque chose à boire, peut-être ?

— Mon mari s'occupera de moi, merci.

Clara venait d'être renvoyée. Elle jeta un coup d'œil à sa montre. Midi passé. Pourraient-ils partir bientôt ? Elle s'en voulait d'avoir eu cette pensée, mais l'idée de devoir rester lui déplaisait souverainement. Elle s'en voulait encore plus pour une autre pensée : que la mort de Julia constituait un énorme désagrément. Plus que ça, c'était un emmerdement. Voilà. C'était dit.

Elle voulait rentrer chez elle. Être entourée de ses affaires, de ses amis. Travailler à la préparation de son exposition solo. En paix.

Elle avait honte d'elle-même.

En se retournant, elle vit Bert Finney les yeux fermés. Endormi.

"Il dort ! Pendant que tout le monde essaie de faire face à cette tragédie, il fait la sieste !" Elle ouvrit la bouche pour inviter Peter à sortir sur la terrasse. Elle avait envie de respirer de l'air frais, peut-être d'aller se promener dans la brume. N'importe quoi pour échapper à cette atmosphère étouffante.

Mais Peter s'était de nouveau réfugié dans son monde, concentré seulement sur le mouvement de son crayon. Dans sa jeunesse, l'art lui avait permis de conserver sa santé mentale. C'était le seul endroit où rien ne se produisait à moins qu'il l'ait décidé. Des lignes apparaissaient et disparaissaient uniquement selon son bon vouloir.

Mais quand un canot de sauvetage devient-il une prison flottante ? À quel moment le médicament commence-t-il à entraîner des effets secondaires ? Son mari bien-aimé, si doux mais blessé, avait-il fui trop loin ?

Comment cela s'appelait-il ? Elle essaya de se souvenir de certaines de ses conversations avec son amie Myrna Landers, à Three Pines. L'ancienne psychologue parlait parfois de ça : des gens qui se font des illusions, qui sont déconnectés de la réalité.

Fous.

Non. Elle écarta ce mot aussi tranchant qu'un tesson de verre. Peter était blessé, il souffrait, mais il était brillant d'avoir trouvé une stratégie d'adaptation qui l'apaisait tout en générant des revenus. Il comptait parmi les artistes les plus respectés du Canada. Tout le monde le respectait, sauf sa propre famille.

Mme Morrow roulait sur l'or, et pourtant elle n'avait jamais acheté une peinture de son fils, même lorsque Clara et lui mouraient presque de faim. Elle avait proposé de leur donner de l'argent, mais Peter avait évité ce terrain miné.

Clara regarda Marianna Morrow se diriger vers le piano. Thomas avait cessé de jouer et lisait maintenant un journal. Marianna s'assit, drapa son châle par-dessus son épaule et plaça ses mains au-dessus du clavier.

"Tiens, ça devrait être intéressant", se dit Clara, en attendant les clac! et les bang! – n'importe quel son qui romprait ce silence assourdissant. Les mains de Marianna voltigèrent au-dessus des notes, en bondissant légèrement, comme si elle jouait sur un piano imaginaire. "Pour l'amour de Dieu! cria Clara dans sa tête. Ils ne peuvent rien faire pour de vrai?"

Elle jeta un coup d'œil autour de la pièce et vit Bean sur la banquette devant la fenêtre.

— Qu'est-ce que tu lis? demanda-t-elle en s'approchant.

Bean lui montra le livre : *Des légendes que tout enfant devrait connaître.*

— Merveilleux. L'as-tu trouvé dans la bibliothèque?

— Non, c'est maman qui me l'a donné. C'était le sien. Tiens, regarde.

Bean montra à Clara l'inscription sur la première page : "À Marianna pour son anniversaire, de la part de maman et papa."

Clara sentit des larmes lui brûler de nouveau les yeux. Bean la dévisageait.

— Excuse-moi, dit Clara en se tamponnant l'œil avec un coussin. Je suis un peu ridicule.

Mais Clara savait pourquoi elle pleurait. Ce n'était pas à cause de Julia. Ni de Mme Morrow. Elle versait des larmes pour tous les Morrow, mais surtout pour les parents qui donnaient des cadeaux et écrivaient "de la part de". Pour les parents qui ne perdaient jamais d'enfants parce qu'ils n'en avaient jamais eu.

— Est-ce que ça va? demanda Bean.

Clara avait pourtant eu l'intention de réconforter Bean.

— C'est tellement triste, répondit-elle. Je suis désolée pour ce qui est arrivé à ta tante. Et toi, est-ce que ça va?

Bean ouvrit la bouche et de la musique en sortit. Du moins était-ce l'impression que Clara éprouva pendant un instant.

Elle se tourna et regarda fixement le piano. Marianna avait abaissé ses mains sur le clavier et celles-ci accomplissaient quelque chose d'absolument remarquable. Elles trouvaient les notes. Dans le bon ordre. La musique était stupéfiante. Fluide, inspirée, naturelle.

C'était magnifique. Mais typique, aussi. Clara aurait dû le savoir. Le frère dénué de talent était un peintre formidable. La sœur bonne à rien était une virtuose du piano. Et Thomas ? Elle avait toujours supposé qu'il était ce qu'il paraissait être : un cadre supérieur menant une brillante carrière à Toronto. Mais cette famille carburait à la tromperie. Qu'était-il, vraiment ?

En balayant la pièce du regard, Clara vit l'inspecteur-chef Gamache debout à la porte, les yeux fixés sur Marianna.

La musique s'arrêta.

— Je vais vous demander à tous de rester au manoir encore un jour, et peut-être plus longtemps.

— Bien sûr, dit Thomas.

— Merci. En ce moment, nous recueillons des indices et, plus tard aujourd'hui, un de mes agents interrogera chacun d'entre vous. En attendant, vous êtes libres de vous promener sur la propriété. J'aimerais vous parler, ajouta Gamache en s'adressant à Peter. Voulez-vous me suivre ?

Il lui fit un signe et Peter se leva.

— Nous aimerions passer en premier, dit Sandra, dont les yeux voletaient nerveusement de Peter à Gamache.

— Pourquoi ?

La question sembla la surprendre.

— Ai-je besoin d'une raison ?

— Ça pourrait aider. S'il y a une nécessité urgente, je demanderai à l'inspecteur de commencer par vous. Y en a-t-il une ?

Abattue et écrasée depuis toujours par les trop nombreuses nécessités urgentes de sa vie, Sandra demeura silencieuse.

— Nous ne voulons pas parler à l'inspecteur, intervint Thomas. C'est à vous que nous voulons parler.

— Bien que ce soit flatteur, je regrette, mais c'est l'inspecteur Beauvoir qui vous interrogera. À moins que vous préfériez l'agente Lacoste.

— Alors pourquoi est-ce qu'il vous a, lui ? demanda Thomas en désignant Peter de la tête.

— Il ne s'agit pas d'une compétition.

Thomas Morrow dévisagea Gamache d'un regard chargé de mépris. Un regard mis au point, perfectionné, avec des secrétaires qui avaient échangé le respect de soi contre un salaire et des stagiaires trop jeunes pour faire la distinction entre un tyran et un patron.

En se dirigeant vers la porte moustiquaire, Gamache se tourna pour regarder les Morrow, qui le fixaient comme les personnages d'un tableau vivant. Un de ces jours, il le savait, un meurtrier sortirait de ce tableau. Et Gamache serait là à l'attendre.

L'agente Isabelle Lacoste forma des équipes avec les policiers du poste régional de la Sûreté et distribua les tâches. Une équipe fouillerait les chambres du personnel et les dépendances, une autre inspecterait l'auberge et la sienne se chargerait des chambres des clients.

Elle leur avait recommandé de faire attention. Ils cherchaient des indices, mais aussi un meurtrier. Il était possible qu'il soit caché sur la propriété. Peu probable, mais possible. L'agente Lacoste était une femme prudente, par nature et de par sa formation. Elle menait donc la fouille comme si elle s'attendait réellement à trouver le monstre sous un lit ou dans une penderie.

— Marianna Morrow ?

En faisant un pas dans le Grand Salon, l'inspecteur Beauvoir se sentit comme l'assistant d'un dentiste. "C'est le temps de votre plombage." Les yeux tournés vers lui exprimaient les mêmes sentiments que ceux des patients. De la peur chez ceux qui étaient appelés ; de la contrariété chez ceux qui devaient attendre.

— Et nous ? demanda Sandra en se levant. On nous avait dit que nous passerions en premier.

— Ah oui ? fit Beauvoir.

Personne ne lui avait dit ça, et il croyait savoir pourquoi.

— Eh bien, je crois que je vais commencer par Mme Morrow pour qu'elle puisse retourner auprès de…

Beauvoir regarda du côté du bel enfant blond sur la banquette.

— … son enfant.

Il emmena Marianna dans la bibliothèque et la fit asseoir sur une chaise dure qu'il avait apportée. On était loin de la torture, mais il n'aimait pas que ses suspects se sentent trop à l'aise. De plus, il voulait se réserver le grand fauteuil en cuir.

— Madame Morrow…, commença-t-il.

— Oh, vous avez des sandwichs. Nous, on n'en a plus.

Elle se leva et, sans demander la permission, prit un généreux sandwich aux tomates et aux épaisses tranches de jambon à l'érable.

— Je suis désolé, à propos de votre sœur.

Il avait bien choisi son moment pour lui lancer la pique : il avait attendu que sa grosse bouche gourmande soit trop pleine pour qu'elle puisse répondre. "Manifestement, vous ne l'êtes pas", avait-il espéré insinuer. Mais l'insulte était probablement trop subtile, pensa-t-il en la regardant engouffrer la nourriture. Il n'aimait pas cette femme. De tous les Morrow, y compris celle qui était impatiente, c'était elle qu'il aimait le moins. Il comprenait Sandra. Lui aussi détestait attendre. Il n'aimait pas voir d'autres personnes servies en premier, surtout s'il était arrivé avant elles. Il n'aimait pas les gens qui se faufilaient devant les autres dans une file à l'épicerie ni ceux qui vous faisaient une queue de poisson sur l'autoroute.

Il s'attendait à ce que les gens jouent franc jeu. Les règles assuraient l'ordre. Sans elles, les gens s'entretueraient. On commence par passer devant les autres, se garer sur un emplacement réservé aux handicapés, fumer dans les ascenseurs. Puis on finit par commettre un meurtre.

Bon, c'était peut-être un peu tiré par les cheveux, devait-il admettre, mais le point d'origine était le même. Si l'on remontait assez loin en arrière, on découvrirait sans doute qu'un meurtrier avait toujours transgressé les règles, se croyant meilleur que les autres. Beauvoir n'aimait pas les gens qui enfreignaient les règles. Encore moins lorsqu'ils étaient enveloppés dans des châles violets, verts ou écarlates et avaient un enfant prénommé Bean.

— Je ne la connaissais pas bien, vous savez, dit Marianna en avalant et en prenant un soda à l'épinette sur le plateau. Je peux?

Mais avant qu'il puisse répondre, elle avait déjà ouvert la bouteille.

— Merci. Beurk! fit-elle en recrachant presque sa gorgée. Mon Dieu, est-ce que je serais la première personne à boire ça? Quelqu'un de l'entreprise qui fabrique cette boisson l'a-t-il essayée? Elle a un goût d'arbre.

Elle ouvrit et referma la bouche, comme un chat essayant de se débarrasser de quelque chose sur sa langue.

— C'est dégoûtant. En voulez-vous?

Elle pencha la bouteille vers lui. Beauvoir plissa les yeux et fut surpris de voir un sourire sur son visage ingrat.

Pauvre femme, pensa-t-il. Si laide dans une famille où tous les autres étaient si séduisants. Tout en n'étant pas un fan des Morrow, il se rendait bien compte qu'ils étaient beaux. Même la morte, écrasée, avait conservé une certaine beauté. La femme devant lui, entière, n'en avait aucune.

— Non?

Elle but une autre gorgée et grimaça encore, mais ne déposa pas la bouteille.

— Que pouvez-vous me dire à son sujet?

— Elle avait dix ans de plus que moi et avait quitté la maison avant mes douze ans. Nous avions peu de choses en commun. Elle s'intéressait aux garçons, moi aux BD.

— Vous ne semblez pas regretter sa mort. Vous ne paraissez même pas triste.

— J'ai été élevée dans une famille d'hypocrites, inspecteur. Je me suis promis de ne pas être comme eux, de ne pas cacher mes sentiments.

— C'est assez facile quand il n'y a pas de sentiment à cacher.

Ce commentaire lui cloua le bec. Il avait marqué un point, mais il était en train de perdre l'entretien. Ce n'était jamais un bon signe lorsque l'enquêteur était celui qui parlait le plus.

— Pourquoi voulez-vous laisser voir tous vos sentiments?

Sa figure souriante devint sérieuse. Cela ne l'embellissait pas. Maintenant, son visage était sombre et laid.

— J'ai été élevée dans un Disney World. De l'extérieur, ce monde paraissait bien. C'était l'intention visée. Mais à l'intérieur, tout était mécanique. On ne savait jamais ce qui était vrai. Trop de courtoisie, trop de sourires. Je me suis mise à craindre les sourires. Jamais un mot de reproche, mais jamais un mot d'encouragement non plus. On ne savait jamais ce que ressentaient réellement les membres de ma famille. Nous gardions tout en dedans. C'est encore le cas aujourd'hui. Sauf en ce qui me concerne. Je suis franche au sujet de presque tout.

C'était intéressant de constater comment un simple mot pouvait devenir si important.

— Que voulez-vous dire par *presque* ?

— Eh bien, ce serait stupide de tout révéler à ma famille.

Elle avait soudain pris un air coquet, comme si elle flirtait. C'était répugnant.

— Qu'est-ce que vous ne leur avez pas révélé ?

— De petites choses. Comme ce que je fais dans la vie.

— Que faites-vous ?

— Je suis architecte. Je conçois des maisons.

Beauvoir pensait savoir quel genre de maisons elle imaginait. Des maisons impressionnantes, tape-à-l'œil, énormes. Des demeures d'un luxe tapageur, dans lesquelles personne ne pouvait vivre.

— Quoi d'autre ne révélez-vous pas à votre famille ?

Elle marqua une pause, regarda autour d'elle, puis se pencha vers l'avant.

— Bean.

— Votre enfant ?

Elle hocha la tête.

— Qu'y a-t-il au sujet de Bean ? demanda Beauvoir, dont le stylo tournoyait au-dessus de son calepin.

— Je ne leur ai pas dit.

— Vous ne leur avez pas dit qui est le père ?

Beauvoir venait de déroger à un principe fondamental de l'interrogatoire. Il avait répondu à sa propre question. Marianna sourit et secoua la tête.

— Bien sûr que non, je ne leur ai pas dit ça. Il n'y a pas de réponse à cette question, ajouta-t-elle énigmatiquement. Je ne leur ai pas dit ce qu'est Bean.

Beauvoir sentit un frisson l'envahir.

— Qu'est-ce qu'est Bean ?

— Exactement. Vous-même ne le savez pas. Malheureusement, Bean approche de la puberté et bientôt ce sera évident.

Beauvoir mit un moment avant de saisir à quoi elle faisait allusion. Il laissa échapper son stylo, qui roula sur la table et tomba sur le tapis.

— Vous voulez dire que vous n'avez pas précisé à votre famille si Bean est un garçon ou une fille ?

Marianna Morrow hocha la tête, puis but une longue gorgée de son soda à l'épinette.

— Finalement, le goût n'est pas si mauvais. J'imagine qu'on peut s'habituer à n'importe quoi.

Beauvoir en doutait. Il enquêtait sur des meurtres avec l'inspecteur-chef Gamache depuis quinze ans et ne s'était jamais habitué à la folie des Anglos. Elle semblait sans limites, et n'avait ni rime ni raison. Quel genre de créature gardait secret le sexe de son enfant ?

— C'est ma façon de rendre un petit hommage à mon éducation, inspecteur. Bean est mon enfant et mon secret. Vous ne pouvez savoir le plaisir qu'on ressent, dans une famille de je-sais-tout, de connaître quelque chose que les autres ignorent.

"Maudits Anglos", se dit Beauvoir. S'il se comportait de la même façon, sa mère le rouerait de coups avec un rouleau à pâtisserie.

— Ne peuvent-ils pas le demander à Bean ?

Elle hurla de rire et de petits morceaux de tomate atterrirent sur la table en pin devant lui.

— Vous plaisantez ? Un Morrow qui poserait une question ? Avouerait son ignorance ?

Elle se pencha vers l'avant avec un air de conspiratrice et, malgré lui, Beauvoir se pencha vers elle.

— Voilà ce qu'il y a de formidable : leur orgueil est ma meilleure arme.

Beauvoir se redressa, écœuré. Comment une femme, une mère, pouvait-elle agir ainsi ? Sa mère mourrait pour lui, tuerait pour lui. C'était normal. Cette chose devant lui n'était pas normale.

— Et que ferez-vous, madame, quand ce ne sera plus un secret ? Quand Bean atteindra la puberté ou dévoilera volontairement l'information ?

Il n'allait certainement pas lui demander le sexe de Bean. Il ne voulait pas lui faire le plaisir de lui montrer qu'il était curieux.

— Eh bien, j'ai toujours le nom de Bean pour la torturer.

— *La* ?

— Ma mère.

Beauvoir pouvait à peine regarder cette femme, qui avait donné naissance à une arme biologique destinée à s'attaquer à sa mère. Il commençait à penser que la mauvaise Morrow avait été tuée.

— Pourquoi quelqu'un aurait-il voulu assassiner votre sœur ?

— Par *quelqu'un*, vous voulez dire l'un de nous, n'est-ce pas ?

Ce n'était pas réellement une question, et Beauvoir décida de ne pas répondre.

— Vous pouvez m'oublier comme suspecte. Je ne la connaissais pas assez bien pour la tuer. Elle était partie depuis trente ans, sinon plus. Mais je peux vous dire une chose, inspecteur. Elle a eu beau essayer de s'éloigner le plus possible de nous, elle demeurait une Morrow. Les Morrow mentent, et ils gardent des secrets. C'est notre monnaie d'échange. Méfiez-vous d'eux, inspecteur. Ne vous fiez à aucune de leurs paroles.

De tout ce qu'elle avait dit, c'étaient les premiers mots qu'il n'avait aucune difficulté à croire.

— Julia et papa s'étaient disputés, dit Peter. Je ne sais pas à quel sujet.

— N'étiez-vous pas curieux ? demanda Gamache.

Les deux hommes avaient traversé la pelouse mouillée du Manoir Bellechasse et s'étaient arrêtés au bord de l'eau. Ils regardaient le lac gris ardoise et la brume qui voilait la rive opposée. Des oiseaux volaient autour d'eux, à la recherche d'insectes, et de temps en temps on entendait le cri lancinant d'un huard.

Peter eut un sourire crispé.

— Chez nous, la curiosité n'était pas récompensée. Elle était considérée comme un manque de politesse. Il était impoli de poser des questions, impoli de rire trop fort ou trop longtemps, impoli de pleurer, impoli de contredire. Alors, non, je n'étais pas curieux.

— Julia était donc au début de la vingtaine lorsqu'elle est partie. Thomas devait avoir quelques années de plus. Et vous, quel âge aviez-vous ?

— Dix-huit ans.

— C'est précis.

— Je suis un homme de précision, comme vous le savez, répondit Peter, en affichant cette fois un sourire franc.

Il commençait à mieux respirer, à redevenir lui-même. Il baissa les yeux et fut surpris de voir des miettes de pain sur sa chemise. Il s'en débarrassa d'un petit geste de la main. Puis il ramassa une poignée de cailloux.

— Julia aurait aimé cette journée, dit-il en faisant ricocher les petites pierres sur l'eau.

— Pourquoi dites-vous cela ?

— C'est un jour comme ceux de Vancouver. Elle disait que le temps était maussade, là-bas, et que ça lui convenait très bien.

— Était-elle une personne maussade ?

Peter regarda son caillou rebondir quatre fois avant de couler.

— Oui, elle l'était. Mais quand je pense à elle, je l'imagine toujours à vingt et un ans. Je ne l'ai pas vue souvent après son départ.

— Pourquoi pas ?

Gamache observa attentivement son ami. Interroger un ami dans une affaire de meurtre présentait un net désavantage. Toutefois, il y avait aussi des avantages. Par exemple, lorsque la personne cachait quelque chose, on le savait.

— Nous ne sommes pas une famille unie. Parfois, je me demande ce qui se passera après la mort de maman. C'est elle que nous venons voir ; les autres sont seulement là comme par hasard.

— Peut-être cela vous rapprochera-t-il.

— Peut-être. Ça pourrait être une bénédiction. Mais je ne le crois pas. Je n'ai pas fait d'efforts pour voir Julia, mais, de son côté, elle non plus n'a pas fait d'efforts pour nous voir. Elle était heureuse à Vancouver avec David et elle nous a complètement oubliés. Et, honnêtement, des mois, des années pouvaient passer avant que je pense à elle.

— Qu'est-ce qui vous la rappelait ?

— Pardon ?

— Qu'est-ce qui vous la faisait venir à l'esprit ? Vous avez dit que des années pouvaient s'écouler, mais qu'est-ce qui la faisait réapparaître dans votre tête ?

— Pas grand-chose.

— Vous savez que je ne fais pas simplement la conversation, n'est-ce pas ? Mes questions sont importantes, même si elles ne le semblent pas.

Gamache avait employé un ton sévère qui ne lui ressemblait pas, mais Peter avait en effet oublié qu'il parlait avec le chef des homicides de la Sûreté du Québec.

— Excusez-moi. Pourquoi je pensais à elle ?

Il réfléchit un moment, puis ressentit un petit pincement lorsqu'il prit conscience de la réponse.

— Parce qu'elle téléphonait et écrivait. Nous recevions des cartes postales d'un peu partout. David et elle voyageaient beaucoup.

— Elle cherchait à établir un contact avec vous.

— Seulement lorsqu'elle voulait quelque chose. Ma sœur pouvait paraître sympathique et gentille, mais elle était très futée. Elle obtenait presque toujours ce qu'elle voulait.

— Et que voulait-elle ? Pas de l'argent, j'imagine.

— Non, elle en avait beaucoup. Je crois qu'elle voulait seulement blesser. Nous faire sentir coupables. C'était son petit jeu. Elle envoyait des cartes, téléphonait de temps en temps, mais en veillant toujours à ce qu'on sache qu'elle avait fait les premiers pas. Nous lui étions redevables. C'était subtil, mais nous, les Morrow, savons nous montrer subtils, c'est le moins qu'on puisse dire.

“Pas aussi subtils que vous voulez le croire”, se dit Gamache.

— Nous sommes une famille avide, Gamache. Avide et même cruelle. Je le sais. Pourquoi pensez-vous que j'habite Three Pines avec Clara ? Pour me tenir le plus loin possible. Je sais reconnaître une planche de salut. Et Julia ? Vous voulez de l'information sur Julia ?

Il lança une pierre aussi loin qu'il le put dans les eaux couleur d'acier.

— Elle était la plus cruelle, la plus avide de nous tous.

Sandra éteignit sa cigarette et sourit en lissant son pantalon. Celui-ci était serré, mais Sandra savait que l'air de la campagne faisait rétrécir les tissus. Elle revint ensuite à l'auberge. La salle à manger était déserte. Là-bas, au fond, se trouvait le plateau des desserts.

Un mouvement attira son attention.

Bean.

Qu'est-ce que l'enfant était en train de faire ? Voler les meilleurs desserts, probablement.

Les deux se regardèrent dans les yeux, puis Sandra remarqua quelque chose de blanc dans la main de Bean. Elle se rapprocha.

C'était un biscuit. Un biscuit à la guimauve recouvert de chocolat, dont le chocolat avait été mangé, si bien qu'il ne restait plus que la guimauve et le biscuit, et l'enfant à l'air coupable qui le tenait.

— Bean, qu'est-ce que tu faisais ?

— Rien.

— Ça, ça veut dire que tu faisais quelque chose. Allez, dis-moi.

Juste à ce moment-là, un objet tomba et rebondit sur le plancher entre eux. Sandra leva la tête. Le plafond cathédrale était parsemé de biscuits ; il y en avait entre les vieilles poutres en érable et sur certaines d'entre elles. Bean avait léché la guimauve, puis les avait lancés au plafond, où ils étaient restés collés.

Cela formait une constellation de biscuits.

Il devait bien y en avoir l'équivalent d'un paquet et demi.

Sandra jeta un regard sévère à l'étrange enfant. Puis, lorsqu'elle ouvrit la bouche pour lui adresser des réprimandes, autre chose en sortit : un rire. Une petite éructation de plaisir, suivie d'une deuxième. La surprise se lisait sur le visage de Bean, qui s'attendait à des reproches. Mais l'étonnement de Sandra était plus grand encore. Au lieu de gronder l'enfant, comme elle en avait eu l'intention, elle avait ri.

— Tu en veux un ?

Bean tendit la boîte et Sandra en prit un.

— Tu fais fa, tu fois ? dit Bean en suçant puis avalant le cône de chocolat. Ensuite, tu le lèches, ajouta Bean en joignant le geste à la parole. Et après tu le lances.

Bean lança le biscuit mouillé de toutes ses forces vers le plafond. En retenant son souffle, Sandra attendit de voir s'il s'y fixerait. Ce fut le cas.

— Essaie, toi. Je vais te montrer.

Bean, patiemment et clairement, comme un professeur-né, enseigna à Sandra comment coller des biscuits au plafond. Celle-ci s'avéra douée et, en peu de temps, le plafond de la salle à manger en fut couvert, comme s'il s'agissait d'une sorte de matériau d'isolation que ni les barons pillards ni les Abénaquis n'auraient jamais pu imaginer. Ni Mme Dubois.

Sandra quitta la pièce, le sourire aux lèvres, en ayant oublié pourquoi elle y était venue. Elle n'avait jamais voulu d'enfants ; trop de travail. Parfois, cependant, lorsqu'elle se trouvait en compagnie d'un enfant extraordinaire, gentil, elle ressentait une petite douleur. Il lui paraissait inconcevable que la grosse, stupide et paresseuse Marianna ait réussi à avoir un bébé. Elle éprouvait une certaine consolation à la pensée que Bean était un enfant perturbé. Mais elle oubliait parfois de détester Bean. Et des choses terribles se produisaient.

— Où étais-tu ? demanda Marianna quand Sandra fut revenue. La police veut te voir.

— Je suis allée me promener. J'ai entendu Peter parler avec l'inspecteur-chef, et il a dit quelque chose de très étrange.

Elle remarqua la présence de sa belle-mère et haussa légèrement la voix.

— Il a dit que si sa mère mourait, ce serait une bénédiction.

— Non ! Il a vraiment dit ça ?

Marianna était manifestement ravie.

— Il y a plus. Il a dit que Julia était avide et cruelle. Tu imagines ? Elle vient à peine de mourir et déjà il casse du sucre sur son dos, devant un étranger, en plus. Mais j'ai peut-être mal compris.

— Qu'as-tu dit ? demanda Mme Finney de l'autre côté de la pièce, son doux visage rose tourné vers les deux femmes.

— Je suis persuadée qu'il n'était pas sérieux. Oubliez ce que je viens de dire.

— Il a dit que Julia était avide et cruelle ?

Mme Finney revit la main blanche de sa fille tendue vers l'avant. C'était si typique de Charles de causer tant de dommages. Surtout à Julia. Mais il leur avait tous fait du tort. Et maintenant Peter poursuivait l'œuvre de son père.

— Je ne permettrai pas de telles calomnies. De tous mes enfants, Julia était la plus gentille, la plus sensible. Certainement la plus affectueuse.

— Je suis désolée, dit Sandra, qui commençait à le penser sincèrement.

— Qui aurait voulu assassiner votre sœur ?

Devant Beauvoir était assis Thomas, un homme habitué à imposer son autorité, même dans le fond des bois. Il lissa son pantalon en lin et sourit aimablement.

— C'était une femme charmante. Personne n'aurait voulu la voir morte.

— Pourquoi pas ?

— Ne devriez-vous pas demander pourquoi ? dit Thomas, soudain déconcerté.

— Pourquoi ?

— Hein ? fit Thomas, complètement perdu maintenant. Écoutez, ceci est ridicule. Ma sœur est morte, mais elle ne peut pas avoir été assassinée.

— Pourquoi pas ?

Encore cette question. Beauvoir aimait décontenancer les témoins.

— Écoutez, elle a vécu à Vancouver presque toute sa vie. Si quelqu'un était en colère contre elle au point de vouloir la tuer, cette personne serait là-bas, pas ici, et certainement pas au milieu de nulle part.

— Vous, vous êtes ici.

— Qu'insinuez-vous ?

— J'ai entendu parler de ce qui s'est passé hier soir. Dans cette pièce. Ça doit être la tache de café, là.

Il s'en approcha et se pencha pour la regarder. Il l'avait déjà trouvée, mais il aimait le côté théâtral d'une découverte "soudaine".

— Elle n'était pas elle-même. Elle était bouleversée.

— Qu'est-ce qui l'avait bouleversée ?

— Elle avait été énervée toute la journée. Le dévoilement de la statue de papa. Papa et elle s'étaient disputés. De voir cette sculpture fut émouvant pour nous tous, mais probablement plus pour elle. Elle traversait une période difficile. Son mariage venait de se terminer par un douloureux divorce dont on a fait grand cas dans les médias. Son mari était David Martin, vous savez.

Il fixa Beauvoir de ses yeux bleus, pour s'assurer qu'il avait bien compris. Beauvoir était déjà au courant au sujet de David Martin, mais la manière dont s'était exprimé Morrow lui parut intéressante. Dans son ton, il avait décelé à la fois de la satisfaction mesquine et de la fierté. De la satisfaction parce que sa petite sœur avait foiré et épousé un criminel, et de la fierté parce que ce criminel était l'un des hommes les plus riches du Canada, même après avoir remboursé tout cet argent.

— Qui aurait voulu tuer votre sœur ?

— Personne. Ceci était une réunion de famille, une occasion heureuse. Personne ne souhaitait sa mort.

Beauvoir tourna lentement la tête pour regarder dehors, à travers la brume, et demeura silencieux, mais même un Morrow pouvait lire dans ses pensées. De l'autre côté de ces fenêtres, un trou dans le sol contredisait les paroles de Thomas Morrow.

Marianna avait prévenu Beauvoir de ne croire à rien de ce que disaient les Morrow. Et il suivait son conseil.

— Julia avait-elle des enfants ? demanda Gamache tandis que Peter et lui sortaient des bois et se dirigeaient lentement vers l'auberge.

— Aucun. Je ne sais même pas si son mari et elle ont essayé d'en avoir. On n'est pas forts sur les enfants, dans la famille. On dévore nos petits.

Gamache laissa ce commentaire se perdre dans la brume autour d'eux.

— Qu'avez-vous pensé de la statue de votre père ?

Peter ne parut pas décontenancé par ce coq-à-l'âne.

— Je n'y ai pas vraiment réfléchi. Je n'ai eu aucune réaction.

— Ce n'est pas possible. Vous avez dû avoir une opinion, ne serait-ce qu'à titre d'artiste.

— Oh, eh bien, à titre d'artiste, oui. Je peux apprécier la valeur de l'œuvre. Elle n'est pas mal. La personne qui l'a réalisée a un certain talent. Mais elle n'avait jamais rencontré papa.

Gamache se contenta de continuer de marcher, ses larges mains jointes derrière le dos, son regard passant de ses pieds trempés au manoir qui grossissait sans cesse.

— Mon père n'a jamais eu l'air de ça. Il n'avait jamais l'air triste, ou quelle que soit cette émotion sur le visage de la statue. Il avait toujours une mine renfrognée. Et jamais, au grand jamais, il ne courbait le dos. Il était colossal et, et…

Peter agita les bras, comme s'il esquissait un dessin de la Terre.

— Colossal. Et il a tué Julia.

— Sa statue a tué Julia.

— Non, je veux dire avant qu'elle quitte la maison. Il l'a tuée. Il a brisé sa volonté et l'a écrasée. Il nous a tous écrasés. C'est ça que vous attendiez que je dise, n'est-ce pas ? Pourquoi, croyez-vous, qu'aucun de nous n'a d'enfants ? Regardez nos modèles. Si vous étiez à notre place, en auriez-vous ?

— Il y a un enfant, Bean.

Peter se racla la gorge.

Encore une fois, Gamache demeura silencieux.

— Bean ne saute pas.

Gamache s'arrêta, étonné par cet enchaînement inattendu de mots.

Bean ne saute pas.

— Pardon ?

— Bean ne saute pas, répéta Peter.

Il aurait aussi bien pu dire “grille-pain image bicyclette”, tellement sa phrase était dépourvue de sens.

— Que voulez-vous dire ? demanda Gamache, en se sentant soudainement très stupide.

— Bean ne peut pas quitter le sol.

Armand Gamache sentit l’humidité pénétrer ses os.

— Les pieds de Bean ne quittent jamais le sol, en tout cas jamais ensemble. L’enfant ne peut pas ou ne veut pas sauter.

“Bean ne peut pas sauter”, se dit Gamache. Quelle sorte de famille produisait un enfant à ce point ancré au sol ? Comment faisait Bean pour exprimer de l’excitation ? De la joie ? Mais en pensant à l’enfant, puis à la famille, il eut sa réponse. Jusqu’à maintenant, au cours des dix dernières années, cela n’avait pas été nécessaire.

Armand Gamache décida d’appeler son fils dès qu’il entrerait dans l’auberge.

14

— Daniel ?

— Allô, papa. Enfin. Je commençais à croire que je t'avais imaginé.

Gamache rit.

— Maman et moi sommes au Manoir Bellechasse. Ce n'est pas ce qu'on pourrait appeler un centre de télécommunications.

Tout en parlant, il regardait à travers les portes-fenêtres de la bibliothèque, au-delà de l'herbe mouillée vert menthe et jusqu'au lac brumeux. Un nuage bas était accroché à la forêt. Il entendait des oiseaux et des insectes, et parfois le plouf d'une truite ou d'un achigan qui avait sauté pour se nourrir. Et il entendait le pin-pon d'une sirène et un coup de klaxon impatient.

Paris.

La Ville lumière et la nature sauvage entremêlées. "Nous vivons dans un monde fascinant", se dit-il.

— Il est vingt et une heures, ici. Quelle heure est-il là-bas ? demanda Daniel.

— Presque quinze heures. Florence est couchée ?

— Je suis gêné de l'avouer, mais nous sommes tous couchés. Ah, Paris !

Daniel éclata de son gros rire franc.

— Mais je suis heureux qu'on puisse enfin se parler. Attends un instant, je vais aller dans une autre pièce.

Gamache le voyait dans leur minuscule appartement de Saint-Germain-des-Prés. Changer de pièce ne garantirait ni intimité pour lui ni tranquillité pour sa femme et sa fille.

— Armand ? fit Reine-Marie à la porte de la bibliothèque.

Elle avait fait ses valises et un porteur était en train de les apporter à la voiture. Un peu plus tôt, Armand et elle en avaient discuté, et son mari lui avait demandé de quitter l'auberge.

— Je le ferai, bien sûr, si c'est ce que tu veux, avait-elle répondu.

Elle avait scruté son visage. Elle ne l'avait jamais vu mener une enquête, même s'il lui parlait tout le temps de son travail et lui demandait souvent son opinion. Contrairement à la plupart de ses collègues, Gamache ne cachait rien à sa femme. Il ne croyait pas pouvoir lui dissimuler une partie aussi importante de sa vie sans que cela crée un obstacle entre eux. Et sa femme était beaucoup plus importante que n'importe quelle carrière.

— Je m'inquiéterai moins si tu n'es pas ici, avait-il précisé.

— Je comprends.

Elle était sincère. Elle aurait la même réaction si les rôles étaient inversés.

— Mais est-ce que ça te dérange si je ne vais pas loin ?

— Une tente aux abords de la propriété ?

— Tu es intuitif. En fait, je pensais à Three Pines.

— Quelle bonne idée ! Je vais donner un coup de fil à Gabri et te réserver une chambre dans son gîte.

— Non, occupe-toi de trouver le meurtrier de Julia. J'appellerai le gîte moi-même.

Maintenant, elle était prête à partir. Prête mais pas heureuse. Elle avait senti un petit pincement en le regardant entreprendre les premières étapes de l'enquête. Les membres de son équipe s'étaient montrés si respectueux envers lui, et les policiers du poste local lui avaient témoigné beaucoup de déférence, ils avaient même semblé le craindre, jusqu'à ce qu'il les mette à l'aise. Mais pas trop à l'aise. Elle avait vu son mari prendre la situation en main, naturellement. Elle savait – et il savait – qu'une personne devait assurer le commandement. Et, plus par tempérament qu'en raison de son rang, il était un chef naturel.

Comme elle n'en avait jamais été témoin auparavant, elle avait observé avec étonnement cet homme qu'elle connaissait intimement dévoiler une toute nouvelle facette de lui-même. Il imposait son autorité aisément parce qu'il imposait le respect. Sauf chez les Morrow, qui semblaient croire qu'il les avait bernés. Cela avait paru les affecter plus que la mort de Julia.

Cependant, Armand disait toujours que les gens ne réagissaient pas tous de la même manière face à la mort et qu'il était absurde de les juger, et doublement absurde de porter un jugement sur le comportement des gens quand il s'agissait d'une mort soudaine et violente. D'un meurtre. Ils n'étaient pas eux-mêmes.

Dans son for intérieur, Reine-Marie se demandait si l'attitude des gens au moment d'une crise ne correspondait pas plutôt à leur vraie personnalité. Sans le masque des conventions sociales, ils se révélaient tels qu'ils étaient réellement. C'était assez facile de se comporter correctement lorsque tout allait bien, mais la situation était tout autre quand l'enfer se déchaînait.

Son mari pénétrait volontairement dans ce type d'enfer tous les jours, et continuait d'observer les règles de la bienséance. Elle doutait qu'on puisse en dire autant des Morrow.

Constatant qu'il était au téléphone et qu'elle l'avait interrompu, elle commença à sortir de la pièce. Puis elle entendit le mot "Roslyn".

Il parlait avec Daniel et s'informait de leur belle-fille. Reine-Marie avait essayé de parler de leur fils avec Armand, mais ça n'avait jamais semblé le bon moment, et maintenant il était trop tard. Debout sur le pas de la porte, elle écouta, le cœur battant.

— Je sais que maman t'a dit les noms que nous avons choisis. Geneviève si c'est une fille…

— Très beau nom, dit Gamache.

— C'est aussi notre opinion. Mais nous pensons que le nom de garçon aussi est beau. Honoré.

Gamache s'était promis qu'il n'y aurait pas de silence embarrassant quand le nom serait prononcé. Il y eut un silence embarrassant.

Est-il un homme dont l'âme soit assez insensible pour ne s'être jamais dit :
— Voici ma patrie! ma terre natale!

Les mots du vieux poème, récités comme toujours par la voix grave et calme dans sa tête, remplirent le vide. Sa large main se referma doucement comme si elle s'accrochait à quelque chose.

Est-il un homme qui n'ait pas senti son cœur s'enflammer quand, après avoir erré dans des contrées étrangères, il tourne ses pas du côté de son pays ?

Daniel était à Paris, si loin, mais Gamache avait l'impression qu'il s'apprêtait à commettre une très grave erreur qui le propulserait plus loin encore.

— À mon avis, ce n'est peut-être pas le meilleur choix.

— Pourquoi ?

Daniel ne paraissait pas être sur la défensive, seulement curieux.

— Tu connais l'histoire.

— Oui, tu me l'as racontée, mais c'est de l'histoire ancienne, papa. Et Honoré Gamache est un bon nom, pour un homme bon. Toi plus que quiconque le sais.

— C'est vrai.

Gamache éprouva un soupçon d'anxiété. Daniel n'abandonnait pas.

— Plus que quiconque, poursuivit Gamache, je sais aussi ce qui peut se produire dans un monde où les gens ne se montrent pas toujours gentils.

— Tu nous as appris que c'était à nous de façonner notre propre monde. Quelle est cette citation de Milton que tu nous répétais quand on était enfants ? "L'esprit est à soi-même sa propre demeure, il peut faire en soi un ciel de l'enfer, un enfer du ciel." C'est ce que tu crois, papa, et moi aussi. Tu te souviens des promenades dans le parc ? En nous y emmenant, Annie et moi, tu récitais de la poésie tout le long du chemin. Le poème de Milton était l'un de tes préférés. Et à moi aussi.

Gamache sentit sa gorge se nouer lorsqu'il se remémora les promenades, les petits doigts potelés dans ce qui semblait être une main énorme. Qui s'accrochait à eux plus qu'elle ne les tenait.

— Un jour bientôt, ce sera mon tour. J'emmènerai Florence et Honoré au parc du Mont-Royal en babillant de la poésie tout le long du chemin.

— Babillant ? Tu ne veux pas dire en récitant d'une voix forte et néanmoins harmonieuse ?

— Bien sûr. “Est-il un homme dont l’âme soit assez insensible…” Tu te souviens de ce poème ?

— Oui.

— Tous ceux que tu m’as appris, je les apprendrai à mes enfants, y compris Milton, y compris que l’esprit est sa propre demeure et qu’on façonne sa propre réalité, son propre monde. Ne t’inquiète pas, continua Daniel d’une voix pleine de bon sens et de patience. Honoré saura que le monde commence entre ses deux oreilles et qu’il lui appartient. Et il apprendra, comme moi, à quel point ce nom est beau.

— Non, Daniel, tu fais une erreur.

Voilà, il l’avait dit. La phrase qu’il s’était juré de ne pas prononcer. Il fallait pourtant faire voir la réalité à Daniel, l’empêcher de commettre une erreur funeste, même si son intention était bonne.

Du coin de l’œil, il perçut un mouvement. Reine-Marie s’était avancée dans la pièce. Il la regarda. Elle avait une attitude posée, mais dans ses yeux se lisaient de la surprise et de l’anxiété. Malgré tout, il devait le faire. Un parent devait parfois prendre position et faire quelque chose de déplaisant. Au risque d’être critiqué. Il ne fallait pas permettre à Daniel de nommer son fils Honoré.

— J’espérais que tu aurais une opinion différente, papa.

— Mais pourquoi ? Rien n’a changé.

— Les temps ont changé. Ça remonte à des années. Des décennies. Tu dois oublier ça.

— J’ai vu toutes sortes de choses. J’ai vu ce que des parents entêtés peuvent faire à un enfant. J’ai vu des enfants si profondément blessés…

“… qu’ils ne peuvent même pas sauter, faillit-il dire. Leurs pieds ne quittent jamais le sol. Ils ne bondissent pas de joie, ne sautent pas à la corde, ne s’élancent pas du quai, ne s’abandonnent pas, les jambes ballantes, dans les bras d’un parent qui les aime et en qui ils ont confiance.”

— M’accuses-tu de faire du mal à notre enfant ?

La voix de Daniel n’était plus pleine de bon sens et de patience.

— Insinues-tu vraiment que je ferais du mal à mon fils ? Il n’est pas encore né et tu m’accuses déjà ? Tu me vois encore comme un raté, n’est-ce pas ?

— Calme-toi, Daniel. Je ne t'ai jamais perçu comme un raté, tu le sais bien.

À l'autre bout de la pièce, il entendit Reine-Marie inspirer.

— Tu as raison. Tu as toujours raison. C'est toi qui gagnes parce que tu sais des choses que j'ignore, parce que tu as vu des choses que je n'ai pas vues. Et tu sembles savoir que je suis si entêté que je donnerais à mon fils un nom qui lui gâcherait la vie.

— La vie peut être assez difficile sans donner à un enfant un nom qui peut lui attirer des injures, mener à de l'intimidation.

— Oui, il pourrait mener à ça, mais il pourrait aussi mener à la fierté, à l'estime de soi…

— Ton fils développera son estime de soi peu importe le nom que tu lui donneras. Ne le handicape pas.

— Pour toi, le nom Honoré est une tare congénitale ?

Le ton de Daniel était dangereusement froid.

— Je n'ai pas dit ça.

Gamache aurait voulu revenir en arrière, mais il savait qu'ils étaient allés trop loin.

— Écoute, on devrait parler de ça en personne. Je suis désolé si j'ai donné l'impression de dire que tu ferais délibérément du mal à ton enfant. Je sais que tu ne le ferais pas. Tu es un merveilleux parent…

— Content de savoir que tu le penses.

— Tout enfant serait privilégié de t'avoir comme père. Mais tu m'as demandé mon opinion, et je me trompe peut-être, mais à mon avis ce serait injuste de nommer ton fils Honoré.

— Merci d'avoir appelé, dit Daniel, puis il raccrocha.

Gamache resta figé, le téléphone à l'oreille, abasourdi. La conversation avait-elle dérapé à ce point ?

— Ça s'est mal passé ? demanda Reine-Marie.

— Assez mal, répondit Gamache en raccrochant. Mais nous finirons par régler notre différend.

Il n'était pas réellement inquiet. Daniel et lui se disputaient parfois, comme cela lui arrivait avec sa fille, Annie. Il était normal d'être occasionnellement en désaccord, se dit-il. Mais ceci était différent. Il avait blessé son fils sur un point que lui-même connaissait. Il avait remis en question ses capacités en tant que père.

— Ah, très bien, vous êtes de retour.

Beauvoir se glissa dans la pièce, en évitant de justesse un technicien qui transportait une énorme boîte.

— L'agente Lacoste est en train de terminer la fouille des chambres des clients. Tous les bâtiments ont été inspectés. Rien. Et j'ai interrogé Thomas, Marianna et Sandra. On ne peut pas dire qu'ils ressemblent à la famille Walton…

De l'équipement arrivait et des techniciens s'affairaient à transformer la vieille bibliothèque en rondins en un bureau provisoire moderne pour les enquêteurs. Ils débarrassaient les bureaux des objets inutiles, branchaient des ordinateurs, installaient des tableaux noirs et de grandes feuilles de papier sur des chevalets, prêts pour les faits de l'inspecteur Beauvoir, les listes de témoins et les diagrammes de déplacements. Pour les listes de preuves et d'indices.

— Nous avons un problème, chef, dit une technicienne agenouillée à côté d'un ordinateur.

— Je serai à vous dans un instant. As-tu pu téléphoner au gîte ?

— Tout est arrangé, répondit Reine-Marie.

— Inspecteur, voulez-vous m'accompagner ? Nous laisserons Mme Gamache à Three Pines avant de nous rendre au poste de Sherbrooke, où nous avons rendez-vous avec le grutier dans une heure.

— Avec plaisir, dit Beauvoir, qui ajustait un chevalet et fouillait dans une boîte à la recherche de marqueurs.

— Quel est le problème ? demanda Gamache, penché audessus de la technicienne.

— Cet endroit. L'électricité n'a pas été refaite depuis des années, monsieur. Je ne crois pas qu'on puisse brancher ça.

Elle lui montrait la fiche d'un ordinateur.

— Je vais aller chercher le maître d'hôtel, dit Beauvoir en se dirigeant vers la salle à manger.

"Maudite campagne ! Au milieu de nulle part !" Il s'était débrouillé assez bien, jusqu'à maintenant, s'était efforcé d'ignorer les moustiques, les mouches noires et les brûlots. À Montréal, au moins vous voyez ce qui fonce sur vous : des autos, des camions, des jeunes en manque de crack. De grosses choses.

Ici, tout était caché, tout se cachait. De minuscules insectes suceurs de sang, des araignées, des serpents et des animaux dans les forêts, des fils électriques pourris derrière des murs en troncs d'arbres, bon sang ! C'était comme essayer de mener une enquête moderne dans la caverne de Fred Caillou.

— Bonjour ? dit-il.

Pas de réponse.

— Il y a quelqu'un ?

Il jeta un coup d'œil dans la salle à manger. Elle était vide.

— Allô ?

Que se passait-il ? Était-ce l'heure de la sieste ? Ou peut-être étaient-ils partis chasser le repas du soir. Il poussa une porte et entra dans la cuisine.

— Oh, bonjour. Puis-je vous aider ?

Une voix grave et chantante lui parvint d'une chambre froide. Puis une femme corpulente en sortit avec un rôti. Elle portait un tablier blanc passé autour du cou et noué à la taille. Il était simple, pratique, sobre. Sans rien de mignon écrit dessus. La femme s'avança vers lui avec un air interrogateur. Elle mesurait au moins un mètre quatre-vingts, estima Beauvoir. Elle était loin d'être jeune et loin d'être mince. Ses cheveux, gris et noirs, étaient bouclés et courts, et la coupe peu flatteuse. Elle avait de très larges mains, pas du tout délicates.

— Que puis-je faire pour vous ? dit-elle d'une voix donnant l'impression qu'elle l'avait avalée.

Beauvoir la regarda fixement.

— Il y a quelque chose qui ne va pas ? demanda la voix rauque, tandis que la femme flanquait le rôti sur le billot en érable.

Beauvoir était parcouru de frissons. Il essaya d'arrêter de dévisager la femme, mais en était incapable. Au lieu de sentir son cœur battre plus fort, il le sentit au contraire ralentir. Se calmer. Quelque chose se produisit et toute la tension, l'excès d'énergie, le sentiment d'urgence disparurent.

Il se détendit.

— Est-ce que je vous connais ? demanda la femme.

— Excusez-moi, répondit-il en s'approchant. Je suis l'inspecteur Beauvoir. Jean-Guy Beauvoir, de la Sûreté.

— Bien sûr. J'aurais dû le savoir.

— Pourquoi ? Me connaissez-vous ? demanda-t-il, plein d'espoir.

— Non. Je sais que Mme Martin a été tuée.

Il était déçu. Il aurait voulu qu'elle le connaisse. Pour expliquer ce sentiment de familiarité qu'il éprouvait soudain. C'était troublant.

Beauvoir regarda la femme qui avait eu cet effet sur lui. Elle devait avoir presque soixante ans, était bâtie comme un chêne, bougeait comme un camionneur, parlait comme si elle avait avalé un tuba.

— Qui êtes-vous ? réussit-il à dire.

— Je suis la chef cuisinière, ici. Véronique Langlois.

Véronique Langlois. C'était un joli nom, mais qui ne lui disait rien. Pourtant il était persuadé de la connaître.

— Que puis-je faire pour aider ? demanda-t-elle.

"Que peut-elle faire pour aider ? Réfléchis, mon gars, réfléchis."

— Le maître d'hôtel. Je le cherche.

— Il est probablement par là.

Elle indiqua des portes battantes. Beauvoir la remercia et sortit, l'air hébété.

À travers les portes-fenêtres, il vit le maître d'hôtel en train de parler à un des serveurs sur la terrasse déserte.

— Tu trouves ce métier trop difficile ? Tu devrais essayer de planter des arbres, de travailler dans une mine ou de tondre la pelouse d'un cimetière tout l'été.

— Écoutez, je me fiche de ce que vous faisiez à mon âge. Ça ne m'intéresse pas. Tout ce que je sais, c'est que Julia Martin est morte et que quelqu'un dans cette auberge l'a tuée.

— Sais-tu quelque chose au sujet de sa mort, Elliot ?

Il y eut un silence.

— Ne sois pas stupide, mon garçon. Si tu sais quelque chose…

— Vous croyez que je vous le dirais ? C'était une personne bien et quelqu'un l'a tuée. C'est tout ce que je sais.

— Tu mens. Tu as passé du temps avec elle, n'est-ce pas ?

— Du temps ? Pardon ? Tout le temps libre que vous nous

accordez ? Je travaille douze heures par jour. Quand pourrais-je passer du temps avec qui que ce soit ?

— Vas-tu passer ta vie à te plaindre ?

— Ça dépend. Allez-vous passer votre vie à courber l'échine ?

Elliot pivota sur les talons et s'en alla d'un pas lourd. Beauvoir attendit, curieux de voir la réaction du maître d'hôtel qui se croyait seul.

Pierre Patenaude regarda Elliot s'éloigner. Il était content que personne n'ait entendu leur conversation. Ç'avait été une erreur de mentionner ses emplois d'été au jeune homme. Il s'en rendait bien compte, mais il était trop tard. Puis il se souvint des paroles prononcées par son père dans la salle du conseil, entouré de vieux messieurs sérieux : "Tout le monde mérite une deuxième chance. Mais pas une troisième."

Il avait congédié un employé ce jour-là. Pierre avait été témoin de la scène. C'était terrible.

Elliot était rendu à sa troisième chance. Il allait devoir le renvoyer, quand l'enquête serait terminée et la police partie. Il était inutile de le faire avant, puisque de toute façon Elliot ne pouvait pas quitter la propriété. Le maître d'hôtel n'avait pas eu à congédier beaucoup d'employés, mais chaque fois qu'il l'avait fait il avait pensé à cette journée dans la salle du conseil, et à son père. Il avait aussi pensé à ce que son père avait fait plus tard.

Des années après le congédiement, son père avait discrètement investi des centaines de milliers de dollars pour aider l'homme qu'il avait renvoyé à créer sa propre entreprise.

Il lui avait donné une troisième chance après tout. Mais Pierre soupçonnait son père d'avoir été plus gentil que lui ne l'était.

En se retournant, le maître d'hôtel fut surpris de voir un homme qui le regardait à travers les portes-fenêtres. Puis il agita la main lorsque l'inspecteur sortit pour le rejoindre sur la terrasse dallée.

— Nous avons préparé des chambres pour vous et votre collègue. Vous serez dans le bâtiment principal, près de l'inspecteur-chef.

Beauvoir écrasa un moustique. D'autres bourdonnaient autour de lui.

— Merci, patron. Pas un cadeau, ce jeune, ajouta Beauvoir en indiquant d'un geste de la main le dos d'Elliot qui disparaissait au loin.

— Vous avez entendu notre échange ? Je suis désolé. Il est bouleversé, c'est tout.

Beauvoir avait trouvé le maître d'hôtel héroïque de s'être retenu de donner un coup de poing au garçon, mais, maintenant, il se demandait si Pierre Patenaude n'était pas simplement faible, laissant les autres, même des jeunes, le mener par le bout du nez. Beauvoir n'aimait pas la faiblesse. Les meurtriers étaient des êtres faibles.

Laissant le maître d'hôtel et les techniciens résoudre les problèmes d'électricité, Gamache, Reine-Marie et Beauvoir partirent en direction de Three Pines. Beauvoir était assis à l'arrière. Derrière papa et maman. Cette pensée lui plaisait bien. Depuis sa rencontre avec la chef cuisinière, il était étrangement détendu.

— Connaissez-vous la chef du Manoir Bellechasse ? demanda-t-il d'un ton désinvolte.

— *La* chef ? Je ne crois pas l'avoir rencontrée, répondit Reine-Marie.

— Oui, c'est une femme. Véronique Langlois.

Le simple fait de prononcer son nom le calmait. C'était une sensation très bizarre.

Reine-Marie secoua la tête.

— Et toi, Armand ?

— Je l'ai rencontrée pour la première fois ce matin.

— C'est étonnant qu'on ne l'ait pas vue, dit Reine-Marie. Je pensais que les chefs aimaient venir saluer les convives. Je l'ai peut-être rencontrée, mais ne m'en souviens pas.

— Crois-moi, on ne l'oublie pas facilement, dit Gamache en se rappelant la femme imposante, pleine d'assurance. Quand nous reviendrons, l'agente Lacoste aura interrogé les membres du personnel. Elle en saura plus au sujet de la chef. Curieusement, j'ai eu l'impression de la connaître.

— Moi aussi.

Beauvoir se pencha entre les deux sièges avant.

— Vous est-il déjà arrivé, en marchant dans une rue, de sentir quelque chose et de vous trouver soudainement à un autre endroit ? C'est comme si l'odeur vous transportait ailleurs.

Il se sentirait ridicule s'il prononçait de telles paroles devant n'importe qui d'autre que l'inspecteur-chef.

— Oui, ça m'est arrivé, répondit Gamache. Mais il y a autre chose. Un sentiment. Je me sens soudainement mélancolique, paisible ou calme. Sans raison, à part la senteur.

— Oui, c'est ça. Une émotion, surtout. C'est ce que j'ai ressenti en entrant dans la cuisine.

— Croyez-vous qu'il s'agissait simplement des odeurs de la cuisine ? demanda Reine-Marie.

Beauvoir réfléchit un moment.

— Non. Je n'ai rien senti de particulier avant de voir la chef. C'est elle qui a suscité un sentiment en moi. C'est frustrant. J'ai l'impression que je devrais savoir qui elle est. Je suis sûr de la connaître.

— Et comment vous sentiez-vous ? demanda Mme Gamache.

— En sécurité.

Il avait aussi éprouvé une envie de rire presque irrésistible. Une sorte de joie bouillonnante était montée en lui.

Il pensa à ça tandis que la Volvo filait sur les routes boueuses en direction de Three Pines.

15

La Volvo s'immobilisa au sommet de la côte. Tous les trois en descendirent et marchèrent jusqu'au bord pour regarder le petit village en contrebas, blotti au creux d'une douce vallée entourée de collines boisées et de montagnes.

Gamache n'avait jamais vu Three Pines en été. Les feuilles des érables, des pommiers et des chênes cachaient partiellement les vieilles maisons autour du parc du village, ce qui rendait celles-ci encore plus féeriques, comme si le fait de dissimuler en partie leur beauté contribuait à la rehausser. Three Pines se révélait graduellement et seulement aux personnes qui avaient suffisamment de patience pour attendre, pour s'asseoir dans l'un des fauteuils défraîchis du bistro, en sirotant un Cinzano ou un café au lait, et observer la face changeante du vénérable village.

Sur la droite, le clocher blanc de la chapelle pointait vers le ciel et la rivière Bella Bella dévalait la colline à partir du moulin, puis serpentait derrière les maisons et les boutiques.

À l'extrémité du parc, les commerces formaient un fer à cheval en brique. Il y avait la librairie de livres neufs et usagés de Myrna et le Bistro d'Olivier avec ses parasols bleu et blanc qui protégeaient des chaises et des tables dépareillées installées sur le trottoir. À côté se trouvait la boulangerie de Sarah, d'où sortait, en boitillant, une femme âgée bien droite, avec un sac en filet pendu à son bras. Un canard la suivait.

— Ruth.

Gamache hocha la tête. Il était impossible de se tromper, à cause de Rose, le canard. Les Gamache et Beauvoir regardèrent la vieille poète aigrie entrer dans le magasin général. Rose attendit à l'extérieur.

— Si nous nous dépêchons, nous pouvons l'éviter, dit Beauvoir en se tournant vers la voiture.

— Mais je ne veux pas l'éviter, répondit Reine-Marie. Je lui ai téléphoné de l'auberge. Nous prenons le thé ensemble cet après-midi.

Beauvoir dévisagea Mme Gamache comme s'il pensait ne plus la revoir. Elle était sur le point d'être dévorée par Ruth Zardo, qui passait les gens à la moulinette et les transformait en poèmes.

Des villageois promenaient leur chien et faisaient des courses. D'autres, coiffés de chapeaux mous et portant gants et bottes en caoutchouc, étaient agenouillés dans des jardins humides et coupaient des roses pour des bouquets. Chaque maison avait une platebande débordante de vivaces. On n'y voyait aucune plante hybride, pas de nouvelles espèces, aucune des dernières nouveautés horticoles. Rien que les soldats revenant de la Grande Guerre n'auraient pas trouvé dans les jardins. Three Pines changeait, mais lentement.

De retour dans la voiture, les Gamache et Beauvoir descendirent la rue du Moulin et s'arrêtèrent devant le gîte de Gabri. L'homme imposant, dans la trentaine et aux vêtements chiffonnés, se tenait sur la vaste galerie comme s'il les attendait.

— Salut, mes amis. Soyez les bienvenus.

Il descendit les marches en bois et saisit la valise de Reine-Marie des mains de Gamache après les avoir tous étreints, même Beauvoir, et embrassé sur les deux joues.

— Merci, patron, répondit Gamache en souriant, heureux d'être de retour dans le petit village.

— Olivier et moi avons été désolés d'apprendre ce qui est arrivé à la sœur de Peter, dit Gabri en accompagnant Reine-Marie à sa chambre.

La pièce était charmante et accueillante, avec son lit en bois foncé et la literie d'un blanc éclatant.

— Comment vont-ils ?

— Ils sont sous le choc, mais ils tiennent le coup, répondit Gamache.

Que pouvait-il dire d'autre ?

— C'est affreux.

L'homme à la forte carrure secoua la tête.

— Clara a appelé et m'a demandé de préparer une valise pour elle et Peter. J'ai trouvé sa voix légèrement tendue. Savez-vous danser le *clogging*? demanda-t-il à Reine-Marie en esquissant quelques pas de cette danse ancienne, croisement rustique entre les claquettes et la gigue celtique.

Ce n'était pas la prochaine question à laquelle elle s'attendait, et elle le fixa.

— Je n'ai jamais essayé.

— Eh bien, Marie, Reine du monde, nous avons une belle surprise pour vous. Dans deux jours, nous célébrons la fête du Canada dans le parc du village et nous présentons un numéro de *clogging*. Je vous ai inscrite.

— Je t'en prie, ramène-moi là où se trouve le meurtrier, chuchota-t-elle à l'oreille de son mari quelques instants plus tard.

Ils se disaient au revoir à la voiture et, en l'embrassant, elle sentit son odeur, un léger parfum d'eau de rose et de bois de santal. Elle agita la main tandis que Gamache s'éloignait, encore plongée dans l'univers créé par son arôme, un univers de bien-être, de gentillesse et de calme, où le *clogging* n'existait pas.

L'inspecteur-chef Armand Gamache entra dans le poste de la Sûreté à Sherbrooke et se présenta.

— Pouvez-vous nous indiquer où vous gardez les pièces à conviction ?

Le policier derrière le bureau se leva d'un bond.

— Oui, monsieur. La statue est par ici.

Gamache et Beauvoir suivirent l'agent à l'arrière du bâtiment jusqu'à un grand garage. Charles Morrow était incliné contre un mur comme s'il commandait une autre gigantesque consommation. Assis sur une chaise devant la statue, un policier montait la garde.

— J'ai cru préférable de m'assurer que personne ne la toucherait. Je sais que vous avez pris des échantillons de sang et de terre. Nous les avons envoyés au labo par service de messagerie, mais j'en ai prélevé d'autres, par précaution.

— Vous êtes méticuleux, dit Gamache.

Leurs pas résonnaient sur le plancher en béton. Gamache avait l'impression que Charles Morrow les attendait.

Après avoir salué le policier de garde d'un mouvement de la tête, Armand Gamache le renvoya. Puis il tendit la main pour toucher le buste de pierre. Il ne la retira pas, bien qu'il ne sût pas exactement ce qu'il s'attendait à sentir. Un faible pouls, peut-être.

Or il sentit quelque chose auquel il ne s'attendait pas du tout. Il déplaça sa main et la fit glisser plusieurs fois sur le bras de Morrow.

— Jean-Guy, venez voir.

Beauvoir se pencha.

— Quoi ?

— Touchez.

Beauvoir posa la main à l'endroit où le chef avait mis la sienne. Il s'attendait à ressentir du froid, mais c'était chaud au toucher, comme si Charles Morrow, l'avare, avait réussi à aspirer la chaleur du chef.

Mais il sentit autre chose. Fronçant les sourcils, il frotta le buste de Morrow. Puis il se rapprocha encore davantage, le nez pratiquement collé sur la statue.

— Ce n'est pas de la pierre, finit-il par dire.

— C'est également mon avis.

Gamache se recula. Charles Morrow était dans les tons de gris : plus foncés à certains endroits, plus pâles à d'autres. Et la surface de la statue était légèrement ondulée. Gamache pensa d'abord qu'il s'agissait d'un effet voulu par l'artiste, mais, après avoir touché et examiné attentivement la sculpture, il se rendit compte que les ondulations, semblables à de la peau flasque, étaient naturelles. Elles faisaient partie de la matière dans laquelle Charles Morrow avait été sculpté. Comme s'il s'agissait d'un vrai homme, d'un géant. Un géant pétrifié.

— Qu'est-ce que c'est ? De quoi est faite la statue ?

— Je ne sais pas, répondit Gamache.

Il prononçait souvent cette phrase dans cette enquête. Il leva les yeux vers le visage de Charles Morrow et fit un autre pas en arrière.

Un peu de terre et de l'herbe étaient encore collées sur la figure. Morrow avait l'air d'un cadavre déterré. Sous la saleté cependant, le visage était celui d'un homme déterminé, résolu. En vie. Avec ses bras à la hauteur de la taille, paumes vers le haut, il donnait l'impression d'avoir perdu quelque chose. Du sang séché colorait sa tête et ses mains, et on aurait dit qu'il hésitait, comme le laissait suggérer le léger écartement de ses jambes.

Séparément, chaque partie renvoyait l'image d'un homme maussade, impatient, avide, insatiable.

En considérant l'ensemble, cependant, Gamache avait une tout autre impression. Dans la somme des parties, il percevait du désir, de la tristesse, de la résignation à laquelle se mêlait de la volonté. C'est ce qu'il avait vu lorsque la toile avait glissé de la statue au dévoilement. Et, maintenant, il avait l'impression d'être de retour dans un jardin familier à Paris.

Alors que la plupart des visiteurs allaient au Louvre, aux Tuileries, à la tour Eiffel, Armand Gamache se rendait dans un jardin paisible derrière un petit musée, pour rendre hommage à des hommes morts depuis longtemps.

Le musée était consacré à Auguste Rodin. Armand Gamache venait voir les *Bourgeois de Calais*.

— La statue vous rappelle-t-elle quelque chose ?

— Des films d'horreur. On dirait que Morrow est sur le point de ressusciter.

Gamache sourit. La statue semblait en effet évoquer l'au-delà. Et elle avait déjà tué, après tout.

— Avez-vous entendu parler des bourgeois de Calais ?

Beauvoir feignit de réfléchir.

— Non.

Mais il n'allait probablement pas tarder à en apprendre à leur sujet, se dit-il. Au moins, le chef ne récitait pas des vers. Pas encore.

— Il me fait penser à eux, dit Gamache en se reculant encore. Auguste Rodin a réalisé une sculpture qui les représente. Elle se trouve au Musée Rodin, à Paris, mais il existe une statue d'un de ces personnages à l'extérieur du Musée des beaux-arts de Montréal, si vous voulez la voir.

Beauvoir prit cette remarque pour une plaisanterie.

— Rodin a vécu il y a environ un siècle, mais les événements remontent à bien plus loin, à 1347.

Gamache avait obtenu l'attention de Beauvoir. La voix du chef était grave, posée, comme s'il racontait une histoire, et Beauvoir voyait la scène se dérouler.

Calais il y a sept cents ans : un port animé, prospère, stratégiquement situé. Au milieu de la guerre de Cent Ans entre les Français et les Anglais, mais, bien sûr, on ne l'appelait pas ainsi à cette époque. On disait seulement "guerre". Calais était une importante ville portuaire française qui se trouva assiégée par la puissante armée d'Édouard III d'Angleterre. S'attendant à être secourus par Philippe VI de France, les villageois vaquèrent à leurs affaires sans s'inquiéter. Des jours passèrent, puis des semaines, des mois, et l'espoir s'amenuisa. Bientôt, la famine fut aux portes de la ville, passa les grilles et entra dans les maisons. Mais les villageois tinrent bon, persuadés que les secours viendraient. On ne pouvait pas les avoir oubliés, abandonnés.

Édouard III finit par proposer un marché aux habitants de Calais. Il épargnerait la ville si six de ses plus éminents citoyens se rendaient. Pour être exécutés. Il ordonna que ces hommes se présentent aux grilles dépouillés de leurs riches parures, avec une corde au cou et les clés de la ville à la main.

Jean-Guy Beauvoir blêmit et se demanda ce qu'il aurait fait. Se serait-il sacrifié? Serait-il resté en arrière en détournant les yeux? Il imagina l'horreur vécue par les villageois devant ce choix. Il sentit son cœur battre la chamade pendant qu'il écoutait Gamache. C'était bien pire qu'un film d'horreur. Cette histoire était réelle.

— Que s'est-il passé? chuchota Beauvoir.

— Eustache de Saint-Pierre, un des hommes les plus riches de Calais, se livra comme otage. Cinq autres notables se joignirent à lui. Ils enlevèrent leurs vêtements et, en chemise, avec une corde au cou, passèrent les grilles de la ville.

— Mon Dieu, fit Beauvoir à voix basse.

"Mon Dieu en effet", se dit Gamache, en regardant de nouveau Charles Morrow.

— Rodin a réalisé une sculpture de ces hommes se présentant aux grilles et se constituant prisonniers.

Beauvoir se demanda à quoi elle ressemblait. Il avait vu de nombreuses œuvres d'art françaises sur la prise de la Bastille, les guerres, les victoires. Des anges aux ailes déployées, des femmes aux formes généreuses encourageant les combattants, des hommes solides, déterminés. Mais si la statue de Charles Morrow rappelait à Gamache ces bourgeois, la sculpture ne devait ressembler à rien de ce qu'il avait déjà vu.

— Il ne s'agit pas d'une statue ordinaire, n'est-ce pas ? dit Beauvoir, en se faisant la réflexion qu'il essaierait de trouver le Musée des beaux-arts, à Montréal.

— Non, elle ne ressemble à aucune statue de guerre que vous pourriez voir. Les hommes n'ont pas une attitude héroïque. Ils sont résignés, apeurés même.

Beauvoir n'avait aucun mal à se les représenter.

— Mais est-ce que cela ne les rendait pas plus héroïques ?

— Je le crois, oui.

Gamache se tourna vers Charles Morrow qui, lui, portait des vêtements et n'avait ni chaînes ni corde au cou. Visibles, du moins. Mais Armand Gamache savait que Charles Morrow, comme ces notables de Calais, n'était pas libre. Lui aussi avait un nœud coulant autour du cou, était enchaîné et attaché à quelque chose.

Que voyait Charles Morrow avec ces yeux tristes ?

*

Le propriétaire de l'entreprise qui avait installé la statue les attendait à la réception. Sa petite taille et sa stature carrée lui donnaient l'air d'un piédestal. Ses cheveux gris acier étaient courts et hérissés. Une ligne rouge sur son front indiquait l'endroit où avait reposé son casque, ce jour-là et chaque journée de travail des trente dernières années.

— Ce n'était pas ma faute, vous savez, dit-il en tendant une main carrée à Armand Gamache.

— Je sais, répondit Gamache, en lui serrant la main, puis il se présenta, de même que Beauvoir. Nous croyons qu'il s'agit d'un meurtre.

— Tabarnac ! fit l'homme dans un souffle.

Il essuya la sueur perlant sur son front.

— Pour de vrai ? ajouta-t-il. Attendez que je raconte ça aux gars.

— Votre employé vous a-t-il informé de ce qui s'est passé ? demanda Beauvoir, tandis que Gamache et lui emmenaient l'homme jusqu'au garage.

— C'est un imbécile. Il a dit que le bloc avait bougé et que la statue était tombée. Je lui ai dit que c'étaient des conneries. La base était solide. Les fondations étaient en béton et, pour qu'elles ne bougent pas, mes gars avaient inséré des tubes Sonoco à deux mètres de profondeur, sous le niveau du gel. Vous me comprenez ?

— Expliquez-nous, dit Gamache.

— Dans cette région, il faut creuser au moins jusqu'à deux mètres quand vous bâtissez quelque chose. Sous la ligne de gel. Sinon, tout ce que vous aurez construit se soulèvera au moment du dégel au printemps. C'est clair ?

Gamache comprit le commentaire de l'ouvrier au sujet de son patron. L'homme était un orateur-né, mais pas un professeur-né.

— Mme Dubois, du Manoir Bellechasse, n'entreprendra jamais de travaux s'ils ne sont pas exécutés correctement. J'aime ça. Je suis pareil. Et elle en connaît un brin sur la construction.

C'était son plus beau compliment.

— Alors, qu'avez-vous fait ? demanda Beauvoir.

— Un instant, pas si vite. J'y arrive. Mme Dubois nous a demandé d'insérer des tubes Sonoco pour empêcher la statue de basculer. C'est ce qu'on a fait. C'était il y a environ un mois. Il n'y a pas encore eu d'hiver. Le piédestal n'a pas pu bouger.

— Vous avez enfoncé les piliers, dit Beauvoir, et après ?

Enquêter sur un meurtre consistait principalement à poser, encore et encore, la question : “Et après ?” Et à écouter les réponses, bien sûr.

— On a coulé le béton, puis on a attendu une semaine pour qu'il durcisse. Ensuite on a posé cette foutue base et, hier, j'ai posé la statue dessus. Une énorme chose. Fallait la soulever avec précaution.

L'homme leur servit un discours de quinze minutes sur la difficulté que représentait cette manœuvre. Pendant ce temps, Beauvoir se repassa dans la tête la partie de baseball de la veille, se demanda si sa femme lui en voulait d'être absent encore une fois et eut une petite discussion avec le concierge de son immeuble.

Gamache écouta.

— Qui était présent lorsque vous avez installé la statue ?

— Mme Dubois et un type.

— Pierre Patenaude ? Le maître d'hôtel ?

— Je ne sais pas qui il était. Dans la quarantaine, cheveux foncés, trop habillé. Il devait mourir dans cette chaleur.

— Quelqu'un d'autre ?

— Beaucoup de gens sont venus voir. Quelques jeunes travaillaient dans les jardins et regardaient. Le plus difficile est de bien placer la statue. Il ne faut pas l'orienter dans le mauvais sens.

Le conducteur de grue éclata de rire et se lança dans un monologue de cinq minutes sur le positionnement d'une statue. Beauvoir s'évada dans un rêve où il était question de Pierre Cardin et d'une escapade de shopping à Paris. Mais cela lui rappela les bourgeois de Calais, qui lui firent penser à Charles Morrow qui, à son tour, le ramena à cet homme ennuyeux, intarissable.

— … mis sur lui la toile que Mme Dubois m'avait donnée, et je suis parti.

— Comment la statue aurait-elle pu tomber ? demanda Gamache.

Il posa la question comme n'importe quelle autre, mais tout le monde dans la pièce savait que c'était la question clé. Le grutier regarda la statue, puis ramena ses yeux sur Gamache.

— Selon moi, la seule façon possible, c'est avec une machine.

Il regretta sa réponse et afficha un air coupable.

— Ce n'est pas moi.

— Nous savons que ce n'est pas vous. Qui, alors ? Et si on n'a pas utilisé une machine, comment l'a-t-on fait basculer ?

— On a peut-être utilisé une machine, répondit l'homme. Il aurait pu y avoir une grue sur les lieux. Pas la mienne, mais une autre. Peut-être.

— C'est une possibilité, reconnut Gamache, mais j'imagine que Julia Martin l'aurait remarquée.

Tous hochèrent la tête.

— Qu'avez-vous pensé de la statue ? demanda Gamache.

Beauvoir le regarda, stupéfait. Qu'est-ce qu'on en avait à foutre de l'opinion du grutier ? Tant qu'à faire, autant demander à ce maudit socle.

Le conducteur de grue sembla surpris, lui aussi, mais prit quelques instants pour réfléchir.

— Je ne la voudrais pas dans mon jardin. L'homme paraît triste. Je préfère ce qui est joyeux.

— Comme des lutins ? demanda Beauvoir.

— Oui, des lutins ou des fées, répondit le grutier. Les gens croient que c'est la même chose, mais ils se trompent.

“Mon Dieu, s'il vous plaît, pas un cours sur les lutins et les fées !”

Du regard, Gamache lança une mise en garde à Beauvoir.

— Bien sûr, c'est mieux avec l'oiseau.

L'oiseau ?

Gamache et Beauvoir se dévisagèrent.

— Quel oiseau, monsieur ? demanda Gamache.

— Celui sur son épaule.

Son épaule ?

L'homme se rendit compte qu'ils ne comprenaient pas.

— Ouais, là-haut.

Ses bottes boueuses martelèrent le plancher en béton. S'arrêtant devant la statue, il indiqua du doigt une des épaules.

— Je ne vois rien, dit Beauvoir à Gamache, qui lui aussi secoua la tête.

— Il faut être proche pour le voir, précisa le grutier.

Il balaya la pièce du regard et trouva une échelle. Beauvoir grimpa.

— Il a raison. Un oiseau a été dessiné, ici.

Gamache soupira silencieusement. Ce n'était pas une hallucination de la part du conducteur de grue, comme il avait espéré. Malheureusement. Il y avait bel et bien un oiseau et, bien sûr, il ne pouvait pas se trouver sur un des pieds de Morrow. Beauvoir descendit et Gamache fixa l'échelle des yeux, sachant qu'il devait aller constater par lui-même.

— Vous voulez de l'aide? lança Beauvoir d'un ton moqueur, comme une personne qui ne s'est pas encore découvert de phobies.

— Non, merci.

Gamache essaya de sourire, mais savait que cela lui donnait probablement un air dément. Les yeux brillants, les mains qui tremblaient légèrement, les lèvres entrouvertes en un sourire feint, il commença à monter l'échelle. Deuxième barreau, troisième barreau, quatrième barreau. Ce n'était pas très haut, mais cela n'avait pas beaucoup d'importance. "Comme Bean, j'ai peut-être peur de quitter le sol", se dit-il, étonné.

Il se trouva face à face avec Charles Morrow et fixa son visage sombre. Puis il baissa les yeux et vit, gravé sur l'épaule gauche, un oiseau minuscule, mais qui avait quelque chose d'étrange. Gamache avait conscience que chaque fibre de son corps le suppliait de redescendre. Il sentait l'anxiété l'envahir par vagues. Il pensa à lâcher prise et à se laisser tomber. Sur Beauvoir. En l'écrasant, comme Morrow avait écrasé Julia.

— Ça va là-haut, chef? demanda Beauvoir, légèrement inquiet maintenant.

Gamache se força à se concentrer, à regarder l'oiseau. Puis il comprit.

Ne cherchant plus à se donner une contenance, Gamache descendit rapidement de l'échelle et, sautant les deux derniers barreaux, atterrit inélégamment aux pieds du grutier.

— Quel genre d'oiseau est-ce, le savez-vous? demanda-t-il.

— Bien sûr que non. C'est seulement un maudit oiseau. Ce n'est pas un geai, c'est tout ce que je sais.

— Est-ce important? demanda Beauvoir, qui savait que le chef ne posait pas de question inutile.

— Il n'a pas de pattes.

— Le sculpteur les a peut-être oubliées, suggéra le conducteur de grue.

— Ou c'est peut-être sa marque distinctive, dit Beauvoir. Comme ces artistes qui ne dessinent jamais d'yeux.

— Ah oui, comme dans la BD *Little Orphan Annie*, ajouta le grutier. Ce gars-là ne reproduit peut-être jamais les pieds.

Les trois hommes baissèrent les yeux. Charles Morrow avait des pieds.

Ils rangèrent l'échelle et se dirigèrent vers la porte.

— Pourquoi est-ce que l'oiseau est là, selon vous ? demanda le grutier.

— Je ne sais pas, répondit Gamache. Il faudra demander à l'artiste.

— Bonne chance, lança le conducteur de grue, en faisant la grimace.

— Que voulez-vous dire ? demanda Beauvoir.

L'homme semblait mal à l'aise. Beauvoir était intrigué. Qu'est-ce qui pouvait bien rendre mal à l'aise un homme qui n'hésitait pas à admettre avoir un faible pour les lutins et les fées ?

Le grutier s'immobilisa et regarda les deux enquêteurs. Le plus jeune le fixait, tel un furet. Aux aguets, prêt à bondir. Mais le plus âgé, celui à la moustache grise, au crâne qui se dégarnissait et au regard doux et intelligent, était calme. Et écoutait. Le grutier redressa les épaules et s'adressa directement à Gamache.

— Hier matin, Mme Dubois m'a donné l'adresse où aller chercher la statue. C'était du côté de Saint-Félicien-du-Lac. Je suis arrivé en avance. Je suis comme ça. J'ai été au café…

"Et c'est reparti", se dit Beauvoir, en transférant son poids d'une jambe sur l'autre.

L'homme fit une pause, puis se lança.

— Je me suis ensuite rendu à l'atelier pour aller le chercher. Chercher la statue, je veux dire. Mme Dubois a dit que c'était l'atelier d'un artiste, mais ce n'était pas le cas.

Il cessa de nouveau de parler.

— Continuez, dit Gamache, doucement.

— C'était un cimetière.

16

Véronique Langlois faisait réduire une des sauces pour le repas du soir. Il était presque dix-sept heures et il y avait du retard dans les préparatifs, retard qui risquait de s'accentuer si la jeune agente de la Sûreté continuait de poser des questions.

Isabelle Lacoste était assise à la table en pin bien astiquée ; elle ne voulait pas quitter la cuisine accueillante. Celle-ci exhalait de délicieux arômes, mais, surtout, dégageait une impression de calme. Plutôt étrange, se disait-elle, pour une pièce grouillante d'activité. Des assistants revêtus de tabliers blancs impeccables hachaient des fines herbes et nettoyaient des légumes provenant du potager de l'auberge ou de la ferme biologique de M. Pagé, un agriculteur de la région. Ils cuisinaient et pétrissaient, farcissaient et mélangeaient. On se serait cru dans un livre du Dr Seuss.

Et l'agente Lacoste accomplissait son travail. Elle enquêtait.

Jusqu'à maintenant, elle avait interrogé tous les membres du personnel travaillant à l'extérieur, qui s'étaient remis à tondre les vastes étendues de gazon et à désherber les innombrables platebandes. Ils se trouvaient un peu partout sur la propriété. Tous jeunes et désireux d'aider.

Pierre Patenaude, qu'elle interrogeait présentement, venait d'expliquer que le personnel changeait presque tous les ans et qu'il était donc nécessaire de former la plupart des employés.

— Vous avez de la difficulté à retenir le personnel ? demanda-t-elle.

— Mais non, répondit Mme Dubois.

L'agente Lacoste l'avait déjà questionnée et lui avait dit qu'elle pouvait partir, mais la dame âgée était restée assise, comme une pomme laissée sur la chaise.

— La plupart des jeunes retournent aux études. De toute façon, nous voulons de nouveaux employés.

— Pourquoi ? Ça ne représente pas beaucoup de travail supplémentaire pour vous ?

— Oui, en effet, reconnut le maître d'hôtel.

— Tiens, goûte ça.

La chef Véronique approcha une cuiller de son nez et il pinça les lèvres comme s'il embrassait l'ustensile – un très léger contact. Il le fit machinalement. C'était un geste qu'il avait sûrement répété de nombreuses fois, se dit l'agente Lacoste.

— Parfait.

— Voyons, Pierre, tu dis toujours ça, répondit la chef en riant.

— Parce que c'est toujours parfait. Tu atteins chaque fois la perfection.

— Ce n'est pas vrai.

L'agente Lacoste voyait bien qu'elle était contente. Y avait-il autre chose ? Qu'avait-elle perçu en cet instant où la cuiller avait touché les lèvres du maître d'hôtel ? Un lien d'intimité.

Mais, évidemment, cuisiner était un acte intime. Une activité d'inspiration et de créativité. Elle n'aimait pas particulièrement s'y adonner, mais savait que cela pouvait être très sensuel. Elle eut l'impression d'avoir été témoin d'un moment d'étroite intimité.

Elle observa la chef avec des yeux neufs.

À côté d'elle, ses jeunes assistants paraissaient petits. Elle avait une carrure imposante et ses mouvements semblaient presque maladroits, comme si elle avait seulement emprunté son corps. Elle portait des chaussures confortables à semelles de caoutchouc, une jupe simple et un chemisier d'un style presque sévère. Ses cheveux gris fer avaient été coupés avec moins de soin que les carottes. Elle n'était pas maquillée et paraissait âgée d'au moins soixante ans, sinon plus. Et elle avait une voix de stentor.

Pourtant, il y avait quelque chose d'indéniablement séduisant chez elle. Isabelle Lacoste s'en rendait compte. Bien sûr, elle n'avait pas envie de coucher avec la chef, ni même de lécher sa cuiller. Mais elle ne voulait pas non plus quitter cette cuisine, ce petit univers qu'avait créé la chef. Cette femme était d'une simplicité rafraîchissante, peut-être parce qu'elle ne semblait aucunement consciente de son corps, de son visage, de ses manières brusques.

Mme Dubois était tout le contraire. Grassouillette, posée, raffinée et élégante, même au milieu de la nature sauvage du Québec.

Cependant, toutes deux étaient des femmes authentiques.

La chef Véronique Langlois dégageait autre chose, pensa Isabelle Lacoste en la regardant corriger gentiment mais clairement la technique d'une assistante : une impression de calme et de discipline. Elle paraissait sereine.

Les jeunes gravitaient autour d'elle, comme Pierre Patenaude et même la propriétaire, Mme Dubois.

— C'est pour respecter un engagement de mon mari, expliqua Mme Dubois. Quand il était jeune, il a voyagé à travers le Canada, en travaillant dans des hôtels pour gagner un peu d'argent. C'est le seul job à la portée de jeunes sans expérience. Il ne parlait pas anglais, mais, lorsqu'il est revenu au Québec, il le parlait très bien. Il a conservé un fort accent, mais il n'a jamais oublié ce qu'il avait appris. Il a toujours éprouvé de la gratitude envers les propriétaires d'hôtel qui lui avaient enseigné son métier, et leur langue. À partir de ce moment, son rêve a été d'ouvrir sa propre auberge et d'offrir à de jeunes adultes les mêmes possibilités dont lui-même avait pu profiter.

"Voilà l'autre ingrédient du manoir", se dit Isabelle Lacoste.

Il était plein de suspects, plein de Morrow qui râlaient en silence. Mais, plus que ça, il était plein de soulagement. C'était comme un soupir, doté d'une structure. Les clients se relaxaient, les jeunes trouvaient un foyer inattendu dans un emploi qui aurait pu être un enfer. Le Manoir Bellechasse avait peut-être été construit en bois et en clayonnage, mais c'est la gratitude qui servait de mortier. Il agissait comme un puissant isolant qui offrait une protection contre un environnement hostile. Des jeunes gens venaient y passer quelque temps et apprenaient à parler français, à faire un lit selon les règles de l'art, à préparer des sauces et à réparer des canots. Ils acquéraient de la maturité, puis rentraient chez eux, à l'Île-du-Prince-Édouard, en Alberta ou ailleurs au Canada, avec un amour pour le Québec – même s'ils n'en éprouvaient pas pour le subjonctif.

— Alors, tous vos employés sont anglophones ? demanda l'agente Lacoste.

Ceux qu'elle avait interrogés l'étaient ; cependant, certains d'entre eux s'étaient sentis suffisamment à l'aise pour répondre à ses questions en français.

— Presque tous, répondit Pierre. Diane, là-bas près de l'évier, vient de Terre-Neuve et Elliot, un de nos serveurs, de la Colombie-Britannique. La plupart viennent de l'Ontario, évidemment. C'est plus près. Nous accueillons aussi quelques Britanniques et des Américains. Bon nombre d'entre eux sont les frères et les sœurs de jeunes qui ont déjà travaillé ici.

La chef Véronique versa du thé glacé dans de grands verres et donna le premier à Pierre Patenaude. Sa main effleura celle du maître d'hôtel, sans raison et apparemment sans qu'il s'en rende compte. Mais l'agente Lacoste le remarqua.

— Maintenant, nous recevons des fils et des filles, intervint Mme Dubois, tout en coupant d'une main experte une gueule-de-loup flétrie dans un bouquet sur la table.

— Les parents ont confiance en nous, ils savent que nous prendrons soin de leurs enfants, dit le maître d'hôtel.

Puis il s'interrompit en se rappelant le drame survenu ce jour-là. Il pensa à Colleen, qui venait du Nouveau-Brunswick, debout sous la pluie, ses grandes mains mouillées couvrant son visage sans grâce. Jamais il n'oublierait son cri perçant. Une de ses employées, une de ses jeunes, avait été terrifiée. Il se sentait responsable, même s'il n'aurait pas pu savoir ce qui allait se produire.

Colleen semblait calme maintenant, au milieu d'un groupe de filles qui la réconfortaient, la dorlotaient. Ce moment de terreur avait finalement apporté à la jeune jardinière ce qu'elle désirait tant. De la compagnie. Un sentiment d'appartenance. Il était dommage que le prix à payer pour atteindre ce résultat ait été si élevé, mais, pour trouver la sérénité, c'était souvent ainsi.

— Depuis quand êtes-vous ici ? demanda l'agente Lacoste à Pierre.

— Vingt ans.

— Ça, c'est un chiffre rond, fit remarquer Lacoste. Il me faut une réponse précise.

Le maître d'hôtel réfléchit.

— Je suis venu ici dès la fin de mes études. Ce devait être un emploi d'été, mais je ne suis jamais reparti.

Il sourit. Lacoste se rendit compte que c'était la première fois qu'elle le voyait sourire. Il paraissait toujours si sérieux. Évidemment, elle ne le connaissait que depuis quelques heures, et une cliente venait d'être assassinée dans son hôtel. Il n'y avait pas de quoi se réjouir. Mais il souriait maintenant.

Son sourire était charmant et franc. Pierre Patenaude n'était pas ce qu'elle appellerait un homme séduisant, pas quelqu'un qui attirerait votre attention dans une foule. Il était mince, de taille moyenne, aimable, raffiné même. Il se tenait bien droit, comme s'il était né pour devenir un maître d'hôtel, ou un multimillionnaire.

Il y avait chez lui une aisance naturelle. C'était un adulte, pas un enfant dans des vêtements d'adulte, comme tant de gens qu'elle connaissait. Il démontrait de la maturité. C'était relaxant de le côtoyer.

Il dirigeait son auberge de la même manière que l'inspecteur-chef Gamache dirigeait l'escouade des homicides. Le Manoir Bellechasse dégageait une impression de calme, d'ordre et d'affabilité, qui émanait des trois adultes à sa direction et marquait les jeunes adultes qui y travaillaient. Ceux-ci apprenaient bien plus qu'une autre langue, Lacoste le savait. Tout comme elle-même avait appris bien plus que des techniques d'enquête avec l'inspecteur-chef Gamache.

— Depuis quand êtes-vous ici ? demanda-t-elle de nouveau.

— Vingt-quatre ans, répondit-il, surpris par ce nombre.

— Vous êtes arrivé à peu près à la même époque que la chef.

— Vraiment ?

— Vous connaissiez-vous avant de venir ici ?

— Qui ? Mme Dubois ?

— Non, la chef Véronique.

— La chef Véronique ?

Il paraissait perplexe, et soudain l'agente Lacoste comprit. Elle jeta un coup d'œil à la chef cuisinière, massive, imposante, qui coupait de la viande en cubes de ses mains expertes, rapides.

Son cœur se serra ; elle avait de la compassion pour cette femme. Depuis quand celle-ci éprouvait-elle de tels sentiments ? Avait-elle vécu près d'un quart de siècle dans ce pavillon en rondins sur le bord du lac Massawippi avec un homme qui ne partageait pas ses sentiments ? Quel effet cela pouvait-il avoir sur une personne ? Et qu'advenait-il d'un amour qui avait perduré si longtemps et dans un endroit si isolé ? Se transformait-il en autre chose ?

Quelque chose capable de meurtre ?

— Comment vas-tu ?

Clara enlaça son mari. Il se pencha et l'embrassa. Ils s'habillaient pour le souper et c'était la première occasion qu'ils avaient de se parler.

— Ça me paraît incroyable, dit Peter en s'affalant dans un fauteuil, épuisé.

Beauvoir avait apporté la valise préparée par Gabri, mais elle ne contenait que des sous-vêtements, des chaussettes, du scotch et des croustilles. Pas de vrais vêtements.

— On aurait aussi bien pu demander à W. C. Fields de faire notre valise, commenta Peter.

Après avoir enfilé des sous-vêtements propres, ils mangèrent des croustilles et burent du scotch. Ça faisait du bien, en fait.

Ayant trouvé une tablette de Caramilk que Gabri avait aussi jetée dans la valise, Clara commença à la manger et constata que le chocolat allait très bien avec le scotch.

— À ton avis, Peter, à quoi Julia voulait-elle en venir, hier soir, quand elle a dit avoir découvert le secret de ton père ?

— Elle divaguait, essayait de provoquer une dispute. Ça ne voulait rien dire.

— Je me le demande.

— Honnêtement, Clara, laisse tomber.

Peter se leva, fouilla dans leur propre sac de voyage et en sortit la chemise et le pantalon qu'il portait la veille. Malheureusement, ils avaient fourré leurs vêtements n'importe comment dans le sac, ne pensant plus en avoir besoin.

— Heureusement qu'Armand Gamache est ici, dit Clara, en regardant sa robe en lin bleu pastel, sa belle robe maintenant toute froissée comme si elle était en seersucker.

— Ouais, on en a de la chance…

— Qu'est-ce qui ne va pas ?

Peter se tourna vers elle. Ses cheveux étaient ébouriffés et ses vêtements chiffonnés.

— Quelqu'un a tué Julia. Et Gamache va découvrir qui.

— Espérons.

Ils se regardèrent fixement, sans tension ni animosité, mais chacun attendait que l'autre s'explique.

— Oh, je comprends, dit Clara.

Et c'était vrai. Armand Gamache découvrirait le meurtrier, saurait qui avait tué la sœur de Peter. Comment n'y avait-elle pas pensé avant ? Elle était restée accrochée au drame du meurtre de Julia, obnubilée par l'événement tragique. Elle n'était pas allée au-delà du *pourquoi*. N'avait pas pensé au *qui*.

— Je suis vraiment désolée.

Son mari habituellement si posé, à la tenue si impeccable, était en train de craquer. Il semblait commencer à perdre sa bourre. Elle regarda Peter, qui essayait de trouver sa cravate dans le fond de leur sac.

— La voilà, dit-il en la levant dans les airs.

On aurait dit un nœud coulant.

Dans une autre chambre non loin, Marianna Morrow contemplait son reflet dans le miroir. La veille, elle avait vu un esprit libre, une femme créative, fringante, qui défiait le passage du temps. Amelia Earhart et Isadora Duncan réunies, avant leur fin tragique, bien sûr. Marianna passa de nouveau son écharpe autour du cou et tira dessus en donnant un petit coup. Seulement pour voir comment on se sentait lorsqu'on se faisait étrangler.

Maintenant elle voyait une autre personne enveloppée dans l'écharpe, prise au piège. Une femme fatiguée. Lasse. Vieille. Pas aussi âgée que Julia, mais Julia avait cessé de vieillir. Putain de Julia ! Toujours en avance sur son temps. Celle qui avait fait un bon mariage, celle qui était riche et mince. Celle qui s'était échappée. Et maintenant, celle qui ne serait jamais vieille.

Putain de Julia !

Une autre personne était effectivement emprisonnée là-dedans, avec Amelia et Isadora. Une personne qu'on apercevait à peine sous les épaisseurs du tissu trop léger.

Marianna noua un foulard sur sa tête et imagina l'énorme lustre en fer de la salle à manger s'écrasant sur eux tous. Sauf Bean, évidemment.

— Tu vas vraiment porter ça ? demanda Thomas à sa femme.

Sa tenue était parfaitement convenable, mais il ne s'agissait pas de ça. Il ne s'agissait jamais de ça.

— Pourquoi pas ? demanda Sandra en se regardant dans le miroir. C'est une robe sombre mais de bon goût.

— Il y a quelque chose qui ne va pas.

Il réussit à exprimer l'idée que ce n'était pas la robe, le problème. Et pas forcément Sandra non plus. Mais son éducation. Ce n'était pas sa faute. Vraiment. Chérie.

Le véritable sens se trouvait dans les pauses. Jamais dans les mots, mais dans les hésitations. Au cours des premières années de leur mariage, Sandra n'avait pas tenu compte du message ainsi transmis, reconnaissant que Thomas avait raison : elle était trop sensible. Puis elle avait passé quelques années à essayer de changer, d'être suffisamment mince, suffisamment raffinée, suffisamment élégante.

Ensuite elle avait suivi une thérapie et passé quelques années à se rebeller.

Puis elle avait capitulé. Et avait commencé à se défouler sur les autres.

Thomas reprit sa lutte avec son bouton de manchette. Ses gros doigts avaient de la difficulté à saisir le minuscule fermoir en argent qui semblait avoir rapetissé. Il sentait sa tension augmenter. Le stress commençait dans ses orteils, montait le long de ses jambes, lui traversait les reins, puis explosait dans sa poitrine.

Pourquoi ce bouton de manchette ne voulait-il pas entrer dans la boutonnière ? Quel était le problème ?

Il avait besoin de ses boutons de manchette, ce soir. Ils étaient son crucifix, son talisman, sa patte de lapin, son pieu et son marteau, son ail.

Ils le protégeaient, et rappelaient aux autres qui il était.

Le fils aîné, le fils préféré.

Il réussit enfin à faire passer la tige et à fermer le bouton de manchette, qui brillait contre le poignet de chemise élimé. Mari et femme quittèrent ensuite leur chambre et s'avancèrent dans le couloir. Thomas avait l'air contrarié alors que Sandra commençait à s'égayer en pensant au plafond de la salle à manger tapissé de biscuits, telles des étoiles.

— Je ne crois pas que tu as besoin de faire ça, ma chère, dit Bert Finney, debout derrière sa femme. Pas ce soir. Tout le monde comprendra.

Elle avait revêtu une robe ample, mis ses boucles d'oreilles et passé son collier de perles autour du cou. Il ne manquait qu'une chose.

Son maquillage.

— Vraiment.

Il avança la main et faillit toucher le poignet de sa femme, mais s'arrêta juste à temps. Leurs regards se croisèrent dans le miroir impitoyable de la salle de bains. Le nez bulbeux de Bert était grêlé et veiné, ses cheveux clairsemés étaient mal peignés et sa bouche pleine de dents donnait l'impression qu'il les avait mâchées mais pas encore avalées. Mais pour une fois, ses yeux, presque liquides, étaient immobiles. Braqués sur elle.

— Il le faut, dit Irene. Pour Julia.

Elle plongea le tampon rond dans le fond de teint. Levant ensuite la main près de son visage, elle hésita un moment en regardant son reflet dans la glace, puis commença à appliquer son masque.

Irene Finney savait enfin ce qu'elle croyait. Elle croyait que, de ses quatre enfants, Julia était la plus gentille, la plus affectueuse, la plus généreuse. Elle croyait que Julia l'aimait aussi et qu'elle était revenue pour être avec elle. Si Julia n'était pas morte, elle croyait qu'elles auraient partagé leurs vies. Mère aimante et fille aimante.

Enfin un enfant qui ne décevrait pas, ne disparaîtrait pas.

En se maquillant, avec chacun de ses gestes brusques, Irene Finney remplissait le vide avec un enfant qui avait non pas été aimé puis perdu, mais qui avait d'abord été perdu, puis aimé.

Bean Morrow avait déjà pris place à la table et attendait les autres. Mais l'enfant ne s'ennuyait pas. Bean avait emmené des compagnons : Hercule, Ulysse, Zeus et Héra. Pégase aussi.

Dans la salle à manger vide du Manoir Bellechasse, les pieds fermement plantés sur le sol, Bean enfourcha le puissant étalon cabré. Ensemble, ils galopèrent sur le gazon de l'auberge et, juste avant d'atteindre le lac, Pégase prit son envol. Ensemble, ils tournèrent autour du pavillon, puis foncèrent au-dessus du lac et par-dessus les montagnes. Bean virevoltait, grimpait, tournoyait, haut dans le silence baigné de soleil.

17

Les trois enquêteurs mangeaient à une table installée dans un coin de la bibliothèque, près des fenêtres. Ils n'étaient pas en tenue de soirée, même si l'inspecteur-chef Gamache portait toujours un complet et une cravate pendant les enquêtes. C'était le cas ce soir.

Ils passaient en revue leurs notes tandis qu'on leur apportait les plats.

— Nous croyons maintenant que Julia Martin a été assassinée un peu avant la tempête d'hier soir, c'est-à-dire entre minuit et une heure, c'est ça ? demanda Gamache.

Il avala une cuillerée de son potage froid au concombre et à la framboise, et décela un léger parfum d'aneth, un soupçon de citron et quelque chose de sucré.

Du miel.

— Oui. Pierre Patenaude m'a montré sa station météorologique. Entre ses lectures et un appel à Environnement Canada, nous pouvons établir que la pluie a commencé à peu près à cette heure-là, confirma l'agente Lacoste en mangeant sa vichyssoise.

— Bien. Alors, que faisaient les gens à ce moment-là ?

Les yeux brun foncé de Gamache passèrent de Lacoste à Beauvoir.

— Peter et Clara Morrow sont partis se coucher peu après votre départ, répondit Beauvoir en consultant son carnet de notes près de lui. M. et Mme Finney étaient déjà montés à leur chambre. La femme de ménage les a vus et leur a souhaité bonne nuit. En passant, j'aimerais préciser que personne n'a vu Peter et Clara. Thomas et Sandra Morrow sont demeurés dans la bibliothèque avec Marianna, la sœur de Thomas, et ils ont parlé du dévoilement durant une vingtaine de minutes, puis ils sont allés se coucher.

— Tous les trois ? demanda Gamache.

— Thomas et Sandra Morrow sont montés directement, mais Marianna est restée dans la pièce quelques minutes de plus. Elle a pris un autre verre, a écouté de la musique. Le maître d'hôtel l'a servie et a attendu qu'elle aille se coucher. Il était environ minuit dix.

— Bien, dit l'inspecteur-chef.

Ils dégageaient les grandes lignes de l'enquête et établissaient les faits : qui avait fait quoi, et quand. Ou, du moins, ce que les gens prétendaient avoir fait. Mais ils avaient besoin de plus, beaucoup plus. Ils avaient besoin d'éléments tangibles.

— Nous devons en apprendre davantage sur Julia Martin, poursuivit Gamache. Sur sa vie à Vancouver, comment elle a rencontré David Martin, quelles étaient ses activités. Tout, quoi.

— Martin était dans les assurances, dit Beauvoir. Je parie qu'elle était assurée jusqu'aux oreilles.

Gamache le regarda avec intérêt.

— Vous avez probablement raison. Ce sera assez facile à vérifier.

Beauvoir haussa les sourcils, puis regarda derrière lui. On avait changé la disposition des grands canapés confortables et des fauteuils en cuir, et regroupé quelques tables au centre de la bibliothèque, autour desquelles on avait mis trois chaises ordinaires. Devant chacune d'elles se trouvaient un bloc-notes et un stylo.

C'était la solution de l'agente Lacoste au problème des ordinateurs. Pas d'ordinateurs. Pas même un téléphone. Seulement un stylo et un bloc-notes pour chacun.

— Je vais commencer à entraîner des pigeons voyageurs, dit Beauvoir. Non, attendez, c'est idiot. Il doit y avoir un relais du Pony Express pas loin.

— Lorsque j'avais votre âge, jeune homme…, commença Gamache d'une voix chevrotante.

— Pas encore l'histoire des signaux de fumée, gémit Beauvoir.

— Vous finirez par comprendre, répondit Gamache en souriant. Je veux revenir à hier soir. La famille s'était réunie ici.

Il se leva de la table et se rendit près du foyer.

— Avant que Julia entre, je bavardais avec les Morrow.

Gamache se repassa la scène dans la tête et vit tous les membres de la famille. Thomas avait lancé à sa sœur des paroles en apparence anodines au sujet de leur conversation, puis Marianna avait posé une question, à laquelle Thomas avait répondu.

— Thomas a dit à Julia que nous parlions de toilettes pour hommes.

— C'était le cas ? demanda l'agente Lacoste.

— Est-ce important ? demanda Beauvoir. Toilettes pour hommes, pour femmes, c'est du pareil au même.

— Des gens se font arrêter parce qu'ils pensent ça, répondit Lacoste.

— Cela semblait important à leurs yeux, reprit Gamache. Nous n'avions pas précisé. Il avait seulement été question de toilettes publiques.

Ils gardèrent le silence pendant un moment.

— Des toilettes pour hommes ? dit Lacoste en fronçant les sourcils. Et Julia a explosé de colère ? Je ne comprends pas. Ça me paraît assez inoffensif.

Gamache hocha la tête.

— Je suis d'accord avec vous, mais ce ne l'était pas. Nous devons découvrir pourquoi Julia a réagi ainsi.

— Ce sera fait, promit Lacoste tandis que Gamache se rasseyait.

— Tu aimerais peut-être le graver sur une tablette de pierre pour ne pas oublier, dit Beauvoir. Bien que je croie avoir vu du papyrus quelque part…

— Vous avez interrogé le personnel, dit Gamache à l'agente Lacoste. La nuit était chaude, certains employés ont-ils pu sortir en douce pour se baigner ?

— Et avoir vu quelque chose ? J'ai demandé, mais ils ont tous nié être sortis.

Gamache hocha de nouveau la tête. C'était ce qu'il craignait le plus. Qu'un des jeunes ait remarqué quelque chose, mais ait trop peur de parler ou ne veuille pas "rapporter". Ou fasse une bêtise avec l'information. Il les avait mis en garde, mais il savait que le cerveau des jeunes gens ne semblait pas contenir de cases pour les conseils ou les mises en garde.

— Avez-vous trouvé le nid de guêpes près du lieu du meurtre ?

— Non, répondit l'agente Lacoste, mais j'ai prévenu tout le monde. Il n'y a pas de problème pour le moment. Elles se sont peut-être noyées au cours de l'orage. Mais j'ai trouvé quelque chose d'intéressant en fouillant les chambres des clients. Dans la chambre de Julia Martin.

Elle se leva et alla chercher un paquet de lettres attachées avec un ruban jaune en velours râpé.

— On a relevé les empreintes, ne craignez rien, ajouta-t-elle en voyant l'inspecteur-chef qui hésitait à toucher les lettres. Je les ai trouvées dans le tiroir de la table de chevet. Et j'ai également trouvé ceci.

D'une enveloppe, elle sortit deux feuilles chiffonnées portant l'en-tête de l'auberge.

— Elles sont sales, constata Gamache en les prenant. Étaient-elles aussi dans le tiroir ?

— Non, dans le foyer. Elle en avait fait des boules et les avait jetées dans l'âtre.

— Par une nuit chaude, et sans feu ? Pourquoi ne les a-t-elle pas simplement mises dans la corbeille à papier ? Y en avait-il une dans la chambre ?

— Oh oui. Elle y avait jeté la pellicule plastique qui recouvre les vêtements revenant du nettoyeur.

Gamache lissa les deux feuilles et lut la première tout en prenant une gorgée de vin rouge.

"J'ai aimé notre conversation. Merci. Cela a aidé."

Puis la deuxième.

"C'est vraiment gentil. Je sais que mes paroles ne seront pas répétées. Sinon, cela pourrait m'attirer des ennuis !"

Les mots étaient écrits en caractères d'imprimerie bien formés.

— J'ai envoyé une copie pour une expertise graphologique, mais parce que c'est écrit en lettres moulées, l'analyse sera plus difficile, bien sûr, ajouta l'agente Lacoste.

L'inspecteur-chef posa sa serviette en lin sur les feuilles de papier lorsque le serveur apporta les plats principaux. Du homard pour lui, un filet mignon pour Beauvoir et une belle sole pour Lacoste.

— Diriez-vous que c'est la même personne qui a rédigé les deux mots ? demanda Gamache.

Beauvoir et Lacoste regardèrent de nouveau les feuilles, mais la réponse semblait évidente.

— Oui, répondit Beauvoir en prenant sa première bouchée.

Il imagina la chef Véronique manipulant la pièce de viande et fouettant la béarnaise en sachant que ce plat lui était destiné.

— Excellent repas, dit Gamache, un peu plus tard, au serveur qui enlevait les assiettes et apportait un plateau de fromages. Je me demande où la chef Véronique a fait ses études.

Beauvoir se pencha vers l'avant.

— Elle n'en a pas fait. Du moins, pas dans une école d'art culinaire, répondit l'agente Lacoste, en souriant au jeune homme qu'elle avait interrogé au sujet du meurtre quelques heures auparavant. J'ai parlé avec elle cet après-midi. Elle a soixante et un ans, n'a aucune formation particulière, mais elle s'est inspirée de recettes de sa mère et a voyagé.

— Elle ne s'est jamais mariée ? demanda Gamache.

— Non. Elle est venue au Manoir Bellechasse à la fin de la trentaine. Elle a vécu ici presque la moitié de sa vie. Mais il y a autre chose. Une impression que j'ai eue.

— Continuez.

Gamache faisait confiance aux impressions de l'agente Lacoste.

Ce n'était pas le cas de Beauvoir. Il n'avait même pas confiance dans les siennes.

— Vous savez comment dans les communautés fermées, comme les pensions, les couvents ou l'armée, où les gens vivent et travaillent en milieu confiné, quelque chose se produit ?

Gamache s'appuya contre le dossier de sa chaise et hocha la tête.

— Les jeunes sont peut-être ici depuis des semaines, voire quelques mois, mais les adultes sont ici depuis des années, des décennies. Seuls, tous les trois, année après année après année.

— Es-tu en train de dire qu'ils éprouvent un sentiment d'enfermement ? demanda Beauvoir, qui n'aimait pas la direction que prenait la conversation.

Gamache le regarda, mais ne dit rien.

— Je dis que des choses étranges peuvent arriver à des personnes qui vivent ensemble au bord d'un lac, durant des années. Et on parle ici d'une cabane en rondins. Peu importe sa taille, peu importe sa beauté. Elle demeure isolée.

— "D'étranges choses sont accomplies, sous le soleil de minuit, par des hommes qui creusent pour de l'or."

Beauvoir et Lacoste regardèrent Gamache. Pour l'inspecteur, les vers que récitait le chef réussissaient rarement à clarifier une situation.

— Qu'est-ce que ça signifie ? demanda Lacoste, qui aimait habituellement entendre le chef réciter de la poésie.

— C'est ma façon de dire que je suis d'accord avec vous. Le poète Robert Service le serait aussi. D'étranges choses sont accomplies sur les rives de lacs isolés. Et d'étranges choses ont été accomplies ici, hier soir.

— Par des hommes qui creusent pour de l'or ? demanda Beauvoir, perdu.

— Presque toujours, répondit Gamache, qui d'un signe de tête invita Lacoste à continuer.

— Je pense que Véronique Langlois éprouve des sentiments pour quelqu'un. De profonds sentiments.

Gamache se pencha vers l'avant.

Ce n'était pas une balle, ni une lame, ni un coup de poing au visage qui tuait les gens. Ce qui tuait les gens, c'était un sentiment. Enfoui trop longtemps. Parfois dans le froid, où il gelait. Parfois sous terre, où il devenait fétide. Et parfois laissé sur la rive d'un lac isolé. Où il finissait par devenir vieux, et bizarre.

— Vraiment ? fit Beauvoir en s'avançant un peu plus sur sa chaise.

— Ne riez pas. Il y a un grand écart entre les âges.

Cependant, ni Gamache ni Beauvoir ne paraissaient vouloir rire.

— Je crois qu'elle est amoureuse du maître d'hôtel.

Clara se disait que les Morrow étaient de véritables champions olympiques quand venait le temps d'éviter ce qui était désagréable, tout en étant eux-mêmes des plus désagréables. Mais jamais elle ne les aurait crus capables d'ignorer le meurtre de leur propre sœur et fille.

Or, jusqu'à maintenant, ils avaient avalé leur potage sans mentionner une seule fois le nom de Julia. Clara devait toutefois reconnaître qu'elle ne tenait pas à entamer le sujet.

"Un peu plus de pain? C'est dommage ce qui est arrivé à Julia."

Comment en parler?

— Un peu plus de vin? demanda Thomas en penchant la bouteille.

Clara refusa, mais Peter accepta. À l'autre extrémité de la table, Mme Morrow redressa sa fourchette à poisson. Elle s'était jointe à la conversation, mais sans montrer un grand intérêt et seulement pour corriger une interprétation erronée, une prononciation ou carrément une erreur.

N'en pouvant plus, Clara finit par demander :

— Comment vous sentez-vous?

Elle avait posé la question pendant un creux dans la conversation et tous les Morrow s'étaient tournés vers elle, sauf Bert Finney et Bean, qui regardaient par la fenêtre.

— C'est à moi que tu t'adresses? demanda sa belle-mère.

Clara était presque certaine qu'elle venait de se faire transpercer la peau, si ce n'était par le ton, alors par le regard.

— Ç'a été une journée horrible, poursuivit Clara, qui se demanda d'où lui venait cet instinct suicidaire.

Les Morrow avaient peut-être raison. Le fait de parler du meurtre aggravait peut-être la situation. Elle se sentit tout à coup comme une sadique, qui fouettait cette petite femme âgée en deuil. La forçant à faire face à la mort tragique de sa fille. La forçant à en parler. Entre deux cuillerées de vichyssoise.

Qui était la personne déraisonnable, maintenant?

Mais il était trop tard. La question avait été lancée. Elle fixa la mère de Peter, qui la regarda comme si elle voyait l'assassin de sa fille. Clara baissa les yeux.

— Je pensais à Julia, dit Mme Morrow. Me rappelait à quel point elle était belle, gentille et aimante. Merci d'avoir posé la question, Claire. J'aurais aimé qu'elle vienne d'un de mes enfants. Mais ils semblent préférer parler de politique américaine et de la dernière exposition au Musée des beaux-arts. Vous vous intéressez davantage à ces choses qu'à votre sœur ?

Après s'être sentie comme une personne abjecte, puis comme une héroïne, Clara se sentait de nouveau comme une personne abjecte. Elle regarda Peter en face d'elle. Des touffes de cheveux se dressaient à l'horizontale de chaque côté de sa tête et un peu de potage – on aurait dit de la purée pour bébé – avait coulé sur sa chemise.

— De vous tous, Julia a toujours été la plus sensible. Il paraît que tu as dit à l'inspecteur-chef qu'elle était avide et cruelle.

Ses yeux bleu-gris étaient rivés sur Peter. Il n'y avait plus aucun mouvement dans la pièce. Même les serveurs semblaient avoir peur d'approcher.

— Je n'ai pas dit ça, répondit Peter en bégayant et en rougissant. Qui t'a raconté ça ?

— Et tu as ajouté que ce serait mieux si j'étais morte.

Tout le monde inspira et retint son souffle, sous le choc. Même Clara. Elle avait finalement réussi à monter à bord du bateau. Elle avait bien choisi le moment…

Mme Morrow jouait avec le pied de son verre à vin.

— As-tu dit ça, Peter ?

— Non, maman. Jamais je ne dirais une telle chose.

— Parce que je le sais, quand tu mens. Je le sais toujours.

Cela n'était pas difficile, pensa Clara, étant donné qu'en sa compagnie ses enfants lui mentaient toujours. Elle leur avait appris ça. Mme Morrow connaissait ses enfants comme si elle les avait tricotés. C'était leur mère, après tout.

Peter mentait. Clara le savait, sa mère le savait. Le maître d'hôtel le savait. Le tamia que regardait Bert Finney le savait probablement aussi.

— Jamais je ne dirais une telle chose, répéta Peter.

Sa mère lui fit les gros yeux.

— Tu ne me déçois jamais, tu sais. J'ai toujours su que tu ne ferais jamais rien de bon. Même Claire réussit mieux que toi. Une exposition solo avec Denis Fortin. En as-tu déjà eu une, toi ?

— Madame Morrow, intervint Clara, vous êtes injuste.

Cette femme dépassait les bornes.

— Votre fils est un homme bien, un artiste de talent, un mari aimant. Il a beaucoup d'amis et un bon foyer. Une femme qui l'aime. Et je m'appelle Clara, pas Claire.

Elle fixa la dame âgée au bout de la table.

— Et je suis Mme Finney. Tu m'appelles Mme Morrow depuis quinze ans, longtemps après mon remariage. Sais-tu à quel point c'est insultant ?

Clara devint muette de stupeur. La vieille dame avait raison. Il ne lui était jamais venu à l'esprit que la mère de Peter était maintenant Mme Finney. Pour Clara, elle avait toujours été Mme Morrow.

Comment la situation avait-elle pu déraper à ce point ? Voilà qu'elle criait après la mère de Peter alors qu'elle avait voulu la réconforter.

— Je suis désolée. Vous avez raison.

Ce qu'elle vit ensuite devait être presque aussi horrible que la scène dont la jeune jardinière avait été témoin, ce matin-là. Mais au lieu d'une femme d'âge moyen écrasée, Clara vit une femme âgée écrasée, complètement anéantie. Devant Clara, devant toutes les personnes réunies, la mère de Peter prit sa tête dans ses mains et se mit à pleurer.

Marianna poussa un cri et sursauta au moment où le plafond s'effondrait. Ou, du moins, quand quelque chose venant de là-haut atterrit sur elle et rebondit.

Un biscuit.

Le ciel était fait de guimauve, et il tombait.

En prenant le café, l'inspecteur-chef Gamache sortit ses demi-lunes et entreprit de lire les lettres, les passant l'une après l'autre à Beauvoir après en avoir terminé la lecture. Quelques minutes plus tard, il abaissa ses lunettes et regarda par la fenêtre.

Il commençait à mieux connaître Julia Martin : les faits qui la concernaient, son histoire. Il sentit l'épais papier de qualité sous ses doigts.

Il était près de vingt et une heures et il faisait encore clair. Le solstice d'été avait eu lieu quelques jours auparavant. Le jour le plus long de l'année. La brume se dissipait, bien qu'il en restât un peu au-dessus du lac calme. Les nuages s'effilochaient et le ciel commençait à se teinter de rouge et de pourpre. Le coucher de soleil serait magnifique.

— Qu'en pensez-vous ? demanda-t-il en tapotant le paquet de lettres avec ses lunettes.

— C'est la plus étrange collection de lettres d'amour que j'aie jamais vue, répondit Beauvoir. Pourquoi les a-t-elle gardées ?

L'agente Lacoste ramassa les lettres et le ruban de velours.

— Elles étaient importantes pour elle, pour une raison quelconque. Plus encore, elles étaient vitales. À tel point que Julia Martin les gardait avec elle. Mais…

Isabelle Lacoste ne semblait pas savoir comment terminer sa pensée et Gamache comprit ce qu'elle ressentait. Les lettres s'échelonnaient sur plus de trente ans et paraissaient n'être qu'une collection de mots de remerciement pour des fêtes, des soirées dansantes ou des cadeaux. Des lettres de diverses personnes disant à Julia Martin combien elle était gentille.

Aucune n'était une véritable lettre d'amour. Dans l'une d'elles, son père la remerciait pour une cravate. Il y avait un mot de son mari, datant d'avant leur mariage, qui l'invitait à souper. Le message était amical, flatteur. Comme dans toutes les lettres, d'ailleurs. On y trouvait de l'affection, de la reconnaissance, un ton poli. Mais pas davantage.

— Pourquoi les a-t-elle gardées ? marmonna Gamache, presque pour lui-même.

Il prit ensuite les feuilles les plus récentes, celles qui avaient été froissées et jetées dans le foyer.

— Et pourquoi s'est-elle débarrassée de celles-ci ?

Lorsqu'il les relut, quelque chose le frappa.

— Remarquez-vous quelque chose de curieux à propos de ce mot ?

Du doigt, il indiqua une des feuilles.

“C'est vraiment gentil. Je sais que mes paroles ne seront pas répétées. Sinon, cela pourrait m'attirer des ennuis !”

Beauvoir et Lacoste eurent beau étudier attentivement le message, ils ne virent rien.

— Pas dans les mots, mais dans la ponctuation, précisa Gamache. Le point d'exclamation.

Ils le regardèrent sans comprendre. Gamache sourit. Mais il savait que ce signe de ponctuation cachait quelque chose. Quelque chose d'important. Comme bien souvent, le message n'était pas dans les mots, mais dans la façon de les présenter.

— J'ai fait une autre découverte pendant la fouille, dit l'agente Lacoste en se levant de table. J'aimerais vous la montrer avant que les Morrow aient fini de manger.

Les trois montèrent aux chambres et Isabelle Lacoste les mena à celle donnant sur les jardins. Elle frappa et attendit quelques instants avant d'ouvrir la porte.

Gamache et Beauvoir entrèrent, puis s'immobilisèrent.

— Avez-vous déjà vu quelque chose de semblable ?

Gamache secoua la tête. En trente ans d'enquêtes, il avait, bien sûr, vu des choses plus troublantes, plus effroyables, plus choquantes. Mais jamais il n'avait vu quelque chose comme ce qu'il avait maintenant devant les yeux.

— Pourquoi un enfant aurait-il autant de pendules ? demanda Beauvoir en balayant du regard la chambre de Marianna et de Bean.

Il y en avait sur toutes les surfaces.

— Comment savez-vous qu'elles appartiennent à Bean ? demanda Gamache.

— Parce que l'enfant est bizarre. Ne le seriez-vous pas si vous vous appeliez Bean et que personne ne savait si vous étiez un garçon ou une fille ?

Gamache et l'agente Lacoste le fixèrent. Il ne leur avait pas encore fait part de cette information.

— Que veux-tu dire ? demanda Isabelle Lacoste.

— Marianna Morrow a gardé secret le sexe de Bean.

— Elle ne l'a même pas révélé à sa mère ?

— Surtout pas à sa mère. Elle ne l'a dit à personne. Est-ce assez dingue pour vous ?

Gamache prit un réveil représentant Mickey Mouse et hocha la tête. “Ce que les parents font à leurs enfants…”, songea-t-il en regardant autour de lui et en écoutant les tic-tac, tic-tac, tic-tac. Il examina Mickey, puis quelques autres pendules.

Qu'est-ce qui avait poussé Bean à les régler pour qu'elles sonnent toutes à sept heures ?

18

Peter Morrow était debout, seul, juste à l'extérieur du ruban jaune. Le sol avait gardé l'empreinte du corps de Julia.

Lorsqu'elle était en vie, sa sœur avait divisé la famille, et elle continuait de le faire, même après sa mort. Elle était égoïste, avide et, oui, cruelle. Il ne regrettait aucun de ses mots.

Sa mère avait versé des larmes pour Julia. Elle n'avait que de bonnes choses à dire à son sujet. Julia était devenue la fille parfaite, belle, gentille, aimante. Oui, mais, qui était resté pour s'occuper de maman ? Qui lui rendait visite et l'invitait à souper ? Qui lui téléphonait et lui envoyait des cartes et des cadeaux ?

Peter regarda fixement le trou et s'efforça de ressentir quelque chose. Il tenta de se rappeler Julia quand elle était une petite fille. Sa sœur aînée. Née entre les garçons, comme si elle était née entre deux guerres. La sœur qui avait été piétinée, malmenée, pendant que les garçons essayaient de s'en prendre l'un à l'autre. Ils l'avaient écrasée entre eux. Aplatie.

Et maintenant, papa aussi l'avait écrasée.

Ils avaient toujours été quatre. Thomas, Julia, Peter, Marianna. Les quatre roues, les quatre murs, les quatre saisons, les quatre éléments, les quatre coins du monde.

Mais ils n'étaient plus que trois. Aussi étrange qu'ait pu être leur monde, il avait malgré tout un certain sens, du moins à leurs yeux. Que se passait-il lorsqu'un coin disparaissait ?

L'enfer se déchaînait. Et la première trompette avait résonné ce soir : les pleurs de sa mère.

— Peter ?

Il demeura immobile, n'osant pas se retourner, montrer son visage à qui que ce soit.

— Ça va, si je suis ici ? demanda-t-il.

— Du moment que vous ne vous rapprochez pas, répondit Gamache. Mais vous le savez.

Les deux hommes regardaient la scène du crime ; plus précisément, chacun d'eux avait les yeux fixés sur le piédestal en marbre. Gamache était sorti pour prendre l'air après le souper et se promener dans les jardins en réfléchissant aux différents éléments de preuve déjà accumulés. Mais, surtout, il avait voulu revenir à cet endroit, pour revoir le bloc blanc. Cet objet qu'il avait d'abord pris pour une pierre tombale, et qui en était maintenant une.

Il demeurait perplexe, toutefois, se demandant pourquoi le marbre était intact. Le piédestal ne montrait aucun signe que la statue y avait été posée, et encore moins qu'elle avait glissé et en était tombée. Pas la moindre rayure ni marque. La surface était parfaitement lisse. Mais cela n'avait pas de sens.

— Quand nous étions petits, ma mère nous lisait des histoires, dit Peter. Mon père se mettait au piano et nous nous entassions tous sur le canapé, et maman nous faisait la lecture. Notre livre préféré portait sur différents mythes. Je me souviens encore de la plupart des histoires. Celles de Zeus, d'Ulysse. Thomas adorait celle-là. Il voulait toujours que maman la lise. Je ne sais combien de fois nous avons entendu parler des mangeurs de lotus et des sirènes.

— Et de Charybde et de Scylla, dit Gamache. Moi aussi, j'adorais ce récit. Ulysse acculé à ce douloureux dilemme : orienter son navire vers le tourbillon ou vers le monstre à six têtes.

— Il a choisi le monstre, et six de ses hommes ont été tués. Ils sont morts et il a poursuivi sa route.

— Qu'auriez-vous fait, vous ? demanda Gamache.

Il connaissait bien ce mythe. Ulysse revenant de la guerre de Troie ; son long et périlleux voyage pour essayer de rentrer chez lui. Il arrive à ce terrible détroit. D'un côté : un tourbillon qui engloutissait tous les navires et tous les marins. De l'autre : Scylla, un monstre à six têtes. D'un côté, une mort certaine pour tous les membres d'équipage et, de l'autre, une mort certaine pour six d'entre eux.

Quelle voie choisir ?

Peter sentait monter des larmes, maintenant. Pour la petite Julia, écrasée par ses frères, écrasée par sa mère, écrasée par son mari. Et enfin, alors qu'elle venait tout juste de revenir à la maison, écrasée par le seul homme en qui elle avait confiance. Son Ulysse. Son père.

Mais Peter versait surtout des larmes pour lui-même. Il avait perdu une sœur ce jour-là, mais pire, bien pire, il avait l'impression d'avoir aussi perdu sa mère. Une mère qui venait de décider que la sœur morte avait été parfaite et que lui était un monstre.

— Marchons un peu, proposa Gamache.

Les deux hommes tournèrent le dos au sol creusé et au cube blanc et dur à côté. Gamache joignit les mains derrière le dos et tous deux se mirent à marcher du même pas, en silence, en direction du lac. Le soleil couchant remplissait le ciel nocturne de couleurs criardes, spectaculaires. Elles semblaient changer constamment, passant du pourpre au rose, au doré.

Peter et Gamache s'arrêtèrent pour admirer le spectacle.

— C'était une jolie image, ce souvenir de votre famille réunie autour de votre mère pendant qu'elle lisait.

— Vous vous trompez. Nous n'étions pas réunis autour d'elle. Les quatre enfants étaient regroupés sur le canapé. Ma mère était assise de l'autre côté de la pièce dans sa bergère.

Aussitôt, l'image qui avait paru si naturelle, réconfortante même, et qui avait enfin permis à Gamache de voir les Morrow comme une famille, disparut. Comme le coucher de soleil, elle se transforma en autre chose. Quelque chose de plus sombre.

Quatre petits enfants, tout seuls, regardant leur mère de l'autre côté du détroit, cette femme au maintien sévère et guindé, qui lisait des histoires où il était question de choix terribles à faire. Et de mort.

— Vous avez dit que le mythe d'Ulysse était le préféré de Thomas. Quel était le vôtre ?

Peter était en train de penser au carré de marbre blanc dressé au-dessus de l'endroit où Julia était morte. Quatre coins, quatre murs.

— La boîte de Pandore.

Gamache détacha les yeux du coucher de soleil et regarda Peter.

— Y a-t-il quelque chose qui vous préoccupe ?

— À part le meurtre de ma sœur, vous voulez dire ?

— Oui, c'est ce que je veux dire. Vous pouvez me parler.

— Ah oui, vraiment ? Eh bien, quelqu'un a rapporté à ma mère ce que je vous ai dit cet après-midi. C'est ça, ayez l'air surpris, mais pouvez-vous imaginer comment je me suis senti ? Vous exigez que je vous dise la vérité, je vous la dis, puis, à cause de cela, je me fais pratiquement jeter hors de la famille. Je parie que tout a toujours été facile pour vous. Vous êtes si sûr de vous. Vous vous intégrez bien partout. Eh bien, essayez donc d'être un artiste dans une famille d'intellectuels. De ne pas avoir d'oreille dans une famille de musiciens. D'être raillé jusqu'en classe, pas par d'autres élèves, mais par votre propre frère criant "Spot, Spot".

Peter sentit se rompre toutes les entraves qui le retenaient. Il voulait prévenir Gamache, lui dire de se sauver, de s'enfuir loin de lui, de se cacher dans la forêt jusqu'à ce que l'émeute soit terminée. Que la bande d'évadés armés, sales et puants aient brûlé et violé tout ce qu'il y avait en vue et s'attaquent à une autre cible. Mais il était trop tard. L'homme devant lui ne fuirait jamais, il le savait bien.

Les Morrow s'enfuyaient et se cachaient derrière un cynisme hypocrite et un sarcasme amer.

Cet homme, lui, tenait bon.

— Et votre père ? demanda Gamache, comme si Peter ne venait pas de lui cracher à la figure. Que vous disait-il ?

— Mon père ? Vous savez déjà ce qu'il disait : "N'utilise jamais la première cabine dans les toilettes publiques." Mais bon sang, qui dit une chose pareille à un enfant de dix ans ? Savez-vous quelle autre leçon il nous a enseignée ? "Il faut se méfier de la troisième génération."

— Qu'est-ce que ça signifie ?

— La première génération amasse l'argent, la deuxième l'apprécie, ayant été témoin des sacrifices consentis, et la troisième le dilapide. Nous sommes la troisième génération. Nous quatre. Notre père nous détestait, il croyait qu'on lui volerait son argent, qu'on ruinerait la famille. Il avait si peur de nous gâter qu'il ne nous donnait jamais rien, sauf de stupides conseils. Des mots. C'est tout.

Était-ce là le fardeau que Gamache avait vu gravé dans le visage de pierre ?

Pas le sacrifice, mais la peur ? Charles Morrow avait-il peur que ses propres enfants le trahissent ? Avait-il créé ce qu'en fait il craignait le plus ? Des enfants malheureux, incapables d'aimer, ingrats ? Des enfants capables de voler de l'argent à leur propre père, et de s'entretuer ?

— À votre avis, qui a tué votre sœur ?

Il fallut une minute à Peter avant de pouvoir parler, de tourner ses pensées dans une autre direction.

— Je crois que c'est Bert Finney.

— Pourquoi aurait-il tué Julia ?

La nuit était presque tombée, maintenant.

— Pour l'argent, c'est toujours pour l'argent. Ma mère est très certainement la bénéficiaire de l'assurance de Julia. Bert l'a épousée pour l'argent et maintenant il va en avoir plus que ce qu'il avait espéré.

Ils poursuivirent leur marche jusqu'au quai et aux deux fauteuils Adirondack qui reposaient sur le vieux bois devenu gris. Peter était vidé. Leurs pas résonnaient sur les lattes et l'eau clapotait doucement contre le quai.

Quand ils s'approchèrent, un des fauteuils bougea. Les deux hommes s'immobilisèrent.

Le fauteuil en bois sembla grandir devant leurs yeux, son contour visible dans la faible lueur crépusculaire.

— Monsieur Gamache ? dit le fauteuil.

— Oui.

Gamache fit un pas vers l'avant, bien que Peter tendît le bras pour essayer de le retenir.

— Armand Gamache ? C'est bien votre nom ?

— Oui.

— Je connaissais votre père, dit Bert Finney. Il s'appelait Honoré. Honoré Gamache.

19

Après avoir lâché sa bombe, Bert Finney était parti d'un pas saccadé, sans prononcer un autre mot.

— Qu'a-t-il voulu dire ? demanda Peter. Il connaissait votre père ?

— Ils auraient été de la même époque, répondit Gamache.

Son cerveau fonctionnait à toute vitesse. Il avait retrouvé ses esprits et s'était remis de ses émotions.

— Votre père a-t-il déjà mentionné son nom ? Bert Finney ?

Comme si Gamache ne savait pas de qui il parlait.

— Mon père est mort quand j'étais enfant.

— Assassiné ? demanda Peter.

Gamache se tourna vers lui.

— Assassiné ? Pourquoi dites-vous une telle chose ?

Peter, qui s'était introduit dans l'espace personnel de Gamache dans l'espoir de s'y cacher, recula d'un pas.

— Eh bien, vous travaillez pour l'escouade des homicides, j'ai pensé que, peut-être…

Sa voix s'éteignit. Il y eut un silence, brisé seulement par le doux clapotis de l'eau. Peter finit par dire :

— Il devait être jeune.

— Il avait quarante-huit ans.

Et cinq mois, et quatorze jours.

Peter hocha la tête. Il aurait bien aimé s'en aller, mais il resta auprès de Gamache tandis que celui-ci regardait au loin sur le lac.

Et sept heures. Et vingt-trois minutes.

Lorsqu'il n'y eut plus de lumière, les deux hommes retournèrent à l'auberge, en silence.

Le lendemain, le réveil de Gamache sonna à cinq heures trente. Après une douche rafraîchissante, l'inspecteur-chef s'habilla, ramassa son carnet de notes et sortit de la chambre. Le soleil venait de se lever et brillait à travers les fenêtres aux rideaux de dentelle. Rien ne troublait le calme, sauf le cri d'un huard au loin.

En descendant les larges marches de l'escalier, il entendit un bruit dans la cuisine. Passant la tête par la porte, il vit une jeune femme et le serveur Elliot qui s'affairaient. Le jeune homme préparait des assiettes et la jeune femme enfournait du pain. Une odeur de café fort flottait dans l'air.

— Bonjour, monsieur l'inspecteur, dit la fille dans un français à l'accent anglais prononcé.

Gamache se fit la réflexion qu'elle devait être relativement nouvelle.

— Vous êtes matinal.

— Vous aussi. Et déjà au travail. Je me demandais si je pouvais avoir du café, dit-il en français, lentement et clairement.

— Avec plaisir.

La fille lui versa un verre de jus d'orange.

— Merci, répondit-il.

Il prit le verre et sortit par la porte moustiquaire dans le jour qui se levait.

— Monsieur Gamache, entendit-il derrière lui. Voici ce que vous vouliez.

Gamache s'arrêta et Elliot le rattrapa. Il tenait un plateau sur lequel avaient été déposés une cafetière Bodum, de la crème, du sucre candi et deux tasses. Il avait également mis des croissants chauds dans une corbeille, avec des confitures.

— Elle est de la Saskatchewan. Elle vient juste d'arriver. Très gentille, mais..., vous me comprenez.

Homme du monde, Elliot haussa les épaules. Il semblait avoir recouvré sa sérénité, ou du moins son charme, et s'était résigné à continuer de travailler malgré sa prise de bec avec le maître d'hôtel. Gamache se demanda, cependant, s'il avait réellement accepté la situation ou feignait de l'accepter.

Un colibri vola à côté d'eux jusqu'à une digitale.

— Merci.

L'inspecteur-chef sourit en tendant les mains pour prendre le plateau.

— Laissez. Je vais vous l'apporter. Où voulez-vous vous asseoir?

Elliot parcourut des yeux la terrasse déserte.

— En fait, je me rendais au quai.

Les deux hommes traversèrent la pelouse et leurs pas traçaient un chemin sur l'herbe mouillée par la rosée matinale. La nature se réveillait et avait faim. Des tamias couraient et sifflaient sous les arbres, des oiseaux sautillaient et chantaient et, au loin, des insectes bourdonnaient tranquillement. Elliot posa le plateau sur le bras d'un fauteuil Adirondack, versa du café dans une délicate tasse en porcelaine et se tourna pour repartir.

— Il y a une chose que je voulais vous demander.

Le dos souple s'était-il tendu sous la veste blanche ajustée? Elliot s'immobilisa un instant avant de se retourner. Affichant un sourire sur son beau visage, il attendit.

— Que pensiez-vous de Mme Martin?

— Ce que je pensais? Tout ce que je fais, ici, c'est servir aux tables et nettoyer. Je ne pense pas.

Elliot souriait toujours, mais Gamache eut la réponse à la question qu'il s'était posée quelques instants auparavant : la colère bouillonnait sous le charme extérieur.

— N'essayez pas de jouer au plus malin avec moi, mon garçon.

La voix de Gamache était calme, mais comportait une mise en garde.

— C'était une cliente, je suis un employé. Elle était polie.

— Vous bavardiez?

Cette fois, Elliot hésita réellement et rougit légèrement. Gamache savait qu'avec le temps sa rougeur disparaîtrait. L'arrogance ferait place à la confiance en soi. Rien ne pourrait le mettre mal à l'aise. Et il serait bien moins séduisant.

— Elle était polie, répéta-t-il.

Il sembla se rendre compte, soudain, à quel point ses paroles étaient nulles.

— Elle voulait savoir si j'aimais travailler à l'auberge, quels étaient mes projets après l'été. Ce genre de choses. La plupart des clients ne voient pas le personnel et on nous enseigne à nous montrer discrets. Mais Mme Martin avait des yeux qui voyaient.

Existait-il un univers invisible ? se demanda Gamache. Un monde où se réunissaient les personnes frêles, diminuées, où elles se reconnaissaient entre elles ? Car il savait une chose avec certitude au sujet de Julia Martin : elle aussi était invisible. Elle était le genre de personne qu'on interrompt dans une conversation, devant qui on passe dans la file à l'épicerie, qu'on ignore pour un emploi même si elle a la main levée et l'agite.

Julia Martin était peut-être invisible, mais certainement pas ce jeune homme. Non, si ces deux-là avaient quelque chose en commun, ce n'était pas ça. Puis Gamache se souvint.

— Mme Martin et vous aviez quelque chose en commun.

Debout sur le quai, Elliot ne disait rien.

— Vous veniez tous les deux de la Colombie-Britannique.

— Ah oui ? Nous n'en avons pas parlé.

Il mentait. Habilement. C'est un talent qui se développe avec la pratique. Elliot ne détourna pas les yeux, mais les braqua plutôt sur Gamache et soutint son regard. Trop longtemps, cependant, et avec trop d'intensité.

— Merci pour le café, dit Gamache après un moment, mettant ainsi fin au vis-à-vis.

Elliot était perplexe, mais sourit et partit. Gamache le regarda s'éloigner et repensa aux paroles du jeune homme : Mme Martin avait des yeux qui voyaient. Il se dit que c'était probablement vrai.

Était-ce cela qui l'avait tuée ? Pas une chose enterrée dans le passé, mais quelque chose de récent et de vigoureux ? De mortel. Quelque chose qu'elle avait vu ou entendu ici à l'auberge ?

Gamache s'installa confortablement dans le fauteuil sur le quai et sirota son café en contemplant le lac et les montagnes boisées autour. Tenant la délicate tasse dans ses larges mains, il laissa son esprit vagabonder. Au lieu de se forcer à se concentrer sur l'enquête, il essayait d'ouvrir son esprit, de faire le vide. Pour voir ce qui lui viendrait.

C'est un oiseau, un oiseau sans pattes, qui lui vint à l'esprit. Puis Ulysse et le tourbillon, et Scylla, le monstre. Le piédestal blanc.

Il vit Bean, l'enfant cloué au sol et prisonnier des têtes empaillées dans le grenier. Elles auraient pu être des Morrow : elles représentaient des trophées plus importants que des enfants. Rien que des têtes, des têtes empaillées et au regard fixe.

Mais il vit surtout Charles Morrow, dressé au-dessus d'eux dans cette enquête. Un homme dur, accablé, enchaîné.

— Je vous dérange ?

Gamache pivota dans le fauteuil. Bert Finney était sur la rive, au pied du quai. S'extirpant du fauteuil et soulevant le plateau, l'inspecteur-chef indiqua la place à côté de lui. M. Finney clopina vers Gamache d'une démarche dégingandée, ses bras et ses jambes gigotant comme un pantin manipulé pour la première fois par un marionnettiste. Et pourtant, le vieil homme se tenait bien droit. Cela semblait exiger des efforts.

— Je vous en prie, dit Gamache en montrant le fauteuil.

— Je préfère rester debout.

Bert Finney était légèrement plus petit que l'inspecteur-chef, et celui-ci se fit la réflexion qu'il avait probablement été plus grand avant de subir les effets de l'âge et de la gravité. Le vieil homme se redressa encore davantage et fit face à Gamache. Ses yeux semblaient moins indisciplinés ce matin et son nez moins rouge. "Ou alors je me suis habitué à lui, comme on s'habitue à de la peinture écaillée ou à une bosse sur la carrosserie", pensa Gamache. Et, pour la première fois, il remarqua les jumelles qui pendaient autour du cou décharné de Finney, telle une ancre.

— Je crains de vous avoir causé un choc hier soir. Ce n'était pas mon intention.

Finney regarda Gamache droit dans les yeux. Du moins, ses yeux vagabonds se posèrent sur lui.

— Vous m'avez surpris, c'est vrai.

— Je suis désolé.

Il s'était exprimé avec tant de dignité, de simplicité, que Gamache resta sans voix pendant quelques instants.

— Cela fait longtemps que je n'ai pas entendu quelqu'un parler de mon père. L'avez-vous connu personnellement ?

Gamache indiqua de nouveau le fauteuil et, cette fois, Finney s'assit.

— Du café ?

— S'il vous plaît. Noir.

Gamache versa une tasse pour M. Finney et se resservit. Puis il prit la corbeille de croissants, la posa sur le large bras de son fauteuil et en offrit un à son visiteur inattendu.

— Je l'ai rencontré à la fin de la guerre.

— Vous étiez prisonnier ?

La bouche de Finney se tordit en ce que Gamache crut être un sourire. Le vieil homme fixa le lac pendant un moment, puis ferma les yeux. Gamache attendit.

— Non, inspecteur-chef. Je n'ai jamais été un prisonnier. Je ne le permettrais pas.

— Certaines personnes n'ont pas le choix, monsieur.

— Vous croyez ?

— Comment avez-vous connu mon père ?

— Je venais de rentrer à Montréal et votre père prononçait des discours. J'ai assisté à l'un d'eux. Il était très passionné. Je lui ai parlé, après, et nous avons lié connaissance. J'ai été très peiné d'apprendre qu'il avait été tué. Un accident de voiture, c'est ça ?

— Avec ma mère.

Armand Gamache s'était entraîné à parler d'une voix neutre, comme s'il rapportait une nouvelle. Simplement des faits. Cela remontait à des années. Plus de quarante ans. Son père était mort depuis plus longtemps que lui-même avait vécu. Sa mère aussi.

Mais Gamache leva légèrement sa main droite et replia les doigts vers le haut, comme s'il tenait une autre main, plus large.

— Affreux, dit Finney.

Les deux hommes demeurèrent silencieux, chacun perdu dans ses pensées. La brume s'évaporait lentement au-dessus du lac et, de temps en temps, un oiseau rasait la surface à la recherche d'insectes. Gamache constata avec surprise qu'il était agréable de rester seul en compagnie de cet homme calme. Cet homme qui connaissait son père et qui n'avait pas encore dit ce que la plupart des gens disaient. Cet homme qui aurait pratiquement le même âge que son père si celui-ci n'était pas mort.

— On a l'impression que le monde nous appartient, n'est-ce pas ? dit Finney. J'aime ce moment de la journée. Il est si bon de s'asseoir et de réfléchir.

— Ou pas, répondit Gamache, et les deux hommes sourirent. Vous êtes aussi venu ici hier soir. Il y a beaucoup de choses qui vous préoccupent ?

— Oui. Je viens ici faire mes additions. C'est un lieu propice pour une telle activité.

Ce n'était pas l'avis de Gamache, qui trouvait que le lieu ne se prêtait pas au comptage. Et Finney ne semblait pas avoir de calepin ni de grand livre. Qu'avait dit Peter la veille ? Que le vieux comptable avait épousé sa mère pour l'argent, et tué Julia aussi pour la même raison. Maintenant, l'homme âgé était assis sur le quai au bord d'un lac isolé et comptait. L'avidité ne diminuait pas avec l'âge, Gamache le savait. Elle prenait même de l'ampleur, alimentée par la peur de manquer de richesses, d'avoir laissé des choses en suspens. De mourir miséreux. D'un autre côté, ce n'était peut-être pas de l'argent qu'il comptait. C'étaient peut-être des oiseaux.

— Vous observez les oiseaux ?

— Oui, répondit Finney, en touchant les jumelles avec ses doigts. J'ai dressé toute une liste au cours de ma vie : des moineaux, bien sûr, et des cardinaux. Le bulbul à tête noire et le cratérope à gorge blanche. Quels noms merveilleux ! J'ai déjà vu la plupart des oiseaux ici, mais vous ne savez jamais ce que vous pourriez trouver.

Ils burent leur café et mangèrent les croissants, en chassant d'un geste de la main des mouches affamées. Des libellules voletaient à la surface de l'eau, gracieuses et étincelantes sous les rayons du soleil qui frappaient leurs ailes et leur corps lumineux.

— Avez-vous déjà entendu parler d'un oiseau sans pattes ?

— Sans pattes ?

Finney n'éclata pas de rire et prit même quelques instants pour réfléchir.

— Pourquoi un oiseau n'aurait-il pas de pattes ?

— En effet, pourquoi ? répondit Gamache sans donner plus d'explications. Qui croyez-vous a tué votre belle-fille ?

— À part Charles ?

Gamache demeura silencieux.

— Les Morrow ne vivent pas dans l'harmonie, inspecteur-chef. C'est une famille compliquée.

— En parlant d'eux, vous avez dit "sept Morrow cinglés dans une verchères".

— Vraiment ?

— Que vouliez-vous dire ? Ou étiez-vous simplement en colère d'avoir été laissé derrière ?

Comme il l'avait espéré, cette question réveilla l'homme âgé qui, jusqu'à maintenant, avait semblé parfaitement calme. Finney pivota dans son fauteuil et se tourna vers Gamache. Son visage n'affichait pas d'agacement. Au contraire, il paraissait amusé.

— Je me rappelle avoir dit à Clara que ce n'était pas tout le monde qui réussissait à monter à bord. Ce que je ne lui ai pas dit, cependant, c'est que tout le monde ne tient pas nécessairement à monter à bord.

— C'est une famille, monsieur Finney, et elle vous a exclu. Cela ne vous fait pas de la peine ?

— On éprouve de la peine quand sa fille meurt écrasée. Quand on perd son père et sa mère. Toutes sortes de choses peuvent susciter de la peine. Mais pas le fait d'être forcé de rester sur la rive, surtout celle-ci.

— L'important n'est pas l'environnement, dit doucement Gamache. C'est ce que nous avons à l'intérieur. Votre corps peut se trouver dans le plus enchanteur des endroits, mais si votre esprit est anéanti, cela importe peu. Être exclu, rejeté, n'est pas rien.

— Vous avez parfaitement raison.

Finney s'enfonça dans le fauteuil Adirondack. À l'autre extrémité du lac, un bruant à gorge blanche répondit à un autre. Il était un peu plus de sept heures.

Les pendules de Bean avaient déjà dû sonner.

— Saviez-vous que Henry David Thoreau et Ralph Waldo Emerson étaient des amis ?

— Non, répondit Gamache en regardant droit devant, mais en écoutant attentivement.

— C'est vrai. Thoreau a été incarcéré pour s'être élevé contre une loi gouvernementale qui, selon lui, violait la liberté. Emerson lui a rendu visite en prison et lui a demandé : "Henry, comment se fait-il que vous soyez ici ?" Savez-vous ce que Thoreau a répondu ?

— Non.

— Il a dit : "Ralph, comment se fait-il que vous soyez là-bas ?"

Après un moment, Finney émit un son étranglé. Gamache se tourna vers lui. C'était un rire. Un gloussement, à peine audible.

— Vous avez qualifié les Morrow de cinglés. Que vouliez-vous dire ?

— Eh bien, c'est seulement ma perception. Cependant, j'ai déjà vu des hommes devenir fous et j'ai longtemps réfléchi sur le sujet. Qu'est-ce que la folie ?

Gamache commençait à comprendre que les questions de Finney étaient purement rhétoriques.

— Vous ne répondez pas ?

Gamache sourit.

— Vous voulez que je réponde ? La folie, c'est perdre contact avec la réalité, c'est créer son propre monde et s'y enfermer.

— C'est juste, sauf que, parfois, c'est la façon d'agir la plus saine qui soit. La seule façon de survivre. Les personnes maltraitées – surtout les enfants – le font.

Gamache se demanda comment Finney savait cela.

— Elles n'ont plus toute leur raison, ajouta le vieil homme. C'est parfois une bonne chose. Mais il existe une autre expression pour décrire la folie.

Du coin de l'œil, Gamache perçut un mouvement à sa gauche, un flottement. Il se retourna et vit Bean traverser la pelouse en courant. Est-ce que l'enfant s'enfuyait ? Après un moment, cependant, il se rendit compte que Bean ne s'enfuyait pas et ne courait pas non plus.

— On dit que les gens sont déconnectés de la réalité, poursuivit Finney.

Bean galopait, tel un cheval, une immense serviette de plage flottant derrière son dos.

— Les Morrow sont fous, continua Finney, comme s'il n'avait pas conscience de la présence de Bean ou y était habitué, parce qu'ils sont déconnectés de la réalité. Ils vivent dans le monde à l'intérieur de leur tête et ne prêtent pas attention à toute autre information qui y pénètre.

— Peter Morrow est un artiste, de grand talent, dit Gamache. Vous ne pouvez pas être un artiste de ce calibre si vous êtes déconnecté de la réalité.

— Il a du talent, c'est vrai, admit Finney, mais ne serait-il pas encore meilleur s'il cessait de tout analyser et se contentait d'être ? S'il se laissait aller à écouter, à sentir, à ressentir ?

Finney prit une gorgée de son café maintenant froid. Gamache savait qu'il devrait partir, mais ne se leva pas. Il se plaisait en compagnie de cet homme outrageusement laid.

— Je me souviens de la première fois que j'ai délibérément tué quelque chose.

La phrase était si surprenante que Gamache se tourna vers le vieil homme à la figure taillée au couteau pour voir ce qui l'avait poussé à la prononcer. Bert Finney indiqua d'un doigt noueux une bande de terre et un homme dans une embarcation qui la contournait en se laissant dériver. Seul à cette heure matinale et calme, l'homme lançait sa ligne.

Zzz. Plouf ! Et un tic, tic, tic lointain – comme celui des pendules de Bean – à mesure que le pêcheur remontait sa ligne.

— J'avais environ dix ans. Mon frère et moi étions sortis tirer sur des écureuils. Il avait pris la carabine de notre père et moi la sienne. Je l'avais souvent vu tirer, mais on ne me permettait pas de le faire. Nous avons filé en douce et couru jusqu'au bois. C'était un matin semblable à celui-ci, où les parents dorment et les enfants commettent des bêtises. On se faufilait entre les arbres, on se jetait au sol, comme si on combattait l'ennemi. Une guerre de tranchées.

Gamache regarda l'homme âgé reproduire avec le torse des mouvements faits près de quatre-vingts ans auparavant.

— Puis mon frère m'a chuchoté de ne pas faire de bruit et a indiqué deux tamias qui s'amusaient au pied d'un arbre. Il a pointé le doigt vers ma carabine. Je l'ai levée, j'ai visé, et j'ai tiré.

Zzz. Plouf ! Tic, tic, tic.

— Je l'ai eu.

Bert Finney se tourna vers Gamache. Ses yeux bougeaient dans tous les sens, maintenant. Difficile d'imaginer cet homme tirant sur une cible et l'atteignant.

— Mon frère a lancé un cri de joie et j'ai couru tout excité vers l'animal. J'étais très fier. J'avais hâte de raconter ça à mon père. Or le tamia n'était pas mort, mais il était grièvement blessé, c'était évident. Il poussait des cris et griffait l'air avec ses pattes. Puis il a arrêté et a seulement émis quelques gémissements. J'ai entendu un son et je me suis tourné. L'autre tamia regardait.

— Qu'avez-vous fait ?

— J'ai tiré une seconde fois, pour l'achever.

— Est-ce la dernière fois que vous avez tué quelque chose ?

— La dernière fois avant un bon bout de temps, oui. Mon père était très déçu que je ne veuille pas chasser avec lui, après ça. Je ne lui ai jamais dit pourquoi. J'aurais peut-être dû.

Ils regardèrent le pêcheur, l'homme du chalet de l'autre côté du lac, supposa Gamache.

— Mais j'ai fini par tuer de nouveau.

Bean passa à côté d'eux en galopant, puis s'enfonça dans les bois.

— "Oh ! je me suis libéré des entraves amères de la terre", récita Finney en regardant le dernier bout de la serviette disparaître.

— Ce sont des entraves amères ?

— Pour certains, oui, répondit Finney, les yeux toujours fixés sur l'endroit où Bean avait disparu.

Soudain, la canne à pêche se courba et la barque se mit à rouler légèrement lorsque l'homme, surpris, se pencha en arrière sur son siège et commença à remonter sa ligne. Celle-ci protesta, hurla.

Gamache et Finney observèrent la scène, en espérant que, d'un coup de tête adroit, le poisson réussirait à décrocher l'hameçon qui lui déchirait la bouche.

— Vous connaissiez bien Charles Morrow ?

— Il était mon meilleur ami.

À regret, Finney détourna le regard du lac.

— Nous avons fait nos études ensemble. Il arrive qu'on perde de vue certaines personnes, mais ce ne fut pas le cas avec Charles. Il était un bon ami. L'amitié comptait énormément à ses yeux.

— Quel genre d'homme était-il ?

— Déterminé. Il savait ce qu'il voulait et, généralement, il l'obtenait.

— Que voulait-il ?

— Argent, pouvoir, prestige. Les choses habituelles, quoi.

Finney regarda de nouveau vers le pêcheur et sa ligne courbée.

— Il a travaillé d'arrache-pied et a bâti une solide entreprise. En fait, pour être franc, il a pris la direction de l'entreprise familiale : une firme d'investissement, petite mais respectée. Charles l'a transformée en autre chose. Il a ouvert des bureaux partout au Canada. Il était ambitieux.

— Comment s'appelait sa compagnie ?

— Morrow Securities. Je me souviens qu'un jour il était arrivé au bureau en riant parce que le petit Peter lui avait demandé où était son fusil. Il pensait que son père était un gardien chargé de la sécurité. Il avait été très déçu d'apprendre que ce n'était pas le cas.

— Vous avez travaillé pour lui ?

— Toute ma vie. Il a fini par vendre la firme.

— Pourquoi ne l'a-t-il pas léguée à ses enfants ?

Pour la première fois, Bert Finney semblait mal à l'aise.

Le pêcheur se pencha sur le côté du bateau et plongea un filet dans l'eau.

— À mon avis, il en avait eu l'intention, mais trouvait qu'aucun d'entre eux n'était à la hauteur de la tâche. Peter avait beaucoup trop d'imagination. Cela l'aurait tué, disait Charles. Cependant, il croyait que Peter aurait été disposé à essayer. Il aimait la loyauté de ce garçon et son empressement à aider. Il disait toujours que Peter était un garçon extrêmement gentil. Julia avait déjà quitté la maison et était partie en Colombie-Britannique, où elle s'est fiancée à David Martin. Charles n'avait aucune sympathie pour le mari de la pauvre Julia et ne l'avait donc pas considéré comme successeur. Marianna ? Eh bien, il pensait qu'elle pourrait le remplacer, un jour. D'après lui, elle avait une bonne tête sur les épaules, contrairement aux autres. Elle n'était peut-être pas la plus intelligente, mais certainement la plus sensée. Mais elle était trop occupée à s'amuser.

— Et Thomas ?

— Ah, Thomas. Charles le trouvait intelligent et malin. Deux qualités importantes.

— Mais ?

— Mais il lui manquait quelque chose.

— Quoi ?

— La compassion.

Gamache réfléchit un moment.

— Ça ne semble pas la première qualité que l'on rechercherait chez un dirigeant d'entreprise.

— Mais chez un fils, oui. Charles ne voulait pas avoir Thomas trop près de lui.

Gamache hocha la tête. Il avait enfin obtenu de Finney l'information qu'il cherchait, mais celui-ci avait-il voulu que Gamache lui pose des questions, le pousse à parler ? Était-ce pour cette raison que Finney était assis là ? Pour orienter l'inspecteur-chef vers son beau-fils ?

— Quand Charles Morrow est-il décédé ?

— Il y a dix-huit ans. J'étais avec lui. Le temps d'arriver à l'hôpital, il était mort. Crise cardiaque.

— Et vous avez épousé sa femme.

Gamache s'était exprimé d'un ton neutre. Pas accusateur. Il énonçait simplement un fait. Mais une conscience coupable, savait-il, pouvait mal interpréter des paroles et entendre des choses qui n'étaient pas suggérées.

— Oui. Je l'aimais depuis toujours.

Les deux hommes regardèrent le lac. Quelque chose de dodu et de luisant s'agitait dans le filet du pêcheur. Doucement, l'homme retira l'hameçon, puis leva le poisson en l'air en le tenant par la queue.

Gamache sourit. L'homme qui habitait dans le chalet de l'autre côté du lac allait le remettre à l'eau. Dans un éclair argenté, le poisson heurta violemment le côté du bateau.

Le pêcheur l'avait tué.

20

Armand Gamache quitta le quai, en laissant Bert Finney assis dans le fauteuil Adirondack. Une fois sur l'herbe, l'inspecteur-chef regarda autour de lui, à la recherche de signes de l'enfant galopant. Mais la pelouse était déserte.

Sa montre indiquait sept heures trente. Est-ce que Bean aurait regagné l'auberge ?

Voilà la raison pour laquelle il s'était levé si tôt : pour voir pourquoi Bean le faisait. Et maintenant, il avait réussi à perdre l'enfant, au profit d'une conversation avec Finney. Avait-il fait le bon choix ?

Gamache se tourna dans la direction opposée au pavillon et prit le sentier qui serpentait le long du lac Massawippi en entrant parfois dans la forêt. Le temps était doux et, même sans les prévisions météo du maître d'hôtel, il savait que la journée serait très chaude. Pas aussi étouffante ni chargée d'humidité comme avant la tempête, mais tout de même chaude. Déjà le soleil reflété à la surface du lac l'aveuglait s'il regardait le plan d'eau de trop près ou trop longtemps.

— *Dream on, dream on*, chantonna une voix fluette dans les bois.

Gamache se retourna et regarda dans cette direction, en essayant de s'adapter à l'obscurité relative de la forêt.

— *Dream on, dream on.*

La voix aigrelette atteignit presque une note suraiguë, stridente. Gamache quitta le sentier et marcha sur des racines et des pierres branlantes, risquant quelques fois de se tordre la cheville. Mais il continua d'avancer, péniblement. Après avoir louvoyé entre des arbres vivants et enjambé des arbres morts, il arriva à une trouée. Elle était surprenante.

Un large cercle avait été dégagé au milieu de la forêt dense, pour faire place à des chèvrefeuilles et à du trèfle. Il se demanda comment il avait pu ne pas découvrir cet endroit, ne serait-ce qu'en suivant son nez. Une odeur sucrée, presque écœurante, en émanait. Il aurait aussi pu se fier à un autre sens, son ouïe.

La clairière bourdonnait. En regardant plus attentivement, il vit les minuscules fleurs, brillantes et délicates, dodeliner de la tête. La clairière grouillait d'abeilles qui se faufilaient entre les arbustes en fleurs, y entraient, en ressortaient.

— *Dream on*, chanta la voix de l'autre côté des arbustes qui ballottaient.

Gamache opta pour la discrétion et contourna la clairière. Au passage, il remarqua la demi-douzaine de boîtes en bois au centre du cercle.

Des ruches. Le Manoir Bellechasse avait ses propres ruches et les abeilles étaient en train de prendre leur repas du matin.

Arrivé de l'autre côté, Gamache tourna le dos aux milliers d'abeilles et, encore une fois, braqua les yeux sur la forêt. Soudain, il vit de la couleur voltiger entre les troncs d'arbres. Puis elle disparut.

Il marcha lourdement dans les bois jusqu'à ce qu'il soit à quelques mètres de Bean. L'enfant avait les pieds écartés, comme s'ils étaient plantés dans le sol, les genoux légèrement fléchis, la tête inclinée vers l'arrière et les mains jointes devant, comme si elles tenaient quelque chose.

L'enfant souriait. Et son sourire était radieux.

— *Dream on, dream on.*

Bean chantait d'une voix dépourvue de musicalité, mais remplie de quelque chose d'encore plus magnifique que la musique : un bonheur absolu.

Dans la famille Morrow, Bean était la première personne que Gamache voyait exprimer de la joie, de la jubilation, du ravissement.

Il reconnaissait ces émotions parce que lui-même les éprouvait, tous les jours. Cependant, il ne se serait pas attendu à les observer ici, au milieu de la forêt, chez un membre de la famille

Morrow. Et certainement pas chez cet enfant marginalisé, exclu, ridiculisé. Un enfant asexué, ancré au sol, à qui on avait donné un nom de légumineuse. Tel un destin implacable, une catastrophe semblait menacer Bean, comme un chiot au bord d'une autoroute. Mais cet enfant incapable de sauter pouvait faire beaucoup mieux : se laisser transporter.

Gamache resta accroupi un long moment, fasciné, à regarder Bean. Il remarqua de minces fils blancs qui tombaient de ses oreilles et disparaissaient dans une poche. Un iPod, peut-être ? Quelque chose dirigeait ce concert auquel il assistait. Il entendit Louis Armstrong chanter *St. James Infirmary Blues*, puis *Let It Be*, des Beatles – les mots, cependant, ressemblaient plus à "laide et bi". Puis un air sans paroles qui fit galoper et tourbillonner Bean en fredonnant. De temps en temps, Bean reculait d'un coup sec, puis se courbait vers l'avant.

Gamache finit par s'en aller discrètement, rassuré. Bean était en sécurité. Mais il y avait mieux encore : aussi incroyable que cela puisse paraître, Bean était un enfant normal, sain d'esprit.

Debout près du ruban jaune de la police, l'agente Isabelle Lacoste fixait l'endroit où Julia Martin avait vécu ses derniers instants. Les brins d'herbe s'étaient redressés, alors que la veille ils avaient été écrasés, eux aussi. Dommage qu'une personne ne puisse pas faire la même chose, revenir à la vie après la pluie et un peu de soleil. Renaître. Mais certaines blessures étaient trop graves.

Lacoste demeurait hantée par la vision du corps. Elle faisait partie de l'escouade des homicides depuis plusieurs années et avait vu des cadavres dans des états bien pires, plus macabres. Ce n'était pas l'expression sur le visage de la victime qui la perturbait, ni même la statue enfoncée dans sa poitrine. C'étaient les bras de Julia Martin, grands ouverts.

Elle connaissait cette pose. Elle la voyait chaque fois qu'elle rendait visite à sa mère. Celle-ci était toujours debout sur les marches de sa modeste demeure dans l'Est de Montréal. Proprement et coquettement vêtue. Quand Isabelle Lacoste et sa famille remontaient la rue en voiture, sa mère ouvrait la porte, derrière laquelle elle avait attendu. Elle sortait sur la galerie et les regardait se garer. Au moment où Isabelle descendait de la voiture, sa mère se mettait à sourire et ouvrait grands les bras, en un geste de bienvenue. Le mouvement paraissait involontaire, comme si elle offrait son cœur à sa fille. Puis Isabelle Lacoste s'avançait dans l'allée, en accélérant le pas jusqu'à ce que, enfin, elle soit enveloppée dans ces vieux bras. En sécurité. Chez elle.

Et Lacoste agissait de même lorsque ses propres enfants se précipitaient dans l'allée et sautaient dans ses bras ouverts.

Quelques secondes avant sa mort, Julia Martin avait eu un geste similaire. Ce qui s'en venait était-il bienvenu ? Pourquoi avait-elle ouvert les bras quand l'énorme statue avait basculé sur elle ?

L'agente Lacoste ferma les yeux et essaya de se mettre dans la peau de cette femme. Elle ne cherchait pas à ressentir sa terreur des derniers instants, mais plutôt à entrer en contact avec son esprit, son âme. Au cours de chaque enquête, elle revenait discrètement sur les lieux du crime, seule. Elle voulait dire quelque chose au mort. Et maintenant, silencieusement, elle promit à Julia Martin qu'on découvrirait l'assassin. Armand Gamache et son équipe n'abandonneraient pas avant qu'elle repose en paix.

Jusqu'à maintenant, ils avaient résolu presque toutes leurs enquêtes, et elle avait dû présenter ses excuses à quelques esprits seulement. Allait-elle devoir le faire encore ? L'agente Lacoste n'aimait pas entretenir des pensées négatives en un tel moment, mais cette affaire la troublait. Les Morrow la troublaient. Mais plus encore, la statue capable de marcher la troublait.

Elle rouvrit les yeux et vit l'inspecteur-chef traverser la pelouse. Par-dessus le bourdonnement des insectes et le gazouillis des oiseaux, elle l'entendit fredonner et chanter avec sa voix de baryton.

— Laide et bi, laide et bi.

Jean-Guy Beauvoir avait dormi d'un sommeil agité. Après avoir fait quelques appels en Colombie-Britannique et obtenu de l'information intéressante, il avait fait ce qu'il n'aurait pas dû. Au lieu d'aller au lit, ou dans la bibliothèque pour prendre d'autres notes – sur des blocs-notes, bon sang ! –, il s'était rendu à la cuisine.

Certains membres du personnel venaient juste de s'attabler pour manger et les autres nettoyaient et rangeaient. Beauvoir arriva au moment où, l'air affairé, Pierre Patenaude entrait dans la pièce. L'attention de la chef Véronique, d'abord concentrée sur Beauvoir, se détourna de lui, et l'humeur de l'enquêteur s'assombrit. Il s'était senti guilleret, éprouvant de nouveau cette étrange envie de rire, ou du moins de sourire, en sa compagnie. C'était une joie qu'il ressentait rarement. Mais sa gaieté disparut lorsque la chef détourna son attention et la reporta sur le maître d'hôtel. L'inspecteur fut alors surpris de découvrir de la colère en lui. Et de la peine. La chef avait paru contente de le voir, mais elle l'était plus encore de voir le maître d'hôtel.

"Et pourquoi ne le serait-elle pas ? se dit-il. C'est parfaitement normal."

Cette pensée rationnelle fut cependant déviée par les sentiments durs qui naissaient en lui à la vue de la chef Véronique souriant à Pierre Patenaude.

"Quelle sorte d'homme sert les autres toute sa vie ? se demanda-t-il. Un homme faible."

Beauvoir détestait la faiblesse. S'en méfiait. Les meurtriers étaient des êtres faibles, il le savait. Il se mit donc à observer le maître d'hôtel d'un autre œil.

— Bonsoir, inspecteur, avait dit le maître d'hôtel en s'essuyant les mains avec un torchon à vaisselle. Que puis-je faire pour vous ?

— J'espérais une tasse de café et peut-être un petit dessert.

En répondant, il s'était tourné vers la chef Véronique et avait senti ses joues rougir légèrement.

— Mais bien sûr, dit-elle. J'étais justement en train de couper un morceau de clafoutis aux poires pour M. Patenaude. En voulez-vous ?

Le cœur de Beauvoir se mit à battre à tout rompre et se contracta en même temps. Cela lui causa une douleur si aiguë qu'il aurait voulu enfoncer son poing dans sa poitrine.

— Puis-je aider ?

— On n'aide jamais un chef dans sa cuisine, dit Pierre, avec un petit rire. Voici votre café.

Beauvoir l'accepta à contrecœur. Ce n'était pas ainsi qu'il avait imaginé la rencontre. La chef Véronique aurait été seule dans la cuisine. En train de faire la vaisselle. Il aurait pris un torchon et aurait essuyé les assiettes à mesure qu'elle les lavait, comme il avait vu l'inspecteur-chef le faire des centaines de fois chez lui, après le souper. Dans sa propre maison, ça se passait autrement. Sa femme et lui mangeaient devant la télévision, puis elle fourrait les assiettes dans le lave-vaisselle.

Il aurait donc essuyé la vaisselle, puis la chef Véronique l'aurait invité à s'asseoir. Elle aurait versé du café pour eux deux et ils auraient mangé de la mousse au chocolat en se racontant leur journée.

Il ne se serait certainement pas imaginé assis avec le maître d'hôtel et cinq jeunes Anglos boutonneux.

La chef Véronique avait coupé une portion de clafoutis pour chacun des hommes. Beauvoir l'avait regardée déposer de belles framboises presque pourpres dans chaque assiette et napper le tout de coulis. Une des assiettes était mieux garnie. Elle contenait plus de fruits, plus de crème anglaise. Plus de clafoutis crémeux sur un lit de chocolat noir.

Véronique Langlois avait ensuite posé une assiette devant chacun. La plus généreuse devant le maître d'hôtel.

Jean-Guy Beauvoir avait senti le froid l'envahir. Dans la cuisine chaude, par cette soirée d'été chaude, il était gelé.

Maintenant, le lendemain matin, en cette belle journée ensoleillée, il avait l'impression d'avoir la gueule de bois, comme si, la veille, il avait été ivre d'émotion. Ivre et malade. Et pourtant, lorsqu'il descendit les larges marches, il se sentit de nouveau attiré vers la cuisine. Il resta à l'extérieur un moment, essayant de se convaincre de faire demi-tour, d'aller dans la salle à manger, ou la bibliothèque, ou jusqu'à sa voiture pour rentrer chez lui et faire l'amour à sa femme.

Soudainement, la porte s'ouvrit et frappa Beauvoir en plein visage.

Il se recula, en ravalant à grand-peine les jurons qui surgissaient dans son esprit et sur sa langue, au cas où la personne responsable serait Véronique Langlois. Pour une raison quelconque, il était incapable de jurer en sa présence. Il ferma les yeux, tant la douleur était vive, et d'une main se tint le nez ; quelque chose coulait entre ses doigts.

— Oh mon Dieu ! Je suis désolé !

C'était le maître d'hôtel.

Beauvoir ouvrit les yeux et la bouche en même temps.

— Câlice ! Regardez ça.

Sa main était couverte de sang. Soudain, il fut pris d'un étourdissement.

— Venez, laissez-moi vous aider.

Le maître d'hôtel prit le bras de Beauvoir, mais celui-ci se dégagea d'un coup sec.

— Tabarnac ! Laissez-moi tranquille, cria-t-il d'une voix nasillarde, en crachant des jurons et du sang.

— Ce n'était pas sa faute.

Beauvoir s'immobilisa ; il aurait tout fait pour ne pas se trouver dans cette situation.

— Vous ne devriez pas vous tenir devant la porte de la cuisine à l'heure des repas. M. Patenaude accomplissait simplement son travail.

La voix de stentor était reconnaissable entre toutes, de même que le ton. C'était celui d'une femme se portant à la défense d'une personne aimée. Elle paraissait plus préoccupée par l'attaque contre le maître d'hôtel que par le policier ensanglanté. Et cela était plus douloureux – infiniment plus – qu'une porte dure écrasant un nez mou. Beauvoir se tourna et vit la chef Véronique derrière lui, qui le dominait de toute sa hauteur. Dans sa large main potelée, elle tenait des liasses de papier. Elle lui avait parlé d'une voix dure, sévère, comme ses maîtresses à l'école catholique lorsqu'il avait fait une bêtise particulièrement stupide.

Câlice ! Avait-il dit câlice ? Et tabarnac ? Maintenant, il avait vraiment la nausée.

— Désolé, dit-il, en recueillant dans sa main le sang qui dégouttait de son menton. Je suis désolé.

— Qu'est-il arrivé ?

Beauvoir se tourna de l'autre côté et vit Gamache entrer dans l'auberge. Il éprouva du soulagement, comme chaque fois que le chef se trouvait dans une pièce avec lui.

— C'est ma faute, répondit Patenaude. J'ai ouvert la porte et je l'ai frappé.

— Que se passe-t-il ?

Mme Dubois s'approcha de son pas chaloupé, le regard inquiet.

— Est-ce que ça va ? demanda Gamache, les yeux fixés sur ceux de Beauvoir, qui hocha la tête.

Gamache lui tendit son mouchoir et demanda des serviettes. Après un moment, il examina les dommages. Avec des gestes sûrs, il tâta de ses gros doigts le nez, le front et le menton de Beauvoir.

— Bon, rien de grave. Votre nez n'est pas cassé, seulement contusionné.

Beauvoir lança un regard haineux au maître d'hôtel. Cet homme l'avait fait exprès, il en était persuadé.

Il retourna à sa chambre pour se nettoyer, en espérant voir dans le miroir un valeureux héros du sport ou un boxeur blessé sur le ring. À la place, il vit un idiot. Un sacré idiot au visage ensanglanté. Après s'être changé, il rejoignit les autres dans la salle à manger pour le petit-déjeuner. Les Morrow étaient regroupés d'un côté, les enquêteurs de l'autre.

— Ça va mieux ? s'informa Gamache.

— Ce n'est rien, répondit Beauvoir.

Du coin de l'œil, il avait perçu le regard amusé de Lacoste et se demanda si tout le monde était au courant. Un serveur leur apporta du café au lait et prit leurs commandes.

Puis Gamache s'adressa à Lacoste.

— Qu'avez-vous appris ?

— Vous vous demandiez, chef, pourquoi Julia Martin avait explosé à la mention de toilettes publiques. J'ai posé la question à Marianna Morrow hier soir. Apparemment, Julia a eu une engueulade monstre avec son père à ce sujet.

— Au sujet de toilettes ?

— Ouais. C'est la raison de son départ pour la Colombie-Britannique. Il paraît que quelqu'un a écrit un graffiti dans les toilettes pour hommes du Ritz, affirmant que Julia taillait une bonne pipe. On donnait même son numéro de téléphone. Le numéro de la maison familiale.

Beauvoir fit la grimace. Il imaginait très bien la réaction de papa et maman Morrow aux appels, à toute heure du jour et de la nuit, d'hommes voulant une fellation.

— Apparemment, Charles Morrow lui-même a vu le message. La personne qui l'a écrit savait exactement où le placer. Vous connaissez le Oyster Bar ?

Gamache hocha la tête. Maintenant fermé, ce bar, logé au sous-sol du Ritz, avait été l'un des préférés pour des générations d'Anglos de Montréal.

— Eh bien, "Julia Morrow taille une bonne pipe" était écrit dans les toilettes pour hommes du Oyster Bar. D'après Marianna, son père a vu le message, puis a entendu plusieurs de ses amis en rire. Il a piqué une crise.

— Mais qui l'a écrit ? demanda Gamache.

— Je ne sais pas.

Lacoste n'avait pas pensé à poser la question à Marianna.

On vint leur servir leurs petits-déjeuners. Pour l'inspecteur-chef : des œufs brouillés aux épinards et au brie, accompagnés de tranches de bacon à l'érable et d'une salade de fruits. Lacoste avait commandé des œufs Benedict et Beauvoir le plat le plus copieux du menu. Son assiette débordait de crêpes, d'œufs, de saucisses et de bacon.

Un serveur leur apporta aussi une corbeille contenant des croissants, ainsi que des pots de confitures maison aux fraises et aux bleuets sauvages, et du miel.

— Quelqu'un lui en voulait, dit Lacoste, pendant qu'un peu de sauce hollandaise dégoulinait de sa fourchette. Les filles qui ne leur cèdent pas se font souvent traitées de putes par des garçons déçus.

— C'est une chose horrible à faire à une fille, répondit Gamache en pensant à la frêle Julia. Quel âge pouvait-elle avoir ? Vingt ans ?

— Vingt-deux.

— Je me demande si Thomas a pu écrire ce message, ajouta Gamache.

— Pourquoi lui ? demanda Beauvoir.

— Il fallait que ce soit quelqu'un qui connaissait le numéro de téléphone, connaissait les habitudes de Charles Morrow, et connaissait Julia. Et ce devait être quelqu'un de cruel.

— Selon Marianna, ils sont tous cruels, commenta Beauvoir.

— Ç'aurait pu être Thomas, dit Lacoste.

Elle prit un croissant encore chaud, à peine sorti du four, le sépara en deux et y étendit du miel doré.

— Mais ça s'est passé il y a trente-cinq ans. On ne peut pas juger l'homme d'après ses agissements de jeunesse.

— C'est vrai, mais Thomas a menti. Il a dit à Julia que nous parlions de toilettes pour hommes alors que ce n'était pas le cas, dit Gamache. Nous parlions de toilettes en général. Il voulait la faire réagir. Il voulait la blesser, j'en suis maintenant persuadé. Et il a réussi. Il est encore cruel.

— Pour lui, c'était peut-être une plaisanterie, suggéra Beauvoir. Chaque famille a ses blagues, comprises seulement de ses membres.

— Une plaisanterie est drôle, répondit Gamache. Le but, ce soir-là, était de blesser.

— C'est une forme de violence, dit Lacoste.

À côté d'elle, Beauvoir grogna. Elle se tourna vers lui.

— Tu crois que seul un coup de poing dans le visage d'une femme constitue de la violence ?

— Écoute, je sais que la violence verbale et psychologique existe, et je comprends, répondit-il, sincère. Mais ça finit où ? Le gars a taquiné sa sœur au sujet d'un événement remontant à des années, et ce serait de la violence ?

— Certaines familles ont la mémoire longue, intervint Gamache, surtout en ce qui concerne les affronts.

Il trempa sa cuiller dans le miel, en fit couler sur un croissant chaud, puis prit une bouchée et sourit.

Le miel avait un goût de fleurs odorantes.

— D'après Marianna, leur père était moins inquiet de savoir si Julia taillait une bonne pipe que de savoir que tout le monde le croyait, dit Lacoste.

— Et Julia a quitté la maison à cause de ça ? demanda Gamache. L'incident n'était pas insignifiant, je le sais, mais était-ce suffisant pour l'envoyer à l'autre bout du continent ?

— Une blessure psychologique fait très mal, répondit Lacoste. Je préfère cent fois avoir un bleu.

Beauvoir sentait des élancements dans son nez et savait qu'elle avait raison.

Gamache hocha la tête, essayant d'imaginer la scène. Julia, qui n'avait probablement jamais fait un faux pas de sa vie, avait soudainement été humiliée devant toute la société anglophone de Montréal. Cette population n'était peut-être pas très nombreuse, ni aussi puissante qu'elle le prétendait, mais c'était parmi elle que vivaient les Morrow. Soudain Julia avait été cataloguée comme une putain. Et humiliée.

Mais le pire restait à venir. Au lieu de prendre sa défense, Charles Morrow, un homme comme il faut, droit et aussi inébranlable à l'époque que maintenant, l'avait aussi attaquée, ou du moins ne s'était pas porté à sa défense. Elle l'aimait, et lui l'avait abandonnée, laissant les hyènes se ruer sur elle.

Julia Morrow était partie. Le plus loin possible de sa famille. En Colombie-Britannique. Elle avait épousé David Martin, un choix que désapprouvait son père, avait ensuite divorcé, puis était revenue à la maison. Et avait été assassinée.

— J'ai parlé avec Peter, hier soir.

Gamache résuma leur conversation pour Lacoste et Beauvoir.

— Alors, selon lui, Bert Finney aurait tué Julia pour l'argent de l'assurance ? demanda Lacoste.

— Supposons que ce soit vrai, dit Beauvoir après avoir avalé un morceau d'une savoureuse saucisse dégoulinante de sirop d'érable. Mais il a, quoi, environ cent cinquante ans ? Il est plus vieux que ce qu'il pèse. Comment aurait-il pu faire tomber cette énorme statue de son piédestal ? Aussi bien accuser l'enfant de l'avoir fait.

Gamache prit une bouchée d'œufs brouillés au brie et regarda par la fenêtre. Beauvoir avait raison. Cependant, il n'était pas plus probable que Peter ou Thomas l'ait fait. Cette enquête portait sur un meurtre impossible. Personne n'aurait pu faire bouger Charles Morrow, encore moins le pousser sur environ trente centimètres jusqu'à ce qu'il bascule. Ou, sinon, ç'aurait pris du temps et la statue glissant sur le socle aurait fait du bruit. Julia ne serait pas restée plantée là à attendre qu'elle tombe. Mais Charles Morrow, comme le reste de sa famille, était demeuré silencieux.

De plus, la statue n'aurait pas seulement fait du bruit, elle aurait laissé des égratignures, des marques. Pourtant, la surface du socle était intacte.

Impossible. Cette situation était impossible. Néanmoins, c'est ce qui s'était produit.

Une autre idée vint à l'esprit de Gamache et il jeta un coup d'œil à la famille. Bean n'avait pu faire tomber la statue, ni Finney. Ni Mme Finney, ni Marianna, ni même les hommes. Pas tout seuls.

Mais ensemble ?

— Peter se trompe au sujet de l'assurance vie de Julia.

Beauvoir avait attendu tout le repas pour leur annoncer ce qu'il avait appris. Après avoir trempé son dernier morceau de crêpe dans le restant de sirop d'érable, il poursuivit :

— Mme Finney n'est pas la bénéficiaire.

— Qui, alors ? demanda Lacoste.

— Personne. Elle n'avait pas d'assurance.

"Ah ha !" se dit-il, amusé par l'expression de surprise sur leur visage. Il avait eu toute la nuit pour assimiler cette nouvelle étonnante. La femme du plus riche courtier d'assurances du Canada n'était pas assurée ?

— Vous devez parler à David Martin, dit Gamache après un moment de réflexion.

— J'ai appelé son avocat à Vancouver. J'espère pouvoir lui parler d'ici midi.

— Honoré Gamache ?

Le nom fusa à travers la pièce tranquille et atterrit sur leur table. Beauvoir et Lacoste relevèrent brusquement la tête, puis la tournèrent du côté des Morrow. Mme Finney les regardait, un sourire sur son doux et agréable visage.

— Alors Honoré Gamache était son père ? Je savais que le nom me disait quelque chose.

— Chut ! maman, fit Peter en se penchant au-dessus de la table.

— Quoi ? Je ne dis rien.

Sa voix perçante continuait de retentir dans la salle à manger.

— De toute façon, ce n'est pas moi qui devrais être gênée.

Beauvoir regarda le chef.

Armand Gamache avait un curieux sourire au coin des lèvres. Il paraissait presque soulagé.

21

Clara s'était levée de table. Elle en avait assez entendu. Elle s'était efforcée d'éprouver de la compassion pour la mère de Peter, de faire preuve de patience. "Mais qu'elle aille au diable, qu'ils aillent tous au diable!" pensait-elle en traversant la pelouse d'un pas lourd.

Elle sentait son cœur galoper dans sa poitrine et ses mains trembler, comme chaque fois qu'elle était enragée. Et, bien sûr, son cerveau ne fonctionnait pas. Il s'était enfui avec son cœur – les lâches – en la laissant sans défense et sans cervelle. Prouvant encore une fois aux Morrow qu'elle était une idiote mal élevée, car quitter la table avant l'heure était impoli ; mais, apparemment, insulter d'autres personnes ne l'était pas.

Les Morrow semblaient croire qu'il existait un code particulier pour eux, qui leur permettait de dire ce qu'ils voulaient à propos des autres, en sachant parfaitement que ceux-ci les entendraient, sans que cela soit malpoli.

"Ce bébé n'est-il pas le plus laid que vous ayez jamais vu?"

"On ne devrait pas porter du blanc si on est gros."

"Elle serait plus jolie si elle n'avait pas cet air renfrogné."

Ce dernier commentaire avait été émis à son sujet, le jour de son mariage, lorsqu'elle avançait vers l'autel, souriante, au bras de son père.

On pouvait se fier aux Morrow : ils savaient choisir la bonne fourchette et prononcer la mauvaise parole. Ils lançaient toujours leurs remarques sur un ton désinvolte. Et si on réagissait, ils paraissaient blessés, offusqués, perplexes.

Combien de fois Clara s'était-elle excusée d'avoir été insultée?

Et ce que Mme Morrow venait de dire au sujet du père d'Armand Gamache était probablement la pire insulte que Clara l'avait jamais entendue proférer.

— Ne vous en faites pas, Jean-Guy, dit Gamache quelques minutes plus tard, dans la voiture.

Les deux enquêteurs se dirigeaient, sur une route de terre raboteuse, vers le cimetière local et l'homme qui avait réalisé la statue de Charles Morrow.

— Je suis habitué. Bert Finney m'avait dit avoir connu mon père à la fin de la guerre. Il en a parlé à sa femme, je suppose.

— Il n'était pas obligé.

— Mon père n'est pas un secret, vous savez.

L'inspecteur-chef se tourna vers Beauvoir, qui gardait les yeux fixés sur la route, n'osant pas regarder le patron.

— Excusez-moi. Mais je sais ce que les gens pensent.

— C'était il y a longtemps, et je connais la vérité.

Beauvoir avait toujours les yeux rivés sur le chemin. Il entendait l'homme à côté de lui, mais aussi la voix forte, snob de Mme Finney et le mot qui s'était fixé dans son esprit, dans l'esprit de tout le monde. Le mot qui semblait associé au nom d'Honoré Gamache pour toujours.

Lâche.

— Est-ce que ça va, Clara? demanda Peter en traversant rapidement la pelouse pour la rejoindre.

— Je suppose que tu as remis ta mère à sa place? dit Clara en le regardant dans les yeux.

Peter avait les cheveux décoiffés, hérissés, comme s'il y avait passé la main encore et encore. Sa chemise était sortie de son pantalon, sur lequel des miettes de croissant étaient restées collées. Il ne répondit pas.

— Pour l'amour du ciel, Peter, quand vas-tu avoir le courage de l'affronter?

— Quoi? Elle ne parlait pas de toi.

— Non, elle calomniait un de nos amis. Gamache a entendu tout ce qu'elle a dit. C'est ce qu'elle voulait.

— Tu n'as pas répliqué, toi non plus.

— Tu as raison.

Clara se souvint de la nappe glissée dans sa ceinture. Lorsqu'elle s'était levée d'un bond, elle avait légèrement tiré sur la vaisselle du petit-déjeuner.

Tous les yeux avaient été braqués sur elle. "Allez, vas-y, semblaient-ils dire, humilie-toi encore une fois."

Et, bien sûr, elle s'était humiliée. Comme toujours. Elle avait beau s'armer des mantras "Un jour de plus, seulement un jour de plus" et "Ça n'a pas d'importance, ça n'a pas d'importance", avait beau méditer et s'entourer d'une lumière blanche protectrice, c'était en vain. À un moment donné, elle ne pouvait plus se défendre contre les attaques des Morrow. Elle restait là debout devant eux, en tremblant comme une feuille. Outrée, consternée et frappée de mutisme.

Ça s'était de nouveau produit ce matin-là, quand Mme Morrow avait tout expliqué à sa famille.

— Vous ne connaissez pas l'histoire ?

— Quelle histoire ? avait demandé Thomas, excité.

Même Peter paraissait impatient de l'entendre. Il profiterait ainsi d'un moment de répit.

— Raconte-nous, avait-il dit, en jetant Gamache aux lions afin que lui-même puisse s'échapper.

— Irene…, l'avertit Bert Finney. C'est de l'histoire ancienne.

— Ceci est important, Bert. Les enfants devraient être mis au courant.

Elle s'était retournée vers les autres, et même Clara – que Dieu ait pitié d'elle – était curieuse.

Irene Finney les regarda tous, assis autour d'elle à la table. Elle avait passé une bonne partie de la nuit à supplier, à prier, à marchander pour que vienne le sommeil. Le néant. Pour oublier la perte de son enfant durant quelques heures.

Et le matin, lorsqu'elle s'était réveillée, sa douce joue rose et sèche reposant sur l'oreiller, elle avait de nouveau perdu sa fille. Julia était maintenant partie, mais elle avait emporté les déceptions avec elle. Plus d'anniversaires oubliés, plus de tristes dimanches passés à attendre des appels qui ne venaient jamais. Au moins, Julia ne la blesserait plus. Julia ne représentait plus de danger et Irene pouvait maintenant l'aimer sans risque. Voilà ce que le vide avait craché. Une fille morte. Mais une fille bien-aimée. Enfin. Quelqu'un à aimer sans crainte. Une personne morte, oui, mais on ne peut pas tout avoir.

Puis Bert était revenu de sa promenade matinale avec ce merveilleux cadeau. Autre chose pour occuper son esprit.

Honoré Gamache. Pour une raison ou pour une autre, le vide l'avait aussi craché. De même que son fils.

— C'était juste avant la guerre. Nous savions tous qu'il fallait arrêter Hitler. Le Canada s'unirait à la Grande-Bretagne, c'était évident. Mais à un moment donné ce Gamache a commencé à prononcer des discours contre la guerre. D'après lui, le Canada devait rester neutre. La violence ne produisait jamais rien de bon, disait-il. Il s'exprimait bien. C'était un homme instruit.

Elle avait l'air surprise en disant cela, comme si un béluga avait obtenu un diplôme de l'Université Laval.

— Il était dangereux. N'ai-je pas raison ? demanda-t-elle, en cherchant l'appui de son mari.

— Il croyait à ce qu'il disait, répondit M. Finney.

— Cela le rendait d'autant plus dangereux. Il a convaincu beaucoup d'autres personnes. Il y a eu des manifestations contre la guerre.

— Que s'est-il passé ensuite ? demanda Sandra.

Elle jeta un coup d'œil au plafond. Il était propre. Le personnel de l'auberge l'avait nettoyé sans émettre de commentaires. Il ne restait plus un seul biscuit. Sandra ne put s'empêcher d'éprouver de la tristesse pour Bean et tout son travail. L'enfant, en revanche, ne semblait pas s'en faire. Son attention était focalisée sur l'histoire.

— Le Canada a attendu avant d'entrer en guerre.

— Seulement une semaine, précisa Finney.

— C'était déjà trop. Ce fut humiliant. La Grande-Bretagne était engagée dans le conflit, l'Allemagne tyrannisait l'Europe. C'était une erreur.

— C'était une erreur, reconnut tristement Finney.

— C'était la faute de ce Gamache. Et même après que la guerre a été déclarée, il a convaincu beaucoup de Québécois d'être des objecteurs de conscience. De *conscience.*

Dans sa bouche, le mot était devenu répugnant.

— Ça n'avait rien à voir avec la conscience, seulement la lâcheté.

Elle éleva la voix, transformant la phrase en une arme et le dernier mot en une baïonnette. La cible humaine se trouvait de l'autre côté de la pièce.

— Il y est allé, lui, en Europe, dit Finney.

— Avec la Croix-Rouge. Jamais au front. Il n'a jamais risqué sa vie.

— Il y a eu beaucoup de héros parmi les ambulanciers. Des hommes braves.

— Honoré Gamache ne l'était pas, rétorqua Irene Finney.

Clara attendit que Finney la contredise. Elle regarda Peter ; son mari avait de la confiture sur sa joue mal rasée, et les yeux baissés. Quant à Thomas, Sandra et Marianna, leurs yeux flamboyaient. Comme ceux d'hyènes bondissant sur une proie. Et Bean ? L'enfant avait les pieds solidement plantés sur le sol et tenait fermement le livre *Des légendes que tout enfant devrait connaître*.

Clara se leva, en tirant la nappe avec elle. Peter parut gêné. Faire un esclandre était infiniment pire que faire de la peine. Les mains de Clara tremblaient lorsqu'elle agrippa le tissu pour s'en libérer. Des larmes de rage lui montaient aux yeux. Dans ceux de Mme Morrow, cependant, elle vit de la satisfaction.

Lorsqu'elle se précipita hors de la pièce, passant à côté de Gamache puis sortant par la porte moustiquaire grinçante, les mots l'accompagnèrent jusque dans la nature sauvage.

— Honoré Gamache était un lâche.

*

— Monsieur Pelletier ?

— Oui !

Le cri venait des chevrons.

— Je suis Armand Gamache, de la section des homicides de la Sûreté du Québec.

Beauvoir aurait voulu voir le visage du sculpteur. Hormis l'arrestation, c'était la partie de l'enquête qu'il préférait. Il adorait voir l'expression des gens lorsqu'ils se rendaient compte que deux agents des homicides étaient là. Des agents de la réputée Sûreté.

Ce plaisir lui fut cependant refusé. Pelletier était invisible, une simple voix venue d'en haut.

— C'est probablement au sujet de cette statue, ajouta la voix désincarnée.

Une autre déception. Beauvoir adorait fournir des détails macabres et voir les gens pâlir.

— C'est cela, en effet. Pourriez-vous descendre, s'il vous plaît ?

— Je suis très occupé. Une nouvelle commande.

— Là-haut ? demanda Gamache, en étirant le cou pour apercevoir l'homme entre les chevrons.

— Bien sûr que non, pas ici. Je fixe des cordes à attacher à la sculpture, pour l'empêcher de tomber.

Gamache et Beauvoir échangèrent un regard. Ainsi, les statues pouvaient tomber. L'explication serait-elle aussi simple ?

En sursautant, Beauvoir vit un homme maigre descendre à toute vitesse le long du mur du fond de la vieille grange, comme une araignée. C'est seulement lorsque l'homme atterrit en douceur qu'il remarqua une corde faisant office d'échelle. Il se tourna vers Gamache, qui avait aussi observé la descente du sculpteur. L'inspecteur-chef avait les yeux grands ouverts à la pensée que quelqu'un puisse grimper là-haut.

Yves Pelletier était d'une maigreur extrême, presque décharné. Il portait un ample short blanc et un maillot de corps crasseux, qui dissimulait à peine sa poitrine osseuse et ses côtes. Ses bras, cependant, étaient énormes. Il ressemblait à Popeye.

— Yves Pelletier, dit-il avec l'accent des Cantons-de-l'Est, en tendant la main.

Lui serrer la main était comme empoigner un marteau. Cet homme semblait fait de métal. Mince, dur et luisant de transpiration. La chaleur était étouffante dans la grange. L'air ne circulait pas et d'épais nuages de poussière flottaient dans les rayons de soleil qui pénétraient entre les planches.

Le lieu sentait le vieux foin, le béton et la sueur.

Beauvoir redressa le torse et s'efforça de paraître viril dans ses chaussures en cuir fin et sa chemise en lin ajustée.

"J'ai un revolver, se dit-il. J'ai un revolver et lui non."

Les menaces pouvaient prendre différentes formes. Il jeta un coup d'œil à l'inspecteur-chef, qui semblait parfaitement à l'aise.

— Que vous est-il arrivé ? demanda le sculpteur à Beauvoir, en indiquant sa figure.

Si Gamache n'avait pas été là, il aurait parlé du bâtiment en flammes rempli d'orphelins, ou du véhicule en fuite qu'il avait arrêté juste avant qu'il fauche une femme enceinte, ou du meurtrier qu'il avait désarmé de ses seules mains.

Il préféra se taire et laisser l'homme imaginer un acte de bravoure.

— On dirait que vous avez été frappé par une porte, jeune homme, dit Pelletier.

Puis il pivota sur les talons et guida les deux enquêteurs à travers la grange et jusque dans la cour arrière. Celle-ci n'était pas un cimetière, mais il y en avait un, très grand, à côté.

— Des clients, commenta Pelletier en riant, le doigt pointé vers les pierres tombales de l'autre côté de sa clôture en bois.

Il se roula une cigarette, puis la planta dans sa bouche aux dents jaunes.

— Pas moyen de gagner sa vie avec la sculpture. J'aimerais bien, mais être artiste ne permet pas de payer les factures.

Il tira une longue bouffée, toussa et cracha.

Difficile de trouver quelqu'un ressemblant moins à un artiste, pensa Beauvoir.

— Les gens m'engagent pour ça, ajouta Pelletier en indiquant d'un geste du bras les monuments funéraires et les pierres tombales.

Les trois hommes passèrent la barrière et entrèrent dans le cimetière. Ici et là s'étaient posés des anges. Ils étaient vieux et leurs ailes usées.

Gamache s'arrêta pour embrasser la scène du regard.

L'endroit était calme, paisible. Mais il paraissait animé, aussi. Par endroits, un homme ou une femme émergeait de derrière un arbre. Sauf qu'ils ne bougeaient pas vraiment. Ils étaient figés sur place, tout en semblant doués de vie. C'étaient des statues.

Gamache se tourna et regarda leur guide. Le petit homme était en train de retirer un brin de tabac collé sur sa langue.

— Ce sont vos œuvres ?

— Sauf les anges. Je ne fais pas d'anges. J'ai déjà essayé, mais ils n'étaient pas très réussis. Les ailes étaient toujours trop grandes. Régulièrement, des gens se plaignaient de s'y heurter la tête.

Beauvoir trouva cela drôle et rit. Le sculpteur fit de même et Gamache sourit.

Les statues étaient toutes de tailles différentes et exprimaient des sentiments différents. Certaines dégageaient une impression de calme et de contentement, d'autres semblaient jouer, d'autres affichaient un air peiné et d'autres encore paraissaient amères. L'amertume n'était pas manifeste, seulement suggérée.

— En quoi sont-elles faites ? demanda Beauvoir.

La plupart des statues étaient noires, lisses et brillantes.

— En marbre. D'une carrière de la région.

— Mais Charles Morrow n'a pas été taillé dans cette matière, dit Gamache.

— Non. J'allais utiliser du marbre, mais, après avoir écouté des gens parler de lui, j'ai changé d'idée.

— À qui avez-vous parlé ?

— À sa femme et à ses enfants. Mais, surtout, à celui qui a pris la peine de venir ici, un vieil homme laid. Si jamais je faisais une sculpture de lui, je recevrais des plaintes.

Il rit, puis ajouta :

— Mais, vous savez, j'en ferai peut-être une malgré tout, pour moi.

— De Bert Finney ? demanda Gamache, pour être certain.

Pelletier hocha la tête et d'une chiquenaude envoya son mégot dans l'herbe, que Beauvoir écrasa du pied.

— Comme je m'attendais à votre visite, j'ai cherché mes notes. Vous voulez les voir ?

— S'il vous plaît, répondit Beauvoir, qui aimait les notes.

Ils retournèrent lentement jusqu'à la grange. Celle-ci paraissait lugubre comparée au cimetière si vivant. Pendant que

Beauvoir lisait, Gamache et le sculpteur s'assirent sur une auge en bois.

— Comment procédez-vous pour réaliser une sculpture ?

— Eh bien, c'est difficile si je n'ai jamais rencontré la personne. Beaucoup de ces gens, ajouta-t-il en faisant un geste vague du côté du cimetière, je les connaissais. Dans une petite ville, c'est normal. Mais je n'avais jamais rencontré Morrow. Alors, comme j'ai dit, j'ai parlé à sa famille, j'ai regardé des photos. L'homme laid m'a apporté plein de choses. C'était très intéressant. Ensuite, je laisse tout ça fermenter, si vous voyez ce que je veux dire, jusqu'à ce que je saisisse la personne. Puis un jour je me réveille et je l'ai. Je peux alors commencer.

— Qu'avez-vous "saisi" au sujet de Charles Morrow ?

Tout en grattant ses doigts calleux, Pelletier réfléchit.

— Vous savez, ces statues là-bas, dans le cimetière ?

Gamache hocha la tête.

— Elles ne sont pas toutes de la même taille. Certaines personnes en achètent des grosses, d'autres des plus petites. Ça dépend parfois de leur budget, mais surtout de leur sentiment de culpabilité.

Il sourit. La statue de Charles Morrow était gigantesque.

— J'ai eu l'impression que personne ne le regrettait. Que la statue était plus pour la famille que pour lui. Une sorte de substitution du deuil.

Voilà, c'était dit. Les mots, si simples, flottèrent dans l'air pour aller rejoindre la poussière dans les rayons de soleil.

Que pouvait-il y avoir de pire ? Mourir, et ne pas être regretté. Était-ce le cas de Charles Morrow ? se demanda Gamache.

— La famille a utilisé des mots comme "éminent" et "respecté", et m'a même posté la liste des conseils d'administration dont il était membre. Je m'attendais presque à recevoir son solde bancaire. Mais il n'y avait aucune affection. J'étais triste pour le gars. J'ai essayé de savoir quel type d'homme il était. Comme père, comme mari, ce genre de chose.

— Et que vous ont répondu ses proches ?

— Ma question a paru les offusquer, comme si ça ne me regardait pas. Mais, je vous l'ai dit, c'est très difficile de représenter en sculpture une personne qu'on ne connaît pas. J'étais sur le point de refuser la commande, même si j'allais certainement m'en mordre les doigts, car il s'agissait d'une somme rondelette. Et puis arrive ce vieil homme laid. Il ne parlait pratiquement pas un mot de français et moi très peu l'anglais. *He shoots, he scores* : c'est à peu près tout ce que je sais dire. Mais on s'est bien entendus. C'était il y a environ deux ans. Après avoir réfléchi, j'ai finalement décidé de faire la sculpture.

— Mais qui avez-vous sculpté, monsieur ? Charles Morrow ou Bert Finney ?

Yves Pelletier éclata de rire.

— Ou c'est peut-être moi que j'ai sculpté.

Gamache sourit.

— Il y a un peu de vous dans chacune de vos œuvres, j'imagine.

— C'est vrai, mais peut-être plus dans celle-là. C'était difficile, perturbant. Pour les membres de sa famille, Charles Morrow était un étranger. Ils le connaissaient de l'extérieur, mais pas de l'intérieur. L'homme laid, lui, savait qui il était à l'intérieur. Du moins, c'est mon impression. Il m'a décrit un homme qui aimait la musique, qui avait rêvé de devenir hockeyeur et avait joué dans l'équipe de son école, mais qui avait accepté de travailler dans l'entreprise familiale. Séduit par l'argent et le poste. Ce sont les mots de l'homme laid, pas les miens. L'ego… Quel tyran ! Mes mots, pas les siens.

Il sourit à Gamache et ajouta :

— Heureusement, être sculpteur réfrène mon ego.

— Vous devriez essayer d'être policier.

— A-t-on déjà fait une sculpture de vous ?

— Jamais, répondit Gamache en riant.

— Si un jour ça vous intéresse, venez me voir.

— Je ne suis pas certain qu'il y ait assez de marbre dans cette carrière, dit Gamache. Finalement, en quoi Charles Morrow a-t-il été sculpté ?

— Ah, voilà une question intéressante. Je voulais quelque chose de spécial et le coût ne constituait pas un problème, alors j'ai fait des recherches et, l'année dernière, j'ai finalement trouvé un matériau dont j'avais entendu parler, mais que je n'avais jamais vu.

De l'autre côté de la grange, l'inspecteur Beauvoir abaissa les feuilles de notes et écouta.

— C'était du bois, dit le sculpteur maigrichon.

Gamache avait pensé à toutes sortes de matières possibles, mais pas à celle-là.

— Du bois ?

Pelletier hocha la tête. Gamache se rappela le moment où il avait passé la main sur la statue, en essayant d'éviter la boue, l'herbe et le sang. La surface grise et dure était ondulée, comme de la peau flasque. Sauf qu'elle était dure, comme de la pierre.

— Du bois, répéta-t-il en regardant le sculpteur. Du bois fossilisé.

— Directement de la Colombie-Britannique. Pétrifié.

Après avoir parlé au téléphone avec la médecin légiste, l'agente Lacoste prit quelques notes, puis ouvrit le coffre-fort contenant les éléments de preuve recueillis. Il n'y avait pas grand-chose. Elle retira le paquet de lettres attachées avec un ruban jaune et les deux notes chiffonnées, écrites sur du papier à en-tête du Manoir Bellechasse. En les lissant, elle décida de commencer par ces feuilles.

Elle trouva Mme Dubois en premier. Assise derrière son énorme bureau, elle appelait des clients pour annuler leur réservation. Après une ou deux minutes, sa petite main déposa le combiné.

— J'essaie de ne pas dire la vérité, expliqua-t-elle.

— Que dites-vous ?

— Qu'il y a eu un incendie.

Devant l'expression de surprise de l'agente Lacoste, Mme Dubois reconnut, d'un hochement de tête, qu'elle avait raison d'être étonnée.

— Ç'aurait été mieux si j'avais pris le temps de réfléchir. Heureusement, bien qu'il occasionne des inconvénients, l'incendie n'était pas grave.

— Vous avez eu de la chance.

Elle jeta un coup d'œil à la carte des tarifs, sur le bureau, et haussa les sourcils.

— J'aimerais bien revenir avec mon mari, un jour. Peut-être pour nos noces d'or.

— Je vous attendrai.

Peut-être serait-elle encore là, en effet, se dit Isabelle Lacoste.

— Nous avons trouvé ceci dans l'âtre de la chambre de Julia Martin, dit-elle en tendant les feuilles de papier. À votre avis, qui a pu écrire ces notes ?

Les deux feuilles reposaient sur le bureau entre les femmes.

"J'ai aimé notre conversation. Merci. Cela a aidé."

"C'est vraiment gentil. Je sais que mes paroles ne seront pas répétées. Sinon, cela pourrait m'attirer des ennuis !"

— Un membre de sa famille ?

— Peut-être.

Lacoste avait beaucoup pensé au commentaire du chef sur le point d'exclamation. Elle y avait réfléchi une bonne partie de la matinée. Puis elle avait compris.

— Les mots, certainement, auraient pu être écrits par à peu près n'importe qui, reconnut-elle. Mais pas ça, ajouta-t-elle, le doigt pointé sur le signe de ponctuation.

La propriétaire de l'auberge baissa les yeux puis les releva, polie mais non convaincue.

— Pouvez-vous imaginer un des Morrow utilisant un point d'exclamation ?

La question surprit Mme Dubois. Elle réfléchit un moment, puis secoua la tête. Il ne restait donc qu'une possibilité.

— Un membre du personnel, dit-elle, à contrecœur.

— C'est possible. Mais qui ?

— Je vais appeler la personne affectée au ménage de la chambre de Mme Martin.

Mme Dubois parla dans un walkie-talkie et on lui assura qu'une jeune femme du nom de Beth arriverait dans un instant.

— Ils sont jeunes, vous savez, et la plupart n'ont jamais travaillé dans l'hôtellerie. Ça prend un certain temps avant de comprendre ce qui constitue une attitude appropriée, surtout si les clients ne se montrent pas clairs à ce sujet. Nous conseillons à nos employés de ne pas traiter les clients avec familiarité, même si ceux-ci les y invitent. Surtout dans ces cas-là.

Après une attente assez longue, une blonde, énergique et pleine d'assurance, bien que momentanément inquiète, se présenta.

— Désolée, dit-elle avec un léger accent, mais j'ai été retenue par Mme Morrow, de la Chambre du lac. Elle voulait me parler, et je crois qu'elle voudra vous parler aussi.

L'aubergiste parut lasse.

— Une autre plainte?

Beth confirma d'un hochement de tête.

— On a fait le ménage de la chambre de sa belle-sœur avant la sienne, et elle voulait savoir pourquoi. Je lui ai expliqué que ça dépendait de quel côté de l'auberge on commençait. Elle trouve aussi qu'il fait trop chaud.

— Tu lui as dit, j'espère, que ça, c'est le rayon de M. Patenaude.

— Je le lui dirai la prochaine fois, répondit Beth en souriant.

— Très bien. Beth, je te présente l'agente Lacoste. Elle enquête sur la mort de Julia Martin et elle voudrait te poser quelques questions.

La jeune femme sembla déconcertée.

— Je n'ai rien fait.

"Ce n'est pas ma faute", pensa Lacoste. Phrase typique des jeunes. Et de toute personne immature. Malgré tout, elle comprenait cette fille, éprouvait de la compassion pour elle. Âgée d'à peine vingt ans, et voilà qu'on l'interrogeait comme une suspecte dans une affaire de meurtre. Ça ferait une bonne histoire, un jour, mais pas aujourd'hui.

— Je ne crois pas que vous ayez fait quelque chose, dit Lacoste, dans un anglais très convenable.

La jeune femme se détendit un peu, rassurée à la fois par les mots et par la langue.

— Mais j'aimerais que vous regardiez ceci.

Beth regarda les deux feuilles, puis releva la tête, perplexe.

— Je ne sais pas trop ce que vous voulez.

— Avez-vous écrit ces notes?

Elle parut stupéfaite.

— Non. Pourquoi l'aurais-je fait?

— Avez-vous vérifié l'âtre dans la chambre de Mme Martin?

— Pas très attentivement. Certains clients allument des feux même en été. C'est romantique. J'ai donc pris l'habitude de jeter un coup d'œil rapide au foyer, pour voir si je dois y mettre d'autres bûches. Il n'y avait pas eu de feu dans la cheminée de cette chambre. Ni dans aucune des autres.

— Si on y avait mis quelque chose, le remarqueriez-vous ?

— Ça dépend. Je le remarquerais si c'était une Volkswagen ou un canapé.

Lacoste sourit à cet humour inattendu. Beth lui fit soudain penser à elle-même à vingt ans, quand elle cherchait à s'affirmer. Oscillant entre l'impertinence et l'obséquiosité.

— Et ces feuilles chiffonnées ? demanda Lacoste en indiquant les papiers sur le bureau.

Beth les regarda pendant un moment, en se posant la question.

— Peut-être.

— Et qu'auriez-vous fait si vous les aviez vues ?

— Je les aurais enlevées.

Lacoste la crut. Le Manoir Bellechasse ne devait pas garder des employés paresseux. Mais la question à se poser était la suivante : Beth aurait-elle remarqué les papiers ou ceux-ci auraient-ils pu se trouver là depuis des jours, ou même des semaines, laissés par des clients partis depuis longtemps ?

À son avis, cependant, ils n'avaient pas été laissés par d'autres clients.

Pourquoi Julia avait-elle mis la plupart des ordures dans la corbeille, mais lancé ces feuilles dans l'âtre ? C'était un peu comme jeter des détritus sur la voie publique, et les Morrow devaient sûrement se juger au-dessus de cela, se dit l'agente Lacoste. Ils commettraient peut-être un meurtre, mais jamais ils ne jetteraient des déchets dans la rue. De plus, Julia Martin faisait preuve d'une courtoisie extrême, presque exagérée.

Alors, si elle n'avait pas mis les papiers dans la cheminée, c'était quelqu'un d'autre. Mais qui ?

Et pourquoi ?

Gamache, Beauvoir et le sculpteur Pelletier s'assirent à l'ombre d'un arbre énorme, heureux d'échapper ainsi à quelques degrés de la chaleur accablante. Beauvoir se donna une tape dans le cou, et sa main revint avec une trace de sang et une minuscule patte noire. Il se savait couvert de cadavres d'insectes. "Les autres bestioles devraient pourtant comprendre le message", pensa-t-il. Mais il y avait probablement une raison si les mouches noires ne gouvernaient pas le monde. Elles le tourmentaient, oui, mais c'est tout.

Il se donna une claque sur le bras.

Un rosier planté à côté d'une pierre tombale paraissait manquer d'eau, avec ses feuilles pendantes et jaunissantes. Pelletier suivit le regard de Gamache.

— Je me disais que ça se produirait bientôt. J'ai essayé de prévenir la famille quand il a été planté.

— Les rosiers ne poussent pas bien, ici ? dit Gamache.

— Plus maintenant. Plus rien ne va pousser, maintenant. Il a vingt-cinq ans, vous savez.

Beauvoir se demanda si des décennies passées à renifler de la poussière de ciment n'avaient pas endommagé le cerveau de cet homme.

— Qu'est-ce qui a vingt-cinq ans ? demanda Gamache.

— Cet arbre. C'est un noyer noir.

Le sculpteur passa sa main marteau sur l'écorce ridée.

— Il a vingt-cinq ans.

— Et alors ? demanda Beauvoir, dans l'espoir d'arriver au point essentiel.

— Eh bien, lorsqu'un noyer noir atteint cet âge, plus rien ne pousse autour.

Gamache tendit le bras et toucha l'arbre, lui aussi.

— Pourquoi ?

— Sais pas. Une substance toxique tombe des feuilles, de l'écorce ou d'ailleurs. Il n'y a pas de problème avant que l'arbre ait vingt-cinq ans. Il tue seulement à partir de ce moment.

Gamache retira sa main du tronc grisâtre et reporta son regard sur le cimetière, tacheté de lumière par le soleil qui filtrait à travers les feuilles de l'arbre meurtrier.

— Vous avez gravé un oiseau sur une épaule de la statue.

— En effet.

— Pourquoi ?

— Vous ne l'avez pas aimé ?

— Il était charmant, et très discret. Presque comme si on n'était pas censé le découvrir.

— Pourquoi ferais-je ça, inspecteur-chef ?

— Je n'en ai aucune idée, monsieur Pelletier, à moins que quelqu'un vous l'ait demandé.

Les deux hommes se dévisagèrent un moment, et on pouvait presque entendre l'air crépiter entre eux, comme si un petit orage d'été avait soudainement éclaté.

— Personne ne me l'a demandé, finit par dire le sculpteur. J'avais parcouru tout ça, ajouta-t-il en indiquant le dossier froissé dans les mains de Beauvoir, et trouvé un dessin de l'oiseau. Il était très simple, très joli. Je l'ai gravé sur Morrow, discrètement, comme vous dites, comme un petit présent.

Il baissa les yeux sur ses mains ; avec l'une, il grattait l'autre.

— Je m'étais pris d'affection pour Charles Morrow. Je voulais qu'il ait quelque chose pour lui tenir compagnie, pour qu'il soit moins seul. Quelque chose qu'il avait gardé près de lui de son vivant.

— L'oiseau sans pattes ? dit Beauvoir.

— Le dessin est là-dedans, répondit le sculpteur en désignant de nouveau la chemise.

Beauvoir la tendit à Gamache.

— Je n'ai rien vu de tel dans ce dossier, précisa-t-il.

Gamache ferma la chemise. Il croyait Beauvoir sur parole.

Comme bien souvent dans la vie, c'est ce qu'on ne peut pas avoir qu'on désire le plus, et soudain l'inspecteur-chef souhaita vivement avoir ce dessin d'oiseau.

Beauvoir jeta un coup d'œil à sa montre. Presque midi. Il devait retourner à l'auberge pour attendre l'appel de David Martin. Et le dîner.

Il se toucha délicatement le visage et espéra que la chef lui pardonnerait d'avoir juré. Elle avait paru si choquée. Les gens devaient pourtant sacrer dans les cuisines, non ? Sa femme le faisait.

— En voyant votre sculpture de Charles Morrow, j'ai pensé à une œuvre de Rodin, dit Gamache. Pouvez-vous deviner laquelle ?

— Certainement pas *Victor Hugo*. *La Porte de l'Enfer*, peut-être ?

Le sculpteur n'avait pas répondu sérieusement, c'était évident. Puis, après avoir réfléchi un moment, il dit, doucement :

— Les *Bourgeois* ?

Gamache hocha la tête.

— Merci, patron, dit l'homme efflanqué en faisant un petit salut de la tête à Gamache. Mais si Charles Morrow avait été sculpté par Rodin, les autres membres de la famille seraient l'œuvre de Giacometti.

Gamache connaissait l'artiste suisse et ses personnages longs et minces, presque filiformes, mais il ne saisissait pas la remarque de Pelletier.

— Giacometti commençait toujours avec un énorme bloc de pierre, expliqua Pelletier. Puis il travaillait et retravaillait la pièce. Épurant, lissant, retranchant tout élément choquant, qui n'était pas parfait. Parfois, il cherchait tellement à parfaire son œuvre qu'il ne restait plus rien. La sculpture disparaissait complètement. Il ne restait que de la poussière.

Gamache sourit, comprenant maintenant.

Vus de l'extérieur, les Morrow paraissaient sains, même séduisants. Mais on ne peut pas dénigrer, rabaisser tant d'autres personnes sans se diminuer soi-même. Et les Morrow, à l'intérieur, avaient presque complètement disparu. Ils étaient vides.

Gamache n'était cependant pas persuadé que le sculpteur avait raison. À son avis, il devait y avoir une bonne part des *Bourgeois* en chacun d'eux. Il les voyait avancer péniblement, enchaînés les uns aux autres, écrasés par les attentes, la désapprobation, les secrets. Leurs besoins. L'avidité. Et la haine. Après des années passées à enquêter sur des affaires de meurtre, Gamache savait une chose au sujet de la haine : elle vous liait pour toujours à la personne détestée. Un meurtre n'était pas le fruit de la haine, il représentait plutôt un effroyable acte de libération. On le perpétrait pour être enfin débarrassé du poids qui vous accablait.

Les Morrow étaient accablés, et l'un d'eux avait essayé de se libérer. En tuant.

Mais comment le meurtrier s'y était-il pris ?

— Comment une statue peut-elle tomber de son piédestal ? demanda Gamache à Pelletier.

— Je me demandais quand vous me poseriez la question. Venez avec moi.

Ils allèrent un peu plus loin dans le cimetière, jusqu'à la sculpture d'une petite fille.

— J'ai fait ça il y a dix ans. Antoinette Gagnon. Tuée par une voiture.

Ils regardèrent la fillette radieuse, qui semblait s'amuser. Elle demeurerait toujours jeune, perpétuellement heureuse. Gamache se demanda si ses parents venaient parfois la voir, et si leur cœur s'arrêtait de battre chaque fois qu'ils tournaient le coin et voyaient cette sculpture.

— Essayez de la faire basculer, dit Pelletier à Beauvoir.

L'inspecteur hésita. L'idée de renverser un monument funéraire le dégoûtait. D'autant plus que celui-ci représentait un enfant.

— Allez-y, dit le sculpteur, mais Beauvoir hésitait toujours.

— Laissez-moi essayer.

Gamache s'avança et s'appuya contre la petite statue, s'attendant à sentir la fillette glisser vers l'avant, ou basculer.

Elle ne bougea pas.

Il appuya plus fort, puis, s'adossant à la statue, poussa de toutes ses forces et se mit à transpirer. Toujours rien. Finalement, il arrêta et, en s'essuyant le front avec son mouchoir, se tourna vers Pelletier.

— La statue est-elle fixée en place ? Une tige de métal, au centre, la retient-elle au piédestal ?

— Non. Elle est seulement lourde. Beaucoup plus qu'elle ne paraît. Le marbre est très lourd. Et le bois pétrifié encore plus.

Gamache regarda la statue, quatre fois moins grande et moins pesante que celle de Charles Morrow.

— Si une seule personne n'a pas pu faire bouger la statue de Charles Morrow, plusieurs y seraient-elles parvenues ?

— À vue de nez, je dirais qu'il faudrait vingt joueurs de football.

Ce qui n'était pas le cas des Morrow.

Les trois hommes rebroussèrent chemin pour retourner à la voiture.

— Il y a autre chose. Le piédestal de marbre n'était pas égratigné.

Pelletier s'arrêta.

— Je ne comprends pas.

— Je veux dire qu'il n'y avait aucune marque, précisa Gamache en observant le visage du sculpteur.

Pour la première fois, celui-ci paraissait réellement troublé.

— Il était intact, lisse, ajouta Gamache.

— Vous voulez dire les côtés ?

— Non. Je parle du dessus. Là où Charles Morrow avait été posé.

— Mais c'est impossible. Le simple fait de déposer la statue sur le socle marquerait le marbre.

Il s'apprêtait à insinuer que Gamache avait mal regardé, mais se dit que cet homme calme et plein d'autorité avait dû au contraire examiner le socle attentivement. Il se contenta donc de secouer la tête.

— Alors, comment la statue a-t-elle pu tomber ? répéta Beauvoir.

En guise de réponse, Pelletier tourna ses paumes vers le ciel bleu.

— Qu'est-ce que c'est censé vouloir dire, ça ? demanda Beauvoir, soudain agacé. Que Dieu a assassiné Julia Martin ?

— C'est un tueur en série, après tout, répondit Pelletier, sans humour.

Après quelques secondes de réflexion, il continua :

— Quand j'ai appris ce qui s'était passé, je me suis posé la même question. À mon avis, la seule façon de faire tomber une statue de cette taille de son piédestal, c'est avec des cordes et un treuil. Même à l'époque de Rodin, c'est ce qu'ils utilisaient. Êtes-vous certain qu'on n'a pas employé cette méthode ?

Il regarda Gamache, qui secoua la tête. Pelletier hocha la sienne.

— Donc, il reste Dieu.

Lorsqu'ils montèrent dans la voiture, Beauvoir murmura à Gamache :

— Je vous laisse procéder à l'arrestation.

Pelletier retourna à la grange et Beauvoir fit démarrer la voiture.

— Attendez, attendez !

Ils regardèrent dans le rétroviseur. Le sculpteur courait vers eux en agitant un morceau de papier.

— J'ai trouvé ceci, dit-il en le passant à Gamache par la fenêtre. Il était punaisé sur mon babillard. J'avais oublié que je l'avais mis là.

Gamache et Beauvoir fixèrent le bout de papier jauni et chiffonné, sur lequel figurait un dessin au crayon, très simple, d'un oiseau. Sans pattes.

Il était signé "Peter Morrow".

22

— Je suis contente de t'avoir trouvé, dit Marianna qui s'efforçait de rattraper son frère. Je voulais te parler. Ce n'est pas moi, tu sais, qui a raconté à maman ce que tu as dit à ce policier. C'est Sandra.

Peter regarda sa sœur. La pleurnicheuse, la rapporteuse.

— Maudite Sandra, dit Marianna en réglant ses pas sur ceux de son frère. Toujours sournoise. Et Thomas, quel sale type il est devenu ! Prétentieux.

Elle s'arrêta et chuchota :

— Qu'allons-nous faire ?

— Que veux-tu dire ?

— Eh bien, quelqu'un a tué Julia. Ce n'est pas moi et je ne crois pas que c'est toi. C'est donc l'un deux. S'ils ont tué Julia, ils nous tueront aussi.

— Ne sois pas ridicule.

— Je ne suis pas ridicule, répondit-elle d'un ton irrité. Je suis fatiguée de toute cette merde. Fatiguée de ces réunions. Chacune est pire que la précédente et, jusqu'à maintenant, celle-ci est la pire de toutes.

— Espérons-le.

— Je ne reviendrai pas, ajouta-t-elle en arrachant une fleur d'un buisson. Rien au monde ne me fera assister à une autre rencontre familiale. Je n'en peux plus. Toute cette fausse sollicitude : oui, maman ; non, maman ; je peux t'apporter quelque chose, maman ? On s'en fout de ce que la vieille pense. Ça doit faire belle lurette qu'elle nous a déshérités, à la suggestion de Finney, selon Thomas. Alors, pourquoi se donner tant de mal ?

— Parce que c'est notre mère ?

Marianna le regarda d'un drôle d'air et continua de déchiqueter la fleur.

— J'aurais cru qu'avoir un enfant t'aurait fait mieux comprendre notre mère.

— Oui, ça m'a aidée à comprendre à quel point notre vie de famille était épouvantable.

— En tout cas, maman était mieux que papa.

— Tu crois ? Lui, au moins, nous écoutait.

— Ouais, et cela nous donnait quoi ? Il savait ce que nous voulions, mais ignorait totalement nos désirs. Tu te souviens de ce Noël où on avait tous demandé des skis ? On a eu des mitaines. Il aurait pu acheter la station de ski et il nous a offert des mitaines. Pourquoi avoir fait ça ?

Marianna hocha la tête. Elle se rappelait.

— En revanche, il sentait le lait avant de nous en servir. Maman ne l'a jamais fait.

Il sentait le lait, vérifiait la température de l'eau du bain, soufflait sur leur nourriture chaude. Ils avaient tous trouvé ces façons d'agir dégoûtantes. Une étrange pensée commençait à se former dans une partie du cerveau de Marianna qui n'avait pas eu une nouvelle pensée depuis des décennies.

— Savais-tu que j'ai trouvé un mot de papa dans ma valise quand j'ai quitté la maison ?

Un autre vieux souvenir remontait à la surface.

Peter la regarda, abasourdi. Un peu inquiet aussi. Il craignait de perdre le seul petit bout de souvenir qui n'appartenait qu'à lui. Le message codé, l'énigme. Le code secret laissé par son père.

"N'utilise jamais la première cabine dans les toilettes publiques."

— Bean est un garçon ou une fille ? demanda-t-il en sachant que sa question déstabiliserait Marianna.

Elle hésita, puis mordit à l'hameçon.

— Pourquoi je te le dirais ? En plus, tu vas le dire à maman.

Sa mère avait cessé de la harceler à ce sujet depuis des années. Elle gardait maintenant le silence, comme s'il lui importait peu de savoir si elle avait un petit-fils ou une petite-fille. Mais

Marianna connaissait sa mère. Le fait d'ignorer le sexe de l'enfant la tuait. Si seulement cela pouvait accélérer le processus.

— Mais non, je ne le dirai pas à maman. Allez, dis-le-moi.

Pour Marianna, cependant, il était hors de question de se confier à Peter. À Spot.

Peter observa sa sœur, qui réfléchissait. À vrai dire, il s'en foutait que Bean soit animal, végétal ou minéral. Il voulait seulement faire taire Marianna, l'empêcher de voler la seule chose que lui avait donnée son père. À lui et uniquement à lui.

Mais Peter savait qu'il était trop tard. Que papa avait sans doute écrit le même mot à chacun de ses enfants. Encore une fois, Peter se sentit idiot. Il avait trimballé cette phrase dans sa tête pendant trente ans, se pensant spécial. Secrètement choisi par leur père parce que celui-ci l'aimait et avait confiance en lui. "N'utilise jamais la première cabine dans les toilettes publiques." Toute la magie entourant ces mots avait maintenant disparu. Ce n'était plus qu'une phrase stupide. Il allait enfin pouvoir la chasser de son esprit.

Il pivota sur les talons et, d'un pas lourd, partit à la recherche de Clara.

— Peter ! lui lança sa sœur.

À contrecœur, il revint sur ses pas.

— Tu t'es assis sur de la confiture, dit-elle en faisant un geste de la main.

Peter s'en alla.

Elle le regarda s'éloigner en se rappelant le mot laissé par son père, qu'elle avait mémorisé et était sur le point de révéler à Peter en guise de cadeau de réconciliation. Mais il l'avait refusé, comme il refusait toute main tendue.

"On n'achète pas du lait dans une quincaillerie."

De la part d'un père, c'était une étrange chose à dire à sa fille. Cela semblait évident. D'un autre côté, dans tous les hypermarchés, on trouvait maintenant du lait dans une allée et des marteaux dans une autre. Elle avait cependant fini par décoder le message et comprendre ce que son père avait essayé de lui dire, et qu'elle venait de tenter de faire comprendre à Peter.

"On n'achète pas du lait dans une quincaillerie."

Cela signifiait : “Cesse de demander ce qui ne peut être donné et concentre-toi sur ce qui est offert.” Elle vit la fourchette et la nourriture, et les lèvres minces, qui souriaient rarement, souffler dessus.

L’agente Lacoste marchait le long du lac Massawippi. Il faisait chaud et les rayons de soleil scintillant sur l’eau rendaient la chaleur encore plus accablante. Elle jeta un coup d’œil autour d’elle. Personne. Elle s’imagina retirant sa robe d’été légère et ses sandales, posant son calepin et son stylo sur l’herbe, puis plongeant dans l’eau rafraîchissante. Imagina la sensation qu’éprouverait son corps en sueur.

Plus elle y pensait, plus l’envie de sauter à l’eau la tenaillait. Mais elle se contenta d’enlever ses sandales, de marcher dans la partie peu profonde et de sentir l’eau sur ses pieds.

Puis elle aperçut Clara Morrow assise sur une grosse pierre qui s’avançait dans le lac. Lacoste s’immobilisa pour l’observer. Les cheveux de Clara étaient bien coiffés sous le chapeau de soleil pratique. Son short et son chemisier étaient propres et, sur son visage, il n’y avait ni taches, ni salissures, ni miettes de pâtisserie. Sa tenue était impeccable. Elle était à peine reconnaissable.

L’agente Lacoste sortit de l’eau, s’essuya les pieds sur l’herbe et remit ses sandales. Lorsqu’elle se racla la gorge, Clara sursauta et se tourna.

— Bonjour, dit-elle en agitant la main et en souriant. Venez me rejoindre.

Elle tapota la pierre plate à côté d’elle. Isabelle Lacoste longea la rive et grimpa avec précaution jusqu’aux grosses roches. La pierre était chaude sous ses fesses.

— Désolée de vous déranger.

— Vous ne me dérangez pas. Je créais simplement ma prochaine œuvre.

Lacoste chercha du regard le cahier de croquis. Rien. Pas même un crayon.

— Ah oui ? On aurait dit que…

Elle s’interrompit, mais trop tard.

Clara se mit à rire.

— Que je ne faisais rien ? Ne vous inquiétez pas, la plupart des gens pensent comme vous. Dommage que créativité et inactivité se ressemblent tant.

— Allez-vous peindre ça ? demanda Lacoste en indiquant le lac et les environs.

— Je ne crois pas. Je pensais peindre Mme Morrow, euh, Finney. Enfin, peu importe.

Clara rit de nouveau.

— Ce sera peut-être ma spécialité : des femmes aigries. D'abord Ruth, et maintenant la mère de Peter.

Mais elle peignait toujours par groupes de trois. Qui serait la dernière ? "Pas moi, j'espère", se dit Clara, même si, parfois, elle se sentait elle aussi devenir amère. Était-ce pour cette raison que ces femmes la fascinaient ? Elle savait peut-être que, sous son aspect extérieur de personne civilisée et altruiste, vivait une petite vieille rabougrie, prompte au jugement, négative, qui attendait son heure.

— Eh bien, vous avez eu une série appelée *Utérus guerriers*, portant sur les jeunes femmes. Cette fois, il s'agit peut-être de l'autre extrémité, en quelque sorte.

— Je pourrais intituler cette série *Hystérectomies*.

Elle avait également une série sur les trois Grâces. La Foi, l'Espérance et la Charité. Comment appellerait-elle celle-ci ? L'Orgueil, le Désespoir et l'Avidité ? Les cœurs brisés.

— Cela vous ennuie-t-il si je vous pose quelques questions ? demanda l'agente Lacoste.

— Allez-y.

— Quand vous avez appris que Julia Martin avait été tuée, qu'avez-vous pensé ?

— J'étais stupéfaite, comme tout le monde. J'ai pensé qu'il s'agissait d'un accident. Je le crois encore, d'une certaine façon. Je n'arrive pas à comprendre comment cette statue a pu basculer.

— Nous non plus, avoua Lacoste. Le soir où Julia est morte, il y a eu une scène dans la bibliothèque.

— Oh oui !

— À votre avis, cela a-t-il pu avoir un lien avec sa mort ?

— Les deux événements semblent liés, en effet, reconnut Clara à contrecœur. J'observe les Morrow depuis vingt-cinq ans. Plus ils sont enragés, plus ils se taisent. Ils ne se sont pas vraiment parlé depuis des décennies.

Lacoste n'avait aucune difficulté à le croire.

— Mais Julia était atypique pour une Morrow, poursuivit Clara. Différente. Non, pas réellement différente, mais distante. Elle avait quitté sa famille. J'imagine toujours les Morrow comme s'ils étaient recouverts d'une couche de polyéthylène. On les trempe dans ce produit quand ils sont enfants pour les rendre invulnérables, comme Achille. Pour les protéger, pour qu'ils résistent à de fortes pressions et au choc si jamais on les laissait tomber sur la tête. Et, une fois par an, ils doivent être près de maman pour refaire leur carapace, si l'on peut dire. L'astiquer, la polir, la durcir de nouveau. Puisque Julia était partie depuis si longtemps, sa couche protectrice était devenue extrêmement mince. Il a fallu quelques jours, mais Julia a fini par craquer. Par exploser. Et par dire des choses qu'elle ne pensait pas.

— Selon l'inspecteur-chef, elle croyait tout ce qu'elle a dit.

Étonnée, Clara réfléchit quelques instants.

— Elle le pensait peut-être, mais cela ne signifie pas que c'était vrai.

Lacoste hocha la tête et consulta ses notes. Elle arrivait à la partie délicate.

— Elle a accusé votre mari d'être le pire. D'être avide, cruel et vide, lut-elle dans son carnet.

Clara commença à parler, mais Lacoste l'interrompit d'un geste.

— Il y a plus. Elle a dit qu'il était prêt à tout détruire pour obtenir ce qu'il voulait.

L'agente Lacoste releva la tête.

— Cela ne ressemble pas au Peter Morrow que nous connaissons. Qu'a-t-elle voulu dire ?

— Elle essayait seulement de le blesser, c'est tout.

— A-t-elle réussi ?

— Peter et elle n'étaient pas très proches. À mon avis, il se souciait peu de son opinion.

— C'est possible, ça ? demanda Lacoste. On dit qu'on s'en fout, c'est vrai, mais ils étaient quand même frère et sœur. Au fond, le jugement de Julia ne le dérangeait-il pas un peu ?

— Suffisamment pour tuer, vous voulez dire ?

Lacoste garda le silence.

— Les Morrow sont habitués à se blesser les uns les autres. La plupart du temps, ils le font plus subtilement : une pierre dans une boule de neige, un coup fourré. Vous ne voyez rien venir. Vous vous croyez en sécurité.

— Julia est revenue auprès de sa famille à un moment de grand stress. Elle devait se croire en sécurité. Mais l'un des siens l'a tuée.

Clara ne dit rien.

— Qui, selon vous ?

— Pas Peter.

Lacoste la dévisagea, puis hocha la tête et referma son carnet. En se levant, elle ajouta :

— Julia Martin a aussi affirmé avoir découvert le secret de leur père. Que voulait-elle dire ?

Clara haussa les épaules.

— J'ai posé la même question à Peter. Selon lui, elle divaguait, disait n'importe quoi juste pour blesser. Certaines personnes agissent ainsi, vous savez. Comme Mme Morrow ce matin avec ses affreux mensonges au sujet de l'inspecteur-chef.

— Elle ne parlait pas de lui, mais de son père.

— Mais elle voulait le blesser, lui.

— Peut-être. Cependant, ce n'est pas facile de blesser l'inspecteur-chef. Et vous vous trompez. Tout ce qu'elle a dit sur Honoré Gamache est vrai. C'était un lâche.

Gamache et Beauvoir arrivèrent au Manoir Bellechasse juste comme le centre correctionnel de Nanaimo, en Colombie-Britannique, appelait.

— Vous devrez vous installer ici, dit Mme Dubois en indiquant une pièce minuscule.

Beauvoir la remercia et s'assit derrière un bureau que l'aubergiste ne semblait jamais utiliser. De toute évidence, elle préférait se trouver au cœur de l'action.

— Monsieur David Martin ?
— Oui.
— Je vous téléphone au sujet de la mort de votre ex-femme.
— De ma femme. Nous n'étions pas encore divorcés, seulement séparés.

Beauvoir se fit la réflexion que cet homme avait dû se sentir parfaitement à l'aise dans la famille Morrow. Qu'il ait abouti en prison semblait logique.

— Toutes mes condoléances, dit-il machinalement.
— Merci. Je n'arrive pas à croire qu'elle est morte.

La réaction de l'homme le surprit. Il y avait de la peine dans sa voix. Martin était le premier, jusqu'à maintenant, à manifester une véritable tristesse.

— Que puis-je faire pour aider ?
— Je dois tout savoir sur elle : comment et quand vous vous êtes rencontrés, ce que vous savez de la famille. N'importe quoi.
— Je ne connaissais pas très bien les Morrow. Je les voyais quand je revenais à Montréal, mais même ces visites se sont espacées. Je sais que Julia a été bouleversée par ce qui s'est passé.
— Que s'est-il passé ?
— Eh bien, son père l'a chassée de la maison.
— On nous avait dit que c'était elle qui était partie.
— Oui, je suppose que c'est juste, répondit Martin après un moment d'hésitation, mais, parfois, les gens empoisonnent votre vie à un point tel que vous n'avez pas d'autre choix.
— Charles Morrow empoisonnait la vie de sa fille ? Comment ?
— Il a cru des racontars calomnieux. En fait, je ne suis même pas certain qu'il les ait crus.

Soudain, il y avait de la lassitude dans sa voix.

— Quelqu'un a écrit un graffiti ignoble au sujet de Julia. Son père l'a vu et a piqué une colère.
— Ce qui était écrit était-il vrai ?

Beauvoir connaissait l'histoire, mais voulait entendre la version de cet homme.

— Selon le graffiti, Julia taillait une bonne pipe, répondit David Martin d'un ton chargé d'un profond dégoût. Si vous aviez rencontré Julia, vous sauriez que l'idée est ridicule. Elle était charmante et gentille. Une dame. Un mot désuet, je sais, mais qui la décrit bien. Elle cherchait toujours à mettre les autres à l'aise. Et elle adorait son père. C'est pourquoi sa réaction l'a si profondément blessée.

— Et avec sa mère, quel genre de relation avait-elle ?

David Martin rit.

— Plus Julia s'éloignait de sa mère et plus elle restait longtemps sans la voir, mieux se portait la relation. La distance et le temps. Voilà la théorie de la relativité vue par les Morrow.

Mais cela ne paraissait pas l'amuser.

— Vous n'avez pas d'enfants ?

— Non. Nous avons essayé, mais Julia ne semblait pas beaucoup y tenir. Elle le faisait pour moi, mais quand je me suis rendu compte qu'elle n'en voulait pas vraiment, j'ai cessé d'insister. Elle était profondément blessée, inspecteur. Je croyais pouvoir corriger la situation, et regardez où cela m'a mené.

— Vous n'avez quand même pas volé tout cet argent et détruit tant de vies pour le bien de votre femme.

— Non, ça, c'était de la cupidité, avoua David Martin.

— Si vous êtes si cupide, pourquoi votre femme n'était-elle pas assurée ?

De nouveau, il hésita avant de répondre.

— Parce que je ne pouvais m'imaginer qu'elle mourrait. Avant moi. Elle était plus jeune que moi, j'aurais dû partir le premier. Je voulais partir le premier. Je n'aurais jamais pu prendre de l'argent provenant de sa mort.

— Savez-vous ce que contient le testament de votre femme ?

— Elle en a peut-être rédigé un nouveau…

Martin se racla la gorge et poursuivit d'une voix plus assurée.

— … mais dans le dernier, tout me revenait, à part quelques legs à des organismes de bienfaisance.

— Par exemple ?

— Oh, l'hôpital pour enfants, un refuge pour animaux, la bibliothèque locale. Il ne s'agissait pas de sommes considérables.

— Rien à sa famille ?

— Rien. Je ne pense pas que celle-ci s'attendait à recevoir quelque chose, mais on ne sait jamais.

— Combien d'argent Julia avait-elle ?

— Eh bien, elle en aurait eu plus si son père, à sa mort, n'avait pas laissé presque toute sa fortune à sa femme. Les enfants ont hérité juste de quoi les détruire.

Le mépris était évident.

— Que voulez-vous dire ?

— Charles Morrow craignait que ses enfants dilapident la fortune familiale.

— Il faut se méfier de la troisième génération. Oui, je sais.

— Il avait entendu ce commentaire de son père, et il le croyait. Chacun des enfants a reçu environ un million de dollars, sauf Peter. Il a refusé son héritage.

— Quoi ?

— Je sais, c'est idiot. Il a remis la somme à la succession et l'argent a été partagé entre son frère, ses sœurs et sa mère.

Beauvoir était si étonné que pendant un instant son brillant cerveau cessa de fonctionner. Comment pouvait-on renoncer à un million de dollars ? Il n'osait penser à ce qu'il serait prêt à faire pour une somme pareille, et ne pouvait imaginer ce qui l'amènerait à y renoncer.

— Pourquoi ?

Il ne put dire davantage. Heureusement, ce fut suffisant. Il entendit un petit rire à l'autre bout du continent.

— Je n'ai jamais demandé, mais je peux deviner. Pour se venger. Je crois que Peter voulait prouver à son père qu'il s'était trompé, que, de tous ses enfants, lui, Peter, ne s'intéressait pas à sa fortune.

— Mais son père était mort, dit Beauvoir, qui ne comprenait pas.

— C'est compliqué, une famille.

— Ma famille est compliquée, monsieur. Ça, c'est carrément bizarre.

Et Beauvoir n'aimait pas ce qui était bizarre.

— Comment avez-vous rencontré votre femme ?

— À un bal. Elle était la plus belle femme présente. Quel que soit l'endroit, elle était toujours la plus belle femme présente. Je suis tombé amoureux et suis revenu à Montréal demander sa main à son père. Il m'a répondu que je pouvais l'avoir si je la voulais. L'entretien n'a pas été très agréable. Par la suite, lui et moi avons eu très peu de contacts. J'ai essayé d'amener Julia et son père à se réconcilier, mais, après que j'ai eu rencontré la famille, mon enthousiasme a disparu.

— À votre avis, qui a tué votre femme ?

"Aussi bien demander", se dit Beauvoir.

— Honnêtement, je ne sais pas. En revanche, je crois savoir qui a écrit cette horrible phrase dans les toilettes pour hommes du Ritz.

Sachant déjà qu'il s'agissait probablement de Thomas Morrow, Beauvoir était peu intéressé par la suite.

— Son frère Peter.

Soudain, Beauvoir se montra intéressé.

Peter fit irruption dans la chambre de Thomas, sans se donner la peine de frapper. Mieux valait afficher de la détermination, de l'assurance.

— Tu es en retard. Seigneur, tu es dans un bel état ! Ta femme ne prend pas soin de toi ? Ou peut-être est-elle trop occupée à peindre. Qu'est-ce que ça te fait d'avoir une femme qui connaît plus de succès que toi ?

Ratatatata ! Peter resta figé d'étonnement. Après avoir retrouvé ses sens, il sut que c'était sa chance de prendre la défense de Clara, de dire à cet être suffisant, lèche-cul, à cet ennemi juré qui lui souriait, qu'elle lui avait sauvé la vie, donné de l'amour. À quel point elle était géniale et gentille. Il dirait à Thomas…

— C'est bien ce que je pensais, ajouta Thomas en lui faisant signe d'entrer.

Réduit au silence, Peter obéit. Une fois à l'intérieur, il jeta un regard autour de la pièce. Avec son lit à baldaquin et le canapé faisant face au balcon et au lac, la chambre était bien plus jolie que la sienne. Et très grande aussi. En comparaison, l'énorme armoire semblait presque minuscule. Mais les yeux de Peter réussirent à trouver la plus petite chose dans la pièce. Sur la table de chevet.

Des boutons de manchette. Déposés là pour qu'on les voie.

— Nous devons agir, Spot.

— Que veux-tu dire ?

Avec horreur, Peter remarqua des miettes sur sa chemise et les balaya rapidement de la main.

— Quelqu'un a tué Julia et cet idiot de détective pense que c'est l'un de nous.

“Voilà ma chance de prendre la défense de Gamache, songea Peter, de dire à Thomas à quel point cet homme est extraordinaire, intelligent, courageux, aimable.”

— Maman pense qu'il essaie de compenser les défaillances de son père, poursuivit Thomas. Ce doit être difficile d'être le fils d'un traître et d'un lâche. On peut accuser notre paternel de beaucoup de choses, mais pas d'avoir été un lâche. Un tyran, peut-être, mais pas un lâche.

— Les tyrans sont des lâches, répliqua Peter.

— Donc, le père de ton ami serait à la fois un tyran et un lâche. Voilà des paroles dures, Peter. Je m'étonne que tu aies des amis. Mais je ne t'ai pas fait venir pour parler de toi. C'est de Julia qu'il s'agit, alors, s'il te plaît, concentre-toi. On sait très bien qui l'a tuée.

— Finney, répondit Peter, qui avait retrouvé la voix.

— Exact, bravo.

Thomas tourna le dos à Peter et regarda par la fenêtre.

— Il nous a rendu service, en quelque sorte.

— Pardon ?

— Allons donc, ne me dis pas que tu n'as pas fait le calcul. Quatre moins une ?

De sa voix enjôleuse, insistante, il voulait amener Peter à répondre à une question purement rhétorique.

— Que dis-tu ?

— Tu n'es quand même pas bête à ce point, si ?

— Maman pourrait léguer sa fortune à Finney. La mort de Julia ne nous assure pas une plus grosse part d'héritage. Et, de toute façon, je m'en fous. Qui a refusé l'héritage de papa ? L'argent ne signifie rien pour moi.

Il savait que Thomas ne pouvait le contredire. C'était un fait indéniable, acheté au prix d'un million de dollars. *La* chose qui le différenciait de ses sœurs et de son frère. Ceux-ci étaient au courant qu'il avait renoncé à l'héritage, mais, à la manière typique des Morrow, ils n'avaient rien dit. Peter non plus n'avait rien dit, réservant ces mots précisément pour un tel moment.

— Voyons donc. Si l'argent ne signifiait rien pour toi, tu l'aurais accepté, répliqua Thomas, convaincu de son raisonnement.

— Tu as tort.

Cependant, Peter sentit le sol ferme bouger sous ses pieds. Le terrain acquis en échange de son héritage, et d'une sécurité financière pour Clara et lui, s'était révélé sans valeur. Peter s'enfonçait.

— Spot prétend se foutre de ce que la mort de Julia nous rendra plus riches ? lança Marianna en entrant dans la pièce sans frapper. Nous serons trois à hériter, chantonna-t-elle.

— Tu es en retard, Magilla.

— C'est réconfortant de savoir qu'on sera riche un jour, non ? roucoula Marianna.

Peter sentit son parfum éventé et un mélange de poudre et de sueur. Elle dégageait une odeur de pourriture.

— Je me fiche de telles choses. Depuis toujours.

— Écoute, ça marche peut-être avec Gamache, dit Thomas. Peut-être aussi avec Clara, mais nous te connaissons, Spot. Nous, nous aimons le raffinement, ajouta-t-il en jetant un regard autour de la pièce, et je parie que ta chambre est austère, comparée à celle-ci.

Elle l'était.

— Et pourtant, tu es le plus avide de nous tous, dit Marianna en complétant la pensée de son frère.

— Ce n'est pas vrai, répondit Peter en élevant la voix.

— Ah ha ! fit Thomas.

Il agita un doigt devant Peter, puis le posa sur ses lèvres.

— Oui, c'est vrai, dit Marianna. Pourquoi on te surnomme Spot, à ton avis ?

Peter tourna des yeux étonnés vers elle. Il leva les mains pour montrer les taches indélébiles.

— À cause de ma peinture.

En voyant leur expression, cependant, il se rendit compte qu'il se trompait, qu'il avait fait fausse route toute sa vie. Mais était-ce le cas ? N'avait-il pas toujours su la vérité, mais refusé de l'accepter ?

— On t'appelle Spot parce que tu avais l'habitude de suivre papa partout, révéla Thomas. Comme un petit chien.

Ces paroles destructrices avaient été prononcées d'une voix calme, douce.

— Et que veulent les petits chiens ? demanda Marianna.

— De l'affection, des caresses, répondit Thomas. Ils veulent être cajolés, se faire dire qu'ils sont merveilleux. Mais ça ne te suffisait pas quand papa te le disait. Tu voulais toute son affection, pour toi exclusivement. Tu détestais le voir s'intéresser à Julia. Tu étais avide à cette époque, Peter, et tu l'es toujours. Avide d'amour, d'attention, de louanges. "Bon chien, Spot." Après la mort de papa, tu t'es tourné vers maman. "Dis-moi que tu m'aimes, s'il te plaît, s'il te plaît, s'il te plaît !"

— Tu nous méprises, dit Marianna, parce que tout ce que nous voulons de maman, c'est son argent. Nous, au moins, on demande quelque chose qu'elle peut donner.

— Vous vous trompez ! hurla Peter.

Sa rage explosa avec tant de force qu'il se demanda si la pièce n'allait pas se mettre à trembler et s'effondrer.

— Je ne voulais rien d'eux. Rien !

Sa voix se cassa, et le dernier mot fut à peine audible. Il pensa avoir abîmé ses cordes vocales. Des yeux, il chercha un objet à lancer. Marianna le regardait, effrayée. Il aimait ça. Et Thomas ? Thomas souriait.

Peter s'avança vers lui. Il savait enfin comment effacer ce sourire.

— Tu veux me tuer, n'est-ce pas ? dit Thomas en allant à la rencontre de Peter. Je le savais. C'était toi, l'enfant instable. Tout le monde croyait que c'était Julia ou Marianna…

— Hé !…

— … mais ce sont toujours les plus tranquilles. N'est-ce pas ce que tes voisins dans ton minable petit village raconteront aux reporters de la CBC demain ? "Il semblait si gentil, si normal. Jamais un mot plus haut que l'autre, jamais de récriminations." Tu vas me jeter par-dessus le balcon, Peter ? Vous ne serez plus que deux à partager l'héritage. Cela te suffira-t-il ?

Ou Marianna devrait-elle commencer à s'inquiéter, elle aussi ? Toute l'affection et tout l'argent. Le gros lot.

Peter se voyait pencher la tête en arrière, ouvrir la bouche et cracher des flammes, telles des vomissures. Partant du bout des orteils, sa rage remonterait dans son corps puis en jaillirait, détruisant tout autour de lui. Comme à Nagasaki et à Hiroshima, comme sur l'atoll de Bikini et à Tchernobyl, il anéantirait tout.

Mais il ferma plutôt la bouche et sentit la rancœur et le fiel lui brûler la gorge et la poitrine. Il lutta pour repousser la rage, l'enfoncer à l'intérieur avec la colère, la jalousie, la peur, la haine. Sa profonde haine.

Cependant, la boîte de Pandore ne voulait pas se refermer. Pas cette fois. Les démons s'étaient déjà échappés et tournoyaient au-dessus du Manoir Bellechasse, se gavaient et grossissaient. Et tuaient.

Peter tourna son visage déformé et blême vers Marianna.

— Je suis peut-être un petit chien, mais tu es quelque chose de bien pire, Magilla.

Il avait craché le dernier mot à la figure de sa sœur apeurée. C'était bon de la voir effrayée. Regardant ensuite Thomas, avec son air suffisant, il dit :

— Magilla et Spot. Et sais-tu quel surnom on t'avait donné ?

Thomas attendit.

— Aucun. Tu n'étais rien pour nous alors et tu n'es rien pour nous aujourd'hui. Rien du tout.

Peter sortit. Il ne s'était pas senti aussi calme depuis des jours. Mais il connaissait la raison : il était pelotonné sur le siège arrière et quelque chose était au volant. Quelque chose de rance, de puant, de terrifiant. Ce qu'il avait gardé caché toute sa vie avait maintenant pris le contrôle.

23

Debout dans le peu d'ombre projeté par l'érable à midi, Armand Gamache regardait encore une fois le bloc de marbre blanc. Le ruban jaune de la police frémissait et l'affreux trou dans la pelouse était toujours là.

Pourquoi avait-on tué Julia Martin ? À qui profitait sa mort ?

Elle était morte depuis déjà deux jours et il ne savait toujours pas pourquoi elle avait été assassinée, et encore moins comment. Les mains derrière le dos, il demeura immobile, sachant qu'il lui viendrait quelque chose.

— Oh, bonjour.

Ce ne fut pas quelque chose, mais quelqu'un : Colleen, la jardinière.

— Vous semblez perdu dans vos pensées. Je pourrais revenir.

Cependant, elle semblait réticente à partir. Gamache sourit et la rejoignit sur la pelouse. Ils fixèrent pendant un moment l'endroit où Julia Martin était morte. Curieux d'entendre les prochaines paroles de la jeune fille, l'inspecteur-chef garda le silence. Après environ une minute, elle indiqua d'un geste du bras le cube de marbre.

— Les fourmis sont parties. Je suis contente. Elles me donnaient des cauchemars.

— Votre sommeil s'améliorera chaque jour, lui dit Gamache.

Colleen hocha la tête, puis regarda les fleurs avec tristesse.

— Je suis venue voir dans quel état elles étaient. J'aurais dû les transplanter plus tôt.

Gamache baissa les yeux sur les fleurs. La plupart étaient flétries. Fichues.

Soudain, une pensée surgit dans son esprit, une pensée qu'il aurait dû avoir bien avant.

— Pourquoi étiez-vous ici ce matin-là ?

— Pour jardiner.

Il la regarda attentivement.

— Mais il pleuvait. À torrents. Personne d'autre ne travaillait à l'extérieur. Pourquoi vous ?

Les yeux de la jeune fille s'étaient-ils ouverts un peu plus ? Ses joues s'étaient-elles soudainement colorées ? Colleen rougissait facilement, il le savait. Lui accorder de l'attention suffisait à provoquer cette réaction. Mieux valait ne pas y attacher trop d'importance. Et pourtant, elle avait un air coupable.

— Je jardinais, insista-t-elle. Il est préférable de repiquer les plantes par temps frais et quand la terre est mouillée. Elles s'enracinent plus facilement. Celles-ci semblaient avoir besoin d'un bon coup de pouce.

De nouveau, ils regardèrent les fleurs fanées.

— La plupart des employés étaient à l'intérieur et se reposaient, dit Gamache en revenant à la charge. J'ai de la difficulté à croire que vous choisiriez d'être dehors sous la pluie.

— Eh bien, c'était le cas.

— Pourquoi, Colleen ? Expliquez-moi.

Gamache paraissait si raisonnable, si patient, qu'elle faillit répondre. Mais au dernier moment elle ferma la bouche. Au lieu de la réprimander ou d'insister, l'homme imposant attendit.

La lèvre de Colleen tremblota, son menton se plissa et ses yeux se fermèrent à demi. Elle baissa la tête et ses cheveux raides et ternes, tel un rideau, cachèrent son visage. Un sanglot s'échappa.

— Personne… ne m'aime… ici, dit-elle d'une voix saccadée.

Chaque mot lui coûtait des efforts, et elle tremblait et pleurait. Elle porta ses mains à sa figure pour cacher les larmes trop apparentes. Elle était exactement comme il l'avait trouvée quelques jours auparavant, pensa Gamache. À cet endroit précis. Elle finit par cesser de sangloter et il lui tendit son mouchoir sans dire un mot.

— Merci, crachota-t-elle entre deux hoquets.

— Les gens vous aiment, Colleen.

Elle leva les yeux vers lui.

— J'observe et j'écoute. Je lis dans les pensées des gens. C'est mon métier. M'écoutez-vous ?

Elle fit oui de la tête.

— Les autres jeunes femmes vous aiment. Si quelque chose de bien a résulté de ce malheur, c'est que vous avez trouvé de vraies amies ici.

— Peut-être, dit Colleen en baissant de nouveau les yeux.

Soudain, Gamache comprit.

— Quel âge avez-vous ?

— Dix-huit ans.

— J'ai une fille, vous savez. Annie. Elle a vingt-six ans et est maintenant mariée. Mais, bien qu'elle adore son mari, il n'était pas son premier amour. Son premier amour, elle l'avait rencontré sur un terrain de golf un été. Tous les deux y travaillaient comme caddies.

Colleen fixait le sol et, de son pied chaussé d'un tennis, raclait le gazon.

— Annie essayait de servir de caddie dans un quatuor de golfeurs avec Jonathan, mais celui-ci n'était pas intéressé. Il avait ses propres amis avec qui il sortait et, chaque soir, Annie revenait à la maison en pleurs. Elle m'avait même demandé de lui parler, peut-être de lui montrer mon revolver.

Colleen eut un petit sourire. Celui de Gamache disparut.

— À mon avis, et je crois qu'elle serait d'accord, ç'a été la période la plus douloureuse de sa vie. C'est terrible d'aimer quelqu'un si profondément et de se rendre compte que cette personne ne partage pas nos sentiments. On se sent complètement seul.

Colleen fit oui et laissa retomber sa tête en pleurant doucement dans le mouchoir roulé en boule. Gamache attendit qu'elle se calme. Elle lui tendit le carré de coton mouillé, mais il n'en voulut pas.

— Il en aime une autre. Il la suivait partout, voulait tout savoir sur elle : d'où elle venait, comment c'était chez elle. Toutes les questions que je voulais qu'il me pose, il les posait à elle.

— Il vaut mieux ne pas vous torturer avec ça, dit Gamache gentiment, mais avec fermeté.

Il avait eu de la chance, il le savait. Il avait épousé son premier amour. Mais il avait vu les conséquences d'un amour non partagé.

Colleen soupira si fort qu'il s'attendit à voir s'envoler les pétales des fleurs agonisantes.

Lorsque la jardinière fut partie, il marcha d'un pas lent vers la terrasse avec l'intention d'aller dans la bibliothèque pour le dîner et une réunion avec son équipe. À mi-chemin cependant, il aperçut Peter Morrow debout sur le quai, les yeux rivés sur le lac.

Il voulait poser une question à Peter. En privé.

Il changea de direction et se dirigea vers le quai, mais au même moment il vit Peter se pencher en arrière et lancer quelque chose dans le lac. Quelques instants plus tard, il entendit deux ploufs, et des ronds apparurent à la surface calme de l'eau. Puis, Peter pivota brusquement sur les talons et quitta le quai en martelant de ses pieds les planches de bois. Marchant la tête baissée, il ne remarqua pas l'inspecteur-chef avant de se trouver presque devant lui.

— Oh, c'est vous, dit Peter en sursautant.

Il ne semblait pas particulièrement heureux de rencontrer Gamache.

Celui-ci nota le visage mal rasé, la chemise froissée et à demi sortie, les taches sur le pantalon. À la fois les manières et l'allure de Peter laissaient à désirer.

— Est-ce que ça va?

— On ne peut mieux.

Le sarcasme était flagrant.

— Vous semblez abattu.

— Je viens de perdre ma sœur, à quoi vous attendiez-vous?

— Vous avez parfaitement raison, reconnut Gamache. C'était indélicat de ma part.

Peter parut se calmer.

— Non, c'est à moi de m'excuser.

Il leva la main et la passa sur son visage aussi rugueux que du papier de verre. Il fut surpris de ne pas sentir la peau habituellement rasée de près.

— Ce sont des moments difficiles.

— Qu'avez-vous jeté dans le lac ?

Gamache essayait de détendre l'atmosphère, mais sa question eut l'effet contraire. Peter fut de nouveau sur ses gardes et posa des yeux furieux sur l'inspecteur-chef.

— Faut-il que vous sachiez tout ? Ne peut-il rien y avoir de privé autour de vous ? Ou alors, votre père ne vous a jamais appris les bonnes manières.

Il se dirigea à pas lourds vers l'auberge, puis changea brusquement de direction. Gamache comprit pourquoi en voyant Thomas Morrow sortir précipitamment du bâtiment, traverser la terrasse dallée et piquer un sprint sur la pelouse.

— Qu'en as-tu fait ? Peter, je vais te tuer !

Peter se mit lui aussi à courir, et la poursuite commença. Les Morrow n'avaient pas l'habitude de courir, cela se voyait. Le spectacle de ces deux hommes passés la cinquantaine se pourchassant inélégamment sur une pelouse manucurée, comme dans un match de rugby australien, aurait pu être amusant si l'un deux n'avait pas eu la ferme intention de blesser et si l'autre n'avait pas été terrifié.

Gamache, habitué à courir, arrêta Thomas juste comme il allait plaquer Peter. Thomas se débattit. Puis Beauvoir, arrivé soudainement, l'agrippa lui aussi avant de le jeter au sol. Thomas se releva tant bien que mal et s'élança encore une fois vers Peter, qui s'était réfugié derrière l'inspecteur-chef.

— Arrêtez ! lança Gamache d'une voix autoritaire, en emprisonnant les épaules de Thomas dans une prise solide.

Le ton impérieux arrêta Thomas plus efficacement qu'un coup de poing.

— Donne-les-moi, Peter, grogna-t-il en essayant d'accrocher le regard de son frère caché derrière Gamache. Je te jure, je vais te tuer.

— Ça suffit. Reculez, monsieur Morrow.

La voix grave de l'inspecteur-chef était dure ; le ton, égal et impératif.

Thomas Morrow recula.

— Que se passe-t-il ? demanda Gamache.

Il regarda tour à tour Peter et Thomas. Du coin de l'œil, il aperçut l'agente Lacoste qui arrivait. Elle et Beauvoir se placèrent chacun derrière un des frères, prêts à empoigner les hommes, au besoin. Il vit également Bert Finney traverser la pelouse avec difficulté aux côtés de la mère de Peter. Ils s'immobilisèrent derrière celui-ci, hors de sa vue.

— Il a pris mes boutons de manchette.

Thomas pointait un doigt tremblant vers Peter, mais son regard allait au-delà de son frère. Jusqu'à leur mère.

— C'est ridicule. Pourquoi l'aurais-je fait ?

— Tu veux vraiment que je réponde, Spot ? Tu les as volés. Ils étaient dans ma chambre avant ta visite et maintenant ils n'y sont plus.

— C'est vrai ? demanda une voix autoritaire derrière Peter.

L'expression sur le visage de Peter passa de la rage à la résignation, et il ferma doucement les yeux. Puis il se tourna et fit face à sa mère.

— Je ne les ai pas.

Mme Finney le dévisagea, puis secoua lentement la tête.

— Pourquoi ? Pourquoi nous faire ça ? Je ne crois pas pouvoir en supporter davantage. Je viens de perdre ma fille et toi, tu ne penses qu'à te battre avec Thomas ?

— Maman.

Il fit un pas vers elle, puis s'arrêta.

— Je vais prier pour toi.

C'était l'insulte qu'elle réservait aux gens irrémédiablement perdus. Peter le savait.

— Oublie ça, Thomas. Si, pour lui, les boutons de manchette ont plus d'importance que sa famille, laisse-les-lui. Je t'en achèterai d'autres.

— Ce n'est pas là la question, dit Thomas en la rejoignant.

— Pas pour toi, non.

Mme Finney se dirigea vers l'auberge avec son mari d'un côté et son fils de l'autre. Peter fut laissé derrière.

Celui-ci essaya de mettre de l'ordre dans sa tenue, mais y renonça et cessa complètement de bouger. Il paraissait dans un état quasi catatonique.

— Nous devons parler, dit Gamache en lui prenant le coude et en le menant jusqu'à l'ombre rafraîchissante et apaisante d'un bosquet d'arbres.

Il fit asseoir Peter sur un banc, puis s'installa à côté de lui.

— Vous les avez jetés dans le lac.

Ce n'était pas une question et Peter parut presque soulagé de ne pas avoir à mentir encore une fois.

— Pourquoi ?

Peter secoua la tête et haussa les épaules. L'effort nécessaire pour répondre semblait trop considérable, comme si les mots étaient trop lourds. En homme patient, Gamache attendit. C'est son père qui lui avait enseigné cela. La patience et la poésie, et bien d'autres choses.

— Thomas les portait tout le temps, dit enfin Peter, en regardant ses mains lâchement jointes entre ses genoux. Un jour, Clara les a comparés aux bracelets de Wonder Woman. Vous savez de quoi je parle ?

Gamache savait. Un autre avantage d'avoir une fille. Il leva les bras et croisa les poignets. Peter sourit faiblement.

— Selon la théorie de Clara, ils représentent la puissance et la protection. D'après elle, tout le monde en a, mais chez les Morrow, c'est encore plus évident. Marianna a ses châles, Thomas ses boutons de manchette, Clara ses mantras, maman son maquillage – son "masque", comme elle dit.

— Et vous ?

Peter leva ses mains.

— Cela ne vous paraît pas étrange que cette peinture ne s'enlève pas ?

Gamache n'y avait jamais pensé, mais, maintenant, il devait reconnaître que c'était vrai. En y mettant les efforts, on pouvait faire disparaître toute tache de peinture sur la peau. Aucune n'était indélébile.

— Lorsque arrive le temps d'une réunion familiale, j'arrête de me nettoyer avec de la térébenthine et j'utilise du savon ordinaire. La peinture à l'huile reste sur mes mains. De retour à Three Pines après la rencontre, je la fais disparaître.

"De retour à Three Pines…", se dit Gamache, et il vit le village paisible. Où l'on se sentait en sécurité.

— Puissance et protection ?

Peter hocha la tête.

— Lorsque Thomas, Marianna, maman ou n'importe qui

d'autre me fait enrager, je regarde mes mains, dit-il en baissant les yeux sur celles-ci, et elles me rappellent une chose que je fais bien. Mieux que quiconque dans la famille.

"Sauf Clara, chuchota une voix dans sa tête. Clara est maintenant une meilleure artiste que toi."

— Mais je pense que ça ne fonctionne plus.

— Et vous vouliez faire disparaître les amulettes de Thomas, c'est ça ?

Peter ne dit rien. Cela se rapprochait suffisamment de la vérité.

Gamache plongea la main dans la poche intérieure de son veston, sortit une vieille feuille de papier et la déplia. Peter tendit la main pour la prendre, mais Gamache la ramena vers lui, ne voulant pas confier quelque chose d'aussi précieux à cet homme.

La main de Peter resta suspendue dans l'air.

— Où avez-vous trouvé ça ?

Loin d'être fâchée ou accusatrice, sa voix était pleine d'émerveillement. On aurait dit un petit garçon à qui l'on montre une carte de pirate menant à un trésor, une carte cherchée, désirée depuis des semaines, des mois ou, s'il s'agissait d'un adulte, des années.

— Chez l'artiste qui a sculpté votre père.

Les yeux rivés sur la feuille, Peter écoutait à peine. Le dessin représentait un oiseau noble, plein de vie, la tête tournée dans une attitude insolente, les yeux brillants. Il semblait prêt à s'envoler de la feuille jaunie. Pourtant, malgré toute la vitalité qui s'en dégageait, l'oiseau était incomplet. Il n'avait pas de pattes.

— C'est vous qui avez dessiné ça, dit doucement Gamache pour ne pas tirer Peter trop rudement de sa rêverie.

Peter paraissait être entré dans le dessin et avoir complètement disparu. L'endroit où il se trouvait maintenant semblait paisible, agréable. Peter souriait, le visage détendu comme il ne l'avait pas été depuis des jours.

— Vous deviez être jeune quand vous avez fait ce dessin, ajouta Gamache pour l'inciter à parler.

— Oui, finit par dire Peter. J'avais peut-être huit ans. Je l'avais offert à papa pour son anniversaire.

— Vous aviez huit ans ?

Ce fut au tour de Gamache de fixer le dessin. Simple et élégant, l'oiseau n'était pas sans rappeler la célèbre colombe de Picasso. Pratiquement constitué d'une seule ligne. Mais Peter avait réussi à reproduire le vol, la vie et la curiosité.

— "Oh ! je me suis libéré des entraves amères de la terre", murmura Gamache.

La liberté.

Peter se souvenait d'avoir déjà volé haut, plané. Avant que le monde devienne trop lourd. Mais son art, maintenant, le clouait au sol.

Il regarda de nouveau l'oiseau. Son tout premier dessin, réalisé sans décalque. Il l'avait donné à son père, et celui-ci avait pris son fils dans ses bras et l'avait embrassé. Il était allé avec lui de table en table dans le restaurant où ils mangeaient pour montrer le dessin à de parfaits inconnus. Sa mère lui avait dit d'arrêter, mais Peter avait déjà développé deux dépendances : à l'art et aux louanges. Plus précisément aux louanges et à l'approbation de son père.

— Quand mon père est décédé, j'ai demandé à maman si je pouvais le ravoir, dit Peter en indiquant le dessin. Il l'avait jeté, m'a-t-elle répondu.

En regardant Gamache droit dans les yeux, il ajouta :

— Où l'avez-vous trouvé, déjà ?

— Chez le sculpteur qui a exécuté la statue de votre père. Celui-ci l'avait gardé. Que représente-t-il ?

— C'est seulement un oiseau. Rien de spécial.

— Il n'a pas de pattes.

— J'avais huit ans. Vous vous attendez à quoi ?

— Je m'attends à ce que vous me disiez la vérité. Je crois que vous mentez.

Gamache se mettait rarement en colère, et ne l'était pas en ce moment, mais sa voix était tendue et renfermait une mise en garde que même un Morrow pouvait percevoir.

— Pourquoi mentirais-je au sujet d'un oiseau dessiné il y a quarante ans ?

— Je ne sais pas, mais je sais que vous mentez. Quelle espèce d'oiseau est-ce ?

— Un moineau, un merle, je ne sais pas, répondit Peter, exaspéré.

Gamache se leva soudainement et, repliant la feuille, la remis délicatement dans la poche intérieure de son veston.

— Je découvrirai la vérité, vous le savez. Pourquoi essayez-vous de me mettre des bâtons dans les roues ?

Peter secoua la tête et resta assis. Gamache commença à s'éloigner, puis se souvint d'une question qu'il voulait poser à Peter.

— Vous dites que, tous, vous avez vos talismans ou mantras. Ce que Clara appelle votre puissance et votre protection. Vous ne m'avez pas dit quelle était l'amulette de Julia.

Peter haussa les épaules.

— Je ne sais pas.

— Pour l'amour de Dieu, Peter !

— Je suis sérieux.

Peter se leva et fit face à Gamache.

— Je ne la connaissais pas suffisamment bien. Elle venait rarement aux réunions. Sa présence, cette fois-ci, était inhabituelle.

Gamache continua de le fixer, puis tourna les talons et sortit de l'ombre rafraîchissante.

— Attendez, lui lança Peter.

Gamache s'arrêta et attendit qu'il le rattrape.

— Écoutez, je dois vous le dire : j'ai volé ces boutons de manchette et les ai jetés dans le lac parce que c'était un cadeau de mon père à Thomas. Ils se transmettent de fils aîné à fils aîné. J'avais toujours pensé que, peut-être, il me les offrirait. Je sais, c'était idiot, mais j'espérais. Il ne me les a pas donnés. Je savais à quel point Thomas tenait à ces boutons de manchette.

Peter hésita, mais décida de poursuivre. C'était comme s'élancer d'une falaise.

— Ils représentaient ce qu'il a de plus précieux. Je voulais le blesser.

— Comme vous avez essayé de me blesser tout à l'heure quand vous avez parlé de mon père ?

— Je regrette mes paroles.

Gamache regarda l'homme débraillé devant lui.

— Faites attention, Peter. Vous avez une bonne âme, mais même les personnes avec une bonne âme trébuchent et tombent. Et parfois elles ne se relèvent pas.

24

À qui profite le crime? écrivit Beauvoir sur une grande feuille de papier en très grosses lettres majuscules rouges. Machinalement, il passa le marqueur sous son nez pendant qu'il observait son œuvre.

Voilà de l'art! Ou, si ce n'était pas réellement de l'art, c'était certainement très beau. Cela représentait l'organisation et l'ordre, deux choses qu'adorait l'inspecteur. Bientôt ils auraient des listes : de noms, de mobiles, d'indices, de déplacements. Ils relieraient entre eux ces divers éléments. Certains liens se révéleraient des impasses et d'autres des sentiers obscurs, mais d'autres encore correspondraient à une voie express sur l'autoroute, qu'ils suivraient à toute vitesse jusqu'au bout.

Beauvoir jeta un coup d'œil à l'inspecteur-chef. Les coudes posés sur la table en bois foncé et ses gros doigts entrelacés, Gamache avait un regard pensif et attentif.

Qu'allait-il se passer maintenant?

Beauvoir connaissait la réponse à cette question. Lorsqu'ils atteignaient l'extrémité du monde connu, lorsque lui, Lacoste et tous les autres enquêteurs ne pouvaient voir plus loin, l'inspecteur-chef Gamache passait devant. Il s'aventurait dans l'inconnu, car c'était là que les meurtriers se tapissaient. Les assassins pouvaient donner l'impression de marcher sous le même soleil et la même pluie, sur le même gazon et le même béton, voire de parler le même langage que le reste des gens, mais ce n'était pas vraiment le cas. L'inspecteur-chef était prêt à aller là où peu d'autres personnes le pouvaient. Et jamais il ne demandait à son équipe de le suivre, seulement de l'aider à trouver le chemin.

Les deux hommes savaient qu'un jour Beauvoir passerait devant, lui aussi. Tous les deux savaient que la terre brûlée, désolée, que cherchait Gamache n'était pas un lieu où se retrouvaient exclusivement des meurtriers. Si Armand Gamache pouvait se rendre à cet endroit, c'est parce qu'il ne lui était pas totalement inconnu. Il le connaissait parce qu'il avait vu sa propre terre brûlée ; il était sorti des sentiers habituels, familiers, dans sa tête et son cœur, et avait vu ce qui couvait dans le noir.

Et un jour Jean-Guy Beauvoir regarderait ses propres monstres en face et pourrait ensuite en reconnaître d'autres. Peut-être ce jour était-il arrivé, peut-être cela se produirait-il au cours de cette enquête.

Il l'espérait.

Après avoir capuchonné le marqueur, il le mit dans sa bouche et l'agita de haut en bas, comme s'il s'agissait d'un énorme cigare rouge, tout en fixant la page blanche, exception faite du titre qui attendait des réponses.

À qui profite le crime ?

— Eh bien, certainement à David Martin, dit l'agente Lacoste. Il n'a pas besoin de payer une pension alimentaire.

Beauvoir écrivit le nom et la raison, puis ajouta : "Un témoin de moins."

— Que voulez-vous dire ? demanda l'inspecteur-chef.

— Lorsqu'elle a témoigné au procès de son mari, Julia Martin a essentiellement affirmé ne rien connaître de ses affaires. Mais supposons que ce ne soit pas vrai. J'ai l'impression que ces Morrow ne sont pas très intelligents. En fait, ils sont si stupides qu'ils se croient intelligents. En revanche, ils sont rusés. Julia Martin a grandi dans une famille où l'on discutait d'affaires et, comme elle adorait son père, elle devait donc prêter attention.

Il s'interrompit pour mettre de l'ordre dans ses pensées confuses, convaincu qu'elles menaient quelque part. Ses collègues attendaient la suite. On cogna à la porte et il s'y dirigea pour ouvrir.

C'était l'heure du dîner.

— Bonjour, Elliot, dit le chef lorsque le jeune et svelte serveur lui donna un sandwich au bifteck cuit au barbecue et garni de champignons sautés et d'oignons caramélisés.

— Bonjour, patron, répondit le jeune homme en souriant.

Puis il lança un sourire radieux à Isabelle Lacoste, à qui cela sembla faire grand plaisir, et déposa devant elle une salade de homard. À Beauvoir, il servit un hamburger accompagné de pommes allumettes. Depuis vingt minutes, les trois enquêteurs sentaient les briquettes qu'on faisait chauffer dans l'immense barbecue du jardin, avec les odeurs caractéristiques de charbons chauds et d'essence à briquet. Beauvoir n'avait cessé de saliver. Comme, de plus, la chaleur le faisait transpirer, il se dit qu'il devrait commander une bière froide. Seulement pour prévenir la déshydratation. Le chef et Lacoste ayant trouvé l'idée bonne, on leur apporta à chacun une bière dans un grand verre givré.

Jetant un coup d'œil par les portes-fenêtres, Beauvoir vit le maître d'hôtel passer avec un plat de steak et de crevettes provenant du barbecue, vraisemblablement pour les Morrow.

— Vous disiez ?

L'inspecteur-chef le regardait. Beauvoir retourna à la grande feuille de papier en emportant son hamburger.

— Oui, le mari. On dirait qu'il a toujours été ici, vous ne trouvez pas ? Les gens parlaient de lui même avant le meurtre, avez-vous dit, vous racontant, à Mme Gamache et à vous, quel genre d'homme il était. C'est comme si les Morrow n'arrivaient pas à décider s'ils l'aimaient ou le détestaient.

— Vous avez raison. Depuis le début, il est l'hôte non invité.

Beauvoir ne releva pas le commentaire, supposant qu'il s'agissait d'une citation. L'expression convenait bien, cependant. Elle faisait référence à une personne dont la présence n'était pas nécessairement désirée, à laquelle on ne s'était pas préparé, une personne qu'on n'attendait pas. Celle, donc, qui bénéficiait d'un avantage.

— Beaucoup de choses semblent liées à lui.

Beauvoir encercla le nom de Martin. C'était facile, puisque c'était le seul sur la page jusqu'à maintenant.

— Julia Martin était ici seulement à cause du divorce.

— Et de la condamnation de son mari, ajouta Lacoste. Sur quoi portait le procès, au juste ?

Tous les deux se tournèrent vers Gamache.

— On en a parlé dans les journaux, mais vous allez devoir vérifier les faits, car ça remonte à plusieurs mois. David Martin était à la tête de la Royale Assurance Company, une très vieille entreprise canadienne, hautement respectée, spécialisée dans l'assurance maritime. Elle fut fondée en Nouvelle-Écosse, je crois, il y a plus d'un siècle, mais son siège fut déménagé à Vancouver lorsque le commerce maritime avec les pays riverains du Pacifique s'est développé.

— Elle s'intéressait seulement au commerce maritime ?

— Pas sous la direction de Martin. Il a fait deux choses, si je me souviens bien. Il a diversifié les activités de l'entreprise pour inclure les bâtiments et les infrastructures : ponts, barrages, routes. Mais son trait de génie – qui allait plus tard entraîner sa chute – fut de partager les risques en créant quelque chose nommé Partenaires.

— Il n'était sûrement pas le premier homme d'affaires à avoir des partenaires, commenta Lacoste en souriant.

Gamache sourit également.

— Très perspicace... Mais il écrivait le mot avec un *P* majuscule. Ça ressemblait à une structure pyramidale, bien que parfaitement légale, au début. Il assurait le projet de construction d'un pont, par exemple, en convainquant plusieurs entreprises d'assumer une partie des risques. À leur tour, celles-ci vendaient des parts à de plus petites compagnies qui, elles, les revendaient à des individus. Tous appelés Partenaires de la Royale.

— Et qu'obtenaient-ils en retour ? demanda Lacoste.

Elle oublia sa salade de homard pendant un moment, fascinée par ce type de transactions d'une complexité extrême.

— Ils ne déboursaient rien, répondit Gamache, en se rappelant des détails au fur et à mesure. On leur versait une partie des profits de l'entreprise, qui étaient gigantesques. La plupart des Partenaires sont devenus multimillionnaires.

— Mais... ? dit Beauvoir.

— Mais ils devaient s'engager à éponger toute perte.

Beauvoir était perdu, mais pas Lacoste.

— Je comprends. Martin vendait une partie des profits et tous les risques. Il empochait des centaines de millions et ne risquait rien si jamais la société devait régler une énorme réclamation.

— Exactement. Ça a bien fonctionné pendant des années. Tout le monde, même les plus petits Partenaires, faisait beaucoup d'argent. Les gens se bousculaient pour pouvoir investir.

— Vous, avez-vous investi ? demanda Beauvoir.

— On nous l'a proposé, mais nous avons décliné l'offre.

— Très sage, dit Lacoste.

— J'aimerais le croire, mais c'est plutôt la crainte qui nous a retenus. Je peux parler du système, et d'une certaine façon je pense le comprendre, mais, dans le fond, pas vraiment. Ce que j'ai compris, en revanche, c'est que nous serions ruinés si jamais quelque chose tournait mal.

— Et quelque chose a fini par mal tourner ? demanda Lacoste.

— Les cigarettes, dit Gamache. Quand Martin a voulu étendre les activités de la Royale Assurance à d'autres secteurs, il a commencé par les fabricants de tabac. La compagnie d'assurances a encaissé des sommes colossales. Des fortunes. Mais, il y a environ dix ans, une femme de l'Oregon atteinte d'emphysème a poursuivi la Jubilee Tobacco. Elle avait soixante ans. Il y avait des antécédents familiaux : sa mère était morte de cette maladie. La compagnie de tabac a remporté la première manche et la femme est morte, mais son mari n'a pas abandonné. Une action collective a finalement été intentée et, il y a deux ans, la Cour suprême a statué que la Jubilee Tobacco était responsable.

La porte de la bibliothèque s'ouvrit et Sandra Morrow entra. Beauvoir se glissa immédiatement devant leurs listes, et Gamache se leva et se dirigea vers elle.

— Puis-je vous aider ? demanda-t-il.

— Non, merci. Je suis seulement venue chercher un livre et m'installer pour lire.

Elle amorça un mouvement pour contourner l'inspecteur-chef, qui se plaça devant elle.

— Excusez-moi, dit-elle d'un ton glacial.

— Je suis désolé, madame, mais les clients n'ont plus accès à cette pièce. Je croyais que ç'avait été clairement spécifié. Si ce n'est pas le cas, je suis vraiment navré, mais nous en avons besoin comme quartier général.

— Quartier général ? À vous entendre, on dirait quelque chose de très important. Nous avons payé pour séjourner ici. Et j'ai payé pour utiliser cette pièce aussi.

— Ce ne sera pas possible, répondit Gamache d'une voix ferme mais amicale. Je comprends votre frustration, et je sais que vous traversez une période difficile, mais vous devrez aller ailleurs.

Elle le toisa avec un tel dédain que même Beauvoir fut surpris, lui qui avait lancé et reçu quelques regards semblables au cours de sa vie.

— Je comprends que vous devez enquêter sur la mort de ma belle-sœur, mais vous n'avez pas besoin de cette pièce en particulier. Pourquoi ne pas vous installer dans une des chambres ? Même la sienne. Ou dans une plus petite pièce. Il doit bien y avoir dans cette auberge un bureau que vous pourriez utiliser. La bibliothèque est à la disposition des clients.

— Au revoir, madame Morrow, dit Gamache en tendant le bras pour indiquer la porte.

Elle le dévisagea attentivement.

— Je connais les individus de votre genre. Vous prenez toujours ce qu'il y a de meilleur. Vous êtes un petit homme avec un petit pouvoir qui vous a transformé en tyran. Je me demande d'où ça vous vient.

Elle sortit. Beauvoir secoua la tête. Cette fiesta d'Anglos ne pouvait pas devenir plus bizarre, avait-il commencé à penser, et voilà que Sandra Morrow se comportait de cette façon.

Gamache revint à sa place et, après avoir pris une gorgée de bière, demanda :

— Où en étions-nous ?

— On parlait de cigarettes, répondit Lacoste.

Elle l'observa pour voir si les petites insultes acérées de Sandra Morrow avaient réussi à le blesser, ne serait-ce que légèrement, mais le chef ne paraissait aucunement troublé.

— Je me souviens du procès de la Jubilee Tobacco, dit Beauvoir. On y a révélé toute la merde que les compagnies de tabac mettent dans les cigarettes. Après avoir vu un reportage à la télévision, ma mère a immédiatement arrêté de fumer.

— C'est une femme intelligente, dit Gamache. Beaucoup de gens ont cessé de fumer.

— Et c'est ce qui a provoqué la crise ? demanda Beauvoir, encore une fois perdu.

— Non. Les fabricants de tabac se sont tout simplement tournés du côté des pays en développement pour ouvrir de nouveaux marchés. C'est autre chose qui a entraîné la dégringolade de la Royale : la découverte que, même en se sachant dans le pétrin, elle avait continué de vendre des "partenariats", pour compenser les pertes subies avec les compagnies de tabac. Des milliers de personnes ont été ruinées. Les petits investisseurs.

Beauvoir et Lacoste réfléchirent à cela pendant un moment, en silence. Beauvoir, ayant parlé à Martin en prison, était étonné. L'homme ne lui avait pas paru du genre à arnaquer délibérément un si grand nombre de personnes, de petits investisseurs. Des gens ordinaires. Et pourtant il l'avait fait. La cupidité : voilà le vrai geôlier.

— Est-ce possible qu'un des Morrow, peut-être même Charles Morrow, ait compté parmi les Partenaires ? demanda Lacoste. Ils ont peut-être perdu une fortune.

— Selon David Martin, les Morrow valent près de vingt millions.

— De dollars ?

— Non, de biscuits pour chiens. Évidemment, de dollars, dit Beauvoir.

— Mais, intervint Gamache, leur fortune s'élevait peut-être à cent millions avant ce fiasco. Pourriez-vous vérifier ? ajouta-t-il en s'adressant à Lacoste.

Bientôt, les noms de tous les clients de l'auberge figuraient sur leur liste de suspects.

— On n'a pas vraiment réussi à réduire le nombre de suspects, n'est-ce pas ? dit Beauvoir d'un air piteux. Tous ont eu l'occasion de commettre le crime et tous semblent avoir eu des raisons de vouloir s'entretuer.

— Julia a affirmé avoir découvert le secret de son père, dit Lacoste. À mon avis, c'est un élément significatif. J'en ai parlé à Clara.

— Et... ? fit Gamache, curieux.

— Elle ne m'a pas beaucoup aidée. Très peu, en fait.

— Vraiment ?

Beauvoir regarda longuement la liste de suspects. Puis il se tourna vers l'autre tableau, où était affichée une liste d'indices, de faits, de déclarations. Le graffiti des toilettes pour hommes. Les deux notes trouvées dans le foyer y étaient punaisées et, à côté, le dessin d'un oiseau sans pattes.

Il y avait également une série de questions :

"La tempête a-t-elle joué un rôle significatif?"

"Qu'avait découvert Julia au sujet de son père?"

"Qui a écrit les notes jetées dans l'âtre?"

"Pourquoi Julia gardait-elle des lettres de remerciement reçues de nombreuses années auparavant?"

"Qui avait écrit le graffiti sur le mur des toilettes pour hommes? Est-ce essentiel de le savoir?"

Ils avaient une longue liste de *Qui?* De *Pourquoi?* Mais sur la grande feuille de papier, un mot demeurait seul.

Comment?

Comment la statue était-elle tombée? Rien n'était écrit sous ce mot, même pas des hypothèses.

— Oh, j'ai un autre nom à ajouter à la liste, dit Beauvoir en traçant des lettres légèrement plus grosses que les autres.

— Pierre Patenaude? Le maître d'hôtel? demanda Lacoste.

— Bien sûr, lui, répondit Beauvoir.

— Pourquoi lui? demanda Gamache.

— Eh bien, il était sur la terrasse vers minuit. Puisqu'il a aidé à installer la statue, il a pu faire quelque chose pour qu'elle tombe. De plus, il a travaillé dans un cimetière dans sa jeunesse, alors il doit en savoir un peu sur les statues.

— Il doit savoir comment on les met en place, reconnut Gamache, mais pas comment les faire basculer de leur socle. De toute façon, il a seulement dû apprendre comment couper le gazon autour d'elles.

— Il a accès à toutes les pièces, continua Beauvoir, en s'efforçant de ne pas paraître de plus en plus ergoteur. Il aurait pu écrire les deux notes. Peut-être sans même les donner à Julia Martin. Après les avoir écrites, il les a peut-être tout simplement chiffonnées puis jetées dans la cheminée, sachant qu'on les trouverait.

Son trait de génie fut accueilli par un silence et deux regards fixes.

— Délibérément, insista-t-il.

Les deux autres le dévisageaient toujours.

— Pour brouiller les pistes. Allons donc, c'est un suspect idéal. Il est partout et personne ne le voit.

— Êtes-vous en train de prétendre que, comme dans un polar classique, le coupable serait le majordome ? demanda Gamache.

— C'est soit lui, soit le commerçant et son épouse femme de ménage, répondit Beauvoir en se fendant d'un sourire.

La porte s'ouvrit et tous trois levèrent la tête. C'était Elliot qui leur apportait de belles fraises sucrées.

— Nous venons tout juste de les cueillir. Et il y a de la crème fraîche.

Il s'était adressé à Isabelle Lacoste, en souriant, et avait réussi à donner l'impression qu'il parlait d'un lubrifiant.

— Du monastère, tout près.

Même ces mots, dans sa bouche, étaient sexy.

Tout en mangeant, les enquêteurs gardèrent les yeux fixés sur les listes. Finalement, après avoir passé le doigt dans le bol pour ramasser le reste de la crème épaisse, Beauvoir se leva et retourna à leurs listes. Il donna de petits coups sur l'une d'elles.

— Ça, est-ce que c'est important ?

"Qui avait écrit le graffiti sur le mur des toilettes pour hommes ? Est-ce essentiel de le savoir ?"

— Peut-être. Pourquoi ? demanda Gamache.

— Eh bien, à la fin de notre conversation, David Martin m'a dit qu'il croyait savoir qui l'avait fait.

— On le sait, dit Lacoste. C'est Thomas Morrow.

— Non. Selon le mari de Julia, ce serait Peter.

Beauvoir et Lacoste passèrent le reste de l'après-midi à vérifier les antécédents et les allées et venues de différentes personnes. Armand Gamache partit à la recherche de Mme Dubois, mais n'eut pas à la chercher longtemps. Comme toujours, elle était dans le hall d'entrée, derrière son bureau en bois bien astiqué. À la voir, on ne se serait jamais imaginé qu'il faisait trente degrés à l'ombre.

Gamache s'assit dans un fauteuil confortable de l'autre côté du bureau. L'aubergiste retira ses lunettes de lecture et lui sourit.

— Comment puis-je vous aider, inspecteur-chef?

— Je n'ai pas cessé de m'interroger au sujet de quelque chose.

— Oui, je sais : qui a tué notre cliente?

— Ça aussi, mais je me demandais pourquoi vous avez fait installer la statue à l'endroit où elle se trouvait.

— Ah, c'est une très bonne question, et ma réponse sera captivante, répondit-elle en souriant. Suivez-moi, ajouta-t-elle en se levant, comme s'il n'allait pas la suivre.

En marchant sur le parquet de larges planches, ils se dirigèrent vers la porte moustiquaire, qui se referma bruyamment derrière eux. Ils étaient sortis sur la galerie ombragée, mais où il faisait tout de même chaud. De sa démarche chaloupée, l'aubergiste passa à côté des jardinières sur le bord de la galerie tout en parlant. Gamache était penché vers elle, afin de ne manquer aucune de ses paroles captivantes.

— La première fois que Mme Finney m'a parlé de la statue, j'ai refusé. C'était peu après le décès de Charles Morrow. À cette époque, elle était toujours Mme Morrow, bien sûr. Ils avaient séjourné ici de nombreuses fois et je les connaissais bien.

— Que pensiez-vous de lui?

— Je connaissais ce type d'homme. Je ne l'aurais jamais épousé. Trop absorbé par son travail et la vie en société, par ce qui est convenable ou pas. Pas sur le plan de la morale, évidemment, mais pour des choses comme les fourchettes à dessert, les mots de remerciement, les vêtements appropriés.

— Excusez-moi, madame Dubois, mais il est évident que ces choses vous importent aussi.

— J'y attache de l'importance par choix, inspecteur-chef. Mais si vous vous présentiez vêtu d'une chemise rayée et d'une cravate à pois, je ne vous demanderais pas de vous changer. M. Morrow, lui, l'aurait fait. Ou il vous aurait clairement fait comprendre que la tenue était offensante. Il se sentait facilement offensé. Il avait un sens aigu de sa place dans le monde. Et de celle des autres, ajouta-t-elle avec un sourire.

— Mais il y a toujours plus d'une facette à une personne, et vous avez dit en être venue à assez bien connaître le couple.

— Vous êtes très intelligent. C'est pour ça, j'imagine, qu'on vous a confié la direction de la Sûreté.

— Seulement de la section des homicides, hélas.

— Ça viendra un jour, monsieur. J'assisterai à la cérémonie, quand on vous fera jurer par serment de bien remplir votre fonction.

— Dans ce cas, c'est Mme Gamache qui jurera.

L'aubergiste s'arrêta au bout de la galerie, où le bois avait été coupé pour ne pas nuire au tronc d'un énorme érable. Elle se tourna pour regarder Gamache.

— J'aimais Charles Morrow. Malgré ses airs pontifiants, il avait un sens de l'humour et de nombreux amis. Les amis d'un homme – ou la constatation qu'il n'en a pas – peuvent nous en apprendre beaucoup à son sujet. Se poussent-ils mutuellement à donner le meilleur d'eux-mêmes, ou passent-ils leur temps à faire des commérages, à médire des autres ? À raviver des blessures ? Charles Morrow avait horreur des commérages. Et son meilleur ami était Bert Finney. À mon avis, cela en dit long sur l'homme. Si M. Finney n'était pas marié, je l'aurais volontiers épousé.

Mme Dubois ne tourna pas la tête ni ne baissa les yeux en faisant cette étonnante déclaration. Elle n'affichait même pas un air de défi. Elle paraissait simplement sincère.

— Pourquoi ? demanda Gamache.

— J'aime un homme qui fait ses comptes.

— C'est ce qu'il faisait sur le quai, ce matin.

— C'est probablement ce qu'il fait en ce moment même. Il a beaucoup de choses à compter.

— Vingt millions de dollars, apparemment.

— Vraiment ? Tant que ça ? C'est réellement un beau parti, dit-elle, puis elle rit.

Gamache regarda au-delà de l'aubergiste, dans la direction de l'ombre et du marbre blanc qui brillait même dans la pénombre. Elle suivit son regard.

— Vous avez finalement changé d'idée au sujet de la statue. Vous aviez besoin de l'argent.

— Au début, les Morrow tenaient à la faire ériger dans l'une de ces platebandes, dit-elle en indiquant un talus couvert de roses et de lis entre l'auberge et le lac, mais j'ai refusé. Même si la statue s'avérait un chef-d'œuvre, elle aurait déparé le paysage et, honnêtement, je n'arrivais pas à imaginer les Morrow réalisant un chef-d'œuvre. Comme vous l'avez remarqué, ils ne font pas dans le minimalisme.

— Plutôt dans le maximalisme, c'est vrai.

— Après de longues discussions, nous avons choisi cet emplacement. Il est discret.

— Vous voulez dire caché ?

— Ça aussi. Avec un peu de chance, la forêt allait pousser autour de Charles Morrow et, au bout de vingt ans, le faire disparaître.

— Je vous vois mal permettant cela, madame.

Elle lui sourit un peu tristement.

— Vous avez raison. De son vivant, le pauvre Charles avait déjà assez souffert d'être relégué à l'arrière-plan. Non, il aurait eu une bonne place, ici. S'il n'avait pas tué sa fille.

Un peu plus loin, ils virent Pierre Patenaude qui parlait avec un des jeunes employés. Ils crurent reconnaître Elliot, bien qu'il leur tournât le dos. Patenaude les aperçut, cependant, et leur fit un signe de la main.

— Vous avez parlé d'amis, dit Gamache. Ce doit parfois être difficile de vivre si isolé.

— Vous faites allusion à M. Patenaude ?

— Et à vous. Et à la chef Véronique. Si j'ai bien compris, les autres, les jeunes employés comme Elliot là-bas, ne restent pas.

Le serveur s'était retourné et c'était bien Elliot. Il semblait se disputer avec le maître d'hôtel.

— Certains passent quelques saisons ici, mais vous avez raison. La plupart ne restent pas plus d'une année. Notre relation avec eux n'en est pas une d'amitié. Elle s'apparente plus à celle qui existe entre enseignant et élève ou entre mentor et prisonnier.

Elle sourit. Il était évident que, pour elle, cet endroit était tout sauf une prison, mais Gamache pouvait comprendre que certains jeunes – Colleen, peut-être – le percevaient ainsi. Et mouraient d'envie de s'échapper.

— Est-ce qu'on finit par ressentir de la solitude, ici ?

— Vous voulez dire moi ? Jamais. Mais j'ai mon mari. Il est présent dans tous les murs, dans les tapis, les fleurs. Il est dans cet érable, dit-elle en posant une petite main rose sur le tronc éléphantesque. Nous l'avons planté il y a soixante ans. Je parle continuellement à mon mari et me blottis contre lui tous les soirs. Non, je ne me sens jamais seule.

— Et lui ? demanda Gamache en indiquant Patenaude.

— J'avoue qu'au début je pensais qu'il ne resterait pas longtemps. Il n'était pas habitué au dur labeur. Mais l'emploi lui convenait. Du sang de coureur de bois doit couler dans ses veines. Il s'est plu au milieu de la nature sauvage. Il avait de si bonnes manières que notre précédent maître d'hôtel l'a rapidement choisi comme son successeur. Puis Véronique est arrivée et notre petite famille a été complète.

— Pierre semble avoir de la difficulté avec Elliot, commenta Gamache.

— Pauvre Pierre. Ce jeune homme a commencé à lui taper sur les nerfs dès le premier jour. Il est venu ici en avril et n'a cessé de causer des problèmes depuis.

— Pourquoi le gardez-vous ?

— Parce qu'il a besoin de nous. Il travaille bien et a rapidement appris le français. Mais il doit aussi apprendre l'autodiscipline et le respect de soi. Il réclame de l'attention, en provoquant des disputes ou en flirtant.

— Il a flirté avec moi, je crois.

— Eh bien, c'est probablement vous qui avez commencé, dit-elle, et Gamache éclata de rire. Il finira par comprendre qu'il n'a pas besoin d'agir ainsi, qu'il est très bien comme il est. C'est Pierre qui le lui fera comprendre. Mais peut-être pas aujourd'hui.

Ils regardèrent Elliot, manifestement énervé, s'éloigner d'un pas lourd sur le chemin de terre. Le maître d'hôtel aussi le regarda partir, puis se retourna et revint lentement vers l'auberge, perdu dans ses pensées. Ayant déjà eu affaire à des subalternes occasionnellement difficiles, Gamache éprouvait de la sympathie pour Patenaude. Et pour le jeune homme.

Se tournant de nouveau vers l'aubergiste, Gamache dit :

— L'agente Lacoste a l'œil observateur et elle est très intuitive. Elle croit que la chef Véronique est amoureuse de Pierre.

— Pour deviner cela, il n'est pas nécessaire d'avoir de l'intuition ni de grandes facultés d'observation, inspecteur-chef, bien que, je n'en doute pas, l'agente Lacoste soit dotée de ces deux qualités. Véronique est amoureuse de Pierre depuis des années. Et lui, ce cher homme, ne s'en rend même pas compte.

— Ne craignez-vous pas que cela entraîne des problèmes ?

— Je me suis fait du souci au début, admit-elle. Mais, après la première décennie, je me suis détendue. Franchement, c'est ce qui a retenu Véronique ici, et c'est une chef remarquable. Mais jamais elle n'exprimera ouvertement ses sentiments. J'en suis convaincue. Cette femme extraordinaire trouve son épanouissement dans le simple fait d'aimer. Elle n'a pas besoin d'être aimée en retour.

— Ou peut-être a-t-elle seulement peur, suggéra Gamache.

— C'est possible, répondit Clémentine Dubois en haussant les épaules et en faisant la moue.

— Et si Pierre partait ?

— Il ne partira pas.

— Comment pouvez-vous en être certaine ?

— Il n'a nulle part où aller. Savez-vous pourquoi nous sommes tous si heureux ici, monsieur ? Parce que c'est la dernière demeure sur la route. Nous avons essayé de nous caser ailleurs, mais ne nous sentions pas bien. Ici, nous sommes chez nous, à notre place. Même les jeunes qui viennent travailler ici ont quelque chose de spécial. Ils cherchent l'endroit qui leur convient. Et ils restent aussi longtemps qu'ils le désirent. Un jour, quelques-uns décideront de rester pour toujours. Comme moi. Comme Pierre et Véronique. À ce moment-là, je pourrai partir.

Armand Gamache baissa les yeux sur la petite femme ratatinée, dont la main était toujours posée sur son mari. Puis il tourna son regard vers le lac miroitant et perçut du mouvement. Il vit Irene Finney traversant lentement la pelouse, Bert à ses côtés. Derrière elle suivaient Thomas, Marianna et, finalement, Peter.

— Charles Morrow était un excellent pianiste, vous savez, dit Mme Dubois. Pas seulement du point de vue de la technique. Il jouait avec fougue. Par un après-midi pluvieux, nous pouvions l'écouter des heures durant. Il disait toujours qu'Irene était comme un accord majeur et ses enfants les harmoniques.

Gamache regarda les enfants se déployer comme un éventail derrière leur mère. Il se demanda si l'accord mère n'était pas légèrement dissonant, ce que les harmoniques ne rendaient que plus évident.

Puis quelqu'un d'autre apparut brièvement avant de disparaître dans la forêt. Un être énorme, massif, portant une salopette, des gants et des bottes et la tête recouverte d'un capuchon. Avec sa tête plate et sa carrure imposante, il ressemblait au monstre de Frankenstein.

— En parlant du loup…, dit Mme Dubois, et Gamache en eut la chair de poule.

— Pardon ?

— Là-bas. Cette chose qui s'est enfoncée dans les bois.

— Un loup ? J'aurais plutôt dit le démon.

Mme Dubois sembla trouver cela très amusant.

— J'aime ça, mais non. Tout le contraire, en fait. C'était la chef Véronique.

— Tout un écran solaire !

— C'est une protection contre les abeilles. Véronique Langlois est notre apicultrice. Elle est allée chercher du miel pour le thé.

— Et de la cire pour les meubles, ajouta Gamache en souriant.

Voilà pourquoi le Manoir Bellechasse sentait les vieux livres, la fumée de bois et le chèvrefeuille.

25

Dans le Grand Salon, Marianna Morrow enfonçait bruyamment les notes du piano, heureuse de jouir d'un peu de paix.

Riche, elle allait être riche un jour. À condition que maman ne lègue pas toute sa fortune à ce Finney et qu'à son tour celui-ci ne laisse pas son argent à un refuge pour chats. En tout cas, elle avait fait ce qu'elle avait pu. Elle, au moins, avait mis un enfant au monde, se dit-elle en regardant Bean.

Elle regrettait maintenant de lui avoir donné ce nom : Bean. À quoi avait-elle pensé? Rivière aurait été un meilleur choix. Ou Saumon. Ou Rivière aux Saumons. Non, trop normal.

Incontestablement, Bean avait été une erreur. La mère de Marianna avait d'abord été consternée : elle était une seule fois grand-mère, et l'enfant portait un nom de légumineuse! Marianna avait fait baptiser Bean uniquement pour forcer sa mère à écouter le ministre prononcer devant l'assemblée des fidèles – et devant Dieu – le nom Bean Morrow.

Un moment mémorable.

Sa mère, cependant, s'était révélée coriace, comme une nouvelle souche de bactérie résistante. Elle était devenue immunisée contre le nom.

Aorte, peut-être. Aorte Morrow. Ou Éructation.

Merde, c'aurait été parfait!

“Et maintenant, devant l'assemblée des fidèles, et devant Dieu, je présente Éructation Morrow.”

Une autre occasion ratée. Il n'était peut-être pas trop tard…

— Bean, mon trésor, viens voir maman.

Marianna tapota le banc du piano. L'enfant s'approcha et s'y appuya. Les tapotements se firent plus énergiques, mais Bean ne bougea pas.

— Allez, Bean, monte. Assieds-toi à côté de maman.

L'enfant ignora le geste de sa mère et baissa plutôt les yeux sur le livre dont il ne semblait jamais se séparer.

— Maman, as-tu déjà vu un cheval volant ?

— Une seule fois, mon trésor. Au Maroc, après une fête particulièrement réussie. J'ai également déjà vu quelques fées.

— Tu veux dire l'oncle Scott et l'oncle Derek ?

— Oui. Ils volent, parfois, mais je ne crois pas qu'on puisse les qualifier d'étalons.

Bean hocha la tête.

— Bean, aimes-tu ton prénom ? Je veux dire, aimerais-tu que maman le change ?

Elle regarda l'enfant à l'air sérieux.

— Pourquoi ne sautes-tu pas ?

Bean, que les coq-à-l'âne de sa mère ne décontenançaient pas, suivait facilement.

— Pourquoi est-ce que je sauterais ?

— Eh bien, c'est ce que font les gens. C'est pour ça que nous avons des genoux et des voûtes plantaires. Des chevilles. Ce sont de petites ailes, tu sais.

Elle agita les doigts pour mimer un battement d'ailes, mais cela ne parut pas convaincre Bean.

— Elles ne ressemblent pas à des ailes, elles ont l'air d'os.

— Eh bien, tes ailes ont dû tomber à force de ne pas être utilisées. Ça arrive.

— Je crois que tu sautes suffisamment pour nous deux. J'aime ça ici. Sur le sol.

— Sais-tu ce qui ferait plaisir à maman ? Changer ton prénom. Qu'en penses-tu ?

Bean haussa les épaules.

— Si tu veux. Mais ce ne sera pas un nom plus étrange que Bean, n'est-ce pas ?

Les petits yeux se plissèrent.

Chlamydia Morrow.

Très joli. Trop joli, peut-être. Pas tout à fait le nom qui convenait. Bientôt, tout le monde saurait si Bean était un garçon ou une fille. Fini le petit secret. Le meilleur moyen de faire enrager maman serait de donner un nom vraiment ridicule à Bean, songea Marianna.

Elle regarda son enfant. Un être étrange, même selon les critères de sa famille.

Syphilis.

Marianna sourit. Parfait.

Syphilis Morrow. Ça mène à la folie.

Jean-Guy Beauvoir s'appuya contre le dossier de sa chaise dans la bibliothèque et jeta un coup d'œil autour de lui. Pas pour observer la pièce, mais parce qu'il se sentait bien. En temps normal, il aurait travaillé à l'ordinateur, vérifiant ses messages ou en envoyant, furetant sur la Toile. Googlant.

Mais il n'y avait pas d'ordinateur. Seulement un stylo et du papier. Il mâchouilla le stylo en regardant droit devant lui et utilisa son cerveau pour établir des liens.

Il avait consacré une bonne partie de l'après-midi à examiner des échantillons d'écriture pour découvrir l'auteur des notes adressées à Julia. Quelqu'un s'était intéressé à elle et, d'après le peu que l'équipe avait réussi à comprendre de la personnalité de la femme solitaire, elle aurait été presque incapable de ne pas réagir à l'intérêt démontré.

Était-ce cela qui l'avait tuée ? Avait-elle été assassinée à cause de ses besoins ?

Beauvoir avait eu besoin de quelque chose, lui aussi. Durant la première heure et demie, il s'était concentré sur un suspect. Le coupable, selon lui. Pierre Patenaude. Loin d'être difficiles à obtenir, les échantillons de son écriture abondaient : il y avait des notes concernant les menus, des listes de rotation du personnel, des formulaires d'évaluation et même des tests de français qu'il avait fait passer aux jeunes employés. Le maître d'hôtel essayait de leur enseigner que le féminin de frais n'était pas fraise et que les souris sur le menu ne s'attrapaient pas avec du fromage. Seules les notes adressées à Julia Martin semblaient ne pas être de lui.

Mais après encore une heure passée à chercher, à comparer, à se pencher au-dessus d'une loupe prise sur un présentoir à papillons, Beauvoir avait sa réponse. Il savait hors de tout doute qui avait écrit les notes.

Bert Finney tira les rideaux pour bloquer le soleil et regarda sa femme se déshabiller avant sa sieste. Pas un instant ne passait sans qu'il s'émerveille de sa bonne fortune. Il était riche. Au-delà de ce que l'avarice pouvait lui faire imaginer.

Il savait faire preuve de patience, une vertu qu'il avait acquise des années auparavant. Cela avait porté des fruits. Ramasser les affaires d'Irene qui traînaient ne le dérangeait pas, car, en retour, il obtenait ce qu'il désirait. Il prit les vêtements abandonnés sur le plancher en essayant de ne pas remarquer les cris de douleur étouffés s'échappant de cette femme menue. Elle ressentait beaucoup de choses, mais croyait préférable de ne rien laisser paraître. Leur seule et unique dispute avait eu lieu lorsqu'il avait tenté de la convaincre de parler à ses enfants et de s'expliquer. Elle avait refusé.

Maintenant, Irene Finney était nue au centre de la chambre sombre et les larmes ruisselaient sur ses joues. Son mari savait qu'elles cesseraient bientôt. Comme toujours. Dernièrement, toutefois, elles coulaient plus longtemps.

— Qu'y a-t-il? demanda-t-il, en s'apercevant immédiatement du ridicule de la question.

— Rien.

— Dis-moi.

Il ramassa son jupon, son soutien-gorge et sa culotte, puis la regarda.

— C'est l'odeur.

C'était peut-être vrai, mais selon lui il y avait davantage.

Irene Morrow se tenait devant le lavabo au Manoir Bellechasse et de ses jeunes mains roses faisait couler de l'eau tiède sur Julia. Minuscule Julia, beaucoup plus petite que Thomas. Celui-ci avait déjà eu son bain et, enveloppé dans une énorme serviette blanche, reposait dans les bras de Charles. Elle allait maintenant donner le bain à sa petite sœur. Leur chambre n'avait pas changé depuis qu'elle-même y avait séjourné dans sa jeunesse. C'étaient les mêmes robinets, le même bouchon en caoutchouc noir, le même savon Ivory, en pain, qui flottait.

Elle tenait maintenant son bébé dans le lavabo, en veillant à ce que Julia ne glisse pas et ne heurte pas les robinets durs, et en s'assurant que le savon, même s'il était doux, n'entre pas dans ses yeux confiants.

Cela aurait été parfait, n'eût été la douleur. Névralgie, avaient diagnostiqué les médecins ; un problème propre aux femmes, avaient-ils expliqué à Charles. Il les avait crus. Elle aussi. Après la naissance de Thomas. Or la douleur avait augmenté après celle de Julia. Elle supportait à peine d'être touchée, mais ne l'avait jamais avoué à Charles. Ses parents victoriens lui avaient inculqué deux choses : elle devait obéir en tout temps à son mari et ne jamais montrer de faiblesse, surtout pas à ce mari-là.

Elle avait donc donné le bain à son magnifique poupon, en pleurant. Charles avait pris ses larmes pour un signe de joie. Elle ne l'avait pas détrompé.

Et maintenant, Julia avait disparu. Charles avait disparu. Le subterfuge laissant croire à la joie aussi. Elle ne feignait même plus d'être heureuse.

Il ne restait que la douleur et un lavabo, de vieux robinets et le parfum du savon Ivory.

— Bonjour. Est-ce la reine du *clogging*?

— Oui, c'est la reine du *clogging*, chantonna gaiement la voix à l'autre bout du fil.

Elle semblait si loin et pourtant elle se trouvait seulement de l'autre côté des montagnes au bout du lac. Dans la vallée suivante.

— Est-ce le garçon d'écurie? demanda Reine-Marie.

— Oui, madame, répondit Gamache, qui sentait le rire monter en lui. Votre beau mari, paraît-il, a été envoyé en mission d'une grande importance pour le pays.

— En fait, il est en cure de désintox. Encore une fois. La voie est libre.

Elle était meilleure que lui à ce petit jeu. Gamache finissait toujours par rire le premier, ce qu'il fit.

— Tu me manques.

Il ne chuchotait pas. Il se fichait de qui l'entendait.

— Aimerais-tu venir souper ce soir? Je peux aller te chercher dans une heure.

Ils se fixèrent rendez-vous, mais, avant de partir, Gamache réunit son équipe. C'était l'heure du thé et ses collaborateurs tenaient en équilibre dans leurs mains de délicates tasses et soucoupes en porcelaine et de petites assiettes avec napperons en dentelle. Sur la table devant eux se trouvaient des notes sur le meurtre et des sandwichs aux concombres sans croûte, des listes de suspects et des éclairs, des indices et des petits fours.

— Vous permettez que je fasse la mère? demanda Gamache.

Comme Beauvoir avait déjà entendu de plus étranges bizarreries de la part de l'inspecteur-chef, il hocha simplement la tête.

— Je vous en prie, répondit Isabelle Lacoste en souriant.

Gamache versa le thé et les deux enquêteurs se servirent de nourriture. Beauvoir compta les sandwichs et les pâtisseries pour s'assurer d'obtenir sa juste part.

Ils parlèrent tout en mangeant.

— Bon, dit l'agente Lacoste. J'ai l'information sur les antécédents de chacun. D'abord, Sandra Morrow, née Kent : famille aisée, père banquier, mère engagée dans le bénévolat. Née et élevée à Montréal. Père et mère décédés. A reçu une somme modeste une fois l'impôt payé et l'héritage partagé entre les héritiers. Elle travaille comme conseillère en gestion chez Bodmin Davies, à Toronto. Vice-présidente adjointe.

Gamache haussa les sourcils.

— Ce n'est pas aussi impressionnant que vous pourriez le croire, monsieur. Pratiquement tout le monde porte le titre de vice-président adjoint, sauf les vice-présidents directeurs. Mme Morrow semble avoir heurté un plafond de verre il y a quelques années. Son mari, maintenant, Thomas Morrow : a fait ses études à l'école privée Mantle, à Montréal, puis à l'Université McGill. A réussi de justesse à obtenir un baccalauréat général, mais a joué dans plusieurs équipes sportives. A obtenu un emploi à la firme d'investissement torontoise Drum and Mitchell, où il travaille toujours.

— C'est lui le symbole de la réussite, dit Beauvoir.

— Non, en fait, répondit Lacoste, mais on le croirait à l'entendre.

— Et à entendre le reste de la famille, ajouta Beauvoir. Tous désignent Thomas comme celui qui a réussi. Cache-t-il quelque chose ?

— Ce n'est pas un secret, semble-t-il. Son bureau est un cubicule et il brasse des affaires de quelques millions de dollars, mais dans le monde de l'investissement, paraît-il, cela n'est presque rien.

— Ce n'est pas ce qu'il gagne ?

— Absolument pas. Il s'agit de l'argent de ses clients. Selon sa déclaration de revenus, il a gagné soixante-seize mille dollars l'année dernière.

— Et il habite à Toronto ? demanda Beauvoir.

Vivre à Toronto coûtait scandaleusement cher. Lacoste hocha la tête.

— A-t-il des dettes ?

— Pas selon nos recherches. Sandra Morrow gagne plus que lui. L'année dernière, elle a déclaré un revenu d'environ cent vingt mille dollars. Leurs salaires combinés s'élèvent donc à près de deux cent mille dollars. Et comme tu l'as découvert, ils ont hérité de plus d'un million de dollars du père de Thomas. C'était il y a quelques années et je parie qu'il n'en reste pas beaucoup. Je vais continuer de fouiller. Pour ce qui est de Peter et Clara Morrow, nous possédons déjà de l'information sur eux. Ils sont propriétaires d'une petite maison à Three Pines. Peter est membre de l'Académie royale des arts du Canada. Ils vivaient au jour le jour jusqu'à ce que Clara hérite d'une voisine voici quelques années. Aujourd'hui, ils sont financièrement à l'aise, mais loin d'être riches. Ils ont un mode de vie modeste. Peter n'a pas eu d'exposition solo depuis des années, mais vend toutes ses œuvres quand il en a une. Chacun de ses tableaux vaut environ dix mille dollars.

— Et ceux de Clara ? demanda Beauvoir.

— C'est un peu plus difficile à déterminer. Jusqu'à récemment, elle se faisait payer en argent Canadian Tire.

Gamache sourit. Il voyait les liasses de billets remis par le magasin avec chaque achat, comme de l'argent du jeu de Monopoly. Lui-même en gardait une pile dans la boîte à gants de sa voiture. Peut-être devrait-il acheter une toile de Clara Morrow pendant qu'il le pouvait encore.

— Puis ses œuvres ont commencé à attirer l'attention, poursuivit Lacoste. Comme vous le savez, une exposition solo monstre de ses tableaux doit avoir lieu prochainement.

— Cela nous amène à Marianna Morrow, dit Beauvoir, en buvant une gorgée de thé.

Il se représentait la chef Véronique mettant des cuillerées de feuilles séchées dans la jolie théière à motifs de fleurs, puis prenant la grosse bouilloire en fonte et versant l'eau bouillante. Pour lui. Elle savait que le thé lui était destiné, se dit-il, et avait probablement ajouté une cuillerée supplémentaire. Et enlevé la croûte des sandwichs aux concombres.

— Alors, Marianna Morrow, dit Lacoste en tournant la page de son carnet. Habite Toronto, elle aussi. Dans un quartier appelé Rosedale, semblable à Westmount, d'après ce que j'ai compris. Très huppé.

— Divorcée ? demanda Beauvoir.

— Jamais mariée. Et voici la partie intéressante. Elle a réussi par ses propres moyens. Elle est architecte et a eu une chance incroyable à la fin de ses études. Pour sa thèse, elle a conçu des appartements bon marché et peu énergivores. Rien de comparable à ces affreux HLM en béton. Ce sont des habitations plutôt cool, que des personnes à faible revenu n'auraient pas honte d'habiter. Elle a fait fortune avec ces logements.

Beauvoir renâcla. Elle était bien une Morrow pour s'enrichir ainsi aux dépens des pauvres.

— Elle se rend partout dans le monde, continua l'agente Lacoste, et parle le français, l'italien, l'espagnol et le chinois. Elle gagne un tas d'argent. Sa déclaration fiscale établit son revenu pour l'année dernière à plus de deux millions de dollars. Et ça, c'est seulement ce qu'elle déclare.

— Attends une minute, dit Beauvoir en s'étouffant presque avec un éclair. Veux-tu dire que cette femme enveloppée dans des foulards, qui semble errer sans but et qui est toujours en retard ne doit ses millions qu'à ses seuls efforts ?

— Elle a mieux réussi que son père, répondit Lacoste en confirmant de la tête.

Cela lui faisait secrètement plaisir de penser que cette femme, la plus marginalisée des enfants Morrow, était celle qui avait le mieux réussi.

— Sait-on qui est le père de l'enfant ? demanda Beauvoir.

Lacoste secoua la tête.

— Il n'existe peut-être pas. L'enfant est peut-être né d'une vierge.

Elle aimait s'amuser aux dépens de Beauvoir.

— Je crois pouvoir te garantir que ce n'est pas vrai, dit Beauvoir.

Cependant, son sourire narquois s'effaça quand il regarda Gamache.

— Allons donc, chef, ne me dites pas que vous y croyez ? Ce n'est pas moi qui écrirai ça dans le rapport. Suspects : Thomas, Peter, Marianna et, ah oui, le Christ réincarné.

— Tu crois au premier, non ? Pourquoi pas au second ? demanda l'agente Lacoste.

— Voyons donc, bafouilla-t-il. Tu me demandes vraiment de croire que le Christ, pour son second avènement, s'incarnerait dans un enfant prénommé Bean ?

— *Bean* signifie "haricot", répondit Gamache. *Une semence. Et, c'est bien connu, on parle de semence pour faire référence à la foi. Selon moi, Bean est un enfant très spécial. Rien n'est impossible avec Bean.*

— Sauf établir son sexe, répondit Beauvoir, vexé.

— Est-ce important ?

— Oui, en ce sens que tout secret revêt une certaine importance dans une enquête pour meurtre.

Gamache hocha lentement la tête.

— C'est vrai. Souvent, après un jour ou deux, il est facile de voir qui est sincère et qui ne l'est pas. Or, dans cette enquête, les pistes sont de plus en plus brouillées. Thomas nous a parlé d'une plante du désert qui, si elle révélait sa véritable nature, se ferait manger par des prédateurs. Alors elle se déguise, feint d'être autre chose. Les Morrow sont pareils. Je ne sais pas quand, mais ils ont appris à cacher qui ils sont, ce qu'ils pensent et ressentent. Ils ne sont pas ce qu'ils semblent être.

— Sauf Peter et Clara, dit l'agente Lacoste. Vous ne les considérez pas comme des suspects, je suppose.

Gamache la regarda attentivement.

— Vous rappelez-vous notre première enquête à Three Pines ? Sur le meurtre de Mlle Jane Neal ?

Beauvoir et Lacoste hochèrent la tête. Ils avaient rencontré les Morrow pour la première fois à ce moment-là.

— Même si nous avions procédé à une arrestation, j'éprouvais un certain malaise.

— Vous croyez que nous avons arrêté la mauvaise personne ? demanda Beauvoir, atterré.

— Non, nous avons attrapé le meurtrier, il n'y a aucun doute. Mais, à mon avis, quelqu'un d'autre à Three Pines était capable de commettre un meurtre. Une personne qui devait être surveillée.

— Clara, dit Lacoste. Émotive, imprévisible, passionnée. Bien des choses peuvent déraper chez une personne avec une telle personnalité.

— Non, Peter. Fermé, complexe, si calme et détendu à l'extérieur. Mais Dieu seul sait ce qu'il se passe à l'intérieur.

— Eh bien, moi, au moins, j'ai une bonne nouvelle. Je sais qui a écrit ça, dit Beauvoir en brandissant les notes chiffonnées trouvées dans l'âtre de Julia. C'est Elliot.

— Le serveur ? demanda Lacoste, stupéfaite.

Beauvoir fit oui de la tête et plaça des échantillons de l'écriture d'Elliot à côté des notes. Gamache mit ses demi-lunes et se pencha.

— Bravo, dit-il en se redressant.

— Devrais-je lui parler ?

Gamache réfléchit un moment, puis secoua la tête.

— Non, j'aimerais relier certains autres faits avant, mais c'est intéressant.

— Ce n'est pas tout. Non seulement est-il de Vancouver, mais il habitait dans le même quartier que Julia et David Martin. Ses parents les connaissaient peut-être.

— Renseignez-vous, dit Gamache en se levant pour aller chercher sa femme.

Elliot Byrne semblait avoir transgressé les règles établies par Mme Dubois. Le jeune Elliot avait-il conquis la vulnérable et solitaire Julia Martin ? Que recherchait-il ? Une amante plus âgée ? De l'attention ? Peut-être voulait-il exaspérer au plus haut point son patron, le maître d'hôtel.

Ou la vérité était-elle plus simple, comme c'était souvent le cas ? Voulait-il de l'argent ? En avait-il assez de travailler comme serveur pour un salaire de misère ? Et, après avoir obtenu de l'argent de Julia, l'avait-il tuée ?

Rendu à la porte de la bibliothèque, Gamache s'arrêta et regarda la feuille posée sur le chevalet et le titre en grosses lettres rouges.

À qui profite le crime ?

À qui la mort de Julia ne profitait-elle pas ? commençait-il à penser.

26

Reine-Marie déposa sa fourchette et s'appuya contre le dossier de la chaise confortable. Pierre retira son assiette, où il ne restait que quelques miettes de gâteau aux fraises, et lui demanda si elle désirait autre chose.

— Peut-être une tasse de thé.

Lorsqu'il fut parti, elle tendit le bras et serra la main de son mari. Le voir au beau milieu d'une de ses enquêtes était un plaisir rare. Quand elle était arrivée, elle avait dit bonjour à l'inspecteur Beauvoir et à l'agente Lacoste, qui mangeaient et travaillaient dans la bibliothèque. Armand et elle s'étaient ensuite dirigés vers la salle à manger, où les tables étaient dressées pour le repas, avec leurs nappes blanches impeccables, l'argenterie et la verrerie étincelantes et des bouquets de fleurs fraîches.

Un serveur plaça un expresso devant Gamache et une théière devant Reine-Marie.

— Savais-tu que le Manoir Bellechasse produit son propre miel ? demanda Armand en remarquant le liquide ambré dans un pot à côté de la théière.

— Vraiment ? Mais c'est formidable !

Reine-Marie ne prenait habituellement pas de miel, mais décida d'en essayer avec son Darjeeling Thunderbolt. Elle trempa le petit doigt dans le pot avant d'en mettre dans sa tasse.

— C'est bon. Il a un goût familier. Tiens, essaie toi aussi.

À son tour, il y trempa un doigt.

Reine-Marie, les yeux plissés, cherchait à identifier la saveur. Il savait, bien sûr, ce qu'elle goûtait, mais voulait voir si elle réussirait à le trouver.

— Tu donnes ta langue au chat ?

Quand elle hocha la tête, il lui donna la réponse.

— Le chèvrefeuille…, dit-elle en souriant. Comme c'est merveilleux ! Vas-tu me montrer la clairière, à un moment donné ?

— Avec plaisir. Ils se servent aussi de la cire des abeilles pour astiquer les meubles.

Pendant qu'ils parlaient, Gamache vit que les Morrow étaient à leur table. Peter et Clara, cependant, n'étaient pas assis à leur place habituelle ; ils avaient été relégués à l'une des extrémités de la table, avec Bean.

Lorsque les Gamache passèrent près d'eux pour aller se promener dehors, Reine-Marie les salua :

— Bonjour. Comment allez-vous tous les deux ?

Mais elle le voyait. Peter avait le visage blême et un air tendu ; ses vêtements étaient en désordre et ses cheveux ébouriffés. La tenue de Clara était parfaite ; son chemisier était bien boutonné et d'une propreté impeccable. Reine-Marie ne savait trop ce qui était le plus déconcertant.

— Eh bien, à vrai dire…, répondit Clara en haussant les épaules. Comment va Three Pines ? demanda-t-elle ensuite d'une voix mélancolique, comme si elle parlait d'un royaume mythique. Prêt pour la fête du Canada ?

— Oui, c'est demain.

— Vraiment ? fit Peter en levant la tête.

Ils avaient perdu la notion du temps.

— J'y vais demain, dit Gamache. Aimeriez-vous venir avec moi ? Vous serez sous ma garde.

Il s'attendait presque à ce que Peter éclate en sanglots, tant il paraissait soulagé et reconnaissant.

— Ah oui, c'est votre anniversaire de mariage, dit Clara. Et j'ai entendu dire qu'on allait découvrir une personne au talent extraordinaire dans la compétition de *clogging*.

Gamache regarda sa femme.

— Alors Gabri ne plaisantait pas ?

— Malheureusement non.

Ils prirent rendez-vous pour le lendemain, puis les Gamache se tournèrent pour se rendre dans le jardin.

— Attends, Armand, dit Reine-Marie en posant une main sur

son bras. Penses-tu qu'on pourrait s'arrêter à la cuisine pour féliciter la chef? Je meurs d'envie de la rencontrer. Crois-tu que ça l'ennuierait?

Gamache réfléchit un instant.

— Il faudrait peut-être demander à Pierre. Ça ne devrait pas poser de problème, mais on ne sait jamais. Je ne voudrais pas avoir à esquiver des couperets.

— Ça ressemble à notre entraînement pour le *clogging*. L'entraîneur, c'est Ruth, précisa-t-elle.

Gamache essaya d'attirer l'attention du maître d'hôtel, mais il était occupé à expliquer quelque chose aux Morrow, ou à s'excuser.

— Allez, viens. On va jeter un petit coup d'œil.

Il lui prit la main et ils pénétrèrent dans la cuisine par les portes battantes.

Le chaos régnait dans la pièce. Après un moment cependant, Gamache, qui avait été poussé contre le mur et y restait collé pendant que des serveurs passaient à toute allure à côté de lui en tenant en équilibre des plateaux de verres et d'assiettes, eut l'impression d'assister à un ballet. Ce qu'il observait n'était pas le chaos ; ça ressemblait plutôt à une rivière en crue. L'agitation était presque frénétique, mais il y avait aussi quelque chose de naturel dans le va-et-vient.

— C'est elle, là-bas? demanda Reine-Marie.

Elle hocha la tête vers l'autre côté de la cuisine bondée, n'osant pas pointer le doigt.

— Oui, c'est elle.

La chef Véronique, dos à eux, portait une toque blanche et un grand tablier, et elle brandissait un énorme couteau. Puis elle se tourna et les aperçut. Elle marqua un temps d'arrêt.

— Elle n'a pas l'air contente de nous voir, murmura Reine-Marie.

Elle souriait et, par des signes, essayait de faire comprendre à la chef manifestement contrariée que leur présence était la faute de son mari.

— Sortons d'ici. Moi le premier, dit Gamache, et ils déguerpirent aussitôt.

Lorsqu'ils furent enfin dehors, Reine-Marie éclata de rire.

— Quel moment embarrassant ! À ta place, je vérifierais ma nourriture, dorénavant.

— Je demanderai à l'inspecteur Beauvoir de la goûter en premier, répondit-il en souriant.

La réaction de la chef Véronique l'avait surpris. En d'autres occasions, elle lui avait paru maître de la situation et n'avait pas semblé particulièrement stressée. Ce soir, elle paraissait troublée.

— Sais-tu, à bien y penser, je crois l'avoir déjà vue, dit Reine-Marie.

Elle glissa son bras sous celui de son mari et sentit sa force rassurante, puis elle ajouta :

— Probablement ici à l'auberge.

— C'est elle qui s'occupe des ruches, alors il est bien possible que tu l'aies croisée.

— En tout cas, dit Reine-Marie en se redressant après avoir humé le doux parfum d'une pivoine, c'est une femme assez particulière. Difficile à oublier.

Le jardin sentait la terre fraîchement bêchée et les roses. De temps en temps, une légère odeur de fines herbes lui parvenait du potager. Mais la senteur dont elle avait envie, et qu'elle respira lorsqu'elle s'appuya contre son mari, était celle du bois de santal. C'était plus que son eau de Cologne : le parfum semblait émaner de lui. C'était l'odeur de chaque saison. L'odeur associée à l'amour, à la stabilité, au sentiment d'appartenance. Ce parfum représentait l'amitié, le bien-être, la paix.

— Regarde, dit Armand, le bras tendu vers le ciel. C'est Babar.

Avec ses doigts, il essaya de lui faire voir la forme de l'éléphant parmi les étoiles.

— Tu es sûr ? On dirait plutôt Tintin.

— Avec une trompe ?

— Que regardez-vous ?

Les Gamache scrutèrent l'obscurité d'où leur était parvenue la petite voix, et Bean apparut, son livre dans les mains.

— Allô, Bean, dit Reine-Marie en se penchant pour serrer l'enfant dans ses bras. Nous regardions les étoiles, les formes qu'on peut reconnaître dans le ciel.

— Ah.

Une certaine déception était perceptible dans sa voix.

— Que pensais-tu qu'on avait vu ? demanda Gamache en s'agenouillant, lui aussi.

— Rien.

Les Gamache se turent un instant, puis Reine-Marie indiqua le livre.

— Qu'est-ce que tu lis ?

— Rien.

— Quand j'étais jeune, j'aimais lire des histoires de pirates, dit Gamache. Je me mettais un cache-œil, installais un ourson en peluche sur mon épaule…

En entendant ces mots, Bean sourit.

— … et utilisais un bâton en guise d'épée. Je pouvais jouer pendant des heures.

Avec son bras, l'homme imposant et plein d'autorité fendit l'air de gauche à droite devant lui, repoussant l'ennemi.

— Ah, les garçons…, dit Reine-Marie. Moi, j'étais Velvet Brown sur son cheval dans la course du Grand National.

Elle empoigna des rênes imaginaires, se rentra la tête dans les épaules, se pencha vers l'avant et éperonna son coursier pour le faire franchir le plus haut des obstacles. Dans l'obscurité, Gamache sourit, puis hocha la tête.

Il avait vu quelqu'un prendre exactement la même pose, récemment.

— Je peux voir ton livre ?

Il n'avança pas la main, se contentant de demander. Après un moment, Bean lui tendit le livre. Celui-ci était chaud à l'endroit où l'enfant l'avait tenu et Gamache eut l'impression de sentir de petites marques en creux, comme si les doigts de Bean avaient fait un avec la couverture rigide.

— *Des légendes que tout enfant devrait connaître*, lut-il, puis il ouvrit le livre. Il appartenait à ta mère ?

Bean confirma d'un hochement de tête.

Gamache ouvrit grand le livre en laissant les pages se déployer en éventail.

— L'histoire de Pégase, dit-il en regardant Bean. Veux-tu que je te montre Pégase dans le ciel ?

Les yeux de l'enfant s'arrondirent.

— Il est là-haut ?

— Oui, répondit Gamache en s'agenouillant de nouveau. Vois-tu les quatre étoiles brillantes ?

Il posa sa joue contre celle, douce et chaude, de l'enfant, puis leva la main hésitante de Bean, qui finit par se détendre, pointer le doigt avec Gamache, et ensuite hocher la tête.

— Ça, c'est son corps. En dessous, il y a ses pattes.

— Il ne vole pas, dit Bean, avec un air déçu.

— Non, il broute, se repose. Même la plus magnifique des créatures a besoin de repos. Pégase sait comment s'élancer dans le ciel, chasser et planer. Mais il sait aussi comment être en paix.

Tous les trois contemplèrent les étoiles durant quelques minutes, puis ils firent le tour du paisible jardin en parlant de leur journée. Finalement, Bean décida de rentrer et de demander un chocolat chaud avant d'aller au lit.

Les Gamache se donnèrent de nouveau le bras et se promenèrent pendant un moment, avant de revenir sur leurs pas.

— Sais-tu qui a tué Julia Morrow ? demanda Reine-Marie alors qu'ils s'approchaient du vieux pavillon.

— Pas encore, dit-il doucement. Mais nous nous rapprochons de la réponse. Nous savons qui a écrit les notes et nous avons divers indices et faits.

— Jean-Guy doit être heureux.

— Tu ne peux pas t'imaginer !

Dans sa tête, il voyait la grande feuille de papier avec ses colonnes. Dont l'une ne contenait ni indices ni faits, ni même de suppositions.

Comment ?

Ils dépassèrent le coin de l'auberge et, instinctivement, regardèrent tous les deux le cube de marbre blanc. Puis une silhouette se détacha du coin du pavillon. C'était comme si un des rondins s'était redressé et avait décidé de retourner dans la forêt. Dans le clair de lune, ils regardèrent l'ombre traverser la pelouse, mais au lieu de pénétrer dans le bois sombre elle se dirigea vers le lac.

Les pas de Bert Finney résonnèrent sur le quai de bois, puis ce fut le silence. Armand informa Reine-Marie à propos de Finney, et de son père.

— Il a raconté ça aux autres ?

Son mari hocha la tête. Elle tourna les yeux vers le ciel et regarda les étoiles.

— As-tu reparlé à Daniel ?

— Je vais l'appeler demain. Je voulais lui laisser le temps de se calmer.

— *Lui* laisser du temps ?

— Nous laisser du temps à tous les deux. Mais je vais lui téléphoner.

Avant de retourner à Three Pines, ils passèrent par la bibliothèque pour dire au revoir.

— Et, demain, ne permettez pas à l'inspecteur-chef de partir sans emporter un pot du miel de la chef Véronique, enjoignit-elle à Beauvoir.

— Son miel ?

— C'est une apicultrice, aussi. Une femme remarquable.

Beauvoir était d'accord.

Sur le chemin du retour, Reine-Marie se rappela où elle avait déjà vu la chef Véronique. C'était absolument extraordinaire et inattendu. Elle sourit et ouvrit la bouche pour parler, mais au même moment Armand s'informa des festivités prévues pour la fête du Canada et elle se mit à décrire la journée planifiée par les villageois.

Lorsque son mari l'eut déposée au gîte, elle se rendit compte qu'elle avait oublié de lui dire ce qui lui était revenu à la mémoire, mais se promit de ne pas oublier le lendemain.

Quand Gamache revint au Manoir Bellechasse, l'agente Lacoste parlait au téléphone avec ses enfants et Jean-Guy Beauvoir sirotait un expresso sur le canapé, entouré de livres. Sur l'apiculture.

L'inspecteur-chef parcourut des yeux les étagères et, bientôt, il avait un expresso, un cognac et sa propre pile de livres.

— Saviez-vous qu'il y a une seule reine par ruche ? demanda Beauvoir.

Quelques minutes plus tard, il interrompit de nouveau la lecture du chef avec un autre renseignement.

— Saviez-vous qu'une guêpe, un frelon ou une reine peut piquer encore et encore, mais une ouvrière seulement une fois ? Seules les ouvrières sont pourvues d'un sac à venin. Fascinant, non ? Lorsqu'elles piquent, le dard et le sac sont arrachés de leur abdomen et demeurent dans la peau de la victime. Ce qui entraîne la mort de l'insecte. Ces abeilles se sacrifient pour la reine et l'essaim. Je me demande si elles savent qu'elles vont mourir.

— Je me le demande, répondit Gamache, qui dans le fond s'en fichait.

Il reprit sa lecture, comme Beauvoir.

— Saviez-vous que les abeilles sont les pollinisatrices de la terre ?

C'était comme vivre avec un enfant de six ans.

Beauvoir abaissa son livre et regarda le chef assis sur le canapé en face de lui et qui lisait de la poésie.

— Sans les abeilles, nous mourrions tous de faim. Incroyable, non ?

Pendant un moment, Beauvoir s'imagina s'installant au Manoir Bellechasse et aidant la chef Véronique à étendre son empire du miel. Ensemble, ils sauveraient le monde. On les décorerait de la Légion d'honneur. On écrirait des chansons à leur sujet.

Gamache abaissa son livre et regarda par la fenêtre. Tout ce qu'il voyait, c'était son reflet dans la vitre et celui de Beauvoir. Deux hommes fantomatiques lisant par une belle soirée d'été.

— Si la ruche est attaquée, les abeilles forment une boule pour protéger la reine. Admirable, non ?

— En effet.

Gamache hocha la tête et poursuivit sa lecture. De temps en temps, Beauvoir l'entendait murmurer.

Oh ! je me suis libéré des entraves amères de la terre
Et, euphorique, j'ai dansé dans le ciel sur mes ailes argentées.
Vers le soleil je suis monté [...]
Et j'ai fait des centaines de choses dont vous n'avez jamais rêvé.

Beauvoir regarda le chef : il avait les yeux fermés et la tête penchée vers l'arrière, mais ses lèvres bougeaient, répétant une phrase.

Haut, toujours plus haut, dans un délire bleu et brûlant,
J'ai survolé les sommets balayés par les vents,
Là où nulle alouette, nul aigle même, n'a jamais volé.

— D'où est-ce que c'est tiré ? demanda Beauvoir.

— D'un poème intitulé *Haut Vol*, écrit par un jeune aviateur canadien au cours de la Seconde Guerre mondiale.

— Vraiment ? Il devait adorer voler. Les abeilles adorent voler. Elles peuvent couvrir de grandes distances pour trouver de la nourriture, si c'est nécessaire, mais elles préfèrent rester près de la ruche.

— Il est mort.

— Pardon ?

— Il est précisé ici que le poète a été tué lorsque son avion s'est écrasé. Le président Reagan a cité ce poème après la tragédie de *Challenger*.

Retourné à ses abeilles, Beauvoir ne l'écoutait plus.

Après un moment, Gamache posa le petit livre de poésie à la reliure en cuir et prit l'ouvrage suivant : le guide Peterson des oiseaux de l'Amérique du Nord.

Ils passèrent l'heure suivante à lire, le silence ponctué des topos de Beauvoir sur les abeilles.

Puis ce fut le temps d'aller se coucher. Après que Beauvoir lui eut souhaité bonne nuit, Gamache fit un dernier petit tour dans le jardin silencieux, en regardant les étoiles.

Et tandis qu'en silence mon âme s'élevait
Dans le sanctuaire inviolé de l'espace,
J'ai tendu la main, et j'ai touché le visage de Dieu.

27

Le matin du 1er juillet, jour de la fête du Canada, le temps était brumeux et frais. Il menaçait de pleuvoir. Armand Gamache regarda Irene Finney assise en face de lui à la table du petit-déjeuner. Entre eux se trouvaient sa théière d'Earl Grey et le café au lait de Gamache. Au fond de la salle, les serveurs préparaient le buffet.

— Quand pourrai-je enterrer ma fille, inspecteur-chef?

— J'appellerai la médecin légiste, madame, et vous le dirai. À mon avis, elle vous remettra le corps de votre fille dans un jour ou deux. Où auront lieu les funérailles?

Elle ne s'attendait pas à cette question. D'être interrogée sur sa famille, oui. Sur elle, presque certainement. Sur leurs antécédents, leurs finances, leurs sentiments même. Elle s'était préparée à un interrogatoire, pas à une conversation.

— Cela vous concerne-t-il vraiment?

— Oui. Nous nous révélons dans nos choix. Je ne trouverai l'assassin de votre fille que s'il se révèle.

— Vous êtes un homme bizarre.

De toute évidence, Mme Finney n'aimait pas ce qui était bizarre.

— Selon vous, le lieu d'inhumation d'une victime de meurtre constitue un indice?

— Tout constitue un indice. Surtout le lieu où on enterre les corps.

— Mais vous me posez la question. Cela signifie-t-il que vous me soupçonnez?

Impassible, la femme devant lui le défiait presque de la pousser à continuer.

— Oui.

Elle ferma les yeux à demi.

— Vous mentez. Vous ne pouvez pas soupçonner une femme de quatre-vingt-cinq ans d'avoir fait basculer une statue de plusieurs tonnes sur sa fille. Mais peut-être avez-vous perdu le sens des réalités. Ce doit être héréditaire.

— Peut-être. Pour être franc, madame, il est possible que vous, autant que quiconque, l'ayez fait. Aucun d'entre vous n'aurait pu pousser Charles Morrow en bas de son piédestal, et pourtant il est tombé, ai-je le regret de vous dire.

Moins elle était aimable, plus lui le devenait. Et elle était de plus en plus désagréable. L'inspecteur-chef n'en fut pas surpris. Ce genre de femme pouvait se montrer à la fois extrêmement affable et affreusement odieuse.

— Merci, dit-elle en souriant au jeune serveur.

Elle tourna ensuite son regard glacial vers Gamache et dit :

— Poursuivez. Vous m'accusiez d'avoir tué ma propre fille.

— Ce n'est pas vrai.

Il se pencha vers l'avant en s'assurant de ne pas envahir son espace vital, seulement d'empiéter suffisamment sur lui pour la déranger.

— Pourquoi dites-vous cela ? Vous voulez à tout prix savoir qui a commis le meurtre, j'en suis persuadé. Alors pourquoi ne m'aidez-vous pas ?

La voix de Gamache était calme, posée, avec une pointe de curiosité.

Une rage émanait d'elle, maintenant. Il s'attendait presque à sentir sa figure bouillonner et brûler comme sous l'effet d'une irradiation. Il sut alors pourquoi aucun des enfants Morrow ne s'était jamais approché si près d'elle. Un bref instant, il pensa à Bert Finney qui, lui, l'avait fait.

— J'essaie de vous aider. Posez-moi des questions intelligentes et j'y répondrai.

Gamache se redressa lentement et la regarda. De minuscules lignes parcouraient son visage comme des craquelures sur un verre. Ses joues marbrées de rose la rendaient encore plus belle, plus vulnérable. Il se demanda combien de malheureux avaient été bernés.

— Quelles sont les bonnes questions ?

Encore une fois, elle fut surprise.

— Interrogez-moi sur ma famille, sur la façon dont mes enfants ont été élevés. Ils n'ont manqué de rien, vous savez. Bonne éducation, sports. Ski en hiver, tennis et voile en été. Vous pensez, je le sais, que nous leur avons donné des choses matérielles.

Elle prit le sucrier et le déposa avec force sur la table. Tel un geyser, le sucre en jaillit et se répandit sur le bois à l'odeur de chèvrefeuille.

— C'est vrai, nous l'avons fait. Je l'ai fait. Mais nous leur avons également donné de l'amour. Ils se savaient aimés.

— Comment le savaient-ils ?

— Une autre question ridicule. Ils le savaient, un point c'est tout. On le leur disait, leur démontrait. S'ils ne le ressentaient pas, c'était leur problème. Que vous ont-ils raconté ?

— Ils ne m'ont rien dit, mais, bien sûr, je n'ai pas abordé le sujet.

— Vous me posez la question à moi et pas à eux ? Blâmons la mère, c'est ça ?

— Vous vous méprenez, madame. Quand viendra le temps des blâmes, vous le saurez. Je pose simplement des questions. C'est vous qui avez parlé d'amour, pas moi. Mais la question est intéressante. À votre avis, vos enfants s'aiment-ils les uns les autres ?

— Évidemment.

— Et pourtant, ils se traitent comme des étrangers. Il n'est pas nécessaire d'être détective pour constater qu'ils arrivent tout juste à se tolérer. Ont-ils déjà été proches ?

— Avant le départ de Julia, oui. Nous jouions à des jeux. Nous nous amusions avec les mots. À trouver des allitérations. Et je lisais aux enfants.

— Peter m'a parlé de ça. Il s'en souvient.

— Peter est un ingrat. Je sais ce qu'il vous a dit. Que ce serait mieux si j'étais morte.

— Ce n'est pas ce qu'il a dit. Nous parlions de dynamique familiale et il se demandait si son frère, sa sœur et lui continueraient de se voir quand vous ne seriez plus là. Un rapprochement entre eux était possible, croyait-il.

— Vraiment ? Comment ça ?

Elle avait parlé sèchement, mais Gamache crut déceler une véritable curiosité.

— Parce que, maintenant, ils viennent vous voir, et seulement vous. Ils se considèrent comme des adversaires. Mais quand vous serez partie…

— Morte, inspecteur-chef. Ne voulez-vous pas dire quand je serai morte ?

— Lorsque vous serez morte, ils devront trouver une raison pour se rendre visite, ou pas. Les liens entre eux disparaîtront ou se renforceront. Voilà le sens des paroles de Peter.

— De tous mes enfants, Julia était la meilleure, vous savez.

En parlant, elle faisait glisser le sucrier sur le contenu renversé sans regarder Gamache.

— Douce et gentille. Elle ne demandait presque rien. Elle se comportait toujours comme une dame. Son père et moi avons essayé de leur montrer à tous à agir en dames distinguées et en parfaits gentlemen. Mais seule Julia comprenait. Elle avait de si belles manières.

— Je l'ai remarqué. Mon père disait qu'un gentleman s'arrangeait pour mettre les autres à l'aise.

— Curieuses paroles de la part d'un homme qui a blessé tant de gens. Lui s'est certainement arrangé pour être à l'aise : il a laissé les autres aller au front. Comment se sent-on quand on a un père si vilipendé ?

Gamache soutint son regard, puis tourna les yeux du côté de la pelouse descendant jusqu'au lac doré, et du quai. Il les posa sur l'homme laid occupé à faire ses comptes. L'homme qui avait connu son père. Il mourait d'envie de lui poser des questions à son sujet. Gamache avait onze ans quand la voiture de police s'était arrêtée devant chez lui. La joue collée contre le dossier rugueux du canapé, il regardait par la fenêtre. Attendant ses parents. Ils étaient toujours revenus à la maison. Mais, ce soir-là, ils avaient du retard.

Il avait vu la voiture et su que ce n'était pas la leur. Avait-il décelé une légère différence dans le son ? Dans l'angle d'éclairage des phares ? Ou était-ce autre chose qui lui avait fait comprendre que ce n'était pas eux ? Il avait vu les policiers de

Montréal descendre de la voiture, mettre leur casquette, hésiter un instant, puis s'avancer vers la maison.

Toute la scène s'était déroulée extrêmement lentement.

Sa grand-mère avait elle aussi vu la voiture arriver et la lumière aveuglante des phares dans la fenêtre, et était allée ouvrir la porte à ses parents.

Il l'avait vue marcher d'un pas lent, très lent, la main tendue vers la poignée. Il avait essayé de bouger, de dire quelque chose, de l'arrêter. Mais alors que le monde fonctionnait au ralenti, lui s'était figé, le regard fixe, la bouche ouverte.

Puis, on avait frappé à la porte. Ce n'était pas un coup sec, mais un son plus inquiétant. Presque un grattement, un léger frottement. Il avait vu l'expression sur le visage de sa grand-mère changer au moment où elle s'apprêtait à ouvrir la porte. Assurément, ses parents ne cogneraient pas, n'est-ce pas ? Il s'était précipité vers elle pour l'empêcher de faire entrer cette chose dans la maison. Mais on ne pouvait l'arrêter.

Avant même que l'officier parle, elle avait poussé la figure d'Armand contre sa robe. Encore aujourd'hui, l'odeur de la naphtaline lui donnait le haut-le-cœur. Il sentait aussi sa main large et forte sur son dos, posée là pour l'empêcher de tomber.

Pendant toute son enfance, son adolescence et jusque dans la vingtaine, Armand Gamache s'était demandé pourquoi Dieu lui avait enlevé son père et sa mère. Par égard pour lui, pourquoi ne pas avoir épargné l'un des deux ? Il n'avait pas imploré Dieu, ne l'avait pas accusé de maladresse ni de manque de considération. Pour lui, c'était plutôt une énigme.

La réponse lui était venue lorsqu'il avait rencontré Reine-Marie, l'avait épousée et aimée de plus en plus chaque jour. Dieu, avait-il alors compris, avait eu raison de ne pas seulement en prendre un. Même par égard pour lui.

Il détourna les yeux du lac et les posa sur la vieille femme, qui venait de vomir toute sa douleur sur lui.

Il la regarda avec douceur. Pas pour la déstabiliser ni la faire enrager davantage, mais parce que lui avait eu le temps de surmonter son deuil. Le sien était récent.

L'affliction était semblable à une dague pointue s'enfonçant à l'intérieur de soi. Elle était composée d'une peine nouvelle et d'un vieux chagrin. Tous les deux fondus, forgés et, parfois, polis. À la douleur que lui infligeait la mort de sa fille, Irene Finney avait ajouté une longue vie marquée de droits et de déceptions, de privilèges et de fierté. La dague qu'elle avait façonnée avait momentanément cessé de lui percer les entrailles et pointait maintenant vers l'extérieur. Vers Armand Gamache.

— J'aimais mon père alors, et l'aime encore. C'est aussi simple que ça.

— Il n'est pas digne de votre amour. Je regrette, mais c'est la vérité et je dois la dire. La vérité vous libérera.

Elle semblait presque désolée.

— Je le crois, dit Gamache. Mais, à mon avis, ce n'est pas la vérité au sujet des autres qui vous libère, mais la vérité sur vous-même.

Elle était irritée, maintenant.

— Je ne suis pas la personne qui a besoin d'être libérée, monsieur Gamache. Vous refusez de voir clairement qui était votre père. Vous vivez avec un mensonge. Je le connaissais. C'était un lâche et un traître. Plus vite vous accepterez cette évidence, plus vite vous pourrez poursuivre votre vie. Ce qu'il a fait était ignoble. Il ne mérite pas votre amour.

— Nous méritons tous d'être aimés. Nous méritons même, parfois, le pardon.

— Le pardon ? Vous voulez dire l'absolution ? L'indulgence ?

Prononcés par elle, ces mots paraissaient des jurons, des blasphèmes.

— Jamais je ne pardonnerai à l'homme qui a tué Julia. Et si jamais il obtenait un pardon...

Elle lâcha le sucrier que ses mains tremblantes agrippaient. Après un moment, elle poursuivit d'une voix calme :

— Nous avions déjà perdu beaucoup de temps, vous comprenez. Volé par David Martin. Il n'a même pas voulu revenir à la maison pour le mariage. Il a insisté pour se marier à Vancouver. Et il l'a gardée là-bas.

— Contre sa volonté ?

Elle hésita.

— Il l'a gardée loin de sa famille. Il nous détestait. Surtout Charles.

— Pourquoi ?

— Charles était trop intelligent. Il savait quel genre d'homme était David. Ce n'était pas un gentleman.

Elle sourit presque.

— Il trempait toujours dans une magouille quelconque. Cherchait toujours la bonne affaire, la combine facile. Julia et Charles s'étaient disputés. Peut-être le savez-vous ?

Elle leva la tête et étudia Gamache en le regardant de ses yeux bleus rusés. Il hocha la tête.

— Alors vous savez à quel point Julia était sensible. Hypersensible à cette époque. Elle est partie et a rencontré David Martin peu après. Quand celui-ci a su qui était son père – le financier Charles Morrow –, eh bien, il a tout fait pour les réconcilier. Charles a d'abord été ravi, mais il a vite compris le stratagème de Martin, qui voulait seulement l'amener à investir dans une de ses affaires. Il a refusé net.

— L'affaire et la réconciliation ont échoué ?

— Non, le projet est allé de l'avant, mais avec d'autres investisseurs, plus crédules. David a fini par tout perdre, cependant, et a dû recommencer à zéro. Il n'a jamais cessé de nous dénigrer, de monter Julia contre nous, contre son père, surtout.

— Mais cela n'a pas commencé avec David Martin. Cela a commencé bien avant avec un graffiti insultant sur le mur des toilettes pour hommes du Ritz.

— Ah, vous êtes au courant de ça aussi. Eh bien, c'était un mensonge. Une obscénité. Dont le seul but était de blesser Charles et de creuser un fossé entre Julia et lui.

— Mais qui voudrait faire cela ?

— Nous ne l'avons jamais su.

— Soupçonnez-vous quelqu'un ?

Elle hésita.

— Si j'ai des soupçons, je les garde pour moi. Me prenez-vous pour une vulgaire commère ?

— Je crois que, si on s'attaquait à votre famille, votre mari et vous la défendriez bec et ongles. Vous seriez prêts à tout pour découvrir l'auteur du graffiti.

— Charles a essayé, reconnut-elle. Nous avions des soupçons, mais pas de preuves.

— Quelqu'un de votre entourage ?

— Cette conversation est terminée.

Elle se leva. Gamache crut la voir jeter un regard oblique au-delà de la pelouse, jusqu'au lac. Jusqu'au vieil homme laid pratiquement enveloppé dans la brume entourant le quai.

Au moment où Gamache montait sur le quai, une petite silhouette passa rapidement près de lui, au galop. Bean volait, une serviette de plage Spider-Man flottant derrière, et tenait des rênes dans ses mains. D'une voix essoufflée et à peine audible, l'enfant chantonnait "laide et bi", "laide et bi". Heureux, il traversa la pelouse en galopant et entra dans le bois.

— Vous avez vu quelque chose ? demanda Gamache en indiquant les jumelles d'un geste de la tête.

— Je ne les utilise pas vraiment, avoua Finney. Je les ai plus par habitude. Dans l'éventualité où quelque chose d'exceptionnel se produirait. Bean m'a demandé de garder un œil ouvert, au cas où j'apercevrais Pégase. Je crois l'avoir vu à l'instant.

Finney hocha la tête en direction de la pelouse maintenant déserte. Gamache sourit.

— Je ne cherche plus d'oiseaux. J'oublie de regarder.

— La merlette, dit Gamache. Voilà un oiseau intéressant.

Mains jointes derrière le dos, il regardait le lac et ses petites vagues, les nuages qui s'amoncelaient lentement. Puis il ajouta :

— On l'utilise souvent dans les armoiries. La merlette symboliserait l'esprit d'initiative et la persévérance. Elle représente également le quatrième enfant.

— Vraiment ? dit Finney.

Il fixait le lac, mais son œil paresseux était soudain plein d'énergie, bougeait dans tous les sens.

— Oui. Hier soir, j'ai trouvé un livre sur la guerre de Cent Ans, entre l'Angleterre et la France. À cette époque, le premier fils de n'importe quelle famille héritait, le deuxième appartenait à l'Église, le troisième pouvait contracter un bon mariage, mais qu'advenait-il du quatrième ? Eh bien, celui-là devait se débrouiller tout seul.

— Époque difficile.

— Pour les quatrièmes fils, les merlettes. Je me suis alors souvenu de ce que Charles Morrow craignait le plus de la part de ses enfants, qui, il se trouve, étaient quatre. Il avait peur qu'ils dilapident la fortune familiale.

— Quel imbécile! lança Finney. Gentil et généreux avec tout le monde, dur avec les siens.

— Vous croyez? Laissez-moi vous dire ma pensée. Oui, le père de Charles Morrow lui a dit de se méfier de la génération suivante, et Charles l'a cru. Sa seule décision insensée. Mais les fils ont tendance à croire leur père. Charles a ensuite pris une autre décision. Sensée, cette fois. Selon moi, il a décidé de donner quelque chose d'autre à ses enfants. Une autre sorte de richesse. Pas de l'argent. Quelque chose qu'ils ne pouvaient gaspiller. En revanche, il comblait sa femme et ses amis de biens et de cadeaux.

Il s'inclina légèrement vers Finney, qui confirma la véracité de ces paroles.

— Il a décidé de ne pas combler ses enfants de telles largesses et leur a plutôt offert de l'amour, poursuivit Gamache.

Il vit les muscles noueux du visage mal rasé de Bert Finney se contracter.

Quelques instants plus tard, Finney dit :

— Il pensait beaucoup à l'argent, vous savez. Il en faisait une obsession, pourrait-on dire. Il a essayé de comprendre ce que l'argent achetait. En vain. Il a seulement réussi à savoir que, sans lui, il serait malheureux. Mais honnêtement…

Il tourna son visage ravagé vers Gamache avant de continuer :

— … il était malheureux avec son argent. Il n'avait que ça dans la tête, vers la fin. En aurait-il suffisamment? Essayait-on de le lui voler? Les enfants dilapideraient-ils sa fortune? La conversation avec lui était plutôt ennuyeuse.

— Et pourtant, vous êtes assis ici et vous faites vos additions, vos comptes.

— C'est vrai. Mais je le fais discrètement. Je ne dérange personne.

Gamache se demanda si c'était vrai. Avec Julia maintenant morte, faire ses comptes devenait drôlement plus intéressant pour lui. Tuer Julia pourrait être considéré comme un "dérangement".

— Par avarice ou sagesse, donc, Charles Morrow avait décidé de donner de l'affection à ses enfants et non de l'argent, dit l'inspecteur-chef.

— Charles est allé à McGill, vous savez. Il a joué dans l'équipe de hockey de l'université : les McGill Martlets, ou les Merlettes de McGill, si vous voulez.

Finney fit une pause, comme pour confirmer que, de fait, il connaissait l'oiseau.

— Il racontait souvent des souvenirs des matchs à ses enfants. Mais il leur décrivait les fois où il avait trébuché et était tombé sur la glace, avait manqué une passe, s'était fait plaquer contre la bande. Toutes les fois où il avait raté quelque chose. Pour faire comprendre aux petits qu'il était normal de tomber, normal d'échouer.

— Ils n'aimaient pas tomber ?

— Comme la plupart des enfants. Mais les jeunes Morrow, encore moins. Ils ne prenaient donc aucun risque. Sauf Marianna.

— Le quatrième enfant, dit Gamache.

— Eh oui. Mais c'était Peter le plus fragile. Il a l'âme d'un artiste et le tempérament d'un banquier. C'est très stressant d'être constamment en conflit avec soi-même.

— Le soir où elle a été tuée, Julia l'a accusé d'être un hypocrite, se souvint Gamache.

— Ils le sont tous, j'en ai bien peur. Thomas est l'opposé de Peter. Une âme de banquier, mais un tempérament d'artiste. Il refoule ses émotions. Voilà pourquoi il joue du piano avec tant de justesse.

— Mais sans plaisir, dit Gamache. Contrairement à Marianna.

Finney garda le silence.

— Je ne vous ai pas révélé le plus fascinant au sujet de la merlette, reprit Gamache. On la représente toujours sans pattes.

Le vieil homme grogna et Gamache se demanda s'il était souffrant.

— Pelletier, le sculpteur, a gravé une merlette sur la statue de Charles Morrow et Peter en a dessiné une pour son père.

Finney hocha la tête et soupira.

— Je me souviens de ce dessin. Il avait une grande valeur pour Charles, qui le gardait constamment avec lui.

— Julia tenait cette habitude de son père, dit Gamache. Charles conservait quelques objets qui, à ses yeux, étaient précieux, et Julia faisait la même chose. Elle emportait toujours un paquet de lettres avec elle. Elles semblent anodines, banales même, mais pour Julia elles constituaient une protection. La preuve qu'on l'aimait. Elle les sortait et les relisait lorsqu'elle ne se sentait pas aimée, ce qui, je suppose, devait arriver fréquemment.

Peter avait mentionné qu'ils avaient tous une armure. Celle de Julia, c'étaient des feuilles usées contenant des mots de remerciement.

— Je sais que Charles était votre meilleur ami, mais je dois vous dire ceci.

Gamache s'assit pour observer la réaction de l'homme âgé, mais son visage ne révélait pratiquement rien.

— Selon vous, il aimait profondément ses enfants. Or ceux-ci ne semblaient pas lui témoigner beaucoup d'amour. M. Pelletier a eu l'impression que personne ne regrettait Charles Morrow.

— Vous ne connaissez pas bien les Morrow, n'est-ce pas ? Vous pensez bien les connaître, mais c'est faux, sinon vous ne diriez pas ça.

Il avait parlé doucement, sans rancœur, mais le reproche était évident.

— Je répétais seulement les paroles du sculpteur.

Ensemble, ils regardèrent les libellules voleter autour du quai.

— Il y a autre chose au sujet de la merlette, ajouta Gamache.

— Oui ?

— Savez-vous pourquoi on la dessine toujours sans pattes ?

Finney ne répondit pas.

— Parce qu'elle s'en va vers le paradis. Selon la légende, la merlette ne se pose jamais, elle vole tout le temps. À mon avis, Charles Morrow voulait transmettre ce message à ses enfants. Il voulait les voir prendre leur envol. Pour trouver, sinon le paradis, du moins le bonheur. "Oh ! je me suis libéré des entraves amères de la terre." Vous avez récité ce vers du poème *Haut Vol* au cours de notre première conversation.

— Le poème préféré de Charles. Il était pilote dans les forces aéronavales pendant la guerre. "Et, euphorique, j'ai dansé dans le ciel sur mes ailes argentées." Magnifique.

Finney regarda le lac, la forêt, les montagnes autour de lui. Il ouvrit la bouche, puis la referma. Gamache attendit.

— Vous êtes très semblable à votre père, vous savez, finit-il par dire.

Les mots s'envolèrent et rejoignirent les rayons dorés traversant les nuages qui s'amoncelaient, frappant l'eau et le quai, réchauffant leurs visages. Les mots se mêlèrent aux vagues scintillantes, aux insectes, aux papillons et aux oiseaux virevoltants, et aux feuilles chatoyantes.

Armand Gamache ferma les yeux et s'avança profondément dans les ombres, dans la maison longue où vivaient ses expériences et ses souvenirs, où attendaient toutes les personnes qu'il avait rencontrées et tout ce qu'il avait fait, pensé, dit. Il se rendit au fond jusqu'à une pièce, fermée mais non verrouillée. Une pièce dans laquelle il n'avait jamais osé entrer. Quelque chose s'échappait par le bas de la porte : ce n'était ni une odeur nauséabonde, ni l'obscurité, ni un gémissement menaçant, mais quelque chose de beaucoup plus effroyable.

De la lumière.

À l'intérieur, savait-il, se trouvaient ses parents. Là où le jeune Armand les avait mis. Pour qu'ils soient sains et saufs. Et parfaits. Loin des accusations, des railleries, des sourires entendus.

Durant toute la vie d'Armand, Honoré avait vécu dans la lumière. Incontesté.

Le reste du monde pouvait chuchoter "lâche", "traître", mais le fils souriait. Son père était en sécurité, enfermé dans un lieu sûr.

Armand tendit la main et toucha la porte.

La dernière pièce, la dernière porte. Le dernier territoire à explorer ne contenait ni haine monstrueuse, ni amertume, ni ressentiments rances. Il contenait de l'amour. Un amour éblouissant, merveilleux.

Armand Gamache donna une petite poussée contre la porte et celle-ci s'ouvrit.

— Comment était mon père ?

Finney prit son temps avant de répondre.

— Il était un lâche, mais je ne vous apprends rien. C'en était réellement un, vous savez. Ce ne sont pas les divagations d'anglophones cinglés.

— Je sais qu'il l'était, dit Gamache.

Sa voix était plus assurée que lui-même ne l'était.

— Vous savez ce qui s'est produit plus tard ?

Gamache hocha la tête.

— Je connais les faits.

Il retourna en courant dans la maison longue et passa devant les souvenirs qui le fixaient, étonnés, cherchant désespérément à atteindre la pièce et la porte qu'il avait été stupide d'ouvrir. Trop tard. La porte était ouverte, la lumière s'était échappée.

Maintenant, il avait les yeux braqués sur le visage le plus laid du monde.

— Honoré Gamache et moi avons mené des vies bien différentes. Nos opinions étaient souvent diamétralement opposées. Mais il a fait une chose extraordinaire, que je n'ai jamais oubliée. À laquelle je pense encore aujourd'hui. Savez-vous ce que votre père a fait ?

Bert Finney prononça ces paroles sans regarder l'inspecteur-chef, mais Gamache eut l'impression d'être scruté à la loupe.

— Il a changé d'idée, ajouta Finney.

Le vieil homme se leva avec difficulté, essuya sa tête chauve avec un mouchoir et remit le chapeau de soleil que Gamache lui avait offert. Il se redressa de toute sa taille, puis se tourna vers l'inspecteur-chef, qui s'était levé lui aussi et le dominait de son imposante stature. Le regard fixé sur lui, Finney ne dit rien. Puis, son visage laid et ravagé se fendit d'un sourire et l'homme posa sa main sur le bras de Gamache. Un geste pareil à bien d'autres dans la vie de ce dernier, qu'il avait fait ou que quelqu'un d'autre avait fait à son endroit. Cette fois, cependant, il y avait une telle intimité dans ce contact que cela ressemblait presque à un viol. Finney regarda Gamache droit dans les yeux, puis pivota sur les talons et quitta lentement le quai pour se diriger vers la rive.

— Vous m'avez menti, monsieur, lança Gamache.

L'homme âgé s'immobilisa, puis se retourna en plissant les yeux sous les rayons du soleil, que l'ombre rendait plus éblouissants. Il leva une main tremblante jusqu'à son front et fixa Gamache.

— Vous paraissez surpris, inspecteur-chef. Pourtant, les gens doivent vous mentir très souvent.

— Vous avez raison. Ce n'est pas le mensonge qui m'a surpris. C'est ce sur quoi il porte.

— Vraiment ? Et à propos de quoi ai-je menti ?

— Hier, j'ai demandé à mon équipe de fouiller les antécédents de toutes les personnes impliquées dans cette affaire…

— Très sage.

— Merci. Les renseignements trouvés corroborent vos dires. Élevé dans une famille modeste dans le quartier Notre-Dame-de-Grâce, à Montréal. Comptable. Après la guerre, vous avez travaillé ici et là, mais les emplois étaient rares ; subitement, beaucoup d'hommes cherchaient du travail. Votre vieil ami Charles vous a engagé et vous êtes resté avec lui. C'est une preuve de loyauté.

— C'était un bon emploi aux côtés d'un bon ami.

— Mais vous m'avez dit n'avoir jamais été prisonnier.

— C'est vrai.

— Non, monsieur. Selon votre dossier militaire, vous étiez en Birmanie au moment où le Japon a envahi le pays. Vous avez été fait prisonnier.

Il parlait à un homme ayant survécu à la campagne de Birmanie, aux terribles affrontements d'une grande brutalité et à des conditions de captivité inhumaines. Pratiquement personne n'était sorti vivant. Mais lui, oui. Et il allait bientôt avoir quatre-vingt-dix ans, comme s'il avait profité de toutes les années volées aux autres. Il avait pu se marier, avoir des beaux-enfants et, maintenant, il se trouvait sur un quai, par un paisible matin d'été, à discuter de meurtre.

— Vous touchez presque au but, inspecteur-chef. En êtes-vous conscient ? Mais il vous reste d'autres choses à tirer au clair.

Sur ce, Bert Finney tourna les talons et se mit à marcher sur la pelouse, se dirigeant lentement vers l'endroit, quel qu'il soit, où vont les hommes comme lui.

Armand Gamache le regarda s'éloigner. Il sentait encore la vieille main desséchée sur son bras. Puis il ferma les yeux, leva son visage vers le ciel et tendit légèrement la main droite comme s'il voulait la glisser dans une main plus grande.

“Oh ! je me suis libéré des entraves amères de la terre”, murmura-t-il au lac.

28

Gamache prit un petit-déjeuner léger constitué de muesli maison et regarda Jean-Guy Beauvoir manger presque toute une ruche de miel.

— Saviez-vous que les abeilles battent des ailes au-dessus des rayons de miel pour faire évaporer l'eau ? demanda Beauvoir, en mâchant une grosse bouchée de rayons et en s'efforçant de ne pas donner l'impression que cela avait le goût de cire. Voilà pourquoi le miel est si sucré et épais.

Isabelle Lacoste tartina un croissant au beurre de confiture de framboises et regarda Beauvoir comme s'il était un ours sans cervelle.

— Ma fille a fait une recherche sur le miel pour sa classe de première année, dit-elle. Savais-tu que les abeilles le mangent puis le régurgitent ? De nombreuses fois. Voilà comment le miel est fait. Ma fille appelle ça du vomi d'abeille.

La cuiller contenant un peu de rayon de miel et du liquide doré dégoulinant s'immobilisa un instant. Mais l'adoration l'emporta et Beauvoir la mit dans sa bouche. Tout ce que la chef Véronique touchait ne pouvait qu'être bon. Même le vomi d'abeille. Manger l'épais liquide ambré le réconfortait. Lorsqu'il se trouvait près de la femme massive et gauche, il se sentait en sécurité, dorloté. Était-ce cela, l'amour ? Il se demanda pourquoi il ne ressentait pas la même chose avec sa femme, Enid. Il préféra cependant chasser cette pensée avant qu'elle s'incruste dans son esprit.

— Je serai de retour vers le milieu de l'après-midi, dit Gamache quelques minutes plus tard, à la porte de l'auberge. Ne mettez pas le feu à la maison.

— Saluez Mme Gamache pour nous, dit Lacoste.

— Joyeux anniversaire, ajouta Beauvoir, en tendant la main au chef.

Celui-ci la serra et la retint un peu plus longtemps que nécessaire. Un minuscule morceau de cire pendait de la lèvre de Beauvoir.

Gamache relâcha la main collante.

— Venez avec moi, s'il vous plaît, dit-il.

Les deux hommes marchèrent dans l'allée en terre battue jusqu'à la voiture. Puis Gamache se tourna vers son adjoint.

— Soyez prudent.

— Que voulez-vous dire ? demanda Beauvoir, immédiatement sur ses gardes.

— Vous le savez. Notre travail est déjà assez difficile, assez dangereux, sans qu'on se laisse aveugler.

— Je ne suis pas aveuglé.

— Vous l'êtes, vous savez. Vous êtes obsédé par Véronique Langlois. Qu'est-ce qu'elle a, cette femme ?

— Je ne suis pas obsédé. Je l'admire, c'est tout.

Tendue, sa voix semblait contenir un avertissement.

Gamache ne bougea pas. Il continua de fixer son jeune collaborateur, si propre, si impeccablement vêtu, et en proie à de grands tourments intérieurs. C'étaient ces tourments, ces doutes qui faisaient de lui un enquêteur si doué, Gamache le savait. Oui, Beauvoir accumulait des faits et les regroupait de façon brillante, mais c'était son malaise qui lui permettait de reconnaître la même émotion chez les autres.

— Et qu'en est-il d'Enid ?

— Quoi, ma femme ? Qu'insinuez-vous ?

— Ne me mentez pas, l'avertit Gamache.

On pouvait s'attendre à ce que les suspects ne disent pas la vérité, mais dans l'équipe, mentir n'était pas toléré. Beauvoir le savait et hésita un moment avant de répondre.

— J'ai ressenti quelque chose pour la chef Véronique au début, mais c'était ridicule. Non mais, regardez-la. Elle a presque deux fois mon âge. Non, elle me fascine, il n'y a rien de plus.

En quelques mots, il avait trahi ses sentiments et menti à son chef.

Gamache inspira profondément et continua de fixer le jeune homme. Puis il avança la main et lui toucha le bras.

— Il n'y a aucune raison d'avoir honte, mais il y a de bonnes raisons d'être conscient de la situation. Soyez prudent. Véronique Langlois est une suspecte, et j'ai bien peur que vos sentiments pour elle ne vous aveuglent.

Gamache retira sa main et, en cet instant, Beauvoir aurait voulu tomber dans ses bras, comme un enfant. Cette envie presque irrésistible le surprit énormément et le remplit de honte. On aurait dit qu'une main le poussait fermement par-derrière, vers cet homme fort et plein d'autorité.

— Je ne ressens rien pour elle, dit-il d'un ton dur.

— Me mentir est une chose, Jean-Guy, mais j'espère que vous ne vous mentez pas à vous-même.

Gamache le dévisagea pendant un moment.

— Bonjour! lança joyeusement une voix.

Les deux hommes se tournèrent et virent Clara et Peter marchant vers eux dans l'allée. En voyant leurs visages, Clara hésita.

— Est-ce qu'on vous dérange?

— Non, pas du tout. Je m'apprêtais à partir.

Beauvoir tourna le dos au chef et s'éloigna d'un pas rapide.

— Vous êtes sûr que nous n'avons pas interrompu votre conversation? demanda Clara tandis qu'ils se dirigeaient vers Three Pines dans la Volvo de Gamache.

— Non, nous avions fini, merci. Avez-vous hâte d'arriver chez vous?

Pendant le reste de l'agréable trajet, ils parlèrent du temps qu'il faisait, de la campagne, des villageois... De n'importe quoi sauf de l'enquête en cours et des Morrow laissés derrière. Finalement, ils atteignirent le sommet de la colline. En contrebas s'étalait Three Pines, avec le parc au centre, à partir duquel rayonnaient de petites routes, comme un compas, ou des rayons de soleil.

Ils descendirent lentement et prudemment la colline tandis que les villageois sortaient en grand nombre de leurs maisons et que des enfants bronzés en maillot de bain traversaient la route en courant, sans surveillance, et se précipitaient dans le parc, poursuivis par des chiens bondissants. Une petite scène avait été érigée et la fosse du barbecue fumait déjà.

Lorsque Gamache arriva près du gîte touristique de Gabri et Olivier qui donnait sur le parc, Clara dit :

— Vous pouvez nous laisser ici. Nous marcherons jusque chez nous.

Du doigt, elle indiqua leur maison – bien que ce ne fût pas nécessaire –, un petit cottage en brique rouge de l'autre côté du parc. Gamache la connaissait bien. Aujourd'hui, des rosiers étaient courbés au-dessus du muret de pierre, à l'avant, et les pommiers qui bordaient l'allée étaient couverts de feuilles. Sur le côté de la maison, il apercevait un treillis débordant de pois de senteur. Avant même de descendre de la voiture, il vit Reine-Marie sortir du gîte. Elle salua Peter et Clara de la main, puis dévala les marches et se précipita dans ses bras.

Ils étaient chez eux. Gamache avait souvent l'impression d'être un peu comme un escargot, sauf que, au lieu de transporter sa maison sur son dos, il la transportait dans ses bras.

— Joyeux anniversaire, dit Reine-Marie.

— Joyeux anniversaire, dit-il à son tour, en glissant une carte dans sa main.

Elle le mena jusqu'à la balançoire sur la large galerie. Elle s'y assit, mais lui regarda la balançoire, puis le crochet dans le plafond de bois, auquel elle était suspendue.

— Gabri et Olivier s'asseyent ici tout le temps, pour observer le village. Comment crois-tu qu'ils savent tout ce qu'ils savent ?

Elle tapota la place à côté d'elle et ajouta :

— Elle tiendra.

Si la balançoire soutenait le poids de l'expansif et exubérant hôtelier, pensa Gamache, elle devrait pouvoir soutenir le sien. Et ce fut le cas.

Reine-Marie pressa l'épais papier artisanal entre ses mains, puis l'ouvrit.

“Je t'aime”, lut-elle. À côté de ces mots était dessiné un visage souriant.

— Tu as dessiné ça toi-même ?

— Absolument.

Il ne précisa pas qu'il y avait passé une bonne partie de la nuit. Écrivant quantité de vers et les rejetant tous. Jusqu'à ce qu'il ait condensé ses sentiments dans ces trois mots. Et ce dessin ridicule.

C'était le mieux qu'il pouvait faire.

— Merci, Armand.

Elle l'embrassa et glissa la carte dans sa poche. Lorsqu'elle retournerait chez elle, la carte irait rejoindre les trente-quatre autres, qui contenaient toutes le même message. Son trésor.

Peu de temps après, ils allèrent se promener dans le parc main dans la main, en saluant au passage les gens qui surveillaient les braises rougeoyantes autour de l'agneau farci, enveloppé de fines herbes et de papier d'aluminium, et qui avait été enterré avant l'aube. On préparait un méchoui, un mets traditionnellement servi au Québec à l'occasion de grandes fêtes. Dont celle du Canada.

— Bonjour, patron !

Gabri donna une tape sur l'épaule de Gamache et l'embrassa sur les deux joues.

— Il paraît que nous célébrons deux événements aujourd'hui : la fête du Canada et votre anniversaire de mariage.

Olivier, le partenaire de Gabri et propriétaire du bistro local, se joignit à eux.

— Félicitations, dit-il en souriant.

Alors que Gabri était massif, extraverti et débraillé, Olivier était réservé et toujours impeccablement vêtu. Tous les deux dans la mi-trentaine, ils s'étaient installés à Three Pines pour mener une vie moins stressante.

— Oh, pour l'amour de Dieu ! fusa une vieille voix perçante à travers la foule. Ce n'est pas Clouseau !

— À votre service, madame, dit Gamache en prenant l'accent du célèbre inspecteur et en s'inclinant profondément devant Ruth. Avez-vous un permis pour ce volatile ? demanda-t-il en indiquant le canard qui se dandinait derrière la poète d'un âge plus que canonique.

Ruth lui lança un regard furieux, mais un petit tic au coin de la bouche la trahit.

— Allez viens, Rose, dit-elle au canard qui cancanait. Il boit, tu sais.

— Content d'être de retour ? demanda Olivier tout en offrant du thé glacé à Gamache et à Reine-Marie.

— Toujours, répondit Gamache en souriant.

Les Gamache firent tranquillement le tour du village, s'arrêtant finalement aux tables installées sur le trottoir en face du bistro pour regarder les courses des enfants.

Peter et Clara vinrent les rejoindre pour prendre un verre. Peter paraissait déjà plus calme, plus détendu.

— Joyeux anniversaire, dit Clara en levant son verre de bière de gingembre.

Ils trinquèrent tous les quatre.

— Il y a quelque chose que je meurs d'envie de vous demander depuis l'autre jour, dit Reine-Marie en se penchant au-dessus de la table et en posant chaleureusement sa main sur celle de Clara. Est-ce possible de voir votre plus récente œuvre, la toile que vous avez faite de Ruth ?

— Ça me ferait énormément plaisir de vous la montrer. Quand ?

— Pourquoi pas maintenant, ma chère ?

Les deux femmes vidèrent leur verre et s'en allèrent. Peter et Gamache les regardèrent passer la barrière et emprunter le sentier sinueux jusqu'au cottage.

— J'ai une question à vous poser, Peter. Marchons un peu, voulez-vous ?

Peter accepta d'un hochement de tête. Il se sentait soudain comme un élève appelé dans le bureau du directeur. Ensemble, les deux hommes traversèrent le parc, puis, sans même se consulter, ils remontèrent la rue du Moulin et se promenèrent tranquillement le long de la route de terre, sous la voûte de feuillage vert.

— Savez-vous dans quelle cabine le graffiti à propos de votre sœur était écrit ?

Gamache avait voulu créer un effet de surprise avec une question inattendue. Mais Peter attendait cette question. Depuis des années. Il savait qu'un jour quelqu'un la poserait.

Il fit quelques pas en silence, jusqu'à ce que les rires provenant du village ne soient pratiquement plus perceptibles.

— Dans la deuxième, je crois, répondit-il enfin, en regardant ses pieds dans ses sandales.

Gamache demeura silencieux pendant un moment, puis demanda :

— Qui a écrit ce graffiti ?

C'était le trou que Peter avait cherché à éviter toute sa vie. Même lorsqu'il était devenu un gouffre, Peter avait réussi à le contourner, à s'en éloigner pour ne pas regarder à l'intérieur, ne pas y tomber. Maintenant il s'ouvrait devant lui. Béant et noir, il était tout autour de lui. Au lieu de disparaître, il s'était agrandi.

Bien sûr, il aurait pu mentir. Mais il était fatigué.

— C'est moi.

Pour la majeure partie de sa vie, il s'était demandé comment il se sentirait à cet instant précis. Serait-il soulagé ? L'aveu le tuerait-il ? Peut-être pas physiquement, mais le Peter qu'il avait soigneusement façonné mourrait-il ? Le Peter honnête, gentil, doux. Serait-il remplacé par cet être abject, odieux, qui avait fait ça à sa sœur ?

— Pourquoi ? demanda Gamache.

Peter n'osait pas s'arrêter, n'osait pas le regarder.

Pourquoi ? Pourquoi avait-il écrit ce graffiti ? Ça remontait à si loin. Il se souvenait d'être entré furtivement dans la cabine. Il se rappelait la porte de métal verte, propre, et l'odeur de désinfectant qui, encore aujourd'hui, lui soulevait le cœur. Il avait apporté son crayon-feutre indélébile et, avec ce crayon, avait accompli un geste qui avait laissé une marque indélébile. Il avait fait disparaître sa sœur. Il avait changé à jamais la vie de tous les membres de la famille avec six petits mots.

"Julia Morrow taille une bonne pipe."

— J'étais fâché contre Julia parce qu'elle faisait la lèche-botte auprès de mon père.

— Vous étiez jaloux d'elle. C'est naturel. Ça n'allait pas durer.

Bien que destinées à le réconforter, ces paroles eurent plutôt l'effet contraire. Pourquoi personne ne lui avait-il dit ça des décennies plus tôt ? Qu'il n'y avait rien de mal à détester sa sœur. Que ça passerait.

Mais ça n'avait pas passé. Le ressentiment était resté en lui et s'était intensifié. Le sentiment de culpabilité avait couvé pendant toutes ces années, s'était putréfié et avait rongé un trou au plus profond de son âme. Et finalement, maintenant, il se sentait tomber.

— Julia avait-elle compris ce que vous aviez fait, Peter ? Est-ce cela qu'elle s'apprêtait à révéler à tout le monde ?

Peter s'arrêta et regarda l'inspecteur-chef.

— Insinuez-vous que j'ai tué ma sœur pour l'empêcher de parler ?

Il avait essayé de prendre un air incrédule.

— Je crois que vous feriez à peu près n'importe quoi pour protéger ce secret. Si votre mère avait appris que vous étiez l'auteur du méfait qui avait couvert votre famille de ridicule et entraîné sa rupture, Dieu seul sait quelle aurait été sa réaction. Elle vous aurait peut-être déshérité. En fait, cette possibilité me semble très plausible. Cette erreur commise il y a trente ans pourrait vous coûter des millions.

— Et vous croyez que ça m'inquiète ? Ma mère m'offre de l'argent depuis des années, mais je ne garde rien. Je renvoie tout. Même ma part de l'héritage de papa. Cet argent ne m'intéresse pas.

— Pourquoi ?

— Que voulez-vous dire : pourquoi ? Continueriez-vous d'accepter de l'argent de vos parents longtemps après avoir atteint l'âge adulte ? Ah, mais non, j'oubliais. Vous n'avez pas eu de parents.

Gamache dévisagea Peter, qui après un moment baissa les yeux.

— Faites attention, murmura Gamache. Blesser commence à devenir une habitude, chez vous. Faire souffrir les autres ne diminuera pas votre propre douleur, vous savez. Au contraire.

Peter releva la tête et le regarda avec un air de défi.

— Vous n'avez pas répondu à ma question, Peter. Il ne s'agit pas d'une agréable conversation entre amis. Je mène une enquête sur un meurtre et je saurai tout. Pourquoi refusez-vous l'argent que vous offre votre mère ?

— Parce que je suis un adulte et que je veux me débrouiller tout seul. J'ai vu Thomas et Marianna faire des courbettes, se mettre à genoux pour obtenir de l'argent. Maman a acheté une maison à Thomas et a fourni la mise de fonds initiale pour l'entreprise de Marianna.

— Pourquoi ne le ferait-elle pas ? Elle a l'argent. Je ne comprends pas quel est le problème.

— Thomas et Marianna sont devenus des esclaves de l'argent, les esclaves de maman. Ils adorent le luxe et le confort. Clara et moi vivons au jour le jour. Pendant des années, c'était à peine si nous pouvions payer pour le chauffage. Mais au moins nous sommes libres.

— L'êtes-vous réellement ? Peut-être êtes-vous aussi obsédé par l'argent qu'eux, dit Gamache, en levant la main pour stopper la protestation indignée de Peter. Si vous ne l'étiez pas, vous en accepteriez de temps en temps. Thomas et Marianna en veulent. Vous, non. Pourtant, l'argent continue d'influencer votre vie et votre mère continue d'exercer une emprise sur vous.

— Oh, vous pouvez bien parler ! Mais regardez-vous donc ! Vous ne trouvez pas ça pitoyable d'être un flic et de porter une arme alors que votre père avait toujours refusé de le faire ? Qui cherche à compenser, maintenant ? Votre père était un lâche, un lâche célèbre, et son fils est célèbre, lui aussi. Pour son courage. Au moins, ma mère vit toujours. Votre père est mort depuis longtemps, mais il continue de contrôler votre vie.

Gamache sourit, ce qui exaspéra Peter encore plus. Cet argument devait être le coup de grâce, le coup fatal qu'il avait gardé en réserve pour s'en servir seulement si la situation devenait désespérée.

Il venait de lâcher sa bombe, mais Hiroshima n'avait subi aucun dommage, et souriait même.

— J'aime mon père, Peter. Même s'il était un lâche, c'était un excellent père, et un grand homme, du moins à mes yeux. Connaissez-vous son histoire ?

— Ma mère nous l'a racontée, répondit Peter d'un ton maussade.

— Qu'a-t-elle dit ?

— Qu'Honoré Gamache était contre la participation des Canadiens français à la Seconde Guerre mondiale et avait rallié à sa cause une bonne partie de la population, forçant le Canada à hésiter avant d'entrer en guerre, puis avait convaincu des milliers de jeunes Québécois de ne pas s'enrôler. Lui, pour éviter d'avoir à se battre, s'était joint à la Croix-Rouge.

Gamache hocha la tête.

— Tout cela est vrai. Vous a-t-elle dit ce qui s'est passé ensuite ?

— Non, c'est vous qui nous l'avez dit. Votre mère et lui sont morts dans un accident de voiture.

— Beaucoup de temps s'est écoulé entre-temps. Vers la fin de la guerre, l'armée britannique est arrivée à un endroit appelé Bergen-Belsen. Vous avez certainement dû en entendre parler.

Les deux hommes s'étaient remis à marcher le long du chemin ombragé, en respirant l'air doux de l'été.

Peter garda le silence.

— Mon père faisait partie de la division de la Croix-Rouge chargée d'entrer dans les prisons récemment libérées. Personne n'était préparé pour ce qui les attendait. Dans le camp de concentration de Bergen-Belsen, mon père a vu toute l'horreur dont l'homme était capable. Il a compris son erreur. Il la voyait dans les yeux des hommes et des femmes qui avaient attendu de l'aide qui ne venait pas. Ils avaient espéré le secours d'un monde qui savait ce qui se passait mais ne se pressait pas. J'avais huit ans lorsqu'il a commencé à me raconter ce dont il avait été témoin. Dès qu'il a mis les pieds dans ce camp, il a su qu'il avait eu tort. Il n'aurait jamais dû prononcer des discours contre la guerre. Il était un pacifiste, oui, mais il a aussi dû admettre qu'il avait eu peur de se battre. Lorsqu'il s'est trouvé devant les hommes et les femmes de Bergen-Belsen, il s'est rendu compte qu'il avait été un lâche. Alors, de retour au pays, il s'est excusé.

Peter continuait de marcher, un sourire suffisant toujours plaqué sur son visage. Laissé là pour cacher sa stupéfaction. Personne ne l'avait informé de cela. Quand sa mère avait raconté l'histoire d'Honoré Gamache, elle n'avait pas précisé qu'il avait changé d'idée.

— Mon père est allé dans des synagogues, des églises, des assemblées publiques, sur les marches de l'Assemblée nationale, et s'est excusé. Il a consacré des années à amasser de l'argent et à coordonner les efforts en vue d'aider les réfugiés à reconstruire leur vie. Il a parrainé une femme qu'il avait rencontrée à Bergen-Belsen pour qu'elle puisse venir au Canada et vivre avec nous. Elle s'appelait Zora. Elle est devenue ma grand-mère, et c'est elle qui m'a élevé après la mort de mes parents. Elle m'a enseigné que la vie continue, et qu'un choix s'offrait à moi. Je pouvais pleurer ce que j'avais perdu ou apprécier ce qui me restait. J'ai eu la chance d'avoir un modèle impossible à rejeter. Après tout, comment voulez-vous discuter avec une survivante des camps de la mort ?

En entendant Gamache émettre un petit rire après ce commentaire, Peter ne put qu'éprouver de l'admiration pour cet homme. Malgré tous les cauchemars qu'il avait vécus, il était heureux, alors que lui-même, en dépit de tous les privilèges dont il jouissait, ne l'était pas.

En sortant du tunnel d'érables, les deux hommes retrouvèrent la lumière, atténuée par des nuages, et s'arrêtèrent. De la musique de violon parvenait jusqu'à eux.

— Je ne veux pas manquer le numéro de Reine-Marie, dit Gamache.

Ils firent demi-tour.

— Vous avez raison. Je savais que mon père verrait le graffiti que j'avais écrit dans les toilettes pour hommes. Je savais que jamais il n'utiliserait la première cabine, alors je l'ai écrit dans la deuxième. Il n'a pas été le seul à le voir, ses amis aussi.

Ils ralentirent le pas, presque au point de s'arrêter.

— Il y a eu une scène terrible, et Julia est partie. Elle adorait papa, comme vous le savez probablement, et ne pouvait lui pardonner de ne pas l'aimer en retour. Mais il l'aimait, bien sûr. C'était ça, le problème. Il l'aimait tellement qu'il a perçu cet incident comme une trahison. Pour lui, ce n'était pas la famille qui avait été trahie, mais lui. Par sa petite fille.

Maintenant, ils s'arrêtèrent. Gamache ne dit rien, puis, après un moment, Peter reprit la parole.

— Je l'ai fait exprès. Pour qu'il la déteste. Je ne voulais plus rivaliser avec elle pour son affection. Je le voulais tout à moi. De plus, elle s'était moquée de moi. J'étais plus jeune qu'elle, mais pas beaucoup. J'étais à un âge ingrat. Dix-huit ans. Un grand échalas, maladroit.

— Avec des boutons d'acné.

Peter regarda Gamache avec stupéfaction.

— Comment le savez-vous ? Thomas vous l'a dit ?

Gamache secoua la tête.

— La papule pourpre perpétuellement purulente de Peter péta.

Peter en eut le souffle coupé. Même après toutes ces années, il sentait le couteau s'enfoncer entre ses os.

— Où avez-vous entendu ça ?

— Julia, répondit Gamache en observant Peter attentivement. Un soir, après le souper, j'étais dans le jardin et j'ai entendu quelqu'un répéter une phrase encore et encore. La papule pourpre perpétuellement…

— Bon, ça va, j'ai compris, l'interrompit Peter. Savez-vous ce que c'était ?

— Votre sœur m'a expliqué qu'il s'agissait d'un jeu auquel vous jouiez, enfants, mais je n'ai pas fait le lien avant ce matin, quand votre mère a dit que vous jouiez à des jeux portant sur les mots avec votre père. Des jeux d'allitérations.

Peter confirma par un hochement de tête.

— C'était sa façon, j'imagine, de nous donner l'impression de former une famille, mais elle produisait l'effet contraire. Nous avons développé l'esprit de compétition. Le prix à gagner, croyions-nous, était son amour. La pression était insoutenable. En plus, à cette époque, je souffrais d'un grave cas d'acné. J'avais demandé à Julia si elle connaissait des crèmes que je pourrais utiliser. Elle m'en a donné, mais, ce soir-là, nous avons joué au jeu des allitérations. Après "la papule pourpre perpétuellement purulente", j'ai ajouté "péta", et je croyais avoir gagné. Mais ensuite Julia a dit "de Peter". La papule pourpre perpétuellement purulente de Peter péta. Papa s'est esclaffé, se tordant de rire, puis l'a serrée dans ses bras. Comme si c'était un exploit extraordinaire. Elle avait gagné.

Gamache voyait la scène. Le jeune et gauche Peter, à la sensibilité artistique, avait été trahi par sa sœur, et son père avait ri de lui.

— Vous avez donc préparé votre vengeance.

— J'ai écrit le graffiti. Mon Dieu, je n'en reviens pas de ce que j'ai fait, et tout ça à cause d'un jeu stupide. D'un mot sorti de la bouche de Julia. Elle n'avait probablement aucune arrière-pensée. Ce n'était rien. Rien.

— C'est presque toujours le cas, dit Gamache. Un détail si insignifiant que personne d'autre ne le voit. Si petit qu'on ne le voit pas venir, jusqu'à ce qu'il vous heurte de plein fouet.

Peter soupira.

Du sommet de la rue du Moulin, ils aperçurent un groupe de violoneux qui jouaient doucement, mélodiquement, au début. À côté de la scène, Ruth agitait sa canne noueuse au rythme de la musique, avec une grâce inattendue. Sur la scène étaient alignées des rangées de danseurs, des enfants à l'avant, des femmes au centre, des hommes costauds à l'arrière. Peu à peu, le tempo de la musique s'accéléra et les pieds des danseurs frappèrent le sol avec plus d'énergie. Après environ une minute, les musiciens raclaient leur violon dans un mouvement de va-et-vient quasi dément, la musique s'élevait enjouée et libre, et les danseurs tapaient des pieds à l'unisson, martelant furieusement le plancher. Il ne s'agissait pas d'une danse irlandaise traditionnelle, où l'on garde le torse bien droit et les bras collés le long du corps, comme des branches mortes. Ces danseurs-là, dirigés par la canne de Ruth Zardo, ressemblaient davantage à des derviches tourneurs, dansant, tournoyant, poussant des cris de joie, riant, mais en suivant toujours le rythme. Le martèlement faisait trembler la scène et les ondes sonores voyageaient à travers la terre, à travers le corps de tous les villageois, remontaient la rue du Moulin, jusque dans la poitrine des deux hommes.

Puis la musique cessa. Il y eut un moment de silence, avant qu'éclatent des rires et des applaudissements, pour remplir le vide.

Peter et Gamache descendirent au village et arrivèrent juste à temps pour le dernier numéro de *clogging*, présenté par une classe d'enfants de huit ans. Et Reine-Marie. Les violoneux jouèrent une valse irlandaise lente pendant que les danseurs s'exécutaient maladroitement. Un petit garçon se glissa vers l'avant de la scène et esquissa ses propres pas. Ruth donna quelques coups de canne pour le rappeler à l'ordre, mais les directives ne semblaient avoir aucun effet sur lui.

À la fin, Gamache se leva pour les ovationner, imité par Clara, Gabri et enfin Peter.

Reine-Marie vint les rejoindre à une table de pique-nique.

— Eh bien, ça vous a plu ? demanda-t-elle. Soyez honnêtes.

— C'était magistral, répondit Gamache en la serrant dans ses bras.

— J'en ai eu les larmes aux yeux, dit Gabri.

— Ç'aurait pu être mieux, mais le Numéro cinq, là-bas, ne cessait d'accaparer la scène, murmura Reine-Marie en se penchant vers eux et en indiquant un petit garçon au sourire radieux.

— Veux-tu que j'aille lui donner un coup de pied ? demanda Gamache.

— Vaut mieux attendre qu'il n'y ait pas de témoins, lui conseilla sa femme.

L'enfant s'installa à la table voisine et, sitôt assis, renversa une canette de Coca-Cola d'un côté et fit tomber la salière de l'autre. La mère de Numéro cinq lui fit prendre une pincée de sel et la lancer par-dessus son épaule. Gamache observa la scène avec grand intérêt. Peter apporta un plat chargé de hamburgers, de tranches d'agneau cuit au barbecue et d'une pyramide d'épis de maïs tandis qu'Olivier déposait sur la table un plateau contenant des bières et de la limonade rose.

— Pour l'amour du ciel, qu'est-ce que tu fais ? Il y a des fourmis partout. Et puis tu verras, des guêpes vont venir te piquer.

La mère de Numéro cinq l'attrapa par le bras et le tira jusqu'à une autre table, en laissant à d'autres le soin de nettoyer le gâchis.

— Tout le monde revient au village pour cette semaine, dit Olivier, en prenant une longue gorgée de bière froide tout en embrassant du regard les personnes rassemblées dans le parc. Les gens arrivent juste avant la Saint-Jean-Baptiste et restent jusqu'après la fête du Canada.

— Comment avez-vous célébré la Saint-Jean-Baptiste, le week-end dernier ? demanda Gamache.

— Avec des violoneux, du *clogging* et un barbecue, répondit Gabri.

— Numéro cinq est-il un visiteur ? Je ne l'ai jamais vu avant, dit Reine-Marie.

— Qui ? demanda Olivier.

Il rit lorsque Reine-Marie secoua la tête en direction de son petit camarade de danse.

— Ah, lui. Il est de Winnipeg. Vous l'appelez Numéro cinq ? Nous l'avons surnommé Connard.

— Pour simplifier. Comme Cher ou Madonna.

— Ou Gabri, dit Reine-Marie. Savez-vous, je n'avais jamais entendu ce nom. Est-ce un diminutif de Gabriel ?

— En effet.

— Mais le surnom de la plupart des Gabriel n'est-il pas Gaby ?

— Je ne suis pas la plupart des Gabriel, répondit Gabri.

— Je suis désolée, mon beau, s'excusa Reine-Marie en tendant le bras pour réconforter le gros homme blessé. Jamais je ne laisserais entendre que vous l'êtes. J'ai toujours aimé le nom Gabriel. C'est celui de l'archange.

Ces paroles semblèrent ragaillardir Gabri, lui donner des ailes. Pendant un bref instant, stupéfiée, Reine-Marie l'imagina réellement avec de grandes ailes grises déployées dans le dos.

— Nous avons un fils nommé Daniel, vous savez. Et une fille, Annie. Nous avons choisi des noms qui se prononcent facilement en français et en anglais. Comme Gabriel.

— C'est vrai, répondit Gabri. J'aime le nom Gabriel, mais à l'école tout le monde m'appelait Gaby. Je détestais ça. Alors je me suis inventé un nom. Gabri. Voilà.

— Difficile de croire qu'on t'appelait Gaby, commenta Olivier en souriant.

— Oui, je sais, dit Gabri.

Il ne semblait pas avoir perçu la pointe de sarcasme d'Olivier, qui faisait allusion au sens du mot anglais *gabby*, signifiant "jacasseur". Cependant, lorsqu'il croisa le regard de Reine-Marie quelques instants plus tard, il avait un air amusé, confirmant qu'il n'était pas aussi obtus ou égocentrique qu'il feignait de l'être.

Tous regardèrent Connard lécher son cornet de crème glacée Coaticook, renverser une autre salière et encore une fois expédier à l'autre bout de la table sa canette de Coca-Cola, qui glissa sur le sel, frappa une bosse et tomba. Le garçon se mit à pleurer. Sa mère, après l'avoir calmé, prit une pincée du sel renversé et la lança par-dessus son épaule, un geste destiné à porter chance. La seule chance qu'aurait Numéro cinq, pensa Gamache, c'était si sa mère le forçait à tout nettoyer au lieu de changer de place chaque fois qu'il renversait quelque chose.

Gamache tourna les yeux vers la première table de pique-nique. Comme on pouvait s'y attendre, les flaques de boisson gazeuse avaient attiré des fourmis et des guêpes.

— Tu veux un hamburger, Armand ?

Reine-Marie lui tendit une assiette, puis l'abaissa. Elle reconnaissait l'expression sur le visage de son mari. Il avait vu quelque chose. Elle regarda dans la même direction que lui, mais ne vit qu'une table de pique-nique désertée et quelques guêpes.

Mais lui voyait un meurtre.

Il voyait des fourmis et des abeilles, la statue, le noyer noir, la fête du Canada et sa contrepartie, la Saint-Jean-Baptiste. Il voyait des emplois d'été, l'avidité et la convoitise, la méchanceté restée tapie durant des décennies avant d'écraser Julia Morrow.

Il avait enfin quelque chose à écrire dans la dernière colonne.

Comment ?

Comment un père était tombé de son piédestal et avait écrasé sa fille.

29

Armand Gamache embrassa sa femme pour lui dire au revoir juste comme les premières grosses gouttes de pluie s'écrasaient au sol. Pas de brume ni de crachin en cette fête du Canada. Ce serait une journée de pluie forte et drue.

— Tu le sais, n'est-ce pas ? chuchota Reine-Marie à l'oreille de son mari tandis qu'il l'enlaçait.

Il se dégagea et fit oui de la tête.

Peter et Clara montèrent dans la Volvo comme deux anciens combattants ayant subi un choc post-traumatique et qui retournaient au front. Déjà, les cheveux de Peter se dressaient dans tous les sens.

— Attends, dit Reine-Marie au moment où son mari ouvrait la portière du côté conducteur.

Elle le prit à part, en ne prêtant pas attention aux gouttes qui tombaient bruyamment autour d'eux.

— J'ai oublié de te dire : je me suis rappelée où j'avais vu la chef Véronique. Tu l'as vue, toi aussi, j'en suis certaine.

Elle le lui dit et les yeux de Gamache s'arrondirent sous l'effet de la surprise. Elle avait raison, bien sûr. Soudain, il comprit plein de petits détails vaguement déroutants : la chef de renommée mondiale qui se cachait ; l'armée d'employés anglophones, uniquement des jeunes et jamais de francophones ; pourquoi elle ne rencontrait jamais les clients. Pourquoi elle vivait, à l'année, sur les rives d'un lac isolé.

— Merci, ma chérie.

Il l'embrassa de nouveau, retourna à la voiture et s'engagea sur la route menant au Manoir Bellechasse.

Au dernier tournant du chemin de terre, Gamache, Peter et Clara aperçurent le vieux pavillon en rondins entre les balayages des essuie-glaces et un véhicule de la Sûreté dans l'allée sinueuse. Puis, en s'approchant, ils virent d'autres véhicules de la Sûreté et des voitures de la police locale. Il y avait même un camion de la Gendarmerie royale du Canada. L'allée était bondée de véhicules garés dans tous les sens.

Le bavardage cessa dans la Volvo et le silence s'installa, à l'exception du tac, tac, tac des essuie-glaces. Le visage de Gamache se durcit et devint attentif. Tous les trois sortirent et se précipitèrent sous la pluie jusque dans le hall de l'auberge.

— Dieu merci, vous êtes là ! dit Mme Dubois. Ils sont dans le Grand Salon.

Gamache s'y dirigea à grandes enjambées.

Lorsqu'il ouvrit la porte, tous les regards se tournèrent vers lui. Jean-Guy Beauvoir était au centre de la pièce, entouré des Morrow, du personnel de l'auberge – au complet, semblait-il – et d'hommes et de femmes en uniformes divers. Une énorme carte topographique pendait du manteau de la cheminée.

— Bon, dit Beauvoir. Vous connaissez cet homme, je crois. L'inspecteur-chef Armand Gamache, directeur du service des homicides à la Sûreté du Québec.

Il y eut des murmures et des mouvements de tête affirmatifs. Quelques agents de police firent un salut à Gamache, qui leur répondit d'un hochement de tête.

— Que se passe-t-il ? demanda-t-il.

— Elliot Byrne a disparu, répondit Beauvoir. Son absence a été remarquée entre le petit-déjeuner et le dîner.

— Qui l'a signalée ?

— C'est moi, dit la chef Véronique en s'avançant.

En la regardant, Gamache se demanda pourquoi il ne l'avait pas reconnue avant. Reine-Marie avait raison.

— Il ne s'est pas présenté pour le petit-déjeuner, expliquait la chef. C'était inhabituel, mais cela se produisait à l'occasion. La veille, il était de service pour le souper et, parfois, le personnel est dispensé de travailler le lendemain matin. Alors je n'ai rien dit. Mais il aurait dû être là pour dresser les tables du dîner.

— Qu'avez-vous fait ? demanda Gamache.

— J'ai été voir Pierre, le maître d'hôtel.

Pierre Patenaude s'approcha. Il paraissait secoué et inquiet.

— Ne devrions-nous pas être en train de le chercher ?

— C'est ce que nous faisons, monsieur, répondit Beauvoir. Nous avons averti la police, les médias et les gares d'autobus et de train.

— Mais il pourrait être là-bas.

D'un geste du bras, Pierre indiqua l'extérieur, où la pluie ruisselait maintenant sur les fenêtres, au travers desquelles le monde paraissait déformé, monstrueux.

— Nous formerons des équipes de recherche, mais, avant, nous avons besoin d'information et d'un plan. Poursuivez, dit Gamache à Beauvoir.

— M. Patenaude a été voir dans les quartiers du personnel et a fait le tour de la propriété pour s'assurer qu'Elliot n'était ni malade ni blessé. Ou n'essayait pas tout simplement de se soustraire à ses tâches. Le maître d'hôtel n'a rien trouvé.

— Ses vêtements étaient-ils encore là ?

— Oui.

Gamache et Beauvoir se regardèrent droit dans les yeux pendant un instant.

— Nous étions sur le point de former des équipes, ajouta Beauvoir.

Puis, s'adressant aux personnes réunies, il dit :

— Ceux qui veulent participer aux recherches, veuillez rester. Les autres peuvent partir.

— Puis-je aider ? demanda Mme Dubois en s'avançant.

Elle paraissait minuscule à côté des officiers de la GRC bâtis comme des séquoias.

— Vous pouvez m'aider, moi, madame, répondit Gamache. Je vous laisse continuer, dit-il à Beauvoir.

Puis, à la surprise de tous, l'inspecteur-chef prit Mme Dubois par le bras et sortit du Grand Salon.

— Lâche.

Le mot murmuré par un des Morrow glissa sur le dos de Gamache et tomba sur le plancher, où il s'évapora.

— Que puis-je faire, monsieur ? demanda Mme Dubois lorsqu'ils furent rendus à la réception.

— Vous pouvez me trouver la demande d'emploi d'Elliot et me fournir tous les renseignements que vous avez sur lui. Et, aussi, me mettre en communication téléphonique avec ces endroits.

Il lui donna une liste.

— Êtes-vous certain ? demanda-t-elle, perplexe.

En voyant le visage de Gamache, cependant, elle n'attendit pas sa réponse.

Il entra dans la bibliothèque et ferma la porte. Dans le hall, il entendit le lourd martèlement des pieds des volontaires s'apprêtant à sortir sous la pluie. Ce n'était pas une tempête, mais la pluie et le vent détremperaient le sol, le rendraient glissant. Ce ne serait pas très agréable.

Après avoir pris quelques notes, Gamache leva la tête et regarda dehors. Puis il sortit précipitamment par la porte-fenêtre et traversa la pelouse d'un pas rapide, en direction d'un groupe de personnes sur le point d'entrer dans le bois pour le fouiller. Elles portaient des vestes orange voyantes, fournies par le club de chasse et pêche local, dont les membres participaient à la battue. Un policier et un chasseur de la région accompagnaient chaque équipe. Il ne manquerait plus que des volontaires s'égarent. Cela arrivait. Combien de fois des personnes disparues avaient-elles refait surface alors que celles qui étaient parties à leur recherche avaient disparu, pour être découvertes quelques années plus tard sous forme d'ossements. La nature sauvage du Canada ne cédait pas facilement son territoire ni ses morts.

La pluie, torrentielle, frappait en oblique le groupe de volontaires. Tous étant revêtus de la même veste orange, luisante sous la pluie, il était difficile de les distinguer les uns des autres.

— Colleen ? cria Gamache.

Sous leur capuchon relevé, se disait-il, ils n'entendraient que le tambourinement de la pluie sur leur tête.

— Colleen !

Plein d'espoir, il agrippa une épaule. Un jeune que Gamache reconnut comme un des porteurs se tourna. La frayeur et l'inquiétude se lisaient sur son visage. L'eau dégoulinait sur la figure de Gamache, dans ses yeux et sur ses joues. Il fit un sourire rassurant au jeune homme.

— Tout ira bien, cria-t-il. Ne les perdez pas de vue.

Il désignait deux immenses vestes orange avec un large X dans le dos.

— Si vous vous sentez fatigué, dites-le. Nous ne voulons pas que vous vous blessiez, d'accord ?

Le jeune homme fit oui de la tête.

— Venez-vous avec nous, monsieur ?

— Non. On a besoin de moi ailleurs.

— Je comprends.

Gamache lut la déception sur le visage du garçon, et vit la peur l'envahir. L'inspecteur-chef se sentit mal, mais on avait besoin de lui ailleurs. Et il devait d'abord trouver Colleen.

— Colleen fait-elle partie de votre groupe ?

Le jeune homme secoua la tête, puis courut rejoindre les autres.

— Merde, murmura Gamache, maintenant seul sur la pelouse détrempée.

Il était lui-même complètement mouillé, car il ne portait pas de vêtements de pluie.

— Imbécile.

Il passa les quelques minutes suivantes dans le bois, demandant à chaque équipe si la jardinière faisait partie du groupe. Il savait comment on menait des battues. Il en avait organisé suffisamment et ne s'inquiétait donc pas de perdre des volontaires. C'était autre chose qui l'inquiétait : la disparition d'Elliot et le fait que ses vêtements se trouvaient toujours dans la modeste armoire en bois dans sa petite chambre.

— Colleen ?

Il posa la main sur une deuxième épaule orange et vit une autre personne sursauter, comme si tout à coup un de ces films d'horreur qu'affectionnaient les jeunes devenait réalité. Gamache savait qu'en se tournant cette personne s'attendait à voir Freddy Krueger, Hannibal Lecter ou la sorcière de Blair. Des yeux exorbités, terrifiés, rencontrèrent ceux de l'inspecteur-chef.

— Colleen ?

Elle hocha la tête, soulagée.

— Venez avec moi.

Il cria au chef d'équipe qu'il emmenait la jeune jardinière. Tandis que les autres avançaient péniblement dans la forêt, Colleen et Gamache émergèrent sur la pelouse et piquèrent un sprint pour se réfugier dans l'auberge.

Une fois à l'intérieur et après qu'ils se furent séchés avec des serviettes, Gamache parla.

— Je dois savoir certaines choses, et je vous demande d'être sincère.

Colleen paraissait bien incapable de mentir.

— Pour qui avez-vous le béguin ?

— Elliot.

— Et pour qui, selon vous, éprouvait-il des sentiments ?

— Elle. La femme qui a été tuée.

— Julia Martin ? Pourquoi dites-vous ça ?

— Parce qu'il tournait toujours autour d'elle, lui posait des questions.

Elle porta la serviette douce à sa figure mouillée et frotta énergiquement.

— Quelles questions, Colleen ? Que voulait-il savoir ?

— Des niaiseries. Par exemple, quel était le travail de son mari, où ils habitaient, si elle faisait de la voile ou de la randonnée. Si elle connaissait le parc Stanley et le yacht-club. Il y avait déjà travaillé.

— Se connaissaient-ils, croyez-vous, à Vancouver ?

— Je les ai entendus rire un jour. Elliot disait qu'il avait dû lui servir un martini là-bas, comme il le faisait maintenant au Québec.

Manifestement, Colleen ne comprenait pas ce qu'il y avait de drôle.

— Vous avez parlé de fourmis, dit Gamache plus doucement. Celles qui vous donnaient des cauchemars. Où se trouvaient-elles ?

— Partout, répondit la fille en frissonnant à la pensée des insectes grouillant sur son corps.

— Non, je veux dire dans la réalité, pas dans vos rêves. Où étaient-elles ?

Pour ne pas montrer son anxiété, il s'efforçait de parler d'une voix calme et posée.

— Elles étaient partout sur la statue. Quand j'ai voulu transplanter les fleurs malades, j'ai levé la tête et j'ai vu la statue couverte de fourmis.

— Réfléchissez bien, maintenant.

Il sourit, ne se pressa pas, même s'il savait que le temps filait, fuyait à toute vitesse.

— Elles recouvraient vraiment toute la statue ?

Colleen réfléchit.

Après ce qui sembla des heures, elle dit :

— Non, elles se trouvaient au bas de la statue, sur les pieds et le bloc blanc. À la hauteur de ma tête.

Gamache voyait la jeune jardinière agenouillée, pour sauver les plantes mourantes, et qui s'était trouvée face à face avec une colonie de fourmis excitées qui grouillaient dans tous les sens.

— Y avait-il quelque chose d'autre ?

— Comme quoi ?

— Réfléchissez, Colleen, réfléchissez.

Il mourait d'envie de lui souffler la réponse qu'il voulait entendre, mais savait qu'il ne devait pas le faire. Il attendit donc.

— Des guêpes, dit-elle après un moment.

Gamache expira. Sans s'en rendre compte, il avait retenu son souffle.

— C'était curieux, parce qu'il n'y avait pas de nid. Seulement des guêpes. L'enfant, Bean, a dit s'être fait piquer par une abeille, mais c'était une guêpe, j'en suis persuadée.

— En fait, c'était bien une abeille, dit Gamache. Une ouvrière.

— Mais c'est ridicule. Pourquoi une abeille viendrait-elle là ? La ruche se trouve de l'autre côté de la propriété. De plus, toutes les fleurs étaient fanées. Elles n'auraient pas attiré les abeilles.

— Une dernière question. Selon l'agente Lacoste, vous répétiez sans cesse que ce n'était pas votre faute.

Il leva rapidement la main pour la rassurer.

— Ce ne l'était pas, nous le savons, mais pourquoi avez-vous dit ça ?

— Elliot et Mme Martin bavardaient de l'autre côté de la sculpture. Ils riaient, flirtaient presque. J'étais en colère. C'était horrible de les voir chaque jour. Je travaillais tout près d'eux, mais manifestement ils ne m'avaient pas vue. Bref, je me suis levée en posant la main sur la statue. Elle a bougé.

Elle baissa les yeux, attendant le rire inévitable. Jamais il ne la croirait. Personne ne la croirait. Ce qu'elle venait d'affirmer était absurde. Voilà pourquoi, jusqu'à maintenant, elle avait gardé le silence à ce sujet. Elle se prépara à entendre l'inspecteur-chef s'esclaffer et qualifier sa révélation de ridicule. Elle leva les yeux et le vit qui hochait la tête.

— Merci, dit-il doucement.

Elle n'était pas certaine qu'il s'adressait à elle.

— Il est trop tard pour rejoindre les équipes de recherche. Vous pourriez peut-être m'aider.

Soulagée, elle sourit.

Avant de répondre aux communications téléphoniques établies par Mme Dubois, il demanda à Colleen d'appeler le centre correctionnel de Nanaimo, en Colombie-Britannique.

— Dites que l'inspecteur-chef Gamache doit parler de toute urgence à David Martin.

Gamache s'était déjà entretenu avec un responsable du Musée Rodin, à Paris, de la Royal Academy of Arts, à Londres, et venait de raccrocher avec celui du cimetière Notre-Dame-des-Neiges, à Montréal, lorsque Colleen lui tendit son téléphone.

— M. Martin est en ligne.

— David Martin ?

— Lui-même. Inspecteur-chef Gamache ?

— *Yes, it's me.*

Gamache continua en français, en parlant rapidement, et les réponses, également en français, lui parvenaient au même rythme. Gamache fut vite renseigné sur la vie passée et la carrière de Martin, sur ses faillites antérieures et ses investisseurs.

— J'aimerais avoir les noms des premiers investisseurs.

— C'est facile. Ils n'étaient pas nombreux.

Gamache nota les noms que Martin lui donnait.

— Et ils ont perdu tout l'argent qu'ils avaient engagé dans votre affaire ?

— Nous avons tous perdu notre argent, inspecteur-chef. Pas nécessaire de verser de grosses larmes sur leur sort. Ne soyez pas dupe, ils tentaient le grand coup, eux aussi. Ce n'était pas un acte de charité. Si les entreprises avaient engrangé de gros profits, les investisseurs auraient fait fortune. C'est ça les affaires. J'ai fait faillite, et certains d'entre eux également. Mais je me suis repris.

— Vous étiez jeune, sans responsabilités. Certains des investisseurs, plus âgés, avaient des familles. Ils n'avaient ni le temps ni l'énergie pour recommencer.

— Alors, ils n'auraient pas dû investir.

Gamache raccrocha et leva la tête. Irene Finney et Mme Dubois se tenaient côte à côte dans la pièce et avaient la même expression sur le visage. Derrière elles, comme une version “avant” de ces femmes âgées, se trouvait Colleen, rondelette, le teint frais et rose, mais affichant le même regard.

De peur.

— Qu'y a-t-il ? demanda Gamache en se levant.

— Bean, répondit Irene Finney. Nous ne savons pas où est Bean.

Gamache pâlit, puis demanda :

— Quand avez-vous vu Bean pour la dernière fois ?

— Au dîner.

Ils regardèrent tous leur montre : quinze heures.

— Où est Bean ? demanda Irene Finney.

Elle regardait Gamache comme si elle le tenait pour responsable. Elle avait raison. Il avait tardé à réagir, avait laissé ses idées préconçues l'entraîner sur de fausses pistes. Il avait accusé Beauvoir d'être aveuglé par ses émotions. Or lui aussi l'avait été.

— Vous restez assis ici, en sécurité et au chaud, avec les vieilles femmes et les enfants, siffla Mme Finney. Vous vous cachez ici alors que les autres effectuent les tâches difficiles.

Elle tremblait de rage, comme si la ligne de faille avait fini par trop s'élargir et l'engloutir.

— Pourquoi ? murmura Gamache pour lui-même. Pourquoi Bean ?

— Faites quelque chose, pour l'amour de Dieu ! s'écria Irene Finney.

— Je dois réfléchir.

Les mains jointes derrière le dos, Gamache se mit à marcher d'un pas égal dans la bibliothèque. Incrédules, les femmes le fixaient. L'inspecteur-chef s'arrêta enfin et, en se tournant, plongea la main dans sa poche.

— Tenez, dit-il en lançant ses clés à Colleen. Prenez ma Volvo et garez-la en travers de l'allée. Y a-t-il d'autres voies d'accès à la propriété ?

Il gagna rapidement la porte, suivi de Mme Dubois et de Mme Finney. Colleen s'élança sous la pluie.

— Il existe un chemin de desserte, dit l'aubergiste. À l'arrière. Un passage, tout au plus. Nous l'utilisons pour les gros véhicules.

— Débouche-t-il sur la route principale ? demanda Gamache.

Mme Dubois fit oui de la tête.

— Où se trouve-t-il ?

Elle pointa le doigt dans une direction. Se précipitant sous la pluie, il sauta dans un énorme pick-up de la GRC et trouva la clé dans le commutateur d'allumage, comme il s'y attendait. S'engageant sur le chemin de desserte, il laissa bientôt l'auberge derrière lui. Il devait trouver un endroit où il y avait un rétrécissement pour y laisser le véhicule et ainsi empêcher toute possibilité de fuite.

Le meurtrier était toujours parmi eux, il en était persuadé. Bean aussi. Il devait s'assurer de les garder sur place.

Il gara le pick-up en travers du chemin. À l'instant où il en descendait, un autre véhicule arriva derrière lui dans le tournant et, freinant sec, dérapa. Gamache ne pouvait voir le visage du conducteur caché sous le capuchon orange vif. C'était comme si la voiture était conduite par un spectre. Cependant, Gamache savait qu'il ne s'agissait pas d'un fantôme, mais d'un être de chair et de sang.

La voiture redémarra en marche arrière en projetant de la boue et des feuilles. Mais elle était embourbée. Gamache s'élança vers le véhicule au moment où le meurtrier ouvrait la portière et piquait un sprint, son imperméable orange claquant derrière.

Gamache s'arrêta brusquement et passa la tête dans la voiture en criant : “Bean ?” Mais la voiture était vide. Son cœur, qui cognait dans sa poitrine, cessa soudain de battre. Puis il se précipita vers la silhouette orange disparaissant dans le pavillon.

Un instant plus tard, Gamache aussi s'engouffrait dans l'auberge, s'arrêtant tout juste le temps de dire aux femmes de s'enfermer dans le bureau et d'appeler les autres au walkie-talkie pour leur dire de revenir.

— Et Elliot ? cria Colleen.

— Il n'est pas dans les bois, répondit Gamache, sans se retourner.

Il marchait tête baissée, en suivant les gouttes d'eau semblables à du sang transparent : sur les vieilles marches en bois poli, dans le corridor à l'étage, en flaques devant une des bibliothèques.

La porte menant au grenier.

Il l'ouvrit d'un coup sec et grimpa les marches deux à deux. Dans la faible lumière, il suivit les gouttes jusqu'à une ouverture. Il savait ce qu'il trouverait.

— Bean ? chuchota-t-il, en essayant de dissimuler son anxiété. Es-tu là ?

Des couguars empaillés – une espèce pratiquement disparue en raison d'une chasse excessive – le fixaient d'un regard vitreux. Gamache vit aussi des lièvres, des orignaux, des chevreuils gracieux et des loutres. Tous abattus, pour le sport. Leurs yeux étaient rivés sur lui.

Mais pas de Bean.

En bas, il entendit le martèlement de bottes et des voix masculines, fortes. Mais le silence régnait dans la pièce, comme si celle-ci avait retenu son souffle durant des centaines d'années. Et attendait.

C'est alors que le son lui parvint : un léger tambourinement. Il sut immédiatement ce que c'était.

Devant lui, il vit un carré de lumière et de l'eau sur le sol. La lucarne était ouverte. Il s'y précipita et sortit la tête. Ils étaient là.

Bean et le meurtrier, sur le toit.

Gamache avait vu la terreur de nombreuses fois. Sur les visages d'hommes et de femmes qui venaient de mourir, qui étaient sur le point de mourir ou croyaient l'être. C'était cette frayeur qu'il voyait dans le regard de Bean. Un adhésif recouvrait la bouche de l'enfant, ses petites mains liées agrippaient son livre et ses pieds pendaient. Mais jamais Gamache n'avait vu une telle expression de terreur. Bean se trouvait littéralement entre les griffes du meurtrier, sur l'arête du toit métallique luisant sous la pluie.

Sans prendre le temps de réfléchir, Gamache agrippa les bords de la lucarne et se hissa sur le toit, ses pieds glissant immédiatement sur le métal mouillé. Il tomba sur un genou et ressentit le choc.

Ensuite, le monde se mit à tourner et il dut se retenir à la lucarne. Il voyait à peine, aveuglé par la pluie dans ses yeux et la panique folle dans sa tête, qui lui hurlait de redescendre. Soit par l'ouverture dans le grenier, soit en se jetant du toit.

“Allez, vas-y, lance-toi ! suppliait sa tête. Fais-le !”

En bas, des gens criaient et agitaient les bras. Gamache se força à lever les yeux.

Vers Bean.

L'enfant, à son tour, vit la terreur dans la figure de Gamache. Tous les deux se dévisagèrent. Puis, lentement, en s'aidant de ses mains mouillées et tremblantes, Gamache se mit péniblement sur ses jambes. D'un pas craintif, il avança le long du faîte du toit abrupt, un pied chancelant de chaque côté. Pris de vertige, il resta courbé, prêt à se retenir au toit. Puis, ses yeux passèrent de Bean au meurtrier.

— Ne vous approchez pas, monsieur Gamache. Éloignez-vous ou je pousse l'enfant du toit.

— Vous ne le ferez pas.

— Vous voulez prendre le risque ? J'ai déjà tué. Je n'ai rien à perdre. Ma vie est finie. Pourquoi avez-vous bloqué les chemins ? J'aurais pu m'échapper. Avant que vous découvriez l'enfant attaché dans le grenier, j'aurais été à mi-chemin en route pour…

La voix se cassa.

— En route pour… ? cria Gamache, par-dessus les gémissements du vent. Vous n'aviez nulle part où aller, n'est-ce pas ? Ne faites pas ça. C'est terminé. Amenez-moi Bean.

D'un geste mal assuré, il tendit les bras, mais le meurtrier ne bougea pas.

— Je ne voulais faire de mal à personne. J'étais venu ici pour tout oublier, pour ne plus avoir à penser à cette histoire. Je croyais avoir réussi. Mais de la revoir, elle…

— Je comprends, croyez-moi.

Gamache s'efforçait de parler d'une voix contenue, apaisante, qui ne tremblotait pas.

— Vous ne voulez pas faire du mal à un enfant. Je vous connais. Je sais…

— Vous ne savez rien.

Loin d'être effrayé, le meurtrier paraissait presque calme. Il n'y avait rien de pire qu'un assassin coincé en proie à la panique, sauf, peut-être, un meurtrier calme.

— Bean, dit Gamache d'un ton posé. Bean, regarde-moi.

Les yeux affolés de l'enfant se tournèrent vers lui, mais il comprit que Bean ne voyait rien.

— Que faites-vous ? Non ! Allez-vous-en !

Soudain, le meurtrier devint agité et regarda derrière Gamache.

Prudemment, l'inspecteur-chef se tourna et vit son adjoint qui passait par la lucarne. Son cœur qui cognait fort se calma pendant un instant. Beauvoir était là. Gamache n'était pas seul.

— Dites-lui de descendre.

Beauvoir enregistra l'horrible scène : le meurtrier, tel un paratonnerre dans la tempête, tenant l'enfant saisi de frayeur. Mais le plus terrifiant était de voir le chef, qui le regardait d'un air si grave. Effrayé, et sachant quel sort l'attendait. Un bourgeois de Calais.

D'un geste de la main, Gamache fit signe à Beauvoir de se retirer.

— Non, je vous en prie, dit Beauvoir d'une voix râpeuse. Laissez-moi venir avec vous.

— Pas cette fois, Jean-Guy.

— Allez-vous-en. Sinon, je lance l'enfant en bas du toit.

Sur ces paroles, le meurtrier poussa soudainement Bean au-dessus du vide, en tenant à peine l'enfant. Même avec l'adhésif couvrant la bouche de Bean, Beauvoir pouvait entendre le hurlement.

Jetant un dernier regard à la scène, Beauvoir disparut. Gamache se trouva de nouveau seul, avec Bean les jambes pendantes dans les airs, le meurtrier, et le vent et la pluie qui les fouettaient.

Bean se débattait, se tortillait pour échapper aux bras du meurtrier et, d'une voix étranglée, lança un cri aigu étouffé par l'adhésif.

— Bean, regarde-moi, dit Gamache en fixant l'enfant.

Il s'efforçait d'oublier où il se trouvait, essayant de faire croire à son traître de cerveau qu'ils étaient sur le sol. Il effaça la peur sur son visage.

— Regarde-moi.

— Que faites-vous ? répéta le meurtrier, méfiant.

Il agrippa fermement l'enfant qui gigotait et le tira près de lui.

— J'essaie de calmer l'enfant. J'ai peur que Bean vous fasse tomber.

— Ça n'a aucune importance.

L'assassin souleva l'enfant encore plus haut dans les airs. Gamache sut alors qu'il exécuterait sa menace. Il jetterait Bean du toit.

— Pour l'amour de Dieu, supplia Gamache, ne faites pas ça !

Mais le meurtrier n'entendait plus raison, car la raison n'avait plus rien à voir avec la situation. Il entendait uniquement un très ancien hurlement.

— Bean, regarde-moi. Tu te souviens de Pégase ?

L'enfant se calma légèrement et sembla se concentrer sur Gamache, bien qu'il continuât de crier.

— Tu te rappelles quand tu volais avec lui dans le ciel ? C'est ce que tu fais maintenant. Tu le chevauches. Sens-tu ses ailes ? Les entends-tu ?

Le vent gémissant devint les ailes déployées du cheval qui, d'un puissant battement, emporta Bean dans le ciel, loin de la terreur. Gamache regarda Bean se libérer des entraves amères de la terre.

Bean se détendit dans les bras du meurtrier. Lentement, le grand livre tomba de ses petits doigts mouillés sur le toit, glissa et s'envola dans les airs, ses pages s'ouvrant comme des ailes.

Gamache jeta un coup d'œil en bas et vit une grande agitation. Des bras qui gesticulaient étaient pointés vers lui. Un homme, cependant, avait les bras ouverts, prêt à attraper quelqu'un tombant du ciel.

Finney.

Gamache inspira profondément et porta son regard au-delà de Bean, au-delà du meurtrier et des tuyaux de cheminée, jusqu'à la cime des arbres, jusqu'au lac et aux montagnes.

Est-il un homme dont l'âme soit assez insensible pour ne s'être jamais dit :
— Voici ma patrie ! ma terre natale !

Et lui aussi sentit qu'il se détendait, un peu. Puis, son regard alla encore plus loin. Jusqu'à Three Pines, de l'autre côté des montagnes. Jusqu'à Reine-Marie.

"Je suis ici, me vois-tu ?"

Il se releva, lentement, soutenu par une main solide sur son dos.

— Plus haut, Bean. Tu as déjà galopé plus haut avec Pégase, je le sais.

En bas, les hommes et les femmes virent trois silhouettes : celle de l'inspecteur-chef, maintenant debout, et les deux autres fusionnées, comme si de petits bras et de petites jambes avaient poussé sur la poitrine du meurtrier.

Le livre atterrit sourdement à côté de Finney, ses pages ouvertes et aplaties. Dans les sanglots du vent, les personnes rassemblées entendirent au loin une voix de baryton chanter "laide et bi", "laide et bi" sur l'air de *Let It Be* des Beatles.

— Oh, Seigneur ! murmura Lacoste en ouvrant elle aussi les bras.

Près d'elle, hébétée et muette, Marianna fixait le toit sans comprendre. Tout pouvait tomber, elle le constatait chaque jour. Sauf Bean. Elle s'avança et leva les bras. À côté, sans que Marianna la voie, Sandra tendit les mains vers cet enfant chéri, retenu sur le toit.

Son livre étant tombé, Bean ramena ses mains vers l'avant et agrippa des rênes en braquant ses yeux sur l'homme imposant, en face.

— Plus haut, Bean, l'encouragea Gamache.

"J'ai virevolté, grimpé, tournoyé", disait une voix dans sa tête, et sa main droite s'ouvrit légèrement, comme pour en prendre une autre, plus large, plus forte.

L'enfant donna un grand coup et éperonna Pégase.

Surpris, Pierre Patenaude lâcha l'enfant, qui tomba.

Armand Gamache plongea. Il s'élança de toutes ses forces et sembla voler dans les airs, comme s'il s'attendait à atteindre l'autre côté. En un puissant effort de volonté, il tendit la main, et toucha le visage de Dieu.

30

Gamache braqua les yeux sur l'enfant volant. Tous les deux semblaient suspendus dans les airs, puis il sentit enfin le tissu de la chemise de Bean et l'empoigna.

En retombant sur le toit, il chercha désespérément une prise lorsqu'ils commencèrent à glisser le long de la pente raide. De la main gauche, il réussit à agripper le sommet du toit, où plus de deux cents ans plus tôt des mains habiles avaient martelé et raccordé les plaques de cuivre maintenant ternies. Et ajouté une crête le long du faîtage, sans raison.

Maintenant, il était pendu d'un côté de la couverture métallique, cramponné à la crête de cuivre d'une main et accroché à Bean de l'autre. Ils se regardèrent dans les yeux. Gamache retenait l'enfant d'une poigne ferme, mais sentait sa prise sur le toit se relâcher. Du coin de l'œil, il voyait l'agitation frénétique en bas, accompagnée de cris, d'appels, de hurlements, qui paraissaient venir d'un autre monde. Il voyait des personnes courir avec des échelles, mais il savait qu'elles arriveraient trop tard. Ses doigts glissaient et dans un instant ils basculeraient dans le vide. S'ils tombaient, il savait qu'il s'effondrerait sur l'enfant, comme l'avait fait Charles Morrow. L'écraserait. Cette pensée était insoutenable.

Il sentit ses doigts finalement lâcher la crête. Pendant une surprenante et bienheureuse seconde, il ne se produisit rien, mais ensuite tous les deux commencèrent à glisser.

En un dernier effort, Gamache pivota sur le côté, pour éloigner l'enfant de lui et l'envoyer vers les bras ouverts en bas. Au même instant, une main agrippa la sienne par en haut. Il n'osait pas regarder dans cette direction, au cas où elle ne serait pas réelle. Après un moment, cependant, il leva la tête. La pluie qui lui tombait dans les yeux l'aveuglait, mais il savait quelle était cette main qui tenait la sienne, comme autrefois, et qu'il avait perdue il y avait si longtemps.

Des échelles furent rapidement dressées et Beauvoir grimpa à toute vitesse. S'emparant de Bean, il tendit l'enfant aux gens en bas, puis rampa sur le toit jusqu'à l'inspecteur-chef et le soutint de son corps.

— Vous pouvez le lâcher, maintenant, dit-il à Pierre Patenaude, qui tenait fermement la main de Gamache.

Patenaude hésita un moment, comme s'il n'était pas encore prêt à relâcher cet homme, puis le fit et Gamache glissa doucement dans les bras de son jeune collaborateur.

— Ça va ? murmura Beauvoir.

— Merci, murmura à son tour Gamache.

C'était le premier mot qu'il prononçait dans sa nouvelle vie, dans un monde qu'il ne pensait jamais voir, mais qui, incroyablement, s'étendait devant lui.

— Merci, répéta-t-il.

Il se laissa aider pour descendre ; ses jambes tremblaient et ses bras étaient comme du caoutchouc. Une fois sur l'échelle, il tourna la tête vers la personne qui l'avait sauvé.

Pierre Patenaude le regarda aussi, debout sur le toit comme s'il était à sa place, comme si, en partant, les bûcherons et les Abénaquis l'avaient laissé là.

— Pierre, dit une voix douce mais ferme sur le ton de la conversation. Il est temps de rentrer.

Mme Dubois sortait la tête par la lucarne. En l'apercevant, Patenaude se tint encore plus droit. Il étendit les bras de chaque côté de son corps et pencha la tête en arrière.

— Non, Pierre, dit Mme Dubois. Tu ne feras pas ça. Véronique a préparé du thé et nous avons allumé un feu dans la cheminée pour que tu ne prennes pas froid. Allez, descends de là. Viens avec moi.

Elle lui tendit une main et il la regarda. Puis, la prenant, il disparut à l'intérieur du Manoir Bellechasse.

Ils étaient cinq dans la cuisine de l'auberge. Patenaude et Gamache avaient enfilé des vêtements secs et étaient assis près du feu, enveloppés dans des couvertures chaudes, pendant que la chef Véronique et Mme Dubois versaient le thé. Beauvoir s'était placé à côté de Patenaude, au cas où il tenterait de s'échapper, bien que plus personne ne s'y attendît.

— Voici, dit la chef Véronique, une tasse de thé dans sa grosse main.

La tasse sembla flotter un moment entre Gamache et Patenaude, puis se dirigea vers le maître d'hôtel. Véronique Langlois tendit la suivante à l'inspecteur-chef, en esquissant un sourire d'excuse.

— Merci, dit-il en prenant le thé d'une main.

Il gardait la gauche sous la table, essayant de se dégourdir les doigts. Il était parcouru de frissons, causés davantage par le choc que par la pluie. Beauvoir, à côté de lui, versa et mélangea deux cuillerées débordantes de miel dans le thé de Gamache.

— La mère, aujourd'hui, ce sera moi, dit doucement Beauvoir.

Cette pensée réveilla quelque chose dans le cœur du jeune inspecteur. Une émotion liée à cette cuisine. Beauvoir déposa la cuiller et regarda la chef Véronique s'asseoir de l'autre côté de Patenaude.

Il attendit le pincement de jalousie, la colère. Mais en se voyant ensemble dans cette pièce chaude, il n'éprouvait qu'une surprise extrêmement grisante : il n'était pas à genoux dans la boue en train d'essayer de ranimer le corps disloqué d'un être qu'il chérissait. Il se retourna vers Gamache. Seulement pour vérifier. Puis il regarda de nouveau la chef Véronique et ressentit quelque chose. De la tristesse pour elle.

Quoi qu'il ait pu ressentir avant pour cette femme, ce n'était rien comparé aux sentiments qu'elle éprouvait pour cet homme, ce meurtrier.

Véronique Langlois prit la main tremblante de Patenaude dans la sienne. Il n'y avait plus de raison de feindre, maintenant. De cacher ses sentiments.

— Ça va ? demanda-t-elle.

La question pouvait paraître ridicule, compte tenu de ce qui venait de se produire. Il n'allait pas bien, évidemment. Pourtant, il la regarda, un peu surpris, et hocha la tête.

Mme Dubois apporta à Beauvoir une tasse de thé fort, brûlant, puis s'en versa une. Mais au lieu de se joindre aux autres, elle se recula un peu de la table. Elle essaya d'oublier les deux autres pour ne voir que Véronique et Pierre. Les deux personnes qui lui avaient tenu compagnie dans ce lieu isolé. Qui s'étaient épanouies et avaient vieilli ici. L'une d'elles était tombée amoureuse ; l'autre était tout simplement tombée.

Lorsque Pierre Patenaude était arrivé, plus de vingt ans auparavant, Clémentine Dubois savait qu'il était plein de rage. Le jeune homme était si réservé, ses gestes si précis, ses manières si parfaites. Il réussissait si bien à dissimuler sa colère. Ironiquement, c'est sa décision de rester qui avait confirmé les soupçons de l'aubergiste. Personne ne choisissait de vivre dans le fin fond des bois pendant si longtemps sans raison. Elle connaissait celle de Véronique. Elle connaissait la sienne. Et maintenant, enfin, elle connaissait celle de Pierre.

C'était la première fois que Véronique et Pierre se tenaient la main, elle le savait. Et probablement la dernière. C'était certainement la dernière fois qu'ils se trouveraient tous les trois réunis autour de cette vieille table en pin pour parler de leur journée.

Elle devrait être horrifiée par ce que Pierre avait fait, se dit-elle, et ça viendrait, dans quelques minutes. Pour l'instant, cependant, elle n'éprouvait que de la colère. Pas contre Pierre, mais contre les Morrow et leur réunion, et contre Julia Martin, d'être venue. D'avoir été assassinée. Et d'avoir gâché leur vie simple mais parfaite au bord du lac.

Mme Dubois savait que c'était insensé et peu aimable, et surtout très égoïste, mais pendant un court moment elle laissa libre cours à ses sentiments, et à sa peine.

— Pourquoi avez-vous tué Julia Martin ? demanda Gamache.

Il entendait des gens aller et venir de l'autre côté des portes battantes donnant sur la salle à manger. Un agent de la Sûreté était posté devant les portes, pas pour empêcher quelqu'un de sortir de la cuisine, mais pour empêcher que quelqu'un y entre. L'inspecteur-chef voulait passer quelques minutes avec Patenaude et les autres sans être dérangé.

— Je pense que vous savez pourquoi, répondit Patenaude, sans croiser son regard.

Depuis qu'il avait regardé dans les yeux de la chef Véronique, un instant plus tôt, il était incapable de lever les siens. Il les gardait baissés, stupéfié par ce qu'il avait vu.

De la tendresse.

Et maintenant elle lui tenait la main. À quand remontait la dernière fois qu'on lui avait tenu la main ? Il avait tenu celles d'autres personnes, à des fêtes quand ils chantaient *Gens du pays*. Il avait réconforté des jeunes qui s'ennuyaient de leur famille et étaient effrayés. Ou avaient du chagrin. Comme Colleen. Il lui avait tenu la main pour la consoler lorsqu'elle avait découvert le corps. Le corps de la femme dont il avait lui-même causé la mort.

Mais depuis combien de temps ne lui avait-on pas pris la main, à lui ?

Il fouilla dans sa mémoire, jusqu'à ce qu'il se heurte à un mur au-delà duquel il n'avait jamais pu regarder. Quelque part de l'autre côté se trouvait sa réponse.

Maintenant sa main froide reposait dans celle, chaude, de Véronique. Et, graduellement, elle cessa de trembler.

— Mais nous, dit Véronique, nous ne le savons pas. Peux-tu nous expliquer ?

Clémentine Dubois vint alors s'asseoir à la table, en face de Pierre. Et, encore une fois, la dernière, tous les trois se retrouvèrent dans leur propre monde.

Pierre Patenaude ouvrit la bouche puis la referma, comme s'il essayait de déterrer les mots profondément enfouis en lui.

— J'avais dix-huit ans quand mon père est mort. D'une crise cardiaque. Mais je savais qu'il existait une autre cause. Ma mère et moi l'avions regardé se tuer au travail. Nous avions déjà été riches, vous savez. Mon père avait sa propre entreprise. Il pouvait se payer une grosse maison, des voitures luxueuses. M'envoyer à l'école privée. Sauf qu'il a commis une erreur. Il a décidé d'aider un jeune homme, un ancien employé. Quelqu'un qu'il avait congédié. J'étais là le jour où il l'a mis à la porte.

Je n'étais qu'un enfant à cette époque. Mon père m'a dit que tout le monde méritait une deuxième chance. Mais pas une troisième. Il avait donné une deuxième chance à cet homme, puis l'avait renvoyé. Mais papa aimait ce jeune homme. Il était resté en contact avec lui. Il l'avait même invité à souper à la maison après l'avoir congédié. Peut-être se sentait-il coupable, je ne sais pas.

— Il avait bon cœur, on dirait, dit Mme Dubois.

— Oui, c'est vrai.

En croisant le regard de l'aubergiste, Patenaude fut surpris, encore une fois, par la tendresse qu'il perçut. Avait-il toujours été entouré de tendresse ? se demanda-t-il. Avait-elle toujours été là ? Alors que lui n'avait vu que la forêt sombre et les eaux profondes.

— Il a donné son propre argent à cet homme pour qu'il l'investisse. C'était stupide, une sorte de folie. Plus tard, l'homme a prétendu que mon père et les autres étaient aussi cupides que lui, et peut-être avait-il raison. Mais ce n'est pas mon opinion. Je crois que mon père voulait seulement l'aider.

Il se tourna vers Véronique, au regard si franc, si clair.

— Je pense que tu as raison, dit-elle, en lui serrant légèrement la main.

Il cligna des yeux, ne comprenant pas ce monde soudainement apparu.

— Cet homme, c'était David Martin, n'est-ce pas ? dit Véronique. Le mari de Julia.

Patenaude confirma d'un hochement de tête.

— Mon père a fait faillite, évidemment. Il a tout perdu. Ma mère s'en fichait. Moi aussi. Nous l'aimions. Mais il ne s'en est jamais remis. À mon avis, ça n'avait rien à voir avec l'argent. Je crois plutôt qu'il avait honte et se sentait trahi. Nous ne nous attendions pas à ce que Martin rembourse papa. C'était un placement, qui s'est avéré être mauvais. Ça arrive. Papa connaissait les risques. Et Martin n'a pas volé l'argent. Mais il ne s'est jamais excusé, n'a jamais dit qu'il regrettait ce qui s'était produit. Quand il a fait fortune, a encaissé des centaines de millions de dollars, jamais il n'a contacté mon père, jamais il n'a proposé de le rembourser. Ou d'investir dans sa compagnie. J'ai vu Martin s'enrichir et mon père travailler sans relâche pour essayer de se remettre à flot.

Patenaude cessa de parler. Il n'y avait plus rien à ajouter, lui semblait-il. Il n'aurait pas pu, en effet, expliquer comment il se sentait en regardant sombrer cet homme qu'il adorait. En voyant l'homme responsable de son naufrage devenir riche.

L'enfant avait commencé à ressentir quelque chose de nouveau. De l'amertume. Au fil des ans, elle avait creusé un trou là où aurait dû se trouver son cœur. Elle avait fini par lui ronger tout l'intérieur, si bien qu'il n'y avait plus que noirceur là-dedans. Et un hurlement, un écho du passé qui se répercutait. Et s'amplifiait avec chaque répétition.

— J'ai été heureux, ici, vous savez.

Il se tourna vers Mme Dubois, qui étendit le bras au-dessus de la table et posa la main sur le sien.

— Je suis contente, dit-elle. Et j'ai été heureuse de t'avoir. C'était comme une sorte de miracle.

Puis, se tournant vers Véronique, elle ajouta :

— Une double bénédiction. Tu étais si bon avec les jeunes employés. Ils t'adoraient.

— Quand j'étais avec eux, je sentais mon père à l'intérieur de moi. Je pouvais presque l'entendre me chuchoter de me montrer patient avec eux. Me dire qu'ils avaient besoin d'être guidés par une main à la fois ferme et tendre. Avez-vous trouvé Elliot ?

Sa question s'adressait à Beauvoir.

— On vient tout juste de nous appeler. Il était à la gare d'autobus de North Hatley.

— Il ne s'est pas rendu bien loin, dit Patenaude, en souriant malgré lui. Il n'a jamais su suivre des directives.

— Vous lui avez dit de s'enfuir, n'est-ce pas ? Vous avez essayé de faire peser les soupçons sur lui, monsieur, dit Beauvoir. Vous avez essayé de nous faire croire à sa culpabilité dans le meurtre de Julia Martin. Vous avez trouvé les notes qu'il lui avait écrites et les avez gardées, puis les avez délibérément jetées dans l'âtre, où vous saviez que nous les trouverions.

— Il s'ennuyait de son coin de pays. Je connais les signes. J'ai vu de nombreux jeunes avoir le mal du pays. Plus longtemps il restait, plus sa colère et sa frustration augmentaient.

Lorsqu'il a appris que Julia Martin venait de Vancouver, il s'est accroché à elle, comme un junkie accro à sa drogue. Au début, cela représentait un problème pour moi. Je craignais qu'il se rende compte de mes intentions. Puis j'ai vu comment je pourrais m'en servir.

— Tu aurais permis qu'on l'arrête pour ton crime ? demanda Véronique.

Elle ne l'accusait pas, ne le jugeait pas, remarqua Beauvoir. Elle posait simplement la question.

— Non, répondit Patenaude, fatigué.

Il se passa la main dans la figure et soupira, n'ayant presque plus d'énergie.

— Je voulais seulement brouiller les pistes, c'est tout.

Beauvoir ne le croyait pas ; mais Véronique Langlois, oui, pensait-il. Ou elle ne le croyait pas, mais l'aimait malgré tout.

— Est-ce pour cela que tu t'es emparé de l'enfant ? demanda Mme Dubois.

Ils étaient maintenant sur un terrain glissant. Tuer Julia Martin était une chose. Qui, honnêtement, n'avait pas une fois ou deux caressé l'idée de tuer un Morrow ? L'aubergiste pouvait même comprendre, jusqu'à un certain point, les manigances utilisées pour diriger les soupçons sur Elliot. Mais laisser pendre cet enfant au-dessus du vide ?

— Bean était une forme d'assurance, c'est tout. Pour embrouiller encore plus la situation, et me protéger si jamais Elliot revenait. Je ne voulais pas faire de mal à Bean. Je voulais seulement m'enfuir. Rien de cela ne serait arrivé si vous n'aviez pas essayé de m'en empêcher, dit-il à Gamache.

Toutes les personnes présentes dans la pièce confortable eurent ainsi un aperçu du petit monde de Pierre Patenaude, où l'on pouvait justifier des gestes exécrables, et rejeter le blâme sur les autres.

— Pourquoi avez-vous tué Julia Martin ? redemanda Gamache.

Il était rompu de fatigue, mais avait encore du chemin à parcourir.

— Elle n'était pas responsable des agissements de son mari. Ils n'étaient même pas mariés à l'époque, ajouta-t-il.

— Non, en effet.

Patenaude regarda Gamache. Les deux hommes étaient très différents de ceux qui s'étaient trouvés sur le toit, moins d'une heure auparavant. La peur avait disparu des yeux brun foncé de Gamache et la rage de ceux de Patenaude. Ils étaient maintenant deux hommes épuisés, qui cherchaient à comprendre. Et à se faire comprendre.

— Quand je me suis rendu compte de qui elle était, j'ai été hébété. Mais au fil des jours je suis devenu de plus en plus en colère. Ses ongles parfaits, ses cheveux toujours bien coiffés, ses dents…

Ses *dents*? Beauvoir avait entendu toutes sortes de motifs invoqués pour expliquer un meurtre, mais jamais des dents.

— Tout était si parfait chez elle, continua le maître d'hôtel.

À mesure qu'il parlait, son ton se durcissait et transformait l'homme doux en autre chose.

— Ses vêtements, ses bijoux, ses manières. Cordiales, mais légèrement condescendantes. Et puis l'argent. Elle puait le fric. L'argent que mon père aurait dû avoir. Et ma mère.

— Et vous? demanda Beauvoir.

— Oui, même moi. Ma colère n'a pas cessé d'augmenter. Je ne pouvais pas m'en prendre à Martin, mais à elle oui.

— Vous l'avez donc tuée, dit Gamache.

Patenaude hocha la tête.

— Ne saviez-vous pas qui il était? demanda Beauvoir en indiquant l'inspecteur-chef. Vous avez tué quelqu'un sous les yeux du chef des homicides de tout le Québec.

— Ça ne pouvait pas attendre.

Tout le monde se rendait compte que, pour lui, c'était vrai. L'attente avait déjà été beaucoup trop longue.

— De toute façon, je savais que vous viendriez à un moment donné. Que vous soyez déjà ici ne changeait pas grand-chose, dit-il en regardant Gamache. Vous savez, David Martin n'aurait eu qu'à s'excuser. C'est tout. Mon père lui aurait pardonné.

Gamache se leva. Le temps était venu de faire face à la famille. D'expliquer tout cela. Avant d'entrer dans la salle à manger, il se tourna et regarda des agents emmener Pierre Patenaude par la porte arrière jusqu'à un véhicule de la Sûreté. La chef Véronique et Mme Dubois regardaient fixement dehors lorsque la porte moustiquaire se referma derrière lui en claquant.

— Pensez-vous qu'il aurait réellement lancé Bean en bas du toit ? demanda Beauvoir.

— Je le croyais à ce moment-là. Maintenant, je ne sais plus. Peut-être que non.

C'était seulement un vœu pieux, Gamache le savait bien. Mais il était content d'être encore capable de formuler de tels vœux. Beauvoir observa cet homme imposant et calme devant lui. Devrait-il lui révéler ses pensées ? Il inspira profondément, puis plongea dans l'inconnu.

— J'ai eu une impression très étrange lorsque je vous ai vu sur le toit. Vous ressembliez à un bourgeois de Calais. Vous aviez peur.

— Énormément.

— Moi aussi.

— Pourtant vous avez offert de venir me rejoindre.

Gamache pencha la tête légèrement de côté.

— Je m'en souviens, ajouta-t-il. Et j'espère que vous vous en souviendrez, toujours.

— Mais les bourgeois de Calais sont morts, et pas vous.

Beauvoir rit pour essayer d'atténuer l'insupportable tension de ce moment.

— Ah non, les bourgeois de Calais ne sont pas morts. Leurs vies ont été épargnées.

Gamache se tourna de nouveau vers la porte menant à la salle à manger et ajouta quelque chose que Beauvoir ne comprit pas bien. C'était peut-être "merci". Ou le mot anglais *mercy*, qui signifiait "clémence". Puis il disparut. Beauvoir tendit la main pour pousser la porte et suivre le chef, mais hésita. Il revint plutôt à la table, où les femmes avaient toujours les yeux fixés au-dehors, sur les bois.

De la salle à manger lui parvenaient des éclats de voix. Des voix de Morrow. Qui exigeaient des réponses, demandaient des comptes. Il devait aller rejoindre l'inspecteur-chef. Mais, avant, il devait faire quelque chose.

— Il aurait pu les laisser mourir, vous savez.

Les deux femmes se tournèrent lentement pour le regarder.

— Je veux dire Patenaude. Il aurait pu laisser Gamache et Bean mourir. Mais il ne l'a pas fait. Il leur a sauvé la vie.

La chef Véronique lui fit alors face avec dans le regard une expression qu'il avait tant espérée, mais dont il n'avait plus besoin. Il se sentit en paix, comme si une vieille dette avait été acquittée.

31

— Le paradis perdu, dit l'inspecteur-chef Gamache en prenant sa place, tout naturellement, au centre de l'assemblée, une main levée pour faire taire les Morrow. Tout avoir, puis tout perdre. Voilà la trame sous-jacente à cette affaire.

La pièce était bondée de monde. Le personnel de l'auberge au complet y était, de même que les policiers et les volontaires. Et les Morrow. Reine-Marie était revenue de Three Pines dès l'instant où elle avait appris les derniers événements et était assise discrètement à l'écart.

— De quoi parle-t-il ? chuchota Sandra assez fort pour que tous l'entendent.

— Il fait allusion à un poème de John Milton, répondit Mme Finney, assise bien droite à côté de son mari. Au sujet du démon chassé du paradis.

— En effet, dit Gamache. Il y est question de l'ange tombé en disgrâce. La tragédie, dans le poème de Milton, c'est que Satan avait tout, mais ne s'en rendait pas compte.

— Il était un ange déchu, dit Mme Finney. Selon lui, mieux valait régner en enfer que servir au paradis. Il était avide, rapace, ajouta-t-elle en regardant ses enfants.

— Mais qu'est-ce que le paradis et qu'est-ce que l'enfer ? demanda Gamache. Ça dépend du point de vue de chacun.

Il balaya la pièce du regard, puis jeta un coup d'œil dehors, où la pluie avait cessé.

— J'adore cet endroit. Pour moi, c'est le paradis. J'y vois la paix, la tranquillité et la beauté. Mais pour l'inspecteur Beauvoir, c'est l'enfer. Il y voit le chaos, l'inconfort et de vilaines bestioles.

Il y a du vrai dans chacune de ces visions. C'est une question de perception. "L'esprit est à soi-même sa propre demeure, il peut faire en soi un ciel de l'enfer, un enfer du ciel", cita-t-il. Assez tôt, même avant la mort de Julia Martin, j'ai senti que quelque chose n'allait pas. Spot et Claire, les odieux membres de la famille qui manquaient, se sont transformés en Peter et Clara, deux de nos amis, sympathiques et gentils. Ils ne sont pas sans défauts…

Gamache leva de nouveau la main, cette fois pour empêcher Thomas de débiter la liste des défauts de Peter.

— … mais ils ont bon cœur. Ce sont des gens bien. Pourtant, on les décrivait comme des êtres ignobles. J'ai alors compris que les membres de cette famille regardaient la réalité avec des verres déformants ; leur perception était faussée. Quel était le but d'une telle attitude ?

— Doit-il toujours y avoir un but ? demanda Clara.

— Il y a un but à tout, répondit Gamache en se tournant vers Clara, assise à côté de Peter. Thomas était perçu par le reste de la famille comme un pianiste accompli, une personne douée pour les langues et un homme d'affaires prospère. Et pourtant il joue sans inspiration, mène une carrière quelconque et ne sait pas parler français. Quant à vous, Marianna, votre entreprise est florissante, vous jouez du piano avec passion et talent, vous avez un enfant extraordinaire, et pourtant on vous traite comme la petite sœur égoïste qui ne fait jamais rien de bien.

Gamache s'approcha ensuite de Peter, débraillé et apathique.

— Peter est un artiste réputé, son mariage est heureux et il a de nombreux amis. Et pourtant les autres le perçoivent comme une personne avide et cruelle. Pour ce qui est de Julia, c'est la sœur qui est partie et qu'on a punie pour ce geste.

— Elle n'a pas été punie, dit Mme Finney. Elle avait décidé de partir.

— Mais vous l'avez forcée à s'en aller. Et quel avait été son crime ?

— Elle avait couvert la famille de honte, répondit Thomas. Nous sommes devenus un sujet de moquerie. "Julia Morrow taille une bonne pipe."

— Thomas ! lança sa mère d'un ton sec.

Ils étaient devenus des parias. On les avait raillés, tournés en ridicule.

Le paradis perdu.

Et alors, ils s'étaient vengés sur l'enfant chéri.

— Venir à la réunion a dû être difficile pour Julia, dit Marianna.

Pour la première fois depuis des années, Bean était sur ses genoux, les pieds à quelques centimètres du sol.

— Oh, franchement! s'exclama Thomas. Tu veux nous faire croire que tu te souciais de ses sentiments, Magilla?

— Arrête de m'appeler comme ça.

— Pourquoi? Lui, dit Thomas en jetant en coup d'œil à Gamache, tu réussis peut-être à le berner. Il ne te connaît pas. Mais nous, oui. Tu étais égoïste à l'époque et tu l'es toujours. C'est pour ça qu'on t'appelle Magilla. Pour que tu te souviennes de ce que tu as fait à papa. Il ne te demandait qu'une chose : l'embrasser quand il rentrait du travail. Et que faisais-tu? Tu restais au sous-sol à regarder cette émission ridicule. Tu préférais un gorille de dessins animés à papa. Et il le savait. Puis, lorsque tu venais enfin l'embrasser, tu pleurais, frustrée d'être contrainte de faire quelque chose que tu ne voulais pas. Tu lui brisais le cœur, Magilla. Chaque fois que je t'appelle par ce nom, je veux que tu te rappelles la peine que tu lui as causée.

— Arrête! le supplia Marianna, en se levant. Ce… n'était… jamais… le… dessin… animé.

Les mots sortaient de sa bouche par à-coups, comme s'ils luttaient contre elle, voulant à tout prix rester à l'intérieur.

— C'était… la… cage.

Puis Marianna se tut. Elle resta debout en silence, la bouche ouverte, un mince filet de bave coulant sur son menton, comme du miel clair. Bean serra sa main et elle se remit à respirer, bruyamment et par saccades, comme un nouveau-né à qui on donne une tape sur les fesses.

— C'était la cage. Tous les jours après l'école, je me précipitais à la maison pour voir Magilla le gorille dans sa cage. En espérant que ce jour-là il trouverait un foyer. Qu'on l'adopterait. Et l'aimerait.

Elle pencha la tête en arrière et regarda la poutre au-dessus. Elle la vit trembler, puis de la poussière de plâtre tomber comme une pluie fine. Elle se prépara au pire. Mais rien ne se produisit. La poutre tint bon. Elle ne s'écroula pas.

— Voilà pourquoi vous créez de belles maisons pour les sans-abri, dit Gamache.

— Marianna..., dit doucement Peter en s'approchant d'elle.

— Et toi ! lança Thomas.

Ses mots jaillirent entre le frère et la sœur, stoppant net Peter.

— Tu es le plus retors. Tu avais tout, mais tu en voulais encore plus. S'il y a un démon dans cette famille, c'est toi.

— Moi ? fit Peter, abasourdi par l'attaque brutale, même pour un Morrow. Tu dis que j'avais tout ? Dans quelle famille vivais-tu donc ? C'est toi que maman et papa aimaient. Tu as tout reçu, même ses...

Il s'interrompit, se rappelant les ploufs et les deux cercles qui s'étaient agrandis sur le lac calme.

— Ses quoi ? Ses boutons de manchette ?

Thomas frémissait de rage et ses mains tremblaient à la pensée de la chemise blanche aux poignets usés suspendue dans la penderie, en haut. La vieille chemise de soirée de son père qu'il avait prise le jour de sa mort. La seule chose qu'il voulait. Cette chemise, qui avait gardé l'odeur de son père. Qui sentait le bon cigare et l'eau de Cologne épicée.

Mais maintenant les boutons de manchette avaient disparu. À cause de Peter.

— Tu ne comprends rien, n'est-ce pas ? cracha Thomas. Tu n'as aucune idée comment on se sent lorsqu'il faut tout réussir tout le temps. Papa s'y attendait, maman s'y attendait. Je ne pouvais pas échouer.

— Tu échouais tout le temps, dit Marianna, remise de ses émotions. Cependant, ils refusaient de le voir. Tu es paresseux et menteur, mais ils pensaient que tu ne pouvais rien faire de mal.

— Ils savaient que j'étais leur seul espoir, répondit Thomas, les yeux toujours braqués sur Peter. Tu étais une telle déception pour eux.

— Peter n'a jamais déçu son père.

Les Morrow entendaient rarement cette voix. Ils se tournèrent pour regarder leur mère, puis à côté d'elle.

— Il ne s'est jamais attendu à ce que tu excelles, Thomas, poursuivit Bert Finney. Il ne voulait que ton bonheur, Marianna. Et puis, il n'a jamais cru ce graffiti à propos de Julia.

Le vieil homme se leva péniblement.

— Il aimait tes tableaux, dit-il à Peter. Il aimait ta musique, Thomas. Il aimait ta fougue, Marianna, et disait toujours que tu étais forte et généreuse. Il vous aimait tous.

Ces paroles, plus dangereuses qu'une grenade, explosèrent au milieu des Morrow.

— C'est ce que Julia avait compris, continua Finney. C'était le message que votre père voulait transmettre en s'abstenant de vous donner de l'argent ou de vous combler de cadeaux. Elle qui avait tout savait à quel point tout cela est futile. La seule chose de valeur, elle l'avait déjà reçue. De la part de son père. À savoir de l'amour et de l'encouragement. Voilà ce qu'elle voulait vous dire.

— C'est des conneries, dit Thomas, en retournant s'asseoir à côté de Sandra. Il l'a fichue à la porte comme une malpropre. C'est de l'amour, ça ?

— Il a regretté son attitude à cette occasion, reconnut Finney. Il a toujours regretté de ne pas avoir pris la défense de Julia. Mais c'était un homme têtu, un homme fier. Il était incapable d'avouer qu'il avait eu tort. Il a essayé de s'excuser, à sa manière. Il a pris contact avec elle à Vancouver, lorsqu'il a appris qu'elle s'était fiancée. Mais il a laissé son antipathie pour Martin ruiner la tentative de réconciliation. Charles voulait toujours avoir raison. C'était un homme bon affligé d'un gros ego. Ça lui a coûté cher. Mais ça ne signifie pas qu'il ne vous aimait pas tous. Y compris Julia. Ça signifie seulement qu'il était incapable de le montrer. Pas de la façon que vous vouliez.

Était-ce cela qu'il fallait déchiffrer ? se demanda Peter. Pas les mots de l'étrange message, mais l'existence même du message ?

"N'utilise jamais la première cabine dans les toilettes publiques."

Peter sourit presque. C'était assez typique des Morrow, devait-il admettre. Ils étaient plutôt chiants, après tout.

— Il était cruel, dit Thomas, ne voulant pas lâcher prise.

— Ton père n'a jamais cessé de chercher à savoir qui avait écrit le graffiti. Il espérait ainsi prouver à Julia à quel point elle comptait pour lui. Il a fini par découvrir qui c'était.

Ces mots furent suivis d'un silence, jusqu'à ce qu'un raclement de gorge le rompe.

— C'est impossible, dit Peter, en se levant et en se lissant les cheveux. Papa ne m'a jamais rien dit à ce sujet.

— Pourquoi l'aurait-il fait ? demanda Thomas.

— Parce que c'est moi qui ai écrit le graffiti.

Peter n'osa pas regarder sa mère.

— Oui, dit Finney. C'est ce que ton père a dit.

Les Morrow le regardèrent les yeux exorbités, sans voix.

— Comment l'a-t-il su ? demanda Peter, qui se sentait légèrement étourdi et nauséeux.

— Le graffiti avait été écrit dans la deuxième cabine. Seuls ton père et toi en saviez la raison. C'est le cadeau particulier qu'il t'a fait.

Peter inspira bruyamment.

— J'ai écrit le graffiti parce que Julia m'avait blessé. Et parce que je voulais papa pour moi seul. Je ne voulais le partager avec personne. Je ne pouvais endurer que papa aime Julia. Je voulais détruire cet amour. Et j'ai réussi.

— N'as-tu rien entendu de ce que j'ai dit ?

Bert Finney dirigeait maintenant la réunion, Gamache lui cédant volontiers sa place.

— Ce n'est pas toi qui pouvais le détruire. Tu t'accordes trop de pouvoir, Peter. Ton père a aimé ta sœur toute sa vie. Tu étais incapable de détruire cela. Il savait ce que tu avais fait.

Finney fixa Peter, et celui-ci le supplia du regard d'arrêter là. De ne pas ajouter la dernière chose.

— Et il t'aimait malgré tout. Il t'a toujours aimé.

Le paradis perdu.

Ces paroles étaient les plus dévastatrices que Finney aurait pu prononcer. Pas que Peter avait été détesté par son père, mais, au contraire, qu'il avait été aimé tout ce temps. Il avait interprété la gentillesse comme de la cruauté, la générosité comme de la méchanceté, le soutien comme une laisse. On lui avait offert de l'amour et lui – quelle horreur ! – avait plutôt choisi la haine. Il avait transformé le paradis en enfer.

Gamache s'avança et reprit la réunion en main.

— La graine du meurtre est souvent semée des années auparavant, dit-il. Comme le noyer noir, il lui faut beaucoup de temps pour germer et devenir toxique. C'est ce qui s'est produit dans ce cas. Dès le début de l'enquête, j'ai commis une grosse erreur. J'ai présumé que le meurtrier était un membre de la famille. Cela a failli coûter la vie à Bean. Je suis terriblement désolé, ajouta-t-il en se tournant vers l'enfant.

— Vous m'avez sauvé la vie.

— C'est très gentil de le voir de cette façon. Mais j'ai fait une erreur. Monumentale. Je regardais dans la mauvaise direction.

— Comment en êtes-vous venu à suspecter Patenaude ? demanda Clara.

— Cette enquête était inhabituelle. Ce n'était pas tant le *qui* qui m'intriguait, ni même le *pourquoi*. C'était le *comment*. Comment le meurtrier avait-il tué Julia Martin ? Comment cette statue avait-elle pu tomber et, de plus, sans rayer le piédestal ? Vous rappelez-vous, Peter, le jour du dévoilement de la statue, quand votre famille et vous êtes allés vous promener en bateau ? Nous étions sur le quai et Bean a traversé la pelouse à toute allure.

— Après s'être fait piquer par une guêpe.

— Non, pas par une guêpe, mais par une abeille. Une abeille ouvrière.

— Excusez-moi, intervint Clara, mais quelle est l'importance de savoir si c'était une abeille ou une guêpe ?

— Le fait qu'il s'agissait d'une abeille a trahi Patenaude. C'était l'indice fatal, le seul élément qui échappait à son contrôle. Laissez-moi vous expliquer.

— S'il vous plaît, dit Mme Finney.

— Le Manoir Bellechasse a ses propres ruches, par là-bas, reprit Gamache en indiquant la forêt d'un geste du bras. La chef Véronique a planté des chèvrefeuilles et du trèfle, et installé les ruches au centre. Les abeilles peuvent parcourir de grandes distances pour trouver de la nourriture, mais, s'il y en a tout près, elles ne s'en donnent pas la peine. Véronique

Langlois a planté les bosquets de chèvrefeuilles pour que les abeilles restent dans la clairière et ne viennent pas déranger les clients. Et ça fonctionnait si bien que pendant des années nous n'avons même pas été conscients de leur présence.

— Jusqu'à ce que Bean se fasse piquer, dit Peter, songeur.

— Honnêtement, j'ignore la différence entre une piqûre d'abeille et celle d'une guêpe, avoua Gamache. Mais l'inspecteur Beauvoir s'est mis à s'intéresser aux abeilles.

Il ne précisa pas la raison de ce soudain intérêt.

— D'après lui, les guêpes ne laissent jamais leur dard dans la peau de leurs victimes, ni les autres sortes d'abeilles ; elles peuvent piquer encore et encore. Mais une ouvrière peut le faire seulement une fois. Lorsqu'elle pique, elle laisse le dard et un minuscule sac à venin, ce qui la tue. Dans les piqûres de Bean, on voyait encore les dards et les sacs. Or Bean n'était pas dans la clairière au moment des piqûres, mais à l'autre bout de la propriété.

Avec son bras pointé vers la forêt, Gamache décrivit un arc, jusqu'à ce que sa main indique la direction opposée.

— Bean jouait près du piédestal de la statue. Pourquoi des abeilles se trouvaient-elles là, si loin des chèvrefeuilles ? D'autant plus que, à cet endroit, les fleurs étaient toutes en train de mourir, tuées par le noyer noir.

— Que faisaient-elles là, en effet ? demanda Mme Dubois, perplexe.

— C'était un de ces petits mystères qui vous asticotent, une incohérence agaçante. Il y en a beaucoup dans une enquête pour meurtre. Certaines ont de l'importance, d'autres sont tout simplement attribuables au désordre de la vie quotidienne. Celle-ci s'est avérée d'une importance capitale. Je l'ai finalement compris plus tôt aujourd'hui, au pique-nique de la fête du Canada.

— Vraiment ? dit Clara.

Elle revoyait la scène : tout le village rassemblé dans le parc, les enfants surexcités par leur alimentation à base de crème glacée Coaticook, de boissons gazeuses et de guimauves grillées.

— Qu'as-tu vu qui nous a échappé ? demanda Reine-Marie.

— J'ai vu des abeilles et des fourmis attirées par les flaques de Coca-Cola, et j'ai vu du sel renversé.

— Moi aussi, dit Peter, mais ça ne m'a rien révélé de particulier.

— Vous rappelez-vous comment le Coca-Cola s'est renversé ?

— Le petit garçon a poussé la canette à l'autre bout de la table, répondit Peter.

— Il l'a fait glisser sur le sel, précisa Gamache. Votre mère a fait à peu près la même chose au cours de notre conversation, ce matin.

Peter tourna vers sa mère des yeux ahuris.

— Je n'ai rien fait de tel.

Gamache se dirigea vers le buffet et prit un sucrier en fine porcelaine.

— Puis-je ? demanda-t-il à Mme Dubois, qui acquiesça de la tête.

Ensuite, il retira la nappe en lin d'une des tables de la salle à manger, laissant voir la surface de bois. La table était en vieux pin rugueux. Après avoir enlevé le couvercle du sucrier, il en renversa le contenu.

— Avez-vous perdu la tête ? s'exclama Mme Finney.

Elle alla cependant rejoindre les autres, entassés autour de la table et de sa pyramide de sucre blanc granulé. Gamache l'étendit, jusqu'à ce qu'il couvre la moitié de la surface de bois foncé, puis se tourna vers Mme Finney.

— Ce matin, lorsque nous parlions sur la terrasse, vous teniez un sucrier semblable à celui-ci. Quand vous étiez énervée, vous le faisiez bouger de gauche à droite, sur du sucre renversé.

— Je n'ai jamais été énervée.

— Pardon, dit Gamache. Quand vous vous animiez serait peut-être plus approprié.

Cela ne parut pas plaire davantage à Mme Finney.

— Quoi qu'il en soit, le sucrier glissait sur le sucre. Voilà où je voulais en venir.

Il en fit la démonstration, en le bougeant doucement de gauche à droite.

— Ce garçon, au pique-nique, a fait quelque chose de semblable avec sa canette, bien qu'avec moins de grâce. Il l'a simplement poussée par-dessus le sel renversé, comme ceci.

Gamache déposa le sucrier à un bout de la table et lui donna une poussée. Il glissa sur la table, puis s'arrêta au bord.

— Observez, maintenant, ce qui se produit sur l'autre moitié de la table, où il n'y a pas de sucre.

Il reprit l'expérience, mais cette fois le sucrier bougea à peine ; il s'immobilisa presque immédiatement sur le bois rugueux.

— Voilà comment le meurtre a été commis.

Autour de Gamache, les visages étaient toujours aussi perplexes, sinon plus.

— J'ai téléphoné plus tôt au Musée Rodin, à Paris, et je me suis entretenu avec un archiviste qui avait entendu parler de la technique. Un employé du cimetière Notre-Dame-des-Neiges la connaissait également, mais elle n'est apparemment plus utilisée depuis des années. C'est un truc pour déplacer des statues.

— Parlez-vous toujours de la canette de boisson gazeuse ? demanda Peter. Ou du sucrier ?

— Je parle de la statue de votre père. Pierre Patenaude a travaillé dans un cimetière durant un été et a vu les ouvriers installer des statues. À l'époque, certains des plus vieux avaient encore recours à cette technique.

Gamache prit le sucrier et le poussa de nouveau sur la table. Cette fois, il ne s'arrêta pas au bord. Il tomba, mais Beauvoir l'attrapa.

— Voilà, dit Gamache, comment le meurtre a été commis. D'après l'archiviste du Musée Rodin, lorsque le monument des *Bourgeois de Calais* a été déposé sur son socle, du sucre y a d'abord été étendu, pour pouvoir ajuster la position de la statue, la pousser d'un centimètre d'un côté ou de l'autre, la faire pivoter légèrement. Juste avant l'arrivée de la statue de votre père, Pierre Patenaude a fait la même chose. Il a versé une couche de sucre sur la base.

— Il a dû lui en falloir beaucoup.

— En effet. Il en accumulait depuis des jours. C'est pourquoi l'auberge en a subitement manqué. Il avait volé tout le sucre. Le piédestal était bien blanc, vous vous rappelez ?

Tous hochèrent la tête.

— Personne ne remarquerait la couche de sucre blanc, s'est dit le maître d'hôtel, d'autant plus qu'il avait chassé tout le monde. Il restait seulement Mme Dubois et le grutier, qui seraient concentrés sur d'autres choses.

Ils voyaient la scène, maintenant : Charles Morrow soulevé de la plateforme du camion, solidement attaché et suspendu dans les airs, tous les yeux braqués sur lui, chacun retenant son souffle, priant pour qu'il ne tombe pas. Puis, lentement, très lentement, il avait été déposé sur son piédestal.

— Même au dévoilement de la statue, nous n'avons rien remarqué, dit Clara. Mais nous avons vu des guêpes.

— Attirées par le sucre, dit Gamache. Des guêpes, des abeilles, des fourmis. Colleen, la jeune jardinière, a fait des cauchemars au sujet des fourmis, et j'ai présumé qu'elle voulait dire qu'elle avait vu le cadavre grouillant de fourmis. Mais elle n'a pas vu de fourmis sur le corps. En fait, selon la médecin légiste, à cause de la forte pluie il ne pouvait pas y avoir de fourmis. Colleen a vu ces insectes avant que la statue tombe, sur le piédestal et les pieds.

Il regarda Colleen, qui confirma d'un hochement de tête.

— Le coussin de sucre avait attiré tous les insectes des alentours. Lorsque j'ai vu les guêpes et les fourmis autour du Coca-Cola renversé, j'ai compris qu'elles étaient attirées par une substance sucrée.

— Une abeille, dit Peter en secouant la tête. Je me demande si Patenaude s'est rendu compte à quel point un tel détail pouvait être accablant.

— C'est si petit, une abeille, ajouta Clara. Dire qu'un indice aussi minuscule a permis de démasquer un meurtrier…

— Ce qui est génial dans le recours à cette vieille technique avec le sucre, c'est que toute trace disparaît avec le temps. Une bonne pluie dissout le sucre et la statue se plaque sur son piédestal, pour y demeurer éternellement.

— Et s'il n'avait pas plu ? demanda Peter.

— C'est simple : il n'y avait qu'à utiliser un jet d'eau. Colleen aurait peut-être remarqué l'eau, mais probablement pas, à cause du choc de la découverte du corps.

— Mais, dit Mme Dubois, le meurtrier n'était pas nécessairement Pierre. N'importe qui aurait pu stocker le sucre.

— C'est vrai. Pour moi, il était le principal suspect, mais il me fallait autre chose pour confirmer mes soupçons. C'est Gabri qui m'a mis sur la bonne piste, en nous parlant de son nom, dit Gamache en se tournant vers Reine-Marie. Un diminutif pour Gabriel, évidemment. Toi, tu lui as parlé des noms de nos enfants, qui, comme le sien, se prononcent facilement à la fois en français et en anglais.

— Je m'en souviens.

— C'était un indice. De même que la phrase "tout le monde revient pour cette semaine". On "revient" quelque part seulement si on est originaire de l'endroit. David Martin a dit à l'inspecteur Beauvoir qu'il revenait à Montréal de temps en temps. Revenait. J'avais présumé que c'était un anglophone, de la Colombie-Britannique, un *Martine*, dit Gamache en prononçant le nom à l'anglaise. Mais si c'était plutôt un Montréalais francophone ? Lorsque je suis revenu à l'auberge, j'ai appelé Martin. Il m'a confirmé être originaire de Montréal, et qu'un certain François Patenaude avait participé à un de ses premiers investissements, qui s'était avéré désastreux.

Il raconta ensuite ce que le maître d'hôtel leur avait révélé dans la cuisine.

Pendant qu'il parlait, Beauvoir tourna la tête et vit la chef Véronique debout à la porte de la cuisine, qui écoutait. Et soudain il sut qui elle était et pourquoi il l'avait aimée.

32

Il avait cessé de pleuvoir, mais le sol était détrempé. Le lac, la pelouse et le grand toit métallique étincelaient sous les rayons de soleil qui perçaient les nuages. Deux couples et Beauvoir traversaient la pelouse en faisant un bruit de succion avec leurs pieds et se dirigeaient vers le cercle de fauteuils tout juste essuyés par de jeunes employés.

— Qu'arrivera-t-il au Manoir Bellechasse, selon vous ? demanda Reine-Marie.

Elle tenait la main de son mari, mais s'adressait à Clara.

Celle-ci s'arrêta et se tourna pour jeter un coup d'œil au majestueux et solide pavillon.

— Il a été construit pour durer, répondit-elle enfin.

Elle vit une partie du vieux toit, qui brillait.

— Je crois qu'il tiendra encore longtemps, ajouta-t-elle.

— Je suis du même avis, dit Gamache.

Sur la terrasse, Elliot Byrne dressait les tables pour le dîner et donnait des instructions à de plus jeunes membres du personnel. Il semblait doué pour ce travail.

— Comment vous sentez-vous ? demanda Reine-Marie à Beauvoir, qui marchait à côté d'elle.

Il agitait les bras pour chasser la nuée de mouches noires voraces qui s'étaient abattues sur lui.

— Saviez-vous qui elle était ? demanda-t-il.

— La chef Véronique ? Oui, dès que je l'ai vue, répondit Reine-Marie. Je la connaissais sous un autre nom, mais comment pourrait-on l'oublier ? Même après toutes ces années. Je la regardais, vous savez. Nos enfants ont grandi avec ses recettes.

— Moi aussi, dit Beauvoir en recrachant un insecte. Désolé, ajouta-t-il en souriant à Mme Gamache d'un air contrit.

Les mouches noires s'éloignèrent et leur bourdonnement s'atténua. Beauvoir pouvait de nouveau respirer l'odeur de camphre de l'onguent Vicks, goûter le soda au gingembre éventé et les biscuits secs, sentir la couverture moelleuse et les ressorts sous lui tandis qu'il reposait, fiévreux, sur le canapé, un jour où il n'était pas allé à l'école parce qu'il était malade. Sa mère était à côté de lui et frottait doucement ses pieds froids, et tous les deux regardaient son émission préférée à Radio-Canada.

— Bonjour, mes enfants, disait la jeune femme bien en chair, qui portait une guimpe. Je vous remercie d'être là. Espérons que je ne mettrai pas le feu à la cuisine, aujourd'hui. Mère supérieure m'en veut encore d'avoir oublié la poêle sur la cuisinière à gaz la semaine dernière.

Et elle riait. Son rire ressemblait à un cor d'harmonie et sa voix à un légume-racine.

Sœur Marie-Angèle et sa célèbre émission, *Cuisinons avec sœur Marie-Angèle*.

Pour toutes les jeunes mères du Québec, l'émission était un incontournable. Certaines riaient de cette femme ordinaire, vieux jeu bien qu'à peine plus âgée qu'elles, qui leur montrait à réaliser à la perfection un blanc-manger, une rouille ou un clafoutis aux poires. Elle paraissait appartenir à un autre siècle. Mais derrière les rires il y avait de l'admiration. Sœur Marie-Angèle était une cuisinière hors pair qui adorait ce qu'elle faisait et le faisait avec humour et passion. Un symbole de simplicité et de stabilité dans un Québec qui se transformait rapidement.

Beauvoir entendait encore le rire de sa mère lorsque sœur Marie-Angèle arrivait à présenter les recettes, même les plus compliquées, de façon simple et facile à suivre.

Les demandes d'entrée au couvent connurent une hausse fulgurante à cette époque, comme la vente de ses livres de recettes, dont la couverture montrait la photo de cette femme ordinaire, souriante, en costume de religieuse et tenant deux baguettes croisées devant elle.

Comment avait-il pu ne pas la reconnaître ?

Cependant, il y avait un côté sombre associé à ses souvenirs. Puis il se rappela. Le scandale lorsque sœur Marie-Angèle avait soudainement disparu. À la une des journaux, à la télévision, dans les rues et les cuisines du Québec, on ne parlait que d'un sujet : pourquoi sœur Marie-Angèle était-elle subitement partie ? Pourquoi avait-elle quitté non seulement l'émission, mais également le couvent ?

Elle n'avait jamais fourni d'explication. Elle avait simplement pris ses poêles et ses casseroles et disparu.

Elle s'était réfugiée dans la nature sauvage où, Beauvoir le savait, elle avait enfin trouvé la paix. Et l'amour. Un jardin, aussi, et du miel à récolter. Des personnes auxquelles elle tenait et pour qui elle aimait cuisiner.

Une vie simple, parfaite. Loin des projecteurs, loin des regards scrutateurs.

Tous les points nébuleux furent enfin éclaircis. Beauvoir comprit pourquoi cette chef remarquable se contentait de rester au Manoir Bellechasse alors qu'elle aurait pu travailler dans le plus grand restaurant du Québec et pourquoi l'auberge n'employait que de jeunes anglophones venant d'autres provinces.

Pour préserver son secret. Son sanctuaire. Dans la chef Véronique, personne ne reconnaîtrait la tristement célèbre sœur Marie-Angèle qui s'était enfuie du couvent comme une voleuse. Qui était venue ici, avait été accueillie et farouchement protégée par Mme Dubois. Sa nouvelle mère supérieure.

— À votre avis, pourquoi a-t-elle quitté sa communauté religieuse ? demanda Beauvoir à Reine-Marie tandis qu'ils se promenaient sur la pelouse.

Reine-Marie réfléchit un instant avant de répondre :

— Tout dépend de ce que vous croyez.

— Vous, que croyez-vous ?

— Je crois que sa place est ici. Certains, j'imagine, verraient cet endroit comme un lieu reculé, sauvage. Ils feraient trois mètres dans le bois et se perdraient. Mais pour d'autres, c'est le paradis. Pourquoi chercher Dieu dans un couvent froid où vous êtes à l'étroit alors que vous pourriez être ici ? Ne venez pas me dire qu'on ne peut pas trouver Dieu au bord de ce lac.

Elle sourit à Beauvoir.

— Ce n'est pas très original comme réponse, mais c'est la plus simple.

— Le blanc-manger des réponses ? demanda-t-il.

Surprise, Reine-Marie le regarda, puis rit.

— C'est comme le Québec : il faut continuer de malaxer jusqu'à l'obtention d'un mélange homogène.

Le paradis retrouvé.

De l'autre côté des jardins, Bean et Marianna jouaient. Leurs valises étaient prêtes. Un dernier vol à travers la pelouse et ce serait le départ.

— Maman, maman, tu es Pégase. Cours, vole.

— Pégase se repose, mon trésor. Il broute. Regarde.

Marianna racla le sol d'un sabot las.

Elle avait rangé toutes les pendules de Bean dans la valise, puis était passée à la salle de bains prendre ses articles de toilette. En revenant, elle avait été consternée de voir les pendules de nouveau éparpillées dans la pièce.

— C'est quoi, tout ça, Beano ? avait-elle demandé d'un ton qu'elle voulait désinvolte.

Bean avait tiré la fermeture éclair de la petite valise pratiquement vide.

— Je n'en ai plus besoin, je crois.

— Pourquoi ?

— Parce que tu viendras me réveiller, n'est-ce pas ?

— Toujours, mon trésor.

Maintenant, elle regardait son étrange enfant sautiller dans le jardin parfumé.

— Même Pégase doit se reposer, je suppose, dit Bean.

Les mains agrippant des rênes, Bean se pencha vers l'arrière puis vers l'avant, comme pour calmer une monture fougueuse.

Les Morrow et les Gamache s'assirent, mais Beauvoir demeura debout.

— Je dois rentrer à la maison. Ça va aller ? demanda-t-il à son chef.

Gamache se leva et fit oui de la tête.

— Et vous ?

— Je ne me suis jamais senti aussi bien, répondit Beauvoir en grattant les piqûres sur son cou.

— Laissez-moi vous accompagner à votre voiture.

Gamache toucha le bras de Beauvoir et les deux hommes retraversèrent la pelouse. Côte à côte.

— Une chose me turlupine encore et je sais qu'elle intrigue aussi l'agente Lacoste, dit Beauvoir comme ils approchaient de sa voiture.

Lacoste avait emmené Patenaude au quartier général de la Sûreté, à Montréal, mais avait demandé à l'inspecteur d'éclaircir un point que même Patenaude était incapable d'expliquer.

— Pourquoi Julia a-t-elle ouvert les bras au moment où la statue basculait ?

Gamache ouvrit la portière pour son adjoint.

— Je ne sais pas.

— Non, sérieusement, monsieur. Pourquoi l'aurait-elle fait ? Vous ne pouvez pas le savoir avec certitude, je le sais, mais quelle en est l'explication, selon vous ? Vous devez sûrement avoir une hypothèse.

Gamache secoua la tête. Combien de fois, se demanda-t-il, Julia avait-elle imaginé ses retrouvailles avec son père ? Lui la serrant dans ses bras. Combien de fois, dans des moments de grande sérénité, s'était-elle laissée aller à rêver que ses bras forts l'enlaçaient ? Qu'elle respirait son odeur, sentait le tissu de son complet frotter contre sa peau ? Était-ce ce qu'elle avait ardemment souhaité ? S'était-elle tenue à côté de sa statue en imaginant tout cela encore une fois ? Le père et la fille enfin réunis et se pardonnant l'un l'autre. Lorsqu'il s'était avancé vers elle, n'avait-elle pas su distinguer le rêve de la réalité ?

— Je ne sais pas, répéta Gamache.

D'un pas lent, il rebroussa chemin à travers la pelouse humide et odorante, sa main droite presque entièrement fermée.

— Puis-je me joindre à vous ? demanda Marianna en se laissant tomber dans un fauteuil Adirondack. C'est épuisant de jouer Pégase. Magilla, au moins, vivait dans une cage. C'était bien plus reposant.

Bean les rejoignit et un serveur, envoyé par Elliot, vint demander s'ils voulaient quelque chose. Bean et Marianna commandèrent une soupe, et les autres du thé et des sandwichs.

Reine-Marie plongea la main dans son sac.

— J'ai quelque chose pour toi, dit-elle à l'enfant, dont les yeux s'agrandir.

— Un cadeau ?

Reine-Marie lui tendit le présent et, bientôt, l'emballage fut arraché. Bean regarda Reine-Marie d'un air ébahi.

— Où l'avez-vous trouvé ?

Bean ouvrit le livre *Des légendes que tout enfant devrait connaître* et tourna rapidement les pages jusqu'au chapitre sur le cheval volant.

— Myrna ? demanda Clara en pensant à leur amie, propriétaire de la librairie de livres neufs et usagés à Three Pines.

Reine-Marie confirma d'un signe de tête.

— C'est incroyable qu'elle ait eu ce livre, non ? ajouta Clara.

— Oh, elle a tout, dit Peter.

Clara hocha la tête. Cependant, elle se dit que, sur la première page du livre, elle trouverait probablement le nom d'un petit garçon, tracé d'une écriture ronde et enfantine, et peut-être un dessin. D'un oiseau sans pattes.

— Parle-moi de Pégase, dit Reine-Marie.

Bean s'appuya contre elle, ouvrit le livre et commença à lire. Assise de l'autre côté de la table, Marianna soufflait sur la soupe chaude de son enfant.

*

— Pourquoi avez-vous maintenu n'avoir jamais été prisonnier ?

Après avoir dit au revoir à Beauvoir, Gamache était revenu lentement vers les autres. Courbaturé, il souhaitait seulement retourner à la maison, prendre un bain chaud et se blottir contre Reine-Marie dans leur lit. Puis soudain, il s'était arrêté, avait changé de direction et s'était dirigé vers le quai pour rejoindre le vieil homme. Il lui semblait naturel, maintenant, de se tenir à ses côtés.

— Je n'étais pas un prisonnier, répondit Finney. Vous avez raison, j'étais dans un camp de prisonniers japonais, mais je n'étais pas un prisonnier. Ce n'est pas une question de sémantique, vous savez. La distinction est importante. Cruciale.

— Je vous crois.

— J'ai vu beaucoup d'hommes mourir dans ce camp. La plupart, en fait. Savez-vous ce qui les a tués ?

La sous-alimentation, pensa dire Gamache. La dysenterie. La cruauté.

— Le désespoir, poursuivit Finney. Ils se voyaient comme des prisonniers. J'ai vécu avec ces hommes. J'ai mangé la même nourriture infestée de vers, dormi dans les mêmes lits, effectué le même travail éreintant. Mais ils sont morts et j'ai survécu. Savez-vous pourquoi ?

— Parce que vous étiez libre.

— Oui, j'étais libre. Milton avait raison, vous savez. "L'esprit est à soi-même sa propre demeure." Je n'ai jamais été un prisonnier. Ni à cette époque ni maintenant.

— Que comptez-vous lorsque vous venez ici ? Pas des oiseaux, je le sais, et je ne crois pas non plus qu'il s'agit d'argent.

Finney sourit.

— Savez-vous ce que l'argent achète ?

Gamache secoua la tête.

— Je suis comptable et j'ai passé ma vie à compter de l'argent et à observer les gens qui en ont. Savez-vous à quelle conclusion je suis arrivé ? Savez-vous quelle est la seule chose que l'argent achète ?

Gamache attendit.

— De l'espace.

— De l'espace ?

— Une plus grande maison, une plus grosse voiture, une chambre d'hôtel plus spacieuse. Des billets d'avion de première classe. Mais il n'achète pas le confort. Personne ne se plaint plus que les riches et les privilégiés. Le confort, la sécurité, le bien-être : l'argent ne nous les procure pas.

Les pas de Finney résonnèrent faiblement sur les planches lorsqu'il quitta le quai.

— Votre père était un héros, vous savez. Il a eu le courage de reconnaître qu'il avait eu tort. Et le courage de changer. Il détestait la violence, détestait la tuerie. Il est intéressant de constater que son fils gagne sa vie à traîner des meurtriers devant la justice. Mais soyez prudent, jeune Armand. Sa croix n'est pas la vôtre. Vous n'êtes pas tenu de venger chaque mort.

— Ce n'est pas la mort qui me révolte, dit Gamache. C'est la souffrance. Elle révoltait aussi mon père. Je ne vois pas ça comme une croix à porter ni comme un fardeau. C'est peut-être une caractéristique propre à ma famille.

Finney le regarda attentivement.

— Vous m'avez demandé ce que je comptais chaque soir et chaque matin. Les mêmes choses que je comptais tous les jours en prison tandis que de meilleurs hommes dépérissaient et mouraient. Savez-vous ce que je compte ?

Gamache demeura immobile, craignant, s'il bougeait, d'effaroucher cet homme et de ne jamais avoir sa réponse. Mais, au fond, il n'avait pas à s'inquiéter. Cet homme n'avait peur de rien.

— Je fais le compte de tous les bienfaits dont j'ai joui dans la vie.

Il se tourna et vit Irene sur la terrasse, comme s'il avait senti sa présence.

— Nous sommes tous à la fois choyés et malmenés par la vie. Mais il s'agit de savoir ce que nous comptons.

L'homme âgé porta la main à sa tête et retira son chapeau, puis l'offrit à Gamache.

— Non, je vous en prie, gardez-le.

— Je suis un vieil homme. Je n'en aurai plus besoin, mais vous oui. Pour vous protéger.

Finney rendit son chapeau à Gamache, le chapeau qu'il avait acheté en même temps que celui pour Reine-Marie, lorsqu'elle avait craint d'être atteinte du cancer de la peau. Afin qu'elle ne se sente pas ridicule avec son énorme chapeau qui la protégeait. Ils seraient ridicules ensemble. Tous les deux protégés.

Gamache l'accepta.

— Vous connaissez les îles Mariannes, monsieur ? C'est de là que sont parties les troupes américaines pour libérer la Birmanie. Les Mariannes.

Finney s'arrêta, puis tourna les yeux vers les quatre fauteuils Adirondack. Dans l'un d'eux se trouvaient une femme et son enfant, deux personnes très différentes des autres Morrow.

— J'aimerais maintenant te raconter une histoire, dit Reine-Marie lorsque Bean eut fini de parler avec passion de Pégase aux adultes. Celle de Pandore.

Peter s'apprêta à se lever.

— Je ne crois pas avoir envie d'écouter cette histoire encore une fois.

— Allez, Peter, reste, dit Clara en prenant sa main.

Il hésita, puis se rassit en se tortillant dans le fauteuil, incapable de trouver une position confortable. Dès le début de la légende familière, son cœur se mit à battre à tout rompre. Il était de nouveau sur le canapé à la maison, essayant de se faire une place à côté de son frère et de ses sœurs, de ne pas être poussé par terre. Leur mère était assise de l'autre côté de la pièce, droite comme un *i*, et lisait tandis que leur père jouait du piano.

— Celle-ci est pour Peter, disait-elle, et les autres ricanaient.

Ils écoutaient l'histoire de Pandore qui vivait au paradis, un monde où n'existaient ni douleur, ni peine, ni violence, ni maladie. Puis un jour, Zeus, le roi des dieux, offrit un cadeau à Pandore. Une boîte magnifique. Le seul hic : il ne fallait jamais l'ouvrir. Chaque jour, Pandore était attirée par la boîte et chaque fois, se souvenant de l'avertissement de Zeus, elle réussissait à résister à la tentation. Mais un jour elle céda à la curiosité et l'ouvrit. Juste un peu. Mais c'était suffisant. Trop, même.

Tous les horribles maux s'échappèrent. La haine, la calomnie, l'amertume, l'envie et l'avidité s'envolèrent en hurlant et se dispersèrent dans le monde. La maladie, la douleur, la violence, aussi.

Pandore referma la boîte d'un coup sec, mais il était trop tard.

Peter sentit la panique l'envahir et se tortilla dans le fauteuil comme si des fourmis lui parcouraient le corps. Comme lorsqu'il se trémoussait sur le canapé, et que son frère et ses sœurs le pinçaient pour qu'il se tienne tranquille. Mais il en était incapable.

Maintenant aussi, il en était incapable. Ses yeux se posèrent sur l'objet brillant dans l'ombre perpétuelle du noyer noir, l'arbre qui tue. Peter sut, malgré ce que Gamache pouvait croire, que cette boîte de Pandore s'était ouverte d'elle-même. Des horreurs s'en étaient échappées. En s'ouvrant, elle avait fait basculer son père sur Julia. L'écrasant. La tuant.

Puis il entendit de nouveau la voix de Reine-Marie.

— Mais la boîte n'était pas vide. Il y avait quelque chose recroquevillé dans le fond.

Les yeux de Bean s'arrondirent et Peter cessa de gigoter et fixa Reine-Marie.

Il était resté quelque chose dans la boîte ? Voilà un élément nouveau. Sa mère n'en avait jamais fait mention.

— Tout au fond de la boîte, enfouie sous les maux, une chose ne s'était pas sauvée.

— Quoi ? demanda Bean.

— L'espoir.

— Laisse-moi t'aider, dit Peter en prenant la valise de sa mère.

— Bert peut le faire, ou l'un des porteurs.

— Je le sais, mais j'aimerais le faire.

— Comme tu veux.

Il sortit avec la valise. Thomas et Sandra quittaient les lieux, sans dire au revoir. Thomas klaxonna, il est vrai. Était-ce pour les saluer ou pour avertir Peter de s'écarter du chemin ?

— Bert est parti chercher la voiture.

— Ça va aller ?

— Évidemment.

— Je suis sincèrement désolé pour le graffiti, maman. Je n'aurais jamais dû l'écrire.

— C'est vrai. C'était une horrible chose à faire.

Peter attendait le "mais".

Irene Finney attendait la voiture.

Que faisait donc Bert ? Lorsqu'ils préparaient leurs valises, il l'avait suppliée de tout révéler aux enfants. De leur expliquer pourquoi elle ne les avait jamais pris ni serrés dans ses bras. Ne les avait jamais embrassés et n'avait jamais voulu être embrassée. Surtout ça. De leur expliquer la douleur causée par la névralgie. Le moindre toucher, si léger fût-il, provoquait une douleur insoutenable.

Elle savait ce que ses enfants pensaient. Qu'elle était une personne froide, insensible, alors qu'en réalité elle ressentait tout trop vivement. Trop intensément.

Cependant, son éducation lui interdisait d'avouer un défaut, une faiblesse, un sentiment.

Elle regarda Peter qui tenait sa valise. Elle ouvrit la bouche, mais au même moment la voiture arrivait. Elle recula d'un pas pour échapper au vide.

— Voilà Bert.

Sans se retourner, elle s'engouffra dans la voiture et s'en alla.

"On n'achète pas du lait dans une quincaillerie."

Marianna avait révélé à Peter le message que leur père lui avait écrit. S'ils mettaient en commun toutes les notes, peut-être le code serait-il enfin complet, songea Peter. Puis il sourit et secoua la tête. Les vieilles habitudes avaient la vie dure. Il n'y avait aucun code, et il avait sa réponse.

Son père l'avait aimé.

En regardant sa mère disparaître dans les bois, il se demanda s'il réussirait à se convaincre de son amour à elle aussi. Peut-être un jour, mais pas aujourd'hui.

Il retourna auprès de Clara, en sachant que la boîte n'était pas vide. Une chose était restée.

Reine-Marie trouva son mari sur le quai. Il portait le chapeau redonné par Finney et avait roulé les jambes de son pantalon. Ses pieds pendaient dans l'eau claire et fraîche.

— Je t'ai presque perdu aujourd'hui, n'est-ce pas ?

Elle s'assit à côté de lui et sentit son odeur d'eau de rose et de bois de santal.

— Pas du tout. Comme le manoir, je suis bâti pour durer.

Elle sourit, lui tapota la main et essaya de ne pas y penser.

— J'ai finalement réussi à joindre Daniel, à Paris, dit Gamache. Je me suis excusé.

Et il avait été sincère.

— Je lui ai dit que, s'il voulait donner le nom d'Honoré à son fils, il avait ma bénédiction. Il a raison. Honoré est un bon nom. De toute façon, son enfant tracera son propre chemin.

Comme le fera Bean. Je trouvais ça cruel de prénommer un enfant Bean. À mon avis, cela pouvait expliquer pourquoi l'enfant était malheureux. Mais Bean n'est pas du tout un enfant malheureux.

— Ç'aurait pu être pire, dit Reine-Marie. Marianna aurait pu épouser David Martin.

— Comment cela aurait-il été pire ?

— Bean Martin ? Ça ne te fait pas penser à Dean Martin, le chanteur ?

Gamache rit en émettant un grondement sourd.

— C'est extraordinaire de savoir que son enfant a plus de courage que soi.

— Il est le digne fils de son père.

Ils fixèrent le lac, chacun perdu dans ses pensées. Quelques instants plus tard, Reine-Marie demanda doucement :

— À quoi penses-tu ?

— Je fais mes comptes. Je compte tout ce qui me rend heureux, murmura-t-il en regardant sa femme coiffée du chapeau à bords flottants. Daniel avait une nouvelle à m'annoncer. Roslyn et lui ont appris aujourd'hui le sexe de leur enfant et ont choisi un nom.

— Honoré ?

— Zora.

— Zora, répéta Reine-Marie.

Elle prit la main blessée de son mari et, ensemble, ils firent leurs comptes.

Il leur fallut pas mal de temps.

REMERCIEMENTS

J'aimerais remercier quelques personnes sans qui ce livre n'aurait pas vu le jour, dont, en premier lieu, comme toujours, mon merveilleux mari, Michael. Il m'a fallu beaucoup trop de temps pour me rendre compte qu'Armand Gamache n'est pas un mari fictif, mais bien mon véritable mari.

Je remercie aussi Rachel Hewitt, responsable des expositions de sculptures à la Royal Academy of Arts, à Londres.

Je suis également redevable à Lise Page, mon assistante, qui, infatigablement, s'occupe de mon jardin l'été et de mon mari et de moi-même le reste de l'année. Tout ce qu'elle touche prospère et rarement a-t-elle besoin de recourir à de l'engrais.

Enfin, je tiens à remercier Jason, Stephen et Kathy Stafford, propriétaires du Manoir Hovey situé à North Hatley, dans les Cantons-de-l'Est. Je me suis inspirée de cette auberge, ainsi que des nombreux et agréables séjours que Michael et moi y avons effectués, pour créer le Manoir Bellechasse. Si vous visitez le Manoir Hovey après avoir lu le roman, vous vous rendrez compte que les lieux ne correspondent pas précisément au Manoir Bellechasse ni au lac. J'espère, cependant, avoir réussi à reproduire l'atmosphère du Manoir Hovey.

OUVRAGE RÉALISÉ
PAR L'ATELIER GRAPHIQUE ACTES SUD
ACHEVÉ D'IMPRIMER
SUR ROTO-PAGE
EN AVRIL 2013
PAR L'IMPRIMERIE FLOCH
À MAYENNE
POUR LE COMPTE DES ÉDITIONS
ACTES SUD
LE MÉJAN
PLACE NINA-BERBEROVA
13200 ARLES

DÉPÔT LÉGAL
1re ÉDITION : MAI 2013
N° impr. : 84667
(Imprimé en France)